最新版

シルマリルの物語

(下)

J.R.R.トールキン 作
クリストファー・トールキン 編
田中明子 訳

評論社

THE SILMARILLION

J.R.R. Tolkien
Edited by Christopher Tolkien

First published in Great Britain by George Allen & Unwin (Publishers) Ltd 1977,
and by HarperCollins Publishers 1992

This edition published by arrangement with HarperCollins Publishers Ltd., London,
through Tuttle-Mori Agency, Inc., Tokyo.

装画／橋 賢亀
装丁／川島 進

最新版 シルマリルの物語 下

目次

クウェンタ・シルマリッリオン——シルマリルの物語（続き）

アカルラベース

力の指輪と第三紀のこと

第十九章　ベレンとルーシエンのこと

暗澹《あんたん》たるこの時代から今日に伝えられてきた数々の悲しみと滅びの物語の中にも、慟哭《どうこく》のさなかに喜びが、死の影の下にあって消えることなき一条《すじ》の光明の存する物語もまた、いくつかは存在するのである。このような話の中で、今なおエルフたちの耳に何よりも美しく聞こえるのは、ベレンとルーシエンの物語である。この二人の生涯を歌に歌ったのが、「レイシアン（訳せば〈囚《とら》われの身よりの解放〉）の歌」であり、太古の世を歌った歌を除けば、これより長い歌物語はない。しかし、ここではもっと手短に、歌も省いて、話を語ることにした。

バラヒルがドルソニオンを見捨てようとはせず、モルゴスがそのかれをぎりぎりまで追いつめ、ついにかれの許《もと》にはわずか十二人の仲間しか残らなかったということは、すでに語った。ところで、ドルソニオンの森は南が次第に高くなり、果ては荒蕪地《こうぶち》の広がる高地になっていた。この高地の東に、タルン・アエルインという湖があって、まわりにはヒースが生《お》い茂っていた。この土地は道もなく、人の手が入ったこともなかった。長い平和の時代ですら、ここに住む者はいなかったからである。しかし、タルン・アエルインの湖水は尊崇の対象となっていた。昼は青く澄み、夜は星影を映す鏡となったからである。そして太古の世に、メリアンその女《ひと》がこれを聖《きよ》めたと言われていたからでもあった。バラヒルとその一党の漂泊者たちはここに退き、ここに隠処《かくれが》を持った。モルゴスはこれを見つけ出すことができなかったが、バラヒルとその一党の功業が世に広く伝えられると、モルゴスはかれらを見つけ出し、殲滅《せんめつ》するようサウロンに命じた。

さて、バラヒルの仲間に、アングリムの息子ゴルリムがいた。かれの妻は名をエイリネルと言い、禍《わざわい》がふりかかるまで、二人は互いに深く愛し合っていた。しかし、国境での戦いからゴルリムが戻ってみると、わが家は荒らされ、住む人もなく、妻の姿はなかった。殺されたのか、捕えられたのか、かれには分からなかった。そこでかれは、バラヒルの許に遁《のが》れ、バラヒルの一党の中でも猛々《たけだけ》しい命知らずの荒武者となった。しかしかれは、ひょっとしてエイリネルが死なずに生きていることもあり得るという疑念に絶えず苦しめられ、時折、独り密かに隠処をあとにし、野原と森に囲まれて今も建つ昔のわが家を訪ねた。このことは、やがてモルゴスの召使いの知るところとなった。

秋の夕暮れのことであった。薄闇の中を故宅に近づくと、思った通り、窓辺に明かりが見えるではないか。用心深く窓に近寄り、かれは中を覗いた。そこにはエイリネルがいた。悲しみと飢えに窶《やつ》れはて、かれが見棄てて去ったことを嘆く声も聞こえたように思われた。しかし、かれが声を上げるや、明かりは風に消え、狼たちの遠吠えが聞こえた。そして、両の肩を突然、頑丈な手に摑《つか》まれた。サウロンの捜索者たちであった。

こうして、ゴルリムは罠にかけられたのである。かれらは、自分たちの野営地にかれを連れてゆき、さまざまな責め道具をもって、バラヒルの隠処とかれの暮らし方などを聞き出そうとした。しかしゴルリムは、何一つ口外しようとしなかった。そこでかれらは、もしかれに譲歩する気があれば、放免して、エイリネルの許に戻してやると約束した。さんざん痛めつけられ、ついに精も根も尽き果てたのと、妻恋しさのために、さすがのかれの心も動揺した。そこをすかさず、かれらは恐るべきサウロンの面前にかれを連れていった。

サウロンは言った。「わしと取引をする気があると聞いたが。お前の価《あたい》は何だ」ゴルリムは、もう一度エイリネルを見出し、かの女と共に釈放されたい、と答えた。エイリネルもまた囚われていると思ったからである。

サウロンは、笑みを浮かべて言った。「これほどの裏切りと引き換えるにしては、ささやかな望みだな。確かに承知したぞ。とっとと言うがいい！」

ここでゴルリムは、前言を翻《ひるがえ》そうとしたのであるが、サウロンの目に射竦《いすく》められ、とうとうサウロンの知りたがることはみな話してしまった。すると、サウロンは高笑いしてゴルリムを嘲《あざけ》り、かれが見たのはかれを罠にかけようと魔法で現出した幻に過ぎない、エイリネルは死んだのだから、と初めて本当のことをかれに教えた。

お前の願いは聞き届けてつかわすぞ」と、サウロンは言った。「エイリネルの許に行かせてやろう。そしてかれは、残酷にもゴルリムを殺した。

こうして、バラヒルの隠処は敵に知られ、モルゴスはその周辺に網を仕掛けた。そして、夜明け前の寝静まった時間、オーク共がやってきてドルソニオンの男たちを奇襲し、これを皆殺しにしたが、ただ一人助かった者がいた。それはバラヒルの息子ベレンで、かれは、敵情を偵察するという危険な任務を父に言いつかって家を外にしていたからである。隠処が襲われた時には、かれは遠く離れていた。しかし、夜になってかれが森の中に眠っていると、屍肉《しにく》あさりの鳥たちが、湖の傍《かたわ》らの裸木に叢葉《むらは》のようにびっしりと止まり、その嘴《くちばし》から血が滴《したた》り落ちている夢を見た。次いでベレンが夢の中で気づいたのは、湖水を渡ってかれの方へやってくる者の姿だった。それはゴルリムの亡霊だった。亡霊はかれに話しかけて、自分の裏切りと死を告げ、急いで父親に警告しに行くように言った。

そこでベレンは目が覚め、夜をこめて走りに走り、二日目の朝には無宿者たちの隠処に戻ってきた。かれが近づくと、屍肉あさりの鳥たちは地面から飛び立って、タルン・アエルインの湖畔の榛《はん》の木に止まって、嘲けるように不吉な声で鳴いた。

ベレンは、そこに父の亡骸《なきがら》を埋め、その上に丸石を積んで塚を築いた。そして、父の墳墓にかけて、復讐を誓った。そこでまず、父と一族を殺したオーク共を追いかけ、夜半、セレヒの沼沢地より上流のリヴィルの泉のところでかれらの野営地を見出した。森の生活に心得のあるかれは、姿を見られることなく、かれらの焚火《たきび》に近づいた。そこでは隊長が自慢げに手柄話をしながら、切り取ってきたバラヒルの片手を見せびらかしていた。使命達成の証拠にサウロンに見せようというのである。その手にはフェラグンドの指輪があった。そこでベレンは、岩の蔭から飛び出して隊長に斬りつけ、バラヒルの手と指輪を奪い、運命に守られて逃げた。オークどもは慌てふためき、放つ矢はみな空《くう》を射たからである。

それからさらに四年、ベレンは孤独な放浪者として、相変わらずドルソニオンを放浪した。天涯孤独の無宿者であったが、鳥獣を友とし、鳥獣に助けられた。かれらは、かれを裏切ることがなかった。この時から、かれは肉食《にくじき》をせず、モルゴスに仕える者を除き、いかなる生類《しょうるい》も危《あや》めなかった。かれは死を恐れず、ただ虜囚の身になることのみを恐れた。大胆で命知らずのかれは、死をも縄目をも逃れ得た。かれがただ一人でなしとげた大胆不敵な勲《いさおし》の数々は、ドルソニオンの外にまで聞こえ、ベレリアンド中に喧伝《けんでん》され、ドリアスにまで伝えられた。ついにモルゴスは、かれの首級《しゅきゅう》に、ノルドールの上級王フィンゴンの首級にかけたのにも劣らぬ賞金をかけた。しかし、オーク共はかれを探し出すどころか、かれが近くにいるという噂だけで逃げ出す始末であった。そこでサウロンが指揮をとり、軍隊が派遣されることとなり、サウロンは巨狼《きょろう》や、かれによって恐ろしい悪霊を体の中に閉じ込められた残忍な獣たちを連れてきた。

この地には、今や残る隈《くま》なく悪しきものが蔓《はびこ》り、汚れなきものはすべて去ろうとしていた。追いつめられたベレンは、ついにドルソニオンから脱出せざるを得なくなった。冬が来て雪が降ると、かれは二度と故郷の土を踏まぬ覚悟で父の墓に別れを告げ、恐怖の山脈ゴルゴロスの高みに登り、遥かにドリアスの地を認めた。死すべき命の者がかつて一人として足を踏み入れたことのない隠れ王国に行ってみようという考えが、ここで初めてかれの心に浮かんだ。

南への旅は凄絶《せいぜつ》なものであった。エレド・ゴルゴロスの断崖は切り立ち、その麓には、月がこの世に現われる以前から横たわる暗闇があった。その先には、ドゥンゴルセブの荒野が広がっていた。サウロンの呪術とメリアンの力が出会うところであり、恐怖と狂気の横行する地である。そこには、ウンゴリアントの残忍な子孫である蜘蛛《くも》たちが棲《す》みつき、生きものであればなんであれその網目に捕える、目に見えぬ巣を紡いでいた。そして、太陽の生まれぬ先の長い闇の中に生まれた怪物たちが、多くの目で音も立てずに獲物を狩りながら、この地を徘徊していた。この妖《あや》かしの地には、エルフや人間の食べるものはなく、あるのは死のみであった。

この時の旅は、ベレンのすぐれた功業の中でも特筆すべきものの一つであったのだが、かれ自身は、この時のことを誰にも語ったことがない。その時の恐怖がまざまざと甦《よみがえ》ることを恐れたのである。かれがどうやって道を見出し、人間もエルフもかつて一人として踏もうとしなかった道を通ってドリアスの国境まで来たか、知る者は誰もいない。そしてかれは、メリアンがシンゴルの王国のまわりに張りめぐらした迷路を通り抜けた。まさにメリアンの予言した如くになったのである。というのも、かれは大いなる運命の下にあったからである。

「レイシアンの歌」に歌われているところでは、ベレンは、辛い歳月を重ねた人のように、髪には霜を置き、背も屈《こご》みがちに、よろめくようにドリアスに入ってきたと言われる。かれの旅の苦しみは、それほどまでに大きかったのである。しかし、夏のネルドレスの森をさまようちに、かれは、シンゴルとメリアンの娘ルーシエンに行き逢った。夕暮れて、月が昇り、ルーシエンは、エスガルドゥインの傍らの林間の空地で、色褪《あ》せることのない緑の芝草を踏んで踊っていたのである。

その姿を一目見るや、それまでの苦しみの記憶はことごとくかれを去り、かれは魂を奪われたように茫然自失したのである。ルーシエンほど美しい者は、イルーヴァタールの子らの中でほかにいなかったからであった。その衣は曇りのない蒼穹《そうきゅう》のように青く、その目は、星明かりの夕空の如き灰色をしていた。マントには金色の花々が繍《ぬいと》りされ、髪は、宵闇《よいやみ》のように黒かった。かの女の輝かしさ、かの女の美しさは樹々の葉にきらめく光、清冽な水のせせらぎ、夜霧の上に瞬《また》く星々のようであった。そしてその顔には、照り映える光があった。

しかし、かの女はたちまちかれの視界から姿を消し、かれは、呪《まじな》いにでもかけられた者のように口を利《き》くこともできなかった。かれは獣のように狂おしく、しかも用心深く、かの女の姿を求めて長い間森の中をさまよった。心の中で、かれはかの女をティヌーヴィエルと呼んだ。これは灰色エルフの言葉で〈薄暮の娘〉、〈小夜啼《さよなき》鳥《どり》〉を意味するが、かれは、かの女にふさわしい名をほかに知らなかったのである。そしてかれは、かの女の姿を、秋の風に吹かれる木の葉のように、冬には丘の上に輝く星のように、遠くに認めたが、かれの四肢は金縛りに遇《あ》ったように動かなかった。

春の夜の暁も間近な頃、ルーシエンは緑の丘辺で踊っていた。そしてかの女は、突然歌い始めた。世界の長城の向こうに朝日を見ながら、夜の門から舞い上がり、薄れゆく星々に歌声をふり注ぐ雲雀《ひばり》の歌のように、はつらつとして心を刺し貫く歌だった。ルーシエンのこの歌が冬の束縛を解き放ち、凍《い》てついた川の水は再びせせらぎ、かの女の足の踏み跡には冷たい大地から花々が生じた。

そしてベレンは、沈黙の呪縛から解き放たれ、かの女に呼びかけて、ティヌーヴィエルと叫んだ。その名は森中に谺《こだま》し、かの女は驚いて立ち止まり、もう逃げようとはしなかった。そしてベレンは、かの女のところに行った。ルーシエンがかれを見た時、運命は定まり、かの女はかれを愛した。とはいえ、かの女はかれの腕から遁れ、今や明け初《そ》めんとする夜明けと共に、かれの眼前から姿を消した。ベレンは気を失って地面に倒れた。無上の喜びと深い悲しみを同時に身に受けて命を落とした者のように。そしてかれは、暗い奈落に落ちてゆくかのように眠りに陥った。目覚めると、体は石のように冷たく、心は索莫として孤独であった。突然盲《めし》いた人が両手で消え失せた光を摑もうとするように、かれの心はさまよいながら手探っていた。こうして、かれの上に置かれた運命と引き換えに支払われるべき苦悩が始まったのである。そしてルーシエンは、かれの運命の中に捕えられ、不死の身でありながら、かれの有限の命を、自由の身でありながら、かれの束縛の鎖を分かち持つこととなった。かの女の苦悩は、かつてエルダリエのだれ一人味わったことのないほど大きなものであった。

　望みが全く尽き、暗闇に独り坐しているかれの許にルーシエンは立ち戻ってきて、その手をかれに預けた。遠い昔、隠れ王国でのことである。その後、かの女はたびたび訪れ、春から夏へかけ、二人は共に手を携え、森から森を通り抜け、密かに逍遥《しょうよう》して歩いたのである。時こそ束《つか》の間のことであったが、イルーヴァタールの子らの中で、かくまで大きな喜びを味わった者は、現在に至るまでほかにはいない。ところが、伶人のダエロンがやはりルーシエンを恋慕《れんぼ》していた。かれは、かの女がベレンと会っているのを見つけ、シンゴルに言いつけた。王は激怒した。何にも替えがたいほど娘を愛していたかれは、いかなるエルフ族の公子でさえ、かの女の夫としては不足であると考えていたからである。ましてや死すべき人間などは、これを召し使うことさえしなかったのである。それ故、かれは悲しみと驚きに駆られ、ルーシエンに尋ねた。しかし、かの女は一切口を割ろうとはしなかったので、ついにかれは、ベレンを殺すことも投獄することもしないとかの女に誓言した。しかし、王は召使いを遣わしてかれを捕えさせ、罪人としてメネグロスに連れてこさせようとした。ルーシエンはかれらの機先を制し、まるで賓客のように、自らベレンをシンゴルの玉座の前に案内した。

シンゴルは、蔑《さげす》みと怒りをこめてベレンを見たが、メリアンは無言だった。「お前は何者だ」と、王は言った。「盗人のようにやってきて、命ぜられもせぬに、わが玉座に近づこうとするとは」

しかしベレンは、メネグロスの壮麗とシンゴルの威厳の大なることにいたく畏《おそ》れて、何も答えなかった。それ故、ルーシエンが口を開いて言った。「人間の領主バラヒルの息子ベレンでございます。モルゴスの強敵で、その勲の物語は、エルフの間でさえ歌に歌われております」

「ベレンに言わせよ！」と、シンゴルは言った。「この地で何をしようというのか、惨めな死すべき命の人間よ。いかなる理由《わけ》あって、お前は自分の国を離れ、お前のような者には入ることのできぬこの国にやってきたのか。お前の無礼と愚かさに対し、なぜ予が己の権力を行使し、お前を厳罰に処してはならぬのか、とくと理由を示してもらおう」

そこでベレンは、面《おもて》を上げてルーシエンの目を見た。かれの視線はメリアンの顔にも向けられた。すると、言葉が自ずと口に出るように思われた。畏れが去り、人間の最も由緒ある家系の誇りが戻ってきた。かれは言った。「おお、王様、わたくしは運命に導かれ、エルフでさえ冒そうとはせぬあまたの危険をかいくぐって、この地に参ったのです。ここでわたくしが見出しましたものは、いかにもわたくしが求めて得ようとしたものでこそございませぬが、この見出しましたものを、わたくしはいつまでもわがものにしたいのでございます。有る限りの黄金《こがね》、銀《しろがね》、ありとある宝珠《たま》も貴石も、それにには替えがたいものでございます。岩も鋼《はがね》もモルゴスの火も、エルフ諸王国の全勢力も、わたくしの望みとするこの宝物をわたくしから隔てることはできませぬ。王の娘御ルーシエン殿こそ、この世のすべての子らのうち最も美しい方であられます故」

大広間はしんと静まりかえった。居並ぶ者はみな胆《きも》をつぶして恐れ、ベレンは直ちに斬られるであろうと思った。しかし、シンゴルはゆっくりと口を開いて言った。

「その言葉だけで、死罪に値いしようぞ。予が軽はずみに誓った誓言がなければ、すぐにでも死んでもらうところだ。あのような誓言を立てたことが悔やまれるわ。下賤な人間よ、お前はモルゴスの国で、かの者の間者《かんじゃ》、奴隷として、密かに忍び歩く術を習ってきたのであろう」

そこでベレンは答えた。「死罪に値いしましょうとしますまいと、王はわたくしに死を授けることがおできです。しかし、下賤なと仰せられましたな、間者、奴隷と仰せられましたな。かかるお言葉には承服するわけにまいりませぬ。わが父バラヒルが北方の合戦にてフェラグンド様より賜わりましたあのお方の指輪にかけて、わが家系は、王であれ王でなかれ、いかなるエルフからもかかる汚名を得たことはございませせぬ」

かれの言辞は誇らかで、今その手に高く掲げられた指輪に、みなの目はいっせいに注がれた。ノルドール族がヴァリノールで作り上げた緑の宝石がきらきらと光を放っていた。この指輪は、エメラルドの目を持つ双生の蛇を象《かたど》り、二つの頭部が金の花冠の下にあり、一つがそれを支え、もう一つが下から貪《むさぼ》り喰うていた。これは、フィナルフィンとその王家の紋章であった。やがて、メリアンがシンゴルの方に身を屈め、怒りを鎮《しず》めるようかれに囁《ささや》いて言った。「なぜと申せば、ベレンは殿のお手によって殺されることになっていないからでございます。ベレンはベレンの運命によって、最後には遥か遠くに導かれ、自由の身となりましょう。しかも、ベレンの運命は殿の御運命と一つに糾《あざな》われているのでございます。これをお心に留められますように！」

シンゴルは、無言のままルーシエンに目を注ぎ、心に思った。「惨めな人間共よ、ちっぽけな領国の君主、命短き王たち、かかる者たちの子がお前に手を触れても、生かしておけというのか」。やがて、沈黙を破ってかれは言った。「指輪は見たぞ、バラヒルの息子よ、お前が誇り高く、自らを力ある者と見なしていることも分かった。だが、父親に功業があるとて、それがシンゴルとメリアンの娘をかちとる助けにはならぬぞ。たとえ、その功業が予のためになされたものであろうともじゃ。よいか！　予もまた、容易には手に入らぬ宝物が一つ欲しいのじゃ。と申すのは、エルフ諸王国の全勢力に抗しても予が手に入れたいと願っておる宝玉は、岩と鋼とモルゴスの火がこれを守っておるからじゃ。だが、お前はかかる障害にはびくともせぬと申したな。そういうことであれば、出掛けるがよい！　モルゴスの冠からシルマリルを一つその手に握って、予のところに持って参れ。その上で、ルーシエンが望むなら、お前との婚約を許してやってもよい。シルマリルは、アルダの命運のかかる至高の宝玉であるとはいえ、それと引き換えに予の宝石を手に入れられるのなら、お前も、予を気前のよい者と考えるであろう」

かくてシンゴルは、ドリアスの滅びを生ぜしめ、マンドスの呪いの中に取り込まれたのである。この言葉を聞いた者は、シンゴルがその誓言を破ることなく、ベレンを死なせようとしていることに気づいた。なぜなら、モルゴスの包囲が破られる以前にあってさえ、ノルドールの全勢力をもってしても、フェアノールの輝くシルマリルを遠くから望み見ることすらできなかったことを知っていたからである。シルマリルはモルゴスの鉄の王冠に嵌《は》め込まれ、アングバンドではすべての富を合わせたよりも大事にされていた。そして、バルログたちがまわりを固め、無数の剣《つるぎ》と、頑丈な閂《かんぬき》と、難攻不落の城壁と、モルゴスの暗黒の威厳がこれを守っているのである。

しかし、ベレンは笑って言った。「エルフの王たちは、さてもつまらぬものと引き換えに娘御を手放されることよ。宝石の類《たぐい》、また手の技でこしらえた品々と引き換えとは。しかしシンゴル殿、殿の御意向がそうとあれば、お引き受け致しましょう。今度再びお目にかかる時には、鉄の冠から取ってきたシルマリルを一つこの手に握っておりましょうから。バラヒルの息子ベレンをご覧になるのは、これが最後にはなりませぬ」

それからかれは、メリアンの目を見た。かの女は口を開かなかった。そしてかれは、ルーシエン・ティヌーヴィエルに別れを告げ、シンゴルとメリアンに一礼し、かれの身辺を取り巻く衛士たちに道を開けさせ、独りメネグロスを立ち去っていった。

メリアンはようやく口を開き、シンゴルに言った。「ああ、王様、殿は巧妙な計略を考えつかれました。しかし、わらわの目が見る力を失っていないとすれば、殿のお考えは、たとえベレンがその使命に失敗しましょうと、あるいは成就して戻りましょうと、殿のお為にはなりませぬ。殿は、殿の娘を、でなければ、殿御自身を滅びの運命に定めてしまわれたのです。今やドリアスは、より強大な国の運命の中に引き込まれてしまいました」

しかし、シンゴルは答えて言った。「予は、いかなる宝物にも増して予が愛し秘蔵する者を、エルフにも人間にも売らぬぞ。もし、ベレンが生きてメネグロスに戻ってくる望みが、いや、惧《おそ》れが万一にでもあると思えば、たとえ誓言があろうと、あれには二度と天の光は仰がせなかったであろう」

しかし、ルーシエンは黙していた。この時からかの女は、二度とドリアスでは歌わなかった。覆うが如き沈黙が森に垂《た》れこめ、シンゴルの王国には暗い影が次第に伸びていった。

「レイシアンの歌」に語られているところでは、ベレンは妨げられることなくドリアスを通り抜け、薄暮の湖沼とシリオンの沼沢地のあるあたりに来た。そしてシンゴルの国を離れ、シリオンの瀑布を見おろす丘陵に登った。シリオン川は、この瀑布のところで、轟々《ごうごう》と音を立てて地下に突入していた。そこから西を見ると、丘陵に煙る靄や雨を通し、タラス・ディルネン〈見張られたる平原〉が、シリオン、ナログ両川の間に広がるのが見えた。さらにその先には、ナルゴスロンドの上に聳えるタウル＝エン＝ファロスの高地が遥かに望見された。かれは望みもなく、よい智《ち》慧《え》も浮かばず、身を寄せるべき場所もなかったので、自然と足はそちらに向かった。

この平原は、ナルゴスロンドのエルフたちによって四六時中油断なく見張られていた。境界を縁どる丘という丘の頂には、秘密の塔が隠され、森も野も到るところ、すぐれた弓の使い手たちが密かに徘徊していた。かれらの矢は必中必殺であったから、何者もかれらの意志に反してここに忍び入ることはできなかった。それ故、べレンが旅の道をまだ遠くまで来ぬうちに、目ざとくかれらに見つけられ、その命は風前の灯の如きものとなった。しかしかれは、自らの危険を弁《わきま》えていたから、フェラグンドの指輪を絶えず高々と掲げていた。そして生あるものは一つとして目に入らなかったにもかかわらず、狩手たちのひそやかな気配の故に、自分が見張られていることを感じ取り、たびたび大声で叫んだ。「フェラグンドの友たるバラヒルの息子、ベレンだ。私を王の許に伴ってくれ！」

それ故、狩手たちはかれを殺さず、一所《ひとところ》に寄り集まってかれを待ち伏せ、止まるように命じた。しかし、指輪を見ると、かれらは、かれが苦境に陥っており、旅に疲れ、荒んだ姿であったにもかかわらず、かれに向かって頭を下げた。そしてかれを案内してまず北へ、次いで西へ向かったが、道をかれに知られぬよう、夜を選んで歩き続けた。というのも、その当時、ナルゴスロンドの門の前は、ナログが奔流となって流れ下り、徒渉《としょう》できる場所もなく橋も架かっていなかったが、ずっと北の、ギングリスがナログに合流するあたりでは、水勢がそれほど激しくなかったからである。エルフたちはここで川を渡り、再び南下して、月明かりの下を、隠れ館《やかた》の暗い門までベレンを案内した。

こうしてベレンは、フィンロド・フェラグンド王の御前に出た。フェラグンドはかれが分かり、指輪を見るまでもなく、かれがベオルとバラヒルの血につながる者であることに気づいた。扉を閉ざした部屋に王と向き合って坐ると、ベレンはバラヒルが死んだこと、そしてドリアスでわが身にふりかかったことどもをすべて王に語って聞かせた。そしてかれは、ルーシエンを、そしてまた二人が共に味わった喜びを思い出して涙を流した。

しかしフェラグンドは、かれの話を驚嘆と胸騒ぎを覚えながら聞いた。そして自分がかつて立てた誓言が、ずっと昔、かれがガラドリエルに予言したように、かれに死をもたらすことになるのを知った。

かれはそこで、重い心を抱いてベレンに言った。「シンゴルがそなたの死を望んでいることは間違いない。しかし、この死の宣告にはシンゴルの意図をも超え、フェアノールの誓言の働きが及んでいるように思われる。なんとなれば、シルマリルは憎しみの誓言で呪われており、欲する者がその名を口にするだけでも、大いなる力を眠りから呼び起こすからである。またフェアノールの息子たちは、自分たち以外の者にシルマリルを獲得させるか所有させるぐらいなら、全エルフ王国を荒廃に帰せしめてもよいと思うであろう。かの誓言が、かれらを駆り立てるのである。ケレゴルムとクルフィンは今、わが館に住まっておる。フィナルフィンの息子たる予が王ではあるが、二人はこの王国で強い影響力を持ち、かれら自身に属する族《やから》を数多く率いている。かれらは予に対しては、いついかなる時でも友情を示してきた。しかし、そなたの探索行のことを聞けば、そなたには愛も慈悲も示さぬのではないかと思う。しかしながら、予自身の誓言には今も変わりはない。かくて、われらはみな、罠に落ちたのだ」

フェラグンド王は一族を前に、バラヒルの功業と自分の誓いを思い起こして語った。そして、バラヒルの息子が窮状にある時には、これを助けるのがかれの務めであると宣言し、指揮官たちの助力を求めた。

すると、満座の中からケレゴルムが立ち上がり、剣を抜いて叫んだ。「この者が味方であれ敵であれ、モルゴスの悪鬼であれエルフであれ、人の子であれ、はたまたアルダのいかなる生類の一人であれ、もしかれがシルマリルを奪うか見出すかして、これを手許に置くならば、いかなる掟《おきて》も愛も、地獄の同盟も、ヴァラールの御《み》稜威《いつ》も、いかなる魔力も、フェアノールの息子たちのこれを追跡せんとする憎しみからかれを守り切ることはできないであろう。この世界の終わる日まで、シルマリルに対する当然の権利は、われらにのみある」

ほかにも多くのことをかれは口にした。それは遠い昔、ティリオンで、ノルドール族を初めて反乱へと焚《た》きつけたかれの父親の言葉と同じくらい力がこもっていた。ケレゴルムのあとには、クルフィンが話した。話し方はもっと穏やかであったが、力がこもっていることは同じで、エルフたちの心に、戦いと、廃墟となったナルゴスロンドの想像図を現出せしめた。この時、かれによって心の中に植えつけられた恐怖があまりにも大きかったために、この国のエルフたちは誰一人、トゥーリンの時代に至るまで、合戦場に出て行こうとはしなかった。その代わり、足音を忍ばせ、物蔭に待ち伏せし、よそ者と見るや、同族の絆《きずな》も忘れ、魔術と毒矢もてこれを追いつめるのだった。かくて、かれらは古《いにしえ》のエルフ族の剛勇からも自由からも転落し、この地は暗くなったのである。

さてこの時みなは、フィナルフィンの息子はヴァラではあるまいし、自分たちに指図する権限はないと不平を呟き、そっぽを向いてその言うことを聞かなかった。そして、ケレゴルム、クルフィンの兄弟にはマンドスの呪いが働き、二人の心には腹黒い考えがきざした。フェラグンド一人を送り出してこれを死なしめ、できればナルゴスロンドの王位を簒奪《さんだつ》せんと考えたのである。なぜなら、かれらはノルドール諸王家の長子の家系に属していたからである。

フェラグンドは、自分が見放されたのを知り、己が頭上からナルゴスロンドの銀の王冠を取り、足許に投げ捨てて言った。「そなたたちは予に対する忠誠の誓いを破るがよかろう。だが予は予の盟約を守らねばならぬ。もしここに、いまだわれらの呪いが影を落としておらぬ者があるならば、予は予に従う者を少なくとも数人は見出せるであろうし、あたかも門から放り出される物乞いの如くここから立ち去ってゆかなくてもすむであろう」

かれに従おうとした者の数は十人だった。その中の頭《かしら》立った者は名をエドラヒルと言ったが、屈んで王冠を拾い上げ、フェラグンドが戻るまでこれを執政に預けるよう願った。「何事が起こりましょうとも、殿がわが王であられますこと、またかれらの王であられますことに変わりはございませぬ」

そこでフェラグンドは、かれの代わりに治めるよう、弟オロドレスにナルゴスロンドの王冠を与えた。ケレゴルムとクルフィンは何も言わなかったが、口の端《は》に笑みを浮かべ、館から出ていった。

秋のある夜、フェラグンドとベレンは、十人の仲間と共にナルゴスロンドから出ていった。一行はナログに沿って旅を続け、イヴリンの滝なるその水源に到った。影の山脈の下《もと》で、かれらはオークの一隊に出会ったが、かれらの野営地に夜襲をかけて全員を仕留め、その装束と武器を奪った。

フェラグンドが術を使い、一行は顔も姿も全員オークそっくりに変身した。このように身をやつしてはるばると北上してきた一行は、いよいよエレド・ウェスリンとタウル＝ヌ＝フインの高地とに挟まれた西の山道にさしかかった。しかし、トル・シリオンの己が塔に坐したサウロンはかれらに気づき、疑念を懐《いだ》いた。というのも、一行は先を急いでおり、この道を通過するモルゴスの召使い全員に命ぜられている如く、活動報告のために足を止めようとしなかったからであった。そこでかれは、一行を待ち伏せさせ、自分の面前に連れこさせた。

ここに行われたのが、かの有名なサウロンとフェラグンドの歌合戦である。フェラグンドは力競いの歌でサウロンと戦ったのである。王の力は非常に強かった。しかし、サウロンがついに勝ちを占めたことは、「レイシアンの歌」に歌われている通りである。

かの者の唱うるは、呪術《まじない》の歌、
心を見通し、打ち明けさせる歌、
裏切れ、正体を現わせ、友を売れと、

その時、不意にフェラグンドは、
揺らぐ体を踏みとどめ、歌い返した。
持ちこたえよ、抵抗せよ、力と戦え、
秘密を守り、塔の如く強かれ、
信頼は損なわれずと。自由よ、逃亡よ。
形は移り、姿は変わらん。
陥穽《かんせい》は避けられ、罠は断ち切られ、
牢獄は開き、鎖は断たれん。
　往きつ戻りつ、歌は揺れ、
詠唱の強さいや増すにつれ、
よろめき、言葉に詰まり、
フェラグンドは戦う。
ついにエルフの国の魔法と力のすべてを
王は歌の言葉に注ぎ込んだ。
暗がりにかすかな小鳥の囀《さえず》り、
遥か遠くナルゴスロンドに歌う鳥、

西方世界のかなたなる、
エルフの故国、真珠の砂浜に打ち寄せる、
わたつみの吐息にも似た波の音。
　その時、薄闇が次第に募り、
ヴァリノールに暗闇は濃く、
海辺には赤い血が流れる。
水沫《みなわ》の乗手たちを、
ノルドールが殺した。
そして盗んだ白い帆の白い船、
灯火に照らされた港から船出させた。
風は慟哭し、狼が吼《ほ》える。
鴉《からす》が逃げる。
海峡に氷が軋《きし》む。
悲しき虜囚はアングバンドに呻吟《しんぎん》する。
雷鳴とどろき、火は燃える——
そしてフィンロドはくずおれた、

かの者の玉座の前に。

サウロンは、かれらの装束を剝《は》ぎ取った。一行は裸身のまま、恐れを胸に懐いて立っていた。しかし、かれらがエルフと人間であることは露《あらわ》れたが、サウロンには、かれらの名前も目的も見出せなかった。

そこでかれは、一行を深い地下牢に放り込んだ。そこは暗く、物音一つ聞こえなかった。かれは、誰かが真実を洩らさない限り、むごたらしい死に方をさせてくれるぞ、と言って脅《おど》した。時々、闇の中に二つの燃える目が見えた。そして巨狼《きょろう》が、一行の一人を貪り喰らった。それでも誰一人、主君の名を明かそうとはしなかった。

サウロンがベレンを地下牢に放り込んだ時、ルーシエンは胸苦しい恐怖に襲われた。そこでかの女は、メリアンのところに相談に行き、ベレンが、トル＝イン＝ガウルホスの土牢に、助けられる望みもなく横たわっていることを知った。ルーシエンは、地上のどこからも助けは来ないことに気づき、ドリアスから逃げ出し、自分でかれの許に赴こうと決意した。しかし、ダエロンの助力を求めたため、かれはかの女の目的を王に洩らしてしまった。それを聞いたシンゴルは、恐れと驚きに動顚《どうてん》した。そして、ルーシエンを閉じ込めるにしても、天空の光を奪ってかの女を衰弱させるには忍びず、かの女が逃げ出せないような家をこしらえさせた。

メネグロスの城門からあまり遠くないところに、ネルドレスの森の中でも最も大きな橅《ぶな》の木が立っていた。この森は王国の北半分を占める橅林であった。この橅の大樹はヒーリルオルンと名づけられていたが、周囲の寸法が互いに等しい三本の樹幹に分かれ、樹皮はすべすべと滑らかで、木の高さは他に抜きんでて高かった。地上を遥かに隔たった高所まで、三本の樹幹のどこからも枝は出ていなかった。このヒーリルオルンの遥か上方の樹幹の間に木の家が建てられ、ルーシエンはそこに住まわされた。シンゴルの召使いがかの女の必要とするものを持ってくる時以外は、梯子《はしご》も取り外され、番人がつけられた。

「レイシアンの歌」の中には、このヒーリルオルンの家からルーシエンがいかにして脱出したかが物語られている。かの女は、持てる魔法の術を発揮して、髪の毛を長く長く伸ばし、その髪の毛を織って、美しい姿を影のようにすっぽりとくるむ長衣をこしらえた。この長衣には眠りの呪いがこめられた。残った髪総《かみぶさ》は一本の綱に縒《よ》られ、窓から垂らされた。その先端が木の下に坐っていた番人たちの頭上で揺れると、かれらはみな、深い眠りに陥った。そこでルーシエンは、綱を伝ってかの女の座敷牢を脱け出し、影のように身を包むマントをまとってすべての者の目から遁れ、ドリアスから姿を消した。

　この頃、たまたまケレゴルムとクルフィンは、見張られたる平原を通って狩りに出掛けていた。疑念を懐いたサウロンが数多くの狼をエルフの国に送り出してきたので、二人は猟犬たちを引き連れ、遠出してきたのであった。そしてナルゴスロンドに戻るまでには、フェラグンド王の消息も聞けるのではないかと思っていたのである。

　さて、この狼猟に使われる犬たちの長で、ケレゴルムに従う猟犬をフアンと言ったが、かれは中《なか》つ国《くに》の生まれではなく、至福の国から伴われてきたのであった。オロメがずっと昔、ヴァリノールでケレゴルムに与えたものであり、禍が出来《しゅったい》するまで、かの地で主人の角笛のあとを追っていたのである。忠実なるフアンは、ケレゴルムに従って流謫《るたく》の身となったのであるが、その結果、かれもまた、ノルドールに課せられた禍々《まがまが》しい運命の下に置かれたのである。かれは、いつか死に遭遇するであろうが、天《あめ》が下《した》にかつて存在したこともない強大な狼に出会うまでは死なない、という運命を下されたのである。

　ドリアスの森の西の外れに近いところで、ケレゴルムとクルフィンはしばらく休息を取っていた。樹の下に射し込む日の光に不意に姿をさらされた黒影のごとく飛び去るルーシエンを見つけたのは、フアンである。何者も、フアンの視力と嗅覚を逃れることはできず、いかなる魔術もかれを止《とど》めるには役立たなかった。それに、かれは夜も眠らず、昼も眠らなかった。

フアンは、ルーシエンをケレゴルムの許に連れてきた。ルーシエンは、かれがノルドールの公子で、モルゴスの敵であることを知って喜んだ。かの女はわが名を名乗り、マントを脱ぎ捨てた。不意に日の光にさらされたかの女の美しさがあまりにも際立《きわだ》っていたので、ケレゴルムは、一目で恋慕の情を覚えたが、物言いは丁寧で、かれと共にナルゴスロンドに来るなら、かの女の必要とする助力を与えようと約束した。かれは、ルーシエンが話して聞かせたベレンとベレンの探索行のことを自分がすでに知っていること、それがかれに大いに関わりある事柄であることを、けぶりにも見せようとしなかった。

こうして、かれらは狼狩りを中止し、ナルゴスロンドに戻り、ルーシエンは騙《だま》されたことを知った。兄弟はかの女の身の自由を奪い、マントを取り上げ、門から出ることはおろか、ケレゴルム、クルフィンの兄弟以外の誰とも口を利くことも許さなかったからである。というのも、ベレンとフェラグンドが救助される当てもなく囚われの身となっていることを信じていた二人は、王をこのまま死なしめ、ルーシエンを手許に置いてシンゴルと交渉し、無理にでもかの女をケレゴルムと婚約させようと目論《もくろ》んだからである。こうして自分たちの勢力を伸展させ、ノルドール諸侯の中で最強の者たらんとしたのである。そしてかれらは、全エルフ王国の権力をその手に掌握するまでは、術策によるにしろ、戦いによるにしろ、シルマリルを自分で探すことはもちろん、ほかの者に探させるつもりもなかった。

この二人に抵抗する力をオロドレスは持たなかった。なぜなら、二人はナルゴスロンドの民心を支配していたからである。そしてケレゴルムは、シンゴルの許に使者を遣わして、ルーシエンへの求婚を認めるよう迫った。

しかし、猟犬のフアンは真実の心を持ち、初めて会った時からルーシエンに好意を寄せ、かの女が囚われの身となったことを深く悲しんだ。それ故、かれはしばしばかの女の部屋を訪れ、夜になるとその入り口の前に身を横たえた。ナルゴスロンドに禍が入り込んだことを感じていたからである。ルーシエンは、寂しさを紛らすためにしばしばフアンに話しかけ、モルゴスに仕えぬすべての鳥と獣の友であるベレンのことを語って聞かせた。フアンはそのすべてを理解した。かれは声を持つすべての生類の言葉が分かったのである。しかしかれ自身は、死ぬまでにたった三度《みたび》しか言葉でしゃべることを許されていなかった。
さて、フアンは、ルーシエンを助けるための計略を考え出した。そしてある夜、かれはかの女のマントを持ってきて、初めて口を利き、かの女に助言を与えた。それから、秘密の道を使ってナルゴスロンドの外にかの女を連れ出し、かの女と共に北へ向かって逃げた。かれは誇りを捨て、甘んじて自ら馬のようにその背にかの女を乗せた。オークが時に大きな狼に乗るのとそっくりであった。こうしてふたりは、非常な速度で進んだ。なぜなら、フアンは足が速く、疲れを知らなかったからである。

ベレンとフェラグンドは、サウロンの土牢に横たわっていた。仲間はすでに死んでいた。しかしサウロンは、フェラグンドを最後まで生かしておくつもりでいた。かれが非常にすぐれた力と智慧を持ったノルド（ノルドールの単数）であることを看《み》て取ったからであり、一行の任務の秘密はかれの心に秘められていると思ったからである。しかし、狼がベレンを食べに来た時、フェラグンドは持てる力をすべて出し切って、己が身をしばる縛《いまし》めをはじきとばした。そして、かれは巨狼と組み合って、両手と歯でこれを殺したが、かれ自身も瀕死の傷を負うた。そこでかれは、ベレンに言った。「私はこれから大海のかなた、アマンの山脈のかなた、時なき館に赴き長い休息につく。私の姿が再びノルドールの間に見られるのは遠い先のことであろう。恐らくわれら両人は、それぞれの種族の運命が異なる故に、幽明いずれにあろうと再び相会うことはなかろう。では、さらばじゃ！」

そしてかれは、かれ自らその巨大な塔を築いたトル＝イン＝ガウルホスの暗闇の中で死んだ。かくて、フィンウェ王家の中にあって最も美しく最も愛されたフィンロド・フェラグンド王は、誓言を履行したのである。ベレンはかれの傍らにあって絶望し、悲嘆にくれた。

ちょうどその時、ルーシエンが来て、サウロンの小島に通じる橋の上に立って歌を歌ったが、いかなる石の壁もこれを妨げることはできなかった。ベレンはこれを聞き、夢を見ているのではないかと疑った。なぜなら、頭上で星が輝き、樹間に小夜啼鳥が歌っていたからである。かれはこれに答えて、モルゴスの没落を願う印として、ヴァルダが北方の空にかけた七つ星、ヴァラールの鎌を讃《たた》えた自作の挑戦歌を歌った。その後、全身の力がことごとく抜け、かれは暗闇の中に落ち込むように倒れた。

ルーシエンは、かれが答えて歌う声を聞いた。そこでかの女は、さらに大きな力のこもった歌を歌った。狼たちが吼え、島は揺れた。サウロンは高い塔の中に立ち、不吉な思いにとらわれた。しかしかれは、ルーシエンの声を聞いてほくそ笑んだ。メリアンの娘であることを知っていたからである。ルーシエンの美しさとかの女の歌のすばらしさは、つとにドリアスの外に聞こえていたのである。かれはかの女を捕え、モルゴスに引き渡すことを考えた。それによって莫大な褒賞を与えられるだろうと思ったのである。

かれは、橋上に狼を差し向けた。しかし、フアンが音も立てずにこれを殺した。それでもサウロンは、次々と新手を差し向け、フアンはその都度相手の喉首《のどくび》に喰らいついてこれを次々と殺した。そこでサウロンは、アングバンドの巨狼の祖であり、悪事にかけては百戦錬磨の恐るべき獣《けだもの》ドラウグルインを差し向けた。かれの力は絶大であり、フアンとドラウグルインの長い闘いは凄絶を極めた。しかし、ついにドラウグルインは尻尾を巻いて塔に逃げ戻り、サウロンの足許で息絶えた。死に際に、かれは主人に言った。「あそこにおるのはフアンですぞ！」と。

さて、サウロンは、この国の誰もが知っているように、このヴァリノールの猟犬に定められた運命をよく承知していた。そこで、ふと、かれ自身がこの運命を成就してやろうと思いついた。それ故、かれは自ら巨狼の姿をとり、いまだこの世に現われたこともない強大な巨狼となって、橋の上を進んだ。

　かれが近づいてくるにつれ、その放つ恐怖はたとえようもなく、フアンは思わず跳びすさった。すると、サウロンはルーシエンに跳びかかり、ルーシエンはかれの目に現われた残忍な殺気と、もうもうと吐き出されるむかつくような息に当てられ、失神した。しかし、かれが襲いかかってきた刹那《せつな》、かの女は倒れながら、黒いマントの襞《ひだ》を摑み、かれの目の前に投げかけた。すると、瞬間的な眠気に襲われ、かれはよろめいた。時を逸せずフアンが跳びかかり、ここにフアンと巨狼サウロンの一騎打ちが行われた。その咆哮《ほうこう》と唸《うな》り声は山々に谺し、向かいのエレド・ウェスリンの長城から谷間を見張る見張りたちは、遠くからこの騒ぎを聞きつけ仰天した。

　しかし、いかなる妖術も呪文も、毒牙も毒液も、あるいは悪魔の術も獣《けだもの》の力も、ヴァリノールのフアンを倒すことはできなかった。フアンは仇《かたき》の喉に喰らいつき、身動きもできぬように押さえつけた。そこでサウロンは姿を変えた。狼から蛇へ、そして怪物から常の姿に。それでも、自分の肉体を全く放棄せずには、フアンの口から逃れることは不可能であった。かれの悪霊がその暗い棲処《すみか》を去る前に、ルーシエンが来て言った。かれは現《うつ》し身《み》の肉の衣を剝ぎ取られ、亡霊となって戦《おのの》き震えながらモルゴスの許に帰されるであろうと。「そこで、未来永劫そなたのむき出しの霊は、かの者の目に射竦められながら、かの者の嘲笑の責め苦に耐えることになろう。それがいやなら、そなたの塔の支配権をわらわによこすがよい」

そこで、サウロンは降参し、ルーシエンはこの島とそこにある一切のものの支配権を握り、フアンはかれを放免した。すると、たちまちかれは、月を遮る黒雲とも紛《まが》う大きい吸血鬼の姿をとって逃げ去ったが、喉から滴る血は点々と樹々の上に落ちた。そしてかれは、タウル＝ヌ＝フインに来て棲みつき、この場所を恐怖で満した。

次いで、ルーシエンは橋の上に立って、かの女の支配権を宣言した。すると、石と石を縛っていた呪文が解け、門は倒れ、壁は開き、地下牢はむき出しとなって、数多くの奴隷や虜囚が、驚きと戸惑いに茫然として、目の上に手をかざしながら出てきた。サウロンの暗所に長く置かれていたので、淡い月光さえ眩しかったのである。しかし、ベレンは出てこなかった。

そこで、フアンとルーシエンは島の中を残る隈なく探し、ついにルーシエンが、フェラグンドのそばで嘆き悲しんでいるベレンを見出した。かれは、悲しみのあまりじっと横たわったまま、かの女の足音さえ耳にしなかった。そんなかれを、もう死んだものと思い込み、ルーシエンは、両の腕のうちにかき抱き、暗い忘却の淵に落ちていった。しかし、絶望の淵から目覚め、明るさに気づいたベレンはかの女を抱き上げ、二人はここに再びしげしげと相手を見やったのである。そして暗い山並の上に昇ってきた朝日が、この二人を輝かしく照らした。

二人は、フェラグンドの亡骸を、かれ自身のものであった小島の丘の頂に埋葬した。かくて小島は再び清められ、エルフの諸侯の中でとりわけ美しく立派であったフィナルフィンの息子フィンロドの緑なす奥津城《おくつき》は、この地が変わり、裂けて砕け、破壊的な海水の下に没するまで汚されることなく残ったのである。そしてフィンロドは、今は父のフィナルフィンと共にエルダマールにあって、樹々の下を逍遥しているのである。

さて、ベレンとルーシエン・ティヌーヴィエルは再び自由の身となって、共に森を歩きながら、しばしの間喜びを新たにしたのであった。やがてめぐってきた冬も、かれらに苦痛を与えなかった。なぜなら、ルーシエンの行くところには、花々がいつまでも名残を惜しんで咲き、雪に覆われた山々の麓には、小鳥が歌ったからである。忠実なフアンは主人のケレゴルムの許に戻っていったが、主従の愛は旧《もと》には復さなかった。

ナルゴスロンドは騒然たる状態にあった。サウロンの島に虜囚の身となっていた多くのエルフたちが戻ってきたからである。そして、ケレゴルムの言葉もこれを静められないほどの騒ぎが起こった。戻ってきたエルフたちは、かれらの王フェラグンドの死をいたく嘆き、フェアノールの息子たちが敢えてなし得なかったことを一人の乙女がなした、と言った。しかし、ケレゴルムとクルフィンを動かしていたのは、恐れよりも裏切りであることに多くの者は気づいていた。それ故、ナルゴスロンドの民心はかれら兄弟の支配から解き放たれ、再びフィナルフィン王家に向かい、オロドレスに従った。

民の中には兄弟の殺害を望む者もあったが、オロドレスはこれを許そうとしなかった。同族の血を流すことにより、マンドスの呪いが一層逃れがたくかれら全員を縛ることになるからである。とはいえ、かれは、自分の領内では、パンも眠りもかれら兄弟に与えることを許さず、今後ナルゴスロンドとフェアノールの息子たちとの間には愛情は無きに等しいであろう、と言明した。

「それならそれでよい！」と、ケレゴルムは言った。その目には威嚇するような光が浮んだ。しかしクルフィンは、微笑していた。そして二人は馬に乗り、東に縁者を求め、火のように駆け去って行った。しかし、かれらに従おうとする者は、かれら自身の一族郎党を含め一人としていなかった。誰の目にも、マンドスの呪いがかれら兄弟の上に重くのしかかっており、禍がかれらに執念《しゅうね》くつきまとっていることが認められたからである。この時、クルフィンの息子ケレブリンボールは父の行動に承服せずナルゴスロンドに留まったが、フアンは相変わらず主人のケレゴルムの馬のあとに従った。

かれらは北へ馬を進めた。というのは、心せくままディンバールを抜け、ドリアスの北辺沿いに、兄のマエズロスの住むヒムリングに至る最短の道を求めようという心積もりだったからである。さらにかれらは、ここをできるだけ速く通過してしまいたいと思った。ドリアスの国境に接していたからであるし、ナン・ドゥンゴルセブと、そしてまたいくらか隔たっているとはいえ、恐怖の山脈の脅威を避けたいという気持があったからである。

さて、伝えられるところでは、ベレンとルーシエンは足の向くままブレシルの森にさまよいこみ、ついにドリアスの国境に近づいた。その時、ベレンは自分の誓いに思いを致し、ルーシエンが再び安全な父の領土に身を置いた今、自らの断ち切れない思いを抑え、もう一度探索の旅に出ようと決意した。しかし、ルーシエンは二度とかれから離れようとは思わず、「ベレン、あなたは、二つのうちのどちらかをお選びにならなければなりませぬ。探索とあなたの誓言を放棄し、地上をあてもなく放浪する生活を求められるか、それともあくまで誓いを守り、暗黒の帝王に挑まれるかです。しかし、どちらの道を取られるにしろ、わたくしは御一緒に参ります。そして、あなたとわたくしの運命を同じものに致しましょう」と言った。

二人がこのように語り合いながら、ほかのことには何一つ注意を払おうともせず歩いていた折も折、ケレゴルムとクルフィンが急ぎ馬を駆って森を抜けてきた。二人を目にした兄弟は、遠くから二人が何者であるかを認めた。そこで、ケレゴルムは馬の向きを変え、拍車をかけてベレンの方に突き進み、馬の蹄《ひづめ》に掛けようとした。一方クルフィンは、馬首をめぐらして屈み込み、ルーシエンを抱え上げて自分の鞍《くら》に乗せた。かれは力のある老練な騎手だったからである。

ところがベレンは、迫り来るケレゴルムの前から力一杯跳躍を試み、自分のそばを掠《かす》めて去ったばかりのクルフィンの馬めがけて跳びかかった。この時のベレンの跳躍のことは、人間の間でもエルフの間でも知らぬ者のない名高い話である。かれは、背後からクルフィンの喉首を摑んで強く引いた。二人は共にどうと地面に落ちた。馬は後脚立ちになって倒れたが、ルーシエンは投げ出されて草の上に横たわった。

ベレンは、クルフィンの喉を締め上げようとしたが、死がかれの間近に迫っているのを知らなかった。ケレゴルムが槍を構えて馬を近づけてきたのである。この時、フアンはケレゴルムへの奉公を止め、かれに跳びかかった。かれの馬は向きを転じ、この大きな犬の恐ろしさにベレンに近づこうとしなかった。ケレゴルムは犬と馬の両方を罵《ののし》ったが、フアンは動じなかった。その時、ルーシエンが起き上がって、クルフィンを殺さないように言った。ベレンは、かれから武具と武器を取り上げ、短剣アングリストを奪った。この短剣はノグロドのテルハルによって作られ、抜き身のままクルフィンが腰に下げていたのである。この剣は、鉄をも生木のように切り裂くことができた。

それから、ベレンはクルフィンを抱え上げて投げ飛ばし、高貴なる一族の許に歩いて戻るよう命じた。そして、せっかくの武勇をもっと尊敬すべき用途に向けるよう、かれらから教わるがよい、と言った。「お前の馬は私が貰っておく。ルーシエンの用に立てるとしよう。馬もこんな主人から解放されれば幸福かもしれぬ」

クルフィンは、雲と空の下でベレンを呪って言った。「無情の死にたちまち襲われるがいい」

ケレゴルムは馬上にかれを抱え上げ、兄弟はやがて馬を進め、立ち去っていくかに見えた。ベレンはもうかれらには目もくれず、かれの言葉にも全く気を留めなかった。しかし、クルフィンは屈辱感と敵意に満たされ、ケレゴルムの弓を取って、馬上から後ろに向けて矢を射た。矢はルーシエンに向けられたが、フアンが跳び上がって飛んで来る矢を口に銜《くわ》えた。しかし、クルフィンは再度矢を放ったので、今度はベレンがルーシエンの前に跳び出し、矢はかれの胸に刺さった。

伝えられるところによると、フアンがフェアノールの息子たちを追跡したので、かれらは恐れて逃げ去ったという。そしてフアンは戻ってくる途中、森の中からある薬草をルーシエンに持ち帰り、この薬草の葉で、かの女はベレンの傷の手当てをし、かれはかの女の癒しの術とかの女の愛によって快癒したという。

こうしてついに、二人はドリアスに戻ってきた。ここでベレンは、自分の誓言とルーシエンへの愛に引き裂かれ、心は千々に乱れたが、ルーシエンの身がもはや安全なことを知り、ある朝まだき、日も出ぬうちに起き上がり、かの女の世話をフアンに委《ゆだ》ね、かの女が草の上に眠っている間に、断ちがたい恩愛の情に苦しめられながら立ち去っていった。

かれは再び北に馬首を向け、全速力でシリオンの山道に向かった。そしてタウル＝ヌ＝フインの外れに出ると、荒れ果てたアンファウグリスの平地が茫々《ぼうぼう》と広がり、その先を眺め渡すと、遥かに遠くサンゴロドリムの連峰が望まれた。ここでかれは、クルフィンの馬を放してやり、恐怖と隷従をあとに、シリオンの地の緑なす草原を自由に走りまわるよう命じた。今はまったく一人となって、最終的な危険の入り口に立ったかれは、ルーシエンと天空の光を讃えて、別離の歌を作った。今こそ、愛にも光にも別れを告げねばならぬと信じたからである。ここに載せたのは、その歌の一部である。

さらばかぐわしい大地、北の空よ、
とこしえに祝福されてあれ、
月の下、太陽の下、この地に横たわり、
しなやかな四肢もてこの地を駆けし
ルーシエン・ティヌーヴィエル、
定命《じょうみょう》の人間の言葉に尽くせぬ美しさ、
この世のもの、すべて滅び、
すべて消え失せ、古の深淵に帰るとも
この世の作られたるはよし、

黄昏《たそがれ》と曙《あかつき》と、大地と海のありしゆえ、
ルーシエンのこの世にしばらくありしゆえ。

かれはこれを大声で歌い、誰が聞こうと頓着しなかった。命も惜しくないほど絶望し、遁れる望みを全く捨てていたからである。

しかし、ルーシエンが歌声を聞き、これに答えて歌った。予期もせぬのに森を抜けてきたのであった。もう一度かの女の馬代わりになることを承知したファンが、かの女を背に乗せ、ベレンのあとを風のように追ったのである。その間かれは、かれの愛する二人の危難を軽減するためにいかなる助言を与え得るか、終始心を砕いて考え続けていた。そこでかれは、再び北へ向かって走る途中、サウロンの島に立ち寄り、そこからドラウグルインの見るも恐ろしい狼の皮衣と、スリングウェシルという吸血蝙蝠《こうもり》の外被を取ってきた。スリングウェシルはサウロンの使者で、吸血蝙蝠の姿をとってアングバンドに始終飛んでいたのである。かの女の大きな指のついた翼は、それぞれの指の関節の先に鉄の鉤爪《かぎづめ》をつけていた。この怖気《おじけ》立つ衣に身を包み、ファンとルーシエンはタウル＝ヌ＝フインを走り抜けたが、この二人の前から逃げ出さぬ者はなかった。

近寄ってくる二人を見て、ベレンは仰天したが、すぐに不審に思った。ティヌーヴィエルの声を聞いていたからである。しかし、それも自分を罠にかけるための幻の声かもしれぬとかれは考えた。しかし、おぞましい者たちは立ち止まって扮装を脱ぎ、ルーシエンがかれの方に向かって走ってきた。こうして、ベレンとルーシエンは、灰土の砂漠と森林の間《はざま》で再び相会うたのである。しばらくの間、かれは黙って喜びに身を委ねていた。しかし一時《いっとき》の後、かれはもう一度ルーシエンを説得して旅を断念させようとつとめた。

「私は、シンゴルに誓った誓言を、これで三度目だが呪わずにいられない」と、かれは言った。「あなたをモルゴスの影の下に連れてゆくくらいなら、私はメネグロスで殺された方がよかった」

この時、今回で二度目、フアンが言葉を話した。ベレンに助言を与えてかれが言うには、「あなたはもはや、死の影からルーシエン様を救い出されることはできません。自らの愛により、ルーシエン様は今では死を免かれぬ者になられたのです。あなたは御自分の運命からそれ、ルーシエン様を伴って流謫の生活に入り、あなたの命の続く間、空しく平穏を求められることはおできになりましょう。しかし、もしあなたが御自分の定めをお拒みにならぬおつもりなら、その時は一人残されたルーシエン様はあなたに見捨てられ、必ずや独りぼっちでみまかられることになるか、それでなければ、ルーシエン様はあなたと御一緒に、あなたの前途に横たわる望みのない、しかしまだ定まってはいない運命に挑戦なさらねばなりません。それ以上のことは私にも申し上げられません。そしてまた、私はこれ以上御一緒に行くこともできません。しかし、アングバンドの城門であなたが見出されるものを私自身も見ることになる予感がします。ほかのことはすべて不明です。しかし、恐らくわれら三人の道は再びドリアスに通じ、終わりを迎える前に相まみえることもできましょう」

そこでベレンは、かれら両人に課された宿命からルーシエンを分かつことはできないことを悟り、もはやかの女を思いとどまらせようとはしなかった。フアンの助言とルーシエンの魔術により、かれはドラウグルインの皮衣に身を包み、ルーシエンはスリングウェシルの翼ある皮衣を着た。打ち見たところ、ベレンは巨狼そっくりになったが、かれの目は、まことに凄味があるとはいえ、そこには清らかな精神が輝いていた。その目は自分の脇腹に蝙蝠のような生きものが翼を折り畳んでしがみついているのを見た時、まなざしにふと恐怖の色を浮かべたが、やがて月光の下に吠えながら、跳ぶように丘を駆け下りていった。そして蝙蝠は、その上を旋回しながら、ひらひらと飛んでいった。

二人は、あらゆる危険を通り抜け、長い旅路の埃《ほこり》にまみれ、疲労の色も濃く、ついにアングバンドの城門前の荒涼たる谷間に来た。路傍には黒々とした深い割れ目が口をあけ、のたうつ蛇の形をしたものがにょろにょろと匍《は》い出てきた。道の両側には断崖が城壁のように聳《そび》え、その上には腐肉を喰らう鳥たちが残忍な声で鳴いていた。二人の前には難攻不落の城門があった。それは、山の麓にあけられた大きな暗い拱門《アーチ》で、その上には一千呎《フィート》の絶壁がそそり立っていた。

そこには、二人を驚倒させるものがあった。いまだ噂に聞いたこともない門番が、城門のところに陣取っていたからである。どのような企てであるのかは分からぬながら、エルフの諸侯の計略の噂がモルゴスの耳に聞こえていた。そして、ずっと昔ヴァラールが解き放った、戦いのための大いなる猟犬フアンの遠吠えが、森の通《かよ》い路《じ》を伝って聞こえてきていた。その時、モルゴスはフアンの運命のことを思い出し、ドラウグルインの血筋の仔狼の中から一頭を選び出し、手ずから生き餌で餌づけをし、己の持てる力をそれに付与した。狼の仔はたちまち大きくなり、どこにもかれのもぐり込める洞穴はなくなり、いつもモルゴスの足許で腹を空かせながら大きな図体を横たえていた。こうしているうちに、地獄の火と苦悶がかれの中に入り込み、貪りの気がかれを満たし、責め苦に鍛えられて強く恐ろしい生きものになった。その頃の物語の中で、かれはカルハロス、即ち〈赤腭《あご》〉と名づけられ、またアンファウグリル、即ち〈渇く顎《あぎと》〉とも呼ばれる。モルゴスはファンが来た時に備え、かれをアングバンドの入り口の前に眠ることなく横たわらせていた。

さて、カルハロスは遠くから二人に気づき、疑念を懐いた。なぜなら、ドラウグルインが死んだという知らせはとうにアングバンドにもたらされていたからである。それ故、二人が近づいてくると、かれは入門を拒み、立ち止まるように命じて、脅すように近寄ってきたが、二人のまわりの空気に何かおかしなものを嗅ぎ取った。しかし、古くから神聖な種族の血によって伝えられてきたある力が、突然ルーシエンに乗り移り、かの女はおぞましい外被をかなぐり捨て、すっくと前に立った。その姿は、カルハロスの巨軀《きょく》の前にはいかにもかぼそかったが、眩《まばゆ》いばかりに光り輝き、あたりを払う恐ろしさがあった。

かの女は片手を挙げ、眠るようにかれに命じ、そして言った。「汝《なんじ》、災厄《さいやく》を生ずる悪鬼よ、今こそ暗黒の忘却の淵に沈み、今生《こんじょう》の恐ろしい定めをしばしなりと忘れるがよい」

そしてカルハロスは、あたかも稲妻に打たれた如く倒れた。

そこで、ベレンとルーシエンは城門を通り抜け、迷路のように入り組んだ階段を降り、いまだかつてエルフであれ人間であれ、敢えてなし得なかった偉業を果たした。二人はモルゴスの玉座の前まで行き着いたのである。

地底の最も深いところに穿《うが》たれた広間は、恐怖がこれを支え、燃える火がこれを照らし出し、殺戮《さつりく》と拷問の武器が所狭しと並べられていた。ベレンは、狼の姿のまま、モルゴスの玉座の下に逃げ込むように入り込んだ。しかしルーシエンは、モルゴスの意志の働きにより偽装を剝がれ、かれの喰い入るような視線を受けた。かの女はその目に怯《ひる》むことなく、わが名を名乗り、吟遊詩人に倣《なら》って、御前で歌を歌いましょうと申し出た。その時、かの女の美しさを具《つぶさ》に打ち眺めたモルゴスは、邪《よこしま》な欲望に動かされ、ヴァリノールからの逃亡以来かれの心に浮かんだいかなる企《たくら》みよりも腹黒い下心を懐いた。かくてかれは、己自身の邪悪な意図に惑わされることになったのである。というのは、かれはかの女をしばらく自由にさせたまま、その動きを見守り、自分の邪な思いに密かな喜びを覚えていたからである。

するとその時、かれの視線を躱《かわ》して突然かの女の姿が消え、暗がりから歌が聞こえてきた。その歌が限りなく美しく、心を惑わす力を持っていたので、モルゴスは否応なく耳を傾けずにはいられなかった。そして、かの女の姿を求めて視線をさまよわせているうちに、目の前が暗くなり前後不覚に陥った。

廷臣たちは一人残らず眠りに落ち、火という火は次第に衰えて消えてしまった。モルゴスの頭上の冠に嵌め込まれたシルマリルは白い炎のような光を放ち、燃えるように輝き始めた。鉄の冠と宝玉の重荷の下にかれは頭《こうべ》を垂れた。あたかも心労と恐怖と欲望の重荷を積んだ世界そのものが頭上に置かれ、モルゴスの意志さえもこれを支えることができないかのようであった。

その時、ルーシエンは翼のついた長衣をさっと引き上げて空中に躍り出た。そして、深い暗い池に雨が落ちるようにかの女の声が降ってきた。かの女は、かれの目の前に黒髪のマントを投げかけ、夢を注ぎかけた。かつてかれが独り歩いた外なる空虚のように暗い夢である。突然かれは、丘が山崩れを起こすようにくずおれたかと思うと、雷のように玉座からころがり落ちて、地獄の床にうつ伏した。鉄の冠が音立てて転げ落ちたあとは、すべてが音もなく静まりかえった。

ベレンは死んだ獣のように床に横たわっていたが、ルーシエンが手を触れて目を覚まさせると、狼の皮衣をかなぐり捨て、短剣アングリストを抜き、冠の鉄の爪からシルマリルを一つ切り取った。

ベレンが片手にそれを包み込むと、現し身の肉を通して光が噴出し、かれの手はまるで輝くランプのようになった。宝玉はかれの手に握られたまま、かれを痛い目には遭わせなかった。その時ふと、ベレンの心に、自分の誓言以上のこと、即ち、フェアノールの宝玉を三つともアングバンドから持ち出そうという考えが浮かんだ。しかし、これはシルマリルの運命ではなく、短剣アングリストの刃は鋭い音を立てて折れ、その破片の一つが飛んでモルゴスの頬に刺さった。かれは呻き声を発して身動きし、アングバンドの全軍勢が眠りながら動いた。

ベレンとルーシエンは、恐怖に襲われて逃げた。用心も忘れ、変装もせず、もう一度外光を仰ぎたい一心で逃げた。行く手を遮る者も、あとを追う者もなかったが、城門にはかれらの逃走を阻む守り手がいた。カルハロスが今や眠りより覚め、憤怒《ふんぬ》の形相も物凄くアングバンドの入り口に控えていたからである。二人がかれに気づくより早くかれは二人を認め、逃げようとする二人に跳びかかってきた。

ルーシエンは疲れ切っており、この巨狼を鎮める体力も残っていなければ、また、そのための時間も持たなかった。しかし、ベレンがかの女の前に進み出て、右手に高々とシルマリルを掲げると、カルハロスは立ち止まって一瞬たじろいだ。

「とっとと失せるがよい！」と、ベレンが叫んだ。「これは、お前たち悪しき者どもを一切焼き尽くす火だからな」。そしてかれは、狼の目の前にシルマリルを突き出した。

しかし、カルハロスは聖なる宝玉をつくづくと眺め、一向に怯まなかった。そして、かれの中にある貪婪《どんらん》な精神が突然燃え立つ火のように目覚め、かれは、あんぐり口を開けて不意にベレンの片手を銜《くわ》え込み、手首から嚙み切ってしまった。すると、たちまちかれの五臓六腑は炎と燃える激痛に襲われ、シルマリルはかれの呪われた肉を焦がした。苦痛の声を上げて、かれは二人の前から逃げ出した。城門を囲む谷間の岩壁は、かれの苦悶の叫喚を反響した。怒り狂ったカルハロスの恐ろしさたるや、この谷に棲む、あるいはこの谷から外界へ通じる道を通行中のモルゴスの配下たちを遠くまで遁走させるほどのものであった。というのも、かれは行く手に居合わせた生きものをすべて殺し、北方から破滅をひっさげて突然世界を襲ったからである。アングバンドの滅亡以前にベレリアンドに入り込んだ恐るべき出来事の中でも、カルハロスの狂気ほど恐ろしいものはなかった。かれの体内にシルマリルの力がひそんでいたからである。

一方、ベレンは、危険な城門の内側に気を失って倒れていた。カルハロスの牙にひそむ猛毒の故に、かれの命の糸は切れようとしていた。ルーシエンは、口を当てて毒を吸い出し、衰えゆく己が力を出し切って無残な傷の手当てをした。しかし、背後のアングバンドの深所では、目覚めた者の猛り狂うざわめきが次第に大きくなっていた。モルゴスの軍勢が目を覚ましたのである。

かくて、シルマリル探索の旅は失敗に帰し、望みは絶たれたかに見えた。ところが、あたかもその時、谷間の絶壁の上に、三羽の強大な鳥が姿を現わした。風よりも速い翼で北へ向かって飛んできた鳥たちであった。ベレンの放浪の窮状は、すべての鳥たちと獣たちの間に伝えられていた。そして、フアン自身がすべての生きものたちに見張りを命じ、いつでもベレンに援助をもたらせるようにしたのである。モルゴスの王国の空高く飛んでいたソロンドールとその配下は、かの狼が狂った如くになり、ベレンが倒れたのを見て、たちまち舞い降りてきたが、それはまさにアングバンドの権力者とその部下たちが眠りの罠から解き放たれた時であった。

かれらは、ルーシエンとベレンを地上から抱え上げ、雲まで高く運んでいった。飛翔するかれらの下界では、突然雷鳴が轟《とどろ》き、稲妻が空に向かって跳ね、山々が震動した。サンゴロドリムからは火と煙が噴き出し、燃え盛る雷《いかずち》は遠方のあちらこちらで飛び交い、落ちた地は廃墟と化した。ヒスルムでは、ノルドール族が何事かと震え戦いた。しかし、ソロンドールは地上を遥かに隔たった高所を飛び、昼は終日雲に隠れることなく日が輝き、夜は曇りなき星空を月が歩む天空高く路を求めた。かくて、かれらはたちまちのうちに、ドル＝ヌ＝ファウグリスの上空を、そしてタウル＝ヌ＝フインの上空を通過して、トゥムラデンの隠れ谷の上に来た。谷間には雲も霧もかかっていなかったので、見おろすルーシエンの目は、遥か下方に、あたかも緑の宝石から発する白い光のように、トゥルゴンの住まう麗しきゴンドリンの燦然《さんぜん》たるたたずまいを望み見た。しかし、かの女の頰には涙が伝わっていた。ベレンが必ずや死ぬに違いないと思っていたからである。かれは口も利かず、目も開かず、従ってこうして飛んでいることさえも全く知らなかった。

そしてついに、大鷲《おおわし》たちは、ドリアスの国境にかれらを降ろした。かれらが連れてこられたのは、かつて絶望したベレンが、眠るルーシエンを置き、足音を忍ばせて立ち去ったのと同じ谷間であった。

大鷲たちは、ベレンの傍らにルーシエンを置くと、クリッサエグリム連峰の高巣に戻っていった。しかし、フアンが来て、ルーシエンと共に力を合わせてベレンを介抱した。ベレンがクルフィンから受けた傷をかの女が癒した時と同じであったが、今回は猛毒による致命的な傷であった。

長い間、ベレンは横たわったまま、かれの霊魂は生と死の暗い境界をさまよっていた。それでいて、夢から夢へかれを追いまわす苦痛は絶えず知覚されていた。ところが、ルーシエンの望みもほとんど尽きたかと思われた時、突然かれは再び目覚め、目を上げて、空に映える樹々の葉を見た。そしてその葉の下に、ルーシエン・ティヌーヴィエルが低くゆっくりと歌うのを己が身の傍らに聞いた。時は再び春であった。

その後、ベレンはエルハミオンの名で呼ばれた。〈隻手《せきしゅ》〉の意である。かれの顔には苦悩が刻まれた。しかし、ルーシエンの愛によってついにかれは生に引き戻されたのである。かれは立ち上がり、二人は、再び森の中を共に逍遥した。二人は、すぐにこの場所から立ち去ろうとはしなかった。二人の目には、それほどまでにこの地が美しく思われたのである。

ルーシエンは、父の家も一族も、エルフ王国の栄耀《えいよう》栄華もことごとく忘れ、いつまでもこのまま自然の中をさまよい歩き、家には戻らなくともよいと心から思っていた。ベレンも、しばらくの間は満ち足りていた。しかしかれは、メネグロスに戻るという誓言をいつまでも忘れているわけにはゆかなかった。また、永久にルーシエンをシンゴルから引き離しておくこともかれの本意ではなかった。なぜなら、かれは人間の掟を固く守っていたから、万已《や》むを得ない場合を除いて、父親の意志を無視することは危険であると考えていたからである。それにルーシエンのような高貴な美しい王女が、まるで人間の中の粗野な猟師たちのように四六時中森の中に住んで、家も名誉も、はたまたエルダリエの妃たちの喜びとなるべき数々の美しい品々も持たずに過ごすことは、ふさわしくないことに思われたからでもある。

それ故、しばらくすると、かれはかの女を説き伏せ、二人の足は住む者もない土地を捨てた。そしてかれは、ドリアスに足を踏み入れ、ルーシエンを家路に導いた。かれらの運命がかくあらしめたのである。

ドリアスには不幸な時代が訪れていた。ルーシエンが姿を消したあと、ドリアスの国民《くにたみ》は、悲しみと沈黙にとざされていた。かれらは長い年月をかけ、かの女の行方を探し求めたが、その甲斐はなかった。この頃、シンゴルの伶人ダエロンも、飄然《ひょうぜん》としてこの国を去り、二度とその姿は見られなかったという。

ベレンがドリアスに現われる以前、ルーシエンの踊りと歌の音楽を作っていたのは、かれであった。かれはルーシエンを愛し、かの女に対する思いのたけをその音楽にこめた。大海の東のエルフの伶人の中でかれの右に出る者はなく、フェアノールの息子マグロールでさえ、その技はかれと同日には論じられなかった。かれは物狂おしくルーシエンを探し求め、見知らぬ道をさまよい歩き、エレド・ルインの山並を越え、中つ国の東の地に到り、暗い湖のほとりで、長い長い年月を、命ある者の中で最も美しい、シンゴルの娘ルーシエンのことを思って嘆き暮らした。

この時に当たって、シンゴルはメリアンを恃《たの》んだが、かの女は助言を差し控えて言った。かれが自ら招いた運命は定められた終局に向かうほかはなく、今は時を待つしかない、と。しかしシンゴルは、ルーシエンがドリアスから遥か遠くを旅していたことを知った。前に述べた如く、ケレゴルムから密かに遣わされた使いが来て、フェラグンドが死に、ベレンも死んだが、ルーシエンはナルゴスロンドにいて、ケレゴルムはルーシエンを妻にするつもりであると伝えたからである。この時、シンゴルは激怒して、ナルゴスロンドと一戦を交えるべく間者を送り出した。その結果、かれはルーシエンが再び逃亡し、ケレゴルムとクルフィンがナルゴスロンドから追われたことを知り、はたと思い惑うた。フェアノールの七人の息子たちを相手に攻撃を仕掛ける力はなかったからである。そこでかれは、ヒムリングに使者を送り、ケレゴルムがルーシエンを父の家に送り届けることもせず、また安全に保護することもしなかったからという名目で、かの女を探すための支援を要求しようとした。

しかし、シンゴルの領国の北部で、使者たちは突然、思いがけない危難に遭遇した。アングバンドの狼カルハロスの猛威に行き遇ったのである。狂気に駆られた巨狼カルハロスは、手当たり次第に貪り喰らい、北から一散に駆け抜けて、ついにタウル＝ヌ＝フインの東側を通過し、エスガルドゥインの水源から、ものみなを焼き尽くす火の如く走り下ってきた。何者もかれを妨げ得ず、王国の国境で働くべきメリアンの力もかれを止《とど》め得なかった。というのも、運命がかれを駆り立て、かれの体内にあるシルマリルの力がかれを苦しめたからである。こうしてかれは、ドリアスの不可侵の森に乱入し、すべての者は恐れて逃げ去った。使者のうちではただ一人、王の第一の将たるマブルングのみが遁れて、恐るべき知らせをシンゴルの許に持ち来《きた》った。

まさにこの暗澹たる時に、ベレンとルーシエンが西の方から急ぎ戻ってきた。この知らせは、風に乗って運ばれる妙《たえ》なる楽の音のように、二人に先立ち、悲しみにくれる暗い家々に伝えられた。二人は、ようやくメネグロスの城門に来た。二人のあとには大群衆が従った。ベレンはルーシエンの先に立って、かの女の父シンゴルの玉座の前に出た。シンゴルは驚嘆してベレンを打ち眺めた。かれはすでに死んだと思っていたからである。しかし、かれがドリアスにもたらした禍の故に、シンゴルはかれに愛情は持たなかった。

しかし、ベレンはかれの前に跪《ひざまず》いて言った。「お約束に従い戻ってまいりました。

わたくしの愛する者をいただきに参ったのです」

シンゴルは答えた。「そなたの探索、そなたの誓言はどう致したのじゃ」

しかし、ベレンは言った。「首尾よく成就致しました。今この時も、シルマリルはわが掌中にございます」

シンゴルは言った。「見せてくれ!」

ベレンは、左手を出してゆっくり開いた。掌《てのひら》は空っぽであった。かれは右腕を挙げた。この時から、かれは自らカムロスト、即ち〈空手《くうしゅ》〉を名乗った。

そこで、シンゴルの怒りは和《やわ》らげられ、ベレンはかれの玉座の前の左手に、ルーシエンは右手に坐り、二人は探索の話をすべて語って聞かせた。並居る者はみな耳を傾けて聞き、驚嘆の念に満たされた。話を聞くうちに、シンゴルには、この男が死すべき定めのほかの人間たちとはおよそ似ておらず、アルダの偉大なる者たちの中に加えられるべきであり、また、ルーシエンの愛は今までにない新しい不思議なことであるように思われた。そしてかれは、二人の運命が現世のいかなる力によってもこれに逆らってはならないものであることを認めた。それ故、ついにかれは意地を捨て、ベレンはルーシエンの父親の玉座の前でかの女と婚約した。

しかし、美しいルーシエンを再び取り戻したドリアスの喜びに、今や一抹の暗雲が影を落とした。カルハロスの狂気の原因を聞き知った今、国民《くにたみ》は、かれの脅威が、この聖なる宝玉の故に恐ろしい危険を孕《はら》んでおり、覆《くつがえ》しがたいものであることを認め、一層恐れたからである。そしてベレンは、かの狼の猛襲を耳にし、探索がまだ成就していないことを悟った。

カルハロスは一日一日メネグロスに近づいてきていたから、狼狩りが準備された。このおよそ話に語られる限りの獣狩りの中で、かくも危険なものはなかった。この駆り駆り立てには、ヴァリノールの猟犬フアン、無骨者マブルング、強弓《ごうきゅう》のベレグ（Beleg）、そしてベレン・エルハミオンにドリアスのシンゴル王が参加した。一行は朝のうちに出で《い》立ち、エスガルドゥインを渡った。ルーシエンはあとに残り、メネグロスの城門に立った。暗い影がかの女の上にさし、かの女には、あたかも太陽が病んで黒くなったかのように思われた。

狩手たちは川の流れに沿って東進したのち馬首を北に転じ、ついに小暗い谷間で巨狼カルハロスに行き遇った。この谷の北側を、エスガルドゥインが急湍《きゅうたん》となって流れ落ちていた。カルハロスは、焼き尽くすほどの喉の渇きを癒すため、この滝壺から水を呑み、長々と吠えた。こうして一行は、かれの存在に気づいた。一方、かれの方も、一行が近づいてくるのを目ざとく見つけたのであるが、俄《にわ》かに走り出てかれらを襲おうとはしなかった。恐らく、エスガルドゥインの清らかな水によって一時の間苦痛を和らげられ、胸に眠っていた悪魔の奸計《かんけい》が目覚めたのであろう。一行がかれの方に馬を進めるや、かれは深い茂みの中にこそこそと入り込み、そこに隠れひそんだ。一行は、到るところに見張りを立てて待った。森には夕闇が次第に影を伸ばしていった。

ベレンは、シンゴルの傍らに立っていた。そして、ふと二人が気づくと、ファンがいなかった。その時、茂みの中から突然獲物を追う猟犬の声が聞こえてきた。待ち切れなくなったファンが狼見たさに独りで茂みの中に入り込み、かれを追い立てようとしたのである。しかし、カルハロスはかれを避け、茨《いばら》の茂みから不意に姿を現わし、突然シンゴルに跳びかかった。たちまちベレンが槍を構えて王の前に進み出たが、カルハロスは槍を押しのけ、ベレンを倒し、胸に喰らいついた。

その時、ファンが藪《やぶ》から跳び出し、狼の背中に跳びかかった。両者は共にこけつまろびつ凄絶な闘いを展開した。狼と猟犬の闘いでいまだかつてこれに比し得るものはない。猟犬ファンの吠え声にはオロメの角笛と、ヴァラールの憤怒の声が聞かれ、カルハロスの咆哮にはモルゴスの憎しみと、鋼鉄の歯よりも酷《むご》い悪意がこめられていたからである。その騒ぎに岩は裂けて高みから崩れ落ち、エスガルドゥインの滝を埋めた。そこで両者は死ぬまで闘ったが、シンゴルの注意はそちらには向かなかった。かれはベレンがひどい傷を負うているのを見て、かれの傍らに跪いていたからである。

この時、フアンはカルハロスを屠《ほふ》ったが、ここドリアスの織物のように枝が絡まり合う森で、つとに言われていたかれ自身の運命もついに成就した。かれは死に至る傷を負い、モルゴスの毒がかれの体内に入った。かれはベレンの傍らに来て倒れ、この時三度目の口を利き、事切れる前にベレンに別れを告げた。ベレンは口を利かず、黙って犬の頭に己が片手を置いた。こうして二人は別れたのである。

マブルングとベレグ（Beleg）が王に手をかそうと急行してきたが、すでに起こったことを目にし、二人は槍を投げ出して泣いた。やがて、マブルングが短剣を取って、狼の腹を切り裂いた。狼の腸《はらわた》はまるで火に焼かれたようにほとんど燃え尽きていたが、宝玉を持つベレンの手だけはいまだ損なわれずにいた。しかし、マブルングが手を伸ばして触れようとすると、手はもはや見えず、シルマリルだけが今は隠れもなくその形を見せ、その光は周囲の森の暗がりを照らし出した。マブルングは恐れに駆られ、急ぎ宝玉を取り上げ、ベレンの現し身の手にそれを握らせた。シルマリルの感触にふと目覚めたベレンは、それを高くかざして、シンゴルに受納してくれるよう告げた。「これで探索は成就し、わたくしの運命も完了しました」こう言って、かれはもう二度と口を利かなかった。

一行は、バラヒルの息子ベレン・カムロストを、猟犬フアンと並べ、枝で編んだ担架に載せて連れ戻ったが、メネグロスまで戻り着かぬうちに日が暮れた。橅の大樹ヒーリルオルンの下で、ルーシエンは足取りも重い一行を迎えた。担架には松明《たいまつ》を掲げる者が何人か付き添っていた。ルーシエンは両の腕にベレンをかき抱き《いだ》、口づけして、西海のかなたで待っていてくれるように告げた。そしてかれがかの女の目を打ち仰ぐと、魂魄《こんぱく》はかれの元から離れ去った。すると、星明かりが消えた。ルーシエン・ティヌーヴィエルの身にもすでに暗闇が降りていた。シルマリルの探索はかくて終わったのであるが、「レイシアンの歌」、即ち囚われの身よりの解放の物語はここで終わってはいない。

というのは、ベレンの魂魄は、ルーシエンに言われた通り、マンドスの館に留まっていた。死んだ人間が帰らぬ旅に出る外なる海の小暗い岸辺に、ルーシエンが最後の別れを告げに来るまで、この世を立ち去りかねていたのである。一方、ルーシエンの魂は暗闇に沈み、ついに肉体から遁れ出た。かの女の体は、あたかも突然切り取られ、しばらくは萎《しお》れもせず、芝草の上に置かれた花のように横たわっていた。

　この時、死すべき命の人間に白髪の老年がある如く、シンゴルにも冬が訪れた。しかし、ルーシエンはついにマンドスの館に来た。西方のヴァラたちの館のさらに向こう、この世の涯《はて》のエルダリエのために定められた場所にある館である。ここでは、待つ者たちがそれぞれの思いの幽暗に包まれて坐っている。しかし、ルーシエンの美しさはかれらの美しさに勝《まさ》り、かの女の悲しみはかれらの悲しみにいや増して深かった。かの女はマンドスの前に跪いて、かれに歌を歌った。

　マンドスの御前で歌われたルーシエンの歌は、かつて言葉に編まれたこともないほど美しい歌であり、この世で聞かれることは絶えてあるまいと思われるほど悲しい歌であった。この歌は、今もなお、此岸《しがん》のわれらの耳には届かぬとはいえ、一字一句そのまま滅びることなくヴァリノールで歌われ、ヴァラたちはこれを聞いて深く悲しむのである。ルーシエンが言葉に編んだ二つの主題は、エルダールの悲しみと、人間の嘆きであった。イルーヴァタールによって、あまたな星々の中で地球王国アルダに住むべく作られた二つの種族のことを歌ったのである。そして、マンドスの前に跪いたかの女の目から、あたかも雨が岩に落ちる如く、涙がはらはらとかれの足に溢《はふ》り落ち、マンドスは胸を打たれ憐憫《れんびん》の情を覚えた。かれがかくも心を動かされたことは、それ以前にもそれ以後にもないことである。

それ故、マンドスはベレンを召し出し、かれの今際《いまわ》の時にルーシエンが言った言葉通り、ここに二人は西海のかなたで再び相会うたのである。しかしマンドスには、死んだ人間の霊魂を、待つための時間が過ぎたあともこの世の境界内に留めておく権限はなく、また、イルーヴァタールの子らの運命を変えることもかれにはできなかった。そこでかれは、イルーヴァタールの御支配のもとに世界を統《す》べるヴァラールの王マンウェの許に赴いた。そしてマンウェは、イルーヴァタールの御心《みこころ》が啓示されるかれの最も内なる思いに問うた。

かれがルーシエンに与えた選択は、次のようなものである。一つの選択は、かの女の労苦とかの女の悲しみの故に、かの女はマンドスの許から放免され、ヴァリマールに赴いて、この世の終わるまでヴァラたちと共に住み、かの女が味わった不幸をすべて忘れることができる。ただし、そこにはベレンは行くことができない。人間に対するイルーヴァタールの贈り物である死をかれに留保することは、ヴァラールには許されていないからである。

そして、もう一つの選択というのはこうである。かの女は中つ国に戻って再びそこに住んでも構わない。ベレンを連れてゆくことも許される。ただし、生命と喜びが保証されるとは限らない。この場合にはかの女もかれと同じく定命の存在となり、第二の死を蒙《こうむ》ることとなる。ほどなくしてかの女もまたこの世を永遠に去って、かの女の美は歌に留められる記憶に過ぎなくなる。

あとの運命をルーシエンは選択した。至福の国と、その地に住まう者の一族たる権利をすべて放棄し、いかなる嘆きが待っていようと、ベレンとルーシエンの運命を一つに合わせ、この世の境界のかなたに通じる道を二人で共に歩いてゆこうという選択をしたのであった。その結果、エルダリエの中でただかの女のみが、本当に死に、遠い昔にこの世を去ったのである。しかしながら、かの女の選択によって二つの種族は結ばれ、かの女を祖とする多くの者の中に、全世界が変わってしまった今もなお、エルダールは、かれらが失った愛されし者ルーシエンに生き写しの者たちを見るのである。

第二十章　第五の合戦、ニルナエス・アルノエディアドのこと

ベレンとルーシエンは、中つ国《なかつくに》の北辺の地に戻り、しばらく夫婦《めおと》として共に暮らし、ドリアスで再びこの世の姿をとったと言われる。二人の姿を見た者は、喜びかつ恐れた。ルーシエンはメネグロスに行き、その手で触れることによってシンゴルの冬を癒した。しかしメリアンは、娘の目を見てそこに書かれている運命を読み、面《おもて》をそむけた。この世の終わった後までも続く別れが、娘を永遠に隔てることを知ったからである。愛する者を失う悲しみにおいて、マイアであるメリアンのこの時の嘆きに勝《まさ》るものは、今の世に至るまでその例を知らない。

それからベレンとルーシエンは、飢えも渇きも恐れることなく、二人だけでドリアスを立ち去っていった。二人は、ゲリオンの川を過ぎてオッシリアンドに入り、やがてついに、二人の消息が途絶えるまで、アドゥラントの流れの真ん中にある緑の島トル・ガレンに住まった。この国は、後にエルダールによって、ドル・フィルン＝イ＝グイナール、即《すなわ》ち〈生ける死者の国〉と呼ばれた。そしてこの地で、美丈

夫ディオル・アラネルが生まれた。かれは後に、シンゴルの世継ぎディオル・エルヒールとして知られた。バラヒルの息子ベレンと再び言葉を交わした人間はなく、また、ベレンとルーシエンがこの世を去るのを見た者もなく、ついに二人の亡骸《なきがら》が横たわることになった場所に墓標を立てた者もいなかった。

この頃、フェアノールの息子マエズロスは、モルゴスが必ずしも難攻不落ではないことを知って、勇気を取り直した。それというのも、ベレンとルーシエンの功業が、ベレリアンド中で多くの歌に歌われ、称《たた》えられていたからである。しかしながら、もしここでかれらが再び力を合わせ、新たな同盟と合同会議を持つことができなければ、モルゴスはかれら全員を次々に滅ぼしてゆくであろう。そこでマエズロスは、エルダールの未来の浮沈をかけて、「マエズロスの連合」と今日呼ばれている協議を始めた。

しかしながら、フェアノールの誓言と、その働きかけによる悪しき行為がマエズロスの計画を損なったことは確かであり、かれは、当然与えられて然《しか》るべき助力を得られなかった。オロドレスは、ケレゴルムとクルフィンのことがあるため、フェアノールの息子の誰であれ、その言葉を聞いて進軍しようとはしなかった。それに、ナルゴスロンドのエルフたちは依然として、秘密を守り、隠密な行動をとることにより、かれらの隠された拠点を防衛し得ると信じていた。それ故、ナルゴスロンドからは、グイリンの息子のグウィンドールという武勇の誉《ほま》れ高い公子に従って、ごく少数の者が参加したに過ぎない。グウィンドールは、オロドレスの意向に背いて北方の戦いに赴いたのである。兄のゲルミルをダゴール・ブラゴッラハで失ったことを、深く悲しんでいたからである。グウィンドールの部隊はフィンゴルフィン王家の紋章をつけ、フィンゴンの旗の下《もと》に進軍したが、ただ一人を除き、ついに誰も戻らなかった。

ドリアスからは、ほとんど助けはもたらされなかった。というのも、マエズロスとその弟たちは、自らの誓言に縛られ、これより前にシンゴルに使いをやり、居丈《いたけ》高《だか》な言葉で改めてかれらの要求を突きつけ、かれらを敵にまわすことを好まぬならシルマリルを引き渡すよう、強要したからである。メリアンはこれを引き渡すことをシンゴルに勧めたが、フェアノールの息子たちの言葉が尊大かつ威嚇的であったため、シンゴルは、この宝玉が入手されるまでに流されたベレンの血とルーシエンの苦しみを想起し、しかもその間に、ケレゴルムとクルフィンの悪意が介在したことを忘れることができず、怒りに胸が煮えたぎる思いであった。それに、日ごとシルマリルを眺めるほどに、これをいつまでも手許《てもと》に置きたいと思う気持もいや増していた。シルマリルにはこのような力があったのである。

それ故、かれは冷笑的な言葉で使者を追い返した。マエズロスはそれには何も答えなかった。かれにとって今や、エルフの同盟と団結が緊急事となっていたからである。しかし、ケレゴルムとクルフィンは、自分たちがモルゴスとの戦いに勝利を占めた暁には、シンゴルが進んで宝玉を引き渡さぬ限り、シンゴルもシンゴルの民も皆殺しにすると公言して憚《はばか》らなかった。そこでシンゴルは、王国の境界を固め、戦いには出陣せず、ドリアスの民も、マブルングとベレグを除き誰一人戦場には赴かなかった。この二人は、戦場での大いなる武勲の数々に全く与《あずか》らずに終わることを潔《いさぎよ》しとしなかったのである。フェアノールの息子たちには仕えないという条件で、シンゴルはこの二人に出陣の許可を与えた。二人はフィンゴンの軍勢に加わった。

しかしマエズロスは、ナウグリムから、兵士並びに多量の武器の援助を得たので、ノグロドとベレグオストの鍛冶場《かじば》はこの頃煩忙《はんぼう》を極めた。そしてかれは、ここに再び弟たち全員を集め、かれらに従う気持のある者を糾合《きゅうごう》した。ボールとウルファング各々の族長に率いられた人間たちは召集されて戦いの訓練を受けた。そしてかれらが、さらにその一族を東国から呼び寄せた。一方、西にあっては、マエズロスの変わらぬ友フィンゴンがヒムリング方と協議し、ヒスルムでは、ノルドールとハドル家の人間たちが戦いに備えた。ブレシルの森では、ハレスの族《やから》の族長ハルミルが一族を集め、かれらは戦斧《せんぷ》を研《と》いだ。しかし、ハルミルは戦いが起こる前に死に、息子のハルディルが一族を統治した。これらの消息はゴンドリンにもたらされ、隠れ王トゥルゴンの耳に達した。

しかし、マエズロスは、計画が充分に熟さぬうちに、力試しを急いだ。そして、ベレリアンドの北方地域全域からオーク共が掃蕩《そうとう》され、ドルソニオンの地さえしばらくの間は敵の手から解放されたのであるが、エルダールとエルフの友たちが決起したという警告を受けたモルゴスは、かれらに対抗すべく謀《はかりごと》を練った。かれは、多くの間者《かんじゃ》及び謀反《むほん》のための工作者たちを敵の懐《ふところ》深く送り込んだ。かれに秘かに臣従を誓っている不実な人間たちがフェアノールの息子たちの内部に一層深く入り込んでいただけに、今では、かれの仕事はそれだけ容易になっていた。

　ようやくマエズロスは、エルフ、人間、ドワーフの中から集められる限りの兵力を糾合し終え、東と西からアングバンドを攻撃することを決めた。かれは旗を靡《なび》かせ、堂々とアンファウグリスに兵を進めるつもりでいた。それによって望み通りモルゴスの軍隊を応戦に引っ張り出すことができれば、今度はフィンゴンがヒスルムの山道から撃って出ることになっており、モルゴスの軍勢を挟撃することによりこれを粉砕することを考えた。決起の合図となるべきものは、ドルソニオンの大狼煙《のろし》の点火であった。

定められた日の夏至の朝、エルダールのトランペットが日の出を告げ、東にはフェアノールの息子たちの旗印が、西にはノルドールの上級王フィンゴンの旗印が掲げられた。そしてフィンゴンは、エイセル・シリオンの城壁から彼我《ひが》の形勢を眺め渡した。かれの率いる軍勢は、エレド・ウェスリンの東の谷間や森の中に勢揃いし、敵の目からは完全に隠されていたが、かれにはこれが大軍勢であることが分かっていた。そこにはヒスルムのノルドールが全員集まっているだけではなく、ナルゴスロンドのグウィンドール麾下《きか》のエルフたちもおれば、ファラスのエルフもおり、人間の大部隊もいた。右手には、ドル＝ローミンの軍勢と、フーリン及び弟のフオルに率いられた勇士らが勢揃いし、ブレシルのハルディルが多くの森の男たちを率いてこれに加わっていた。

次いでフィンゴンは、サンゴロドリムの方を眺めやった。それは黒い雲に包まれ、黒煙が立ち昇っていた。かれは、モルゴスの怒りがかき立てられ、挑戦が受けとめられたことを知った。フィンゴンの心を一抹の不安の影が過《よ》ぎった。かれは東の方を見て、マエズロスの軍勢がアンファウグリスの土埃《つちぼこり》を蹴立てて進軍してくるのが、エルフの鋭い視力で見えるのではないかと探し求めた。かれは、マエズロスが呪われたるウルドールの奸計《かんけい》により、出陣を遅延させられたことを知らなかった。ウルドールは、アングバンドから敵が襲撃してくるという偽りの警告を発して、かれを欺いたのである。

ところがこの時、不意に喊声《かんせい》が起こり、折からの南風に乗り、谷から谷へ伝わってきた。エルフも人間も共に驚きと喜びの声を上げた。要請もせず予期もしていなかったのに、トゥルゴンが守り固いゴンドリンの防備を解き、輝く鎧《よろい》と長い剣《つるぎ》と林立する槍で武装した一万の強者《つわもの》を率いて出陣してきたからである。フィンゴンは弟トゥルゴンの大トランペットを遠くに聞いた時、心にきざした不安の影が去って、たちまち意気が高まるのを覚え、声高く叫んだ。「ウトゥーリエン　アウレ！　アイヤ　エルダリエ　アル　アタナターリ、　ウトゥーリエン　アウレ！〈朝が来たぞ！　見よ、エルダールの民よ、人間の父たちよ、朝が来たぞ！〉」と。かれの大音声《だいおんじょう》が山々に谺《こだま》するのを聞いた者は、斉《ひと》しくそれに答えて叫んだ。「アウタ　イ　ローメ！〈夜は過ぎゆく！〉」と。

さて、敵側の動静、及び計画の情報を逐一手に入れていたモルゴスは、満を持して待機していたのであるが、間者として送り込んだかれの召使いたちがマエズロスを引き留め、敵陣営の連合がそれによって阻まれることを期待し、一見大軍と見える軍勢（かれが準備した全軍勢から見れば、ほんの一握りに過ぎないのであるが）をいよいよヒスルム方面に出動させた。かれらはみな焦《こげ》茶色の服に身を包み、刀剣は一切むき出さずにいたから、アンファウグリスの灰土をかなり前方に押し寄せてくるまで、かれらの近づいてくるのは見えなかった。

この時、ノルドール族の意気は高まり、大将たちはアンファウグリスの平原に敵を迎え撃とうとした。しかしフーリンがこれに異を唱え、モルゴスの奸計に用心を促した。モルゴスの兵力は常に見せかけより大きく、かれの意図するところはかれの見せるところにはない、というのである。マエズロスからの合図は依然として見られず、味方の軍勢ははやる気持を押さえきれなくなってきたが、フーリンはオーク共が丘陵に向かって攻撃を仕掛けてくるのを待つように説得した。

しかし、西に差し向けられたモルゴス軍の指揮官は、いかなる手段であれ、フィンゴンの軍を速やかに丘陵部から誘い出すように命ぜられていた。そこでかれは、部隊を前進させ、シリオン川の手前で前衛の陣を整えた。その範囲はエイセル・シリオンの砦の城壁から、セレヒの沼沢地でリヴィル川と合流する地点に及んだ。フインゴン側の前哨地点から敵の目が見えるほどであった。しかし、戦いを挑むかれの声にフィンゴンの側からは何の応答も聞かれず、静まりかえった城壁と脅威を秘めた山々を眺めやるうちに、オークたちの嘲《あざけ》りの声も途切れがちとなった。そこでモルゴスの指揮官は、休戦交渉を求める印の旗を持たせて数人の使者を送り出し、かれらはバラド・エイセルの外堡の前まで馬を進めさせた。かれらは、実はブラゴッラハで生け捕りにしていたナルゴスロンドの貴族、グイリンの息子ゲルミルを伴っていた。かれは盲《めしい》にされていた。

アングバンドの使者たちは、かれを見せつけるように突き出して叫んだ。「おれたちのところには、こういうやつがもっといくらも捕えてあるのだぞ。だが、やつらを救い出したいと思うのなら、急がねばなるまいな。つまり、おれたちが戻ったら、やつらはみんなこうしてくれるのさ」

かれらは、エルフたちの見ている前でゲルミルの手と足を次々と切断し、最後に首をかっ切って、そのまま立ち去っていった。

よりもよって、外堡のその場所には、ゲルミルの弟、ナルゴスロンドのグウィンドールが立っていた。かれの怒りは火に油を注がれたように燃え上がり、狂気の如く馬に飛び乗って走り出た。ほかにも多くの乗手がかれに続いた。かれらは使者の一行に追いつき、これを斬ってすてると、さらに馬を駆けさせ、敵陣深く乗り込んだ。

これを見て、ノルドールの軍勢は一様に心逸《はや》り、フィンゴンは白い兜《かぶと》をかぶり、トランペットを鳴らさせた。ヒスルムの軍勢はいっせいに丘陵部から躍り出て、突然、猛攻撃を開始した。ノルドールが手に手に抜き放った剣の刃は、葦原《あしはら》に火の燃えるようにきらめいた。その攻撃の凄まじく速やかなことは、モルゴスの意図するところもこれで挫折するかと思われるほどであった。かれが西に派遣した軍隊は、援軍により強化される暇《いとま》もないまま、たちまち全滅させられた。フィンゴンの旗はアンファウグリスを通過して、アングバンドの城壁の前に掲げられた。終始先頭に立ち続けていたグウィンドールとナルゴスロンドのエルフたちの騎虎の勢いは今さら止《とど》めようがなく、かれらは城門になだれこみ、アングバンドの階段を守る衛兵たちを薙《な》ぎ倒した。モルゴスは、かれらが扉を叩き壊す音を聞き、地の底深く玉座の上で震え戦《おのの》いた。

しかし、ナルゴスロンドのエルフたちは、ここで罠にはめられることになったのである。グウィンドール一人を残し、全員が殺され、グウィンドールは生きながら捕えられた。フィンゴンが助けに来られなかったからである。サンゴロドリムの数多くの秘密の入り口から、モルゴスが待機させてあった主力部隊を出撃させたため、フィンゴンは無数の死傷者を出して城門から撃退されたのである。

戦いが始まって四日目、アンファウグリスの平原に、ニルナエス・アルノエディアド、即ち、いかなる歌であれ、いかなる物語であれ、痛恨極まりないこの時の嘆きを余すところなく表現し尽くすことは到底不可能な、〈涙尽きざる〉合戦が始まったのである。フィンゴンの軍勢は砂の荒地を渡って退却し、ハラディンの族《やから》の族長ハルディルは、殿後《でんご》にあって討ち死にを遂げた。かれと共に、ブレシルの男たちの大半が命を落とし、二度と故郷の森に戻ることがなかった。

五日目に入って、エレド・ウェスリンはまだ遠く、夜もとっぷり暮れてきた時、オークどもはヒスルムの軍勢を取り囲み、かれらを次第に追いつめ、払暁《ふつぎょう》に至った。朝が訪れた時、ゴンドリンの主力部隊を率いて進軍してくるトゥルゴンの角笛が聞こえて、望みが生じた。かれらはシリオンの山道を守備して、南の方に配置されていたのである。トゥルゴンはその民が早まった攻撃に出ることを恐れ、極力これを引き止めていたのであった。ここでかれは、急ぎ兄の救援に向かった。鎖かたびらに身を包んだゴンドリンの強者たちの列が、鋼《はがね》の川のように日の光にきらめいた。

王の近衛兵たちの方陣はオークの列を突破し、トゥルゴンは剣を揮《ふる》いながら兄の傍《かたわ》らまで辿り着いた。フィンゴンの傍らに立つフーリンとトゥルゴンの再会は、戦いのさなかとはいえ、いかにも喜ばしいものであったと言われる。そこで、エルフたちの心にも再び望みが甦《よみがえ》った。またちょうどこの時、朝の第三時（訳註　九時頃）に、ついに東の方からマエズロスのトランペットが聞こえてきた。そして、フエアノールの息子たちの旗が靡き、かれらは後方の敵を襲った。全軍が忠誠であれば、この時こそエルダールは戦いに勝利を収め得たかもしれぬと評する者もいる。オークたちは浮き足立って猛攻撃から手を引くばかりか、中には背を見せて逃走に転じる者もいたのである。

しかし、マエズロス軍の先鋒がまさにオーク共を襲おうとした時、モルゴスは、残された最後の戦力を解き放った。アングバンドは空になった。狼が来た。狼乗りたちが来た。バルログが来た。龍が来た。龍たちの祖グラウルングが来た。この巨大なる長虫の力とその恐ろしさたるや、それを前にしてエルフも人間も縮み上がるほどであった。かれは、マエズロスとフィンゴンの軍勢の間に割って入り、両軍に楔《くさび》を打ち込んだ。

しかし、狼やバルログや龍がいかに暴威を揮おうと、人間の裏切りがなければ、モルゴスは目的を達しはしなかったであろう。ウルファングの謀略が顕《あらわ》れたのはこの時であった。東夷《とうい》たちの多くは嘘と恐怖を一杯ふき込まれ、背を向けて逃げ出した。しかしウルファングの息子たちは、ここで突然モルゴス側に加担し、フェアノールの息子たちの殿後に撃ってかかった。そして自分たちが作り出した混乱に乗じ、マエズロスの軍旗に近づいた。しかしかれらは、モルゴスの約束した褒賞を手に入れることはなかった。なぜなら、裏切りの指導者たる呪われたるウルドールはマグロールに殺され、ウルファストとウルワルスは、ボールの息子たちがかれら自身討ち死にする前に討ち果たした。

しかし、ウルドールが前もって呼び集め、東の丘陵地帯に忍ばせておいた凶悪な人間共が新手の戦力として攻め寄せてきた。そしてマエズロスの軍勢は、今や三方から挟撃され、ついに総崩れとなって蹴散らされ、あちこちに逃げ惑うた。しかし運命は、フェアノールの息子たちを見逃し、全員傷を負うてはいたものの、落命した者は一人もいなかった。というのも、かれらは一つに固まって、ノルドールとナウグリムの生存者をまわりにかき集め、血路を開きながら遠く東のドルメド山に向け、遁《のが》れ去ったからである。

東軍のうち最後まで踏みとどまったのは、ベレグオストのドワーフたちであり、このことがかれらの名をつとに高からしめたのである。ナウグリムというのは、エルフや人間にくらべ火熱に耐えることができた。それに加え、かれらは合戦場において見るも恐ろしい大きな面《めん》をかぶる習慣があった。これが大いに役立って、かれらを敢然と龍の火に向かわしめたのである。かれらがいなければ、グラウルングとその係累は、ノルドールの生存者を一人残らず焼き尽くしてしまったであろう。ナウグリムは、グラウルングが襲ってくると見るや、これを取り囲んだ。グラウルングの堅固な鎧も、ナウグリムの大鉞《まさかり》に対しては完全な武装とはいえなかった。猛《たけ》り狂ったグラウルングがベレグオストの王アザグハールに向かってきてこれを打ち倒し、その上に匍《は》い上ってきた時、アザグハールは最後の力を振りしぼってかれの腹部に柄《つか》も通れと短剣を刺し通した。こうして傷ついたグラウルングは、アンファウグリスの野を逃げて去った。アングバンドの獣《けだもの》たちも慌てふためき、そのあとを追った。

ドワーフたちはアザグハールの亡骸を持ち上げ、これを担って運び去った。あとに従う者は低い声で葬送の歌を歌いながら、ゆっくりした足取りで歩いていった。その様は、かれらの故国で威儀を整えて行われる葬送の行列のようであった。そしてかれらは、もはや敵に対して一顧だに与えようとしなかったが、敢えてかれらを引き留めようとする者はいなかった。

一方、西の戦場では、今やフィンゴンとトゥルゴンが、かれらに残された兵力の三倍以上にも達する敵兵の、大波のように押し寄せる攻撃を受けていた。アングバンドの大将でバルログの長であるゴスモグが来ていた。かれは、フィンゴン王を囲むエルフ軍の間に黒い楔の如き軍勢をなだれ込ませ、トゥルゴンとフーリンをセレヒの沼沢地の方に押しやってから、フィンゴンに襲いかかった。絶対あとにはひけぬ出会いであった。近衛の兵士たちの亡骸に取り囲まれ、ついにフィンゴンはただ一人立っていた。かれはゴスモグと闘ったが、やがて別のバルログがかれの背後にまわって、火の鞭をかれに巻きつけた。そこをゴスモグは黒い鉞《まさかり》で切りつけた。フィンゴンの兜は割れ、白い炎が立ち昇った。ノルドールの上級王はかくの如くして討ち死にした。灰土に横たわった王を、かれらは矛《ほこ》でさんざんに打擲《ちょうちゃく》し、青と銀色の王旗を血だまりに突っ込んで踏みにじった。

合戦は味方の敗北に終わった。しかし、フーリンとフオルとハドル家の生き残りが、ゴンドリンのトゥルゴンを囲んで踏みとどまっていた。そしてモルゴスの軍勢は、いまだにシリオンの山道を押さえることができないでいた。

その時、フーリンがトゥルゴンに向かって言った。「王よ、間に合ううちに、お引き揚げ下さい！　王のうちにこそエルダールの最後の望みが生きているのです。

ゴンドリンが立っているうちは、モルゴスの心から恐れは消えぬでありましょうから」

トゥルゴンは答えて言った。「ゴンドリンはもはや、長く隠れたままではおられぬだろう。そして、発見されれば滅びるに違いない」

その時、フオルが口を開いて言った。「しかし、今しばらくゴンドリンが倒れずにあれば、その時は殿の御家からエルフと人間の望みが生まれるでありましょう。王よ、わたくしはこのことを、死にゆく者の目で王に申し上げるのです。殿とわたくしは、ここで永久《とわ》にお別れすることになります。殿のお国の白い城壁を再び仰ぐこともないでありましょうけれど、殿とわたくしとから新しい星が生じましょう。それでは御機嫌よう！」

王のそばに侍《じ》していたトゥルゴンの妹の息子マエグリンは、この言葉を耳にして、忘れなかった。しかし、かれは何も言わなかった。

トゥルゴンは、フーリンとフオルの忠告を容れて、ゴンドリンの軍勢の生存者全員と、フィンゴンの臣下のうち集められる限りの者を集め、シリオンの山道に向かって退却した。かれの軍の大将のエクセリオンとグロルフィンデルが左右の側面を警護して、一人の敵も寄せつけなかった。しかし、ドル＝ローミンの人間たちは、フーリンとフオルの望み通り殿後を守った。というのも、かれらは心中北の国を去りがたく思っており、勝って再び故里《ふるさと》に帰ることができぬのなら、この地に最後まで踏みとどまって死にたいと思ったからである。かくて、ウルドールの裏切りは償われた。人間の父祖たちがエルダールのためになしとげた戦場での功業の中で、ドル＝ローミンの人間たちの最後の抵抗は最も名高いものである。

このようにして、トゥルゴンは血路を開きながら南へ向かい、フーリンとフオルの警戒下、ついにシリオンを渡って遁れた。かれは山中に姿を消し、モルゴスの目から隠れた。しかし、フーリンとフオルの兄弟は生き残ったハドル家の人間たちを糾合して、一歩ずつ退却し、ついにセレヒの沼沢地を背後に、リヴィルの流れを前に踏みとどまり、もはや退かなかった。

この時、アングバンドの軍勢は残らずかれらに向かって蝟集《いしゅう》してきた。かれらは、死んだ仲間の体を橋にして川を渡り、水かさを増す水が岩を囲むように、ヒスルムの生存者を取り囲んだ。ここで六日目の太陽が西に傾き、エレド・ウェスリンの影が次第に暗さを増す頃、フオルが毒矢に目を射抜かれて討ち死にした。ハドルの勇敢なる男たちもすべて殺されて、かれのまわりに死屍《しかばね》の山を築いた。オーク共はかれらの首をかき切って、夕陽に黄金色に染められた塚山のように積み上げた。

最後にただ一人、フーリンが残った。かれは盾《たて》を捨て、両手に鉞を摑《つか》んで振りまわした。鉞はゴスモグを護衛するトロルたちの黒い血を流すたびに血煙を上げ、フーリンは一人斬るごとに「アウレ　エントゥルヴァ！〈昼再び来たらん！〉」と叫んだと歌に歌われている。七十度《たび》かれはこの叫びを上げた。しかしついに、かれはモルゴスの命令により、生きながら捕えられた。摑みかかってきたオーク共の手が、鉞《まさかり》で腕から切断されたあとも離れず、次第にその数が増して、ついにかれはその中に埋もれてしまったのである。ゴスモグはかれを縛り、笑いものにしながらアングバンドまで引きずっていった。

海のかなたに太陽が沈む頃、ニルナエス・アルノエディアドはかくの如く終わった。ヒスルムには夜が訪れ、西方から烈《はげ》しい暴風が吹き募ってきた。

モルゴスの勝利は大きく、かれの意図は思い通りに実現された。人間が人間の命を奪い、エルダールを裏切ったからである。そして、かれに対抗して団結するはずであった者たちの間に、恐れと憎しみがかき立てられたからである。この時から、エルフたちの心は、エダインの三家を除く人間たちから遠ざかってしまった。

フィンゴンの王国はもはやなく、フェアノールの息子たちは、風に舞う木の葉のように彷徨《ほうこう》する身となった。武器を使い果たし、同盟は破れ、かれらはエレド・リンドンの山麓に遁れ、オッシリアンドの緑のエルフたちと交わり、古《いにしえ》の勢威も栄光も失って、荒々しい森の国の暮らしに馴染《なじ》んでいった。ブレシルでは、ハラディンの族《やから》のごく一部が森に守られて暮らしていた。ハルディルの息子ハンディルがかれらの族長であった。しかしヒスルムには、ついに一人としてフィンゴンの兵士たちは帰らず、ハドル家の男たちも戻らなかった。また、戦いや王たちの運命についての便りも届かなかった。

一方、モルゴスは、かれのために働いた東夷たちをこの地に送り込んできた。かれらは肥沃なベレリアンドの地を渇望していたのであるが、モルゴスはこれを与えなかった。かれは、ヒスルムにかれらを閉じ込め、そこから離れることを禁じた。つまるこれが、マエズロスへの裏切りに対してかれらに与えられた褒美《ほうび》であった。つまるところは、ハドルの族《やから》の老人や女や子供たちから略奪するのも、かれらを苦しめるのも随意であるということにほかならなかった。ヒスルムに住むエルダールの残党は、北方の鉱山に連れてゆかれ、そこで奴隷労働に従事させられた。中にはモルゴスの手を遁れて、荒地や山中に逃げ込んだ者もいないではなかった。

オークと狼共は、北の地を好き勝手に横行するばかりでなく、南に下ってベレリアンドに入り込み、ナン＝タスレン、即ち〈柳の国〉や、オッシリアンドの国境にまで侵入してきたから、畠にいようと荒地にいようと、安全な者は一人もいなかった。ドリアスは確かに残り、ナルゴスロンドの館《やかた》もまだ隠されていた。しかしモルゴスは、これらの存在にはほとんど注意を向けなかった。二つの王国についてわずかしか知らなかったためか、あるいはかれの悪意から生まれた深謀遠慮の中で、攻撃を仕掛ける順番がまわってきていなかったためかもしれない。今では多くの者が港に遁れ、キールダンの城壁の背後に避難した。そしてエルフの水軍は沿岸を航行し、敏速な上陸作戦で敵を悩ませた。

しかし、翌年の冬が来る前のこと、モルゴスはヒスルムとネヴラスト越しに大軍を送り、かれらはブリソン川とネンニング川を下って全ファラス地方を荒らし、ブリソンバールとエグラレストの城壁を包囲した。かれらは鍛冶屋や坑夫や火器の作り手を伴い、大きな機械を据えつけ、勇敢な抵抗に手を焼きながらついに城壁を破った。二つの港は廃墟と化し、バラド・ニムラスの塔は毀《こぼ》たれ、キールダンの民の大半は殺されるか奴隷にされた。しかし少数の者は、船に乗って海から遁れた。その中に、フィンゴンの息子エレイニオン・ギル＝ガラドもいた。かれはダゴール・ブラゴッラハの後に父親から港に送られてきていたのである。

これら生き残った者たちは、キールダンと共に南に船を進め、バラル島に到り、ここまで辿り着く者たちのために避難場所を作り上げた。かれらはシリオンの河口にも足掛かりを持っていて、そこにはたくさんの軽くて船脚の速い船が、森のように密生して葦が生《お》い茂る小さな入江や川辺に隠されていたからである。トゥルゴンはこのことを耳にすると、再び使者をシリオンの河口に送り、船造りのキールダンの援助を求めた。トゥルゴンの命により、キールダンは七隻の速い船を建造した。使者たちは船出して西方に向かったが、その消息は、最後の一隻を除いて二度とバラル島にもたらされることはなかった。この最後の船に乗り組んだ者たちは、長い間海上で苦労を重ねた末、ついに絶望して引き返し、中つ国の岸辺が見えるところで烈しい嵐に遭遇し、船は水中に没した。しかし、そのうちの一人がウルモによってオッセの怒りから救われ、波に運ばれてネヴラストの岸に打ち上げられた。かれは名をヴォロンウェと言い、ゴンドリンから使者としてトゥルゴンが送り出した者の一人である。

さて、モルゴスの思いは絶えずトゥルゴンに向けられていた。惜しくもかれを逃したからであり、トゥルゴンこそ、かれの仇敵《きゅうてき》の中で、ほかの誰よりも捕えたい、滅ぼしたいとかれが願っている者だったからである。この思いはかれを悩まし、かれの勝利を曇らせた。なぜなら、偉大なるフィンゴルフィン王家のトゥルゴンは、今や正当な全ノルドールの王であったからである。そしてモルゴスは、フィンゴルフィン王家をとりわけ恐れ憎んでいた。なぜなら、かれの仇敵であるウルモの庇護を受けていたからであり、またフィンゴルフィンの剣によって傷を受けたためである。そしてその一族の中でも、かれはトゥルゴンを最も恐れていた。というのは、その昔ヴァリノールで、かれはトゥルゴンにふと目を留めたことがあった。そしてかれが近づくといつもモルゴスの心は翳《かげ》り、いつとは分からぬながら、将来トゥルゴンから破滅がもたらされるのではないかという予感を覚えたのである。

フーリンがモルゴスの前に連れてこられたのもそのためであった。かれがゴンドリンの王と親しいことをモルゴスは知っていたからである。しかしフーリンは、かれを歯牙《しが》にもかけず嘲った。そこでモルゴスは、フーリンとモルウェンとその子孫を呪い、闇と悲しみの運命をかれらに下した。そしてフーリンを牢から出し、サンゴロドリムの高みにある石の椅子に坐らせた。ここでかれは、モルゴスの魔力により金縛りとなり、モルゴスはその傍らに立って、再度かれに呪いの言葉を吐いた。

「さあ、そこに坐って向こうを見渡しておれ。お前の愛する者たちの身に、禍《わざわい》と絶望がふりかかるのを眺めておれ。お前はよくもわしを嘲弄《ちょうろう》し、アルダの運命の主《ぬし》たるメルコールの権力を疑ったな。故に、見る時にはわしの目で見、聞く時にはわしの耳で聞くようにさせてやるぞ。そしてお前は、すべてが酷《むご》い終わりを迎えて成就するまで、決してこの場所から動くことはならぬのだ」

そして、この通りになったのである。しかしフーリンは、自分のためにも親族のためにも、慈悲をも死をも願わなかったと言われている。

モルゴスの命により、オークらはこの激戦に討ち死にした者の骸《むくろ》や、かれらの武具武器をことごとく集めて、アンファウグリスの真ん中に積み上げ、大きな塚山を作り上げた。これは、まるで小山のように遥か遠くからも眺められた。ハウズ＝エン＝ヌデンギンとエルフたちはこれを名づけた。〈戦死者の丘〉の意味である。そしてまたハウズ＝エン＝ニルナエス、〈涙の丘〉とも呼んだ。しかし、この丘にはやがて草が萌え出て、モルゴスの作り上げた砂漠の中で、ここだけは、緑の草が再び青々と伸びて生い茂ったのである。そして、エルダールとエダインの剣が錆び朽ちてゆくこの土の上を踏もうとするモルゴスの配下は、一人もいなかった。

第二十一章　トゥーリン・トゥランバールのこと

ベレグンドの娘リーアンは、ガルドールの息子フオルの妻であった。かの女は、フオルが兄のフーリンとニルナエス・アルノエディアドに赴く二か月前に、かれと結婚した。夫の消息が途絶えると、かの女は荒野に遁《のが》れ、ミスリムの灰色エルフたちに助けられた。息子のトゥオルが生まれると、エルフたちにかれの養育を委《ゆだ》ね、そのあと、リーアンはヒスルムを去り、ハウズ＝エン＝ヌデンギンに赴き、そこに身を横たえて死んだ。

モルウェンは、バラグンドの娘で、ドル＝ローミンの領主フーリンの妻であった。二人の息子がトゥーリンで、かれは、ベレン・エルハミオンがネルドレスの森でルーシエンに出会った年に生まれた。二人の間には、ラライス、即《すなわ》ち〈笑い〉と呼ばれる娘もいた。かの女は兄のトゥーリンにかわいがられていたが、かの女が三つの年に、アングバンドから吹く悪しき風に乗ってヒスルムに疫病が伝えられ、かの女は死んだ。

さて、ニルナエス・アルノエディアドの後も、モルウェンはドル＝ローミンに住み続けた。トゥーリンがわずか八歳で、かの女は再び身籠っていたからである。時代が悪かった。なぜなら、ヒスルムにやってきた東夷《とうい》たちは、ハドルの族《やから》の生き残りを見縊《みくび》り、かれらを虐《しいた》げ、土地と財産を奪い、子供たちを奴隷にした。しかし、ドル＝ローミンの奥方の抜きんでた美しさと威厳のために、東夷たちは恐れて、かの女自身にもかの女の家の者にも、敢えて手をかけようとはしなかった。かれらは、ここそこ耳打ちしながら、かの女のことをエルフと組む魔法に長じた魔女で、危険な女であると噂した。しかしかの女は、今では貧しく寄る辺もない身の上であった。ただ、フーリンの親戚で名をアエリンという女が、密かに援助の手を差しのべてくれた。かの女は、ブロッダという東夷の妻になっていたのである。

モルウェンは、トゥーリンがかの女の許《もと》から連れ去られ、奴隷にされることを非常に恐れていた。それ故、かれを密かに遠方へ送り、シンゴル王に願ってかくまってもらうことを考えた。というのも、バラヒルの息子ベレンはかの女の父方の身内であり、その上、禍《わざわい》がふりかかる前には、フーリンの友人でもあったからである。それ故、嘆きの年の秋、モルウェンは年老いた二人の僕《しもべ》をつけ、トゥーリンを山の向こうに送り出した。そして僕たちに、もしできれば、ドリアスの王国に入る入り口を見つけるように言いつけた。

かくて、トゥーリンの運命の糸は編まれたのである。それは、当時を語るすべての物語詩の中でも最も長い「ナルン・イ・ヒーン・フーリン」、即ち〈フーリンの子らの物語〉という長詩の中に余さず語られているが、ここにはその話をかいつまんで記すことにした。なぜなら、この物語は、シルマリル及びエルフの運命と分かちがたく、一つのものに織りなされているからである。そしてこれは、痛ましい嘆きの物語とも呼ばれる。というのも、これが悲しい出来事を歌っており、モルゴス・バウグリルの最も忌《い》むべき所業がここに現われているからである。

年の初めに、モルウェンは子供を生んだ。フーリンの娘である。かの女はその子を、ニエノールと名づけた。〈哀悼《あいとう》〉の意味である。一方、トゥーリンとその連れは数々の大きな危険をくぐり抜けて、ついにドリアスの国境に辿り着いた。そこでかれらは、シンゴル王の国境守備の長、強弓《ごうきゅう》のベレグに出会い、メネグロスに案内された。シンゴルはトゥーリンを快く迎え入れ、あまつさえ、かれを自分の養子にした。不動なるフーリンに敬意を表するためである。というのも、シンゴルの気持は、エルフの友たる三家に対し好意的に変わってきていたからである。

その後、北のヒスルムまで使者が赴き、モルウェンにドル＝ローミンを去って、かれらと共にドリアスに来るよう伝えたのであるが、かの女はフーリンと住んだ家を立ち去ろうとはしなかった。そして、使者のエルフたちが出発する時、ハドル家の重代の宝器の中でも、何にも増して大切にされてきたドル＝ローミンの龍の兜《かぶと》をことづけた。

トゥーリンは、ドリアスですくすくと成長し、美しく強い若者になったが、悲しみの痕は消えなかった。九年の間、かれはシンゴルの館《やかた》に住まった。その間に、かれの深い悲しみも次第に薄れていった。というのも、ヒスルムに時折使者が立ち、かれらはモルウェンとニエノールの近況について少しはましな便りを持って帰ったからである。ところが、とうとう使者たちが北の国から戻らぬ日が訪れた。そしてシンゴル王は、もう二度と使者を送らなかった。トゥーリンは、母と妹の身の上を案じ、心に決するところがあって王の御前に参じ、鎧《よろい》と剣《つるぎ》を賜わるよう願った。そしてかれは、ドル＝ローミンの龍の兜をかぶり、ドリアスの国境地帯で戦うために去ってゆき、ベレグ・クーサリオンの戦友となった。

三年が経った時、トゥーリンは再びメネグロスに帰ってきたが、荒野から戻ってきたので、髪は蓬髪《ほうはつ》、武具や衣服はくたびれていた。ところで、ドリアスに、ナンドール・エルフの一人で、王の相談役の中でも枢要の地位にある者がいた。かれは名をサエロスといい、かねがね、トゥーリンがシンゴル王の養い子として受けている栄誉を嫉《そね》んでいた。それで、食卓で向かい合わせに坐った時、かれを嘲《あざけ》って、「ヒスルムでは、男たちがこんなに荒らくれて恐ろしげであるなら、女たちはいったいどうなんだろう。髪の毛のほかには体を被《おお》うものもなく、鹿のように走りまわっているのだろうか」と言った。

トゥーリンは激しい怒りに駆られ、杯を取ってサエロスに投げつけ、ひどく心を傷つけられた。

次の日、サエロスは、トゥーリンがメネグロスから国境の守備に戻ろうとして出掛けるところを待ち伏せた。しかし、トゥーリンの方がかれを打ち負かし、サエロスは、追われる獣のように裸のまま森を抜けて逃げ出したが、恐怖にかられて走りまわるうちに、流れの深みに落ち、水中の大岩に当たって砕け死んだ。

しかし、ほかの者たちもやって来て、この結果を目にした。その中にマブルングがおり、かれはトゥーリンに命じて、一緒にメネグロスに戻り、王の赦《ゆる》しを乞い、その裁きを待つように言った。しかし、トゥーリンは自らを法の保護を失った者と見なし、捕われの身となることを恐れてマブルングの命令を拒み、たちまち背を向けて立ち去った。かれはメリアンの魔法帯を通り抜け、シリオンの西の森に入っていった。そこでかれは、悪のはびこっていた当時、開けぬ山野に潜伏しているのが見つかる命知らずの無宿者の群れに身を投じた。かれらは、たまたま自分たちの方に足を向けてきた者は、エルフであれ、人間であれ、オークであれ、これを襲って暮らしていた。

一方、シンゴル王は、事の顚末《てんまつ》が一部始終語られ、調べが終わると、トゥーリンを不当な扱いを受けた者と見なし、これを赦した。その頃、強弓のベレグが北の国境地帯から戻り、トゥーリンを探してメネグロスに来た。シンゴルはベレグに言った。「クーサリオンよ、予の悲しみを察してくれ。予は、フーリンの息子をわが息子と思うていたのだ。フーリン自身が幽界から戻り、わが息子を返せと言わぬ限り、予はあれをわが息子として留めおくつもりだ。トゥーリンは不当に荒野に追いやられたなどとは、誰にも言わせぬぞ。予は、あれが戻ってくるのを喜んで迎えるつもりだ。あれのことを大そう愛しておるからじゃ」

ベレグは答えた。「あくまでトゥーリンを探してごらんにいれるつもりです。できますれば、メネグロスに連れて戻りましょう。わたくしも、トゥーリンを愛しているからでございます」

ベレグはメネグロスを去り、数々の危険をかいくぐり、トゥーリンの消息を空しく追い求めて、ベレリアンドを遥か遠くまで探し歩いた。

一方、トゥーリンは、無法者の群れに長く留まるうちに、かれらの首領に担がれ、自らネイサンを名乗った。〈不当なる扱いを受けたる者〉の意である。かれらは、テイグリン川の南の森に人目を避けて暮らしていた。しかし、トゥーリンがドリアスから逃亡して一年経った頃、ベレグがたまたま行き暮れて、かれらの巣窟《そうくつ》に辿り着いた。その時、トゥーリンはたまたま留守で、無法者たちはベレグをドリアスの王の間者《かんじゃ》ではないかと疑い、かれを捕えて縛り、手荒に扱った。そこへ戻ってきたトゥーリンは、事の次第を知ると、不意に自分たちの行ってきた無法無道な行為に対する自責の念に襲われ、ベレグのいましめを解き、ここに二人は旧交を温めたのである。そしてトゥーリンは、アングバンドの召使い以外に、今後は誰とも一切戦いを交えたり、あるいは物を奪ったりしないことを誓った。

ベレグは、シンゴル王の赦しを告げ、トゥーリンの力と勇気が王国の北辺の警備に必要不可欠のものであるから、是非とも一緒にドリアスに戻ってくれるように、言葉を尽くして説得した。「オーク共は最近、タウル＝ヌ＝フインから下ってくる道を見つけた。やつらはアナハの山道を抜ける道路を作ったぞ」

「その山道には覚えがないね」と、トゥーリンが言った。

「国境からそんな遠くまで遠征したことはないからな」と、ベレグが言った。「しかし君は、クリッサエグリムの峰々を遠くに眺めやったことがあるだろう。そして、その東にゴルゴロスの暗い山並を。アナハはその間にある。ミンデブの水源のある高地の上の、危険の多い険阻な道だ。オーク共は今その道を通って大勢やってくる。かつては平和な地であったディンバールも、今や黒い手に落ちようとし、ブレシルの人間たちも難儀している。われらが必要とされている所以《ゆえん》だ」

しかし自尊心から、トゥーリンは王の赦しを拒んだ。ベレグの説得の言葉も、かれの気持を変えるには役立たなかった。それどころか、かれはベレグを引き留め、シリオンの西の地にかれと一緒に留まるよう強く勧めたのである。

しかし、ベレグは留まろうとはせず、こう言った。「トゥーリン、君は情の強《こわ》いやつだな。それに頑固だ。今度は私が言う番だ。もし、君が本当に強弓のベレグをそばに置きたいと思うのなら、ディンバールに会いに来るんだね。私はそこに帰るんだから」

翌日、ベレグは出掛けた。トゥーリンは野営地から矢の届くあたりまでかれに同行したが、一言も物を言わなかった。

「それではフーリンの息子よ、これでお別れかな」と、ベレグが言った。

トゥーリンは西の方を見渡し、遠くにアモン・ルーズの高い山頂を見た。そして、前途に何が横たわるかも意識せず、こう答えた。「ディンバールに私を探せ、とあなたは言った。しかし、私は言う。アモン・ルーズに私を探せ、と！　でなければ、これが最後の別れだ」

そして二人は、友情を懐《いだ》きながらも悲しい気持で別れた。

さてベレグは、千洞宮《せんとうきゅう》に戻ると、シンゴルとメリアンの御前に出て、事の顚末を一部始終言上した。ただ、トゥーリンの仲間たちによって手荒な扱いを受けたことは言わなかった。

シンゴルは長嘆して言った。「トゥーリンは、これ以上、予にどうせよと言うのか」

「わたくしにはお暇《いとま》をいただきたく存じます」と、ベレグは言った。「そうしましたら、わたくしは、わたくしにできます限りトゥーリンを守り導くつもりでございます。そして、エルフは軽々しく口を利《き》くなどとは何人《なんぴと》にも言わせない所存でございます。それにわたくしにしましても、あのような大丈夫がむざむざと荒野に果てるのを見たくはございませぬ」

シンゴルは、思う通りにするようベレグに暇を与えて言った。「ベレグ・クーサリオンよ！　そなたは、すでに予の感謝を受けるに値する数々の勲《いさおし》を立ててくれた。中でも予が感謝しているのは、予の養い子を見つけてくれたことだ。このたびの別れに際し、何なりと望みの品を取らせよう。何であろうと拒みはせぬぞ」

「それでは、名剣を一振り賜わりとう存じます」と、ベレグは言った。「と申しますのも、今ではオーク共があまりにも大勢、それも身近に迫ってまいりますので、弓だけではとても間に合いませぬ。それに、わたくしの持っておりますような刃《やいば》では、かれらの鎧を通すことはできませぬ故」

「予の佩刀《はいとう》たるアランルースを除き、何なりと予の所蔵の剣の中から選ぶがよい」と、シンゴルは言った。

そこでベレグは、アングラヒェルを選んだ。これは非常な名剣であった。アングラヒェルの名は、この剣が燃える星となって天から降ってきた鉄から作られたところから付けられたのである。この剣は、地から掘り出された鉄であれば何であれ、これを切り裂くことができた。中つ国《なかつくに》でこれに匹敵する剣はほかに一振りしかなく、その剣はこの物語には出てこないが、同じ鉱石から同じ刀鍛冶《かじ》によって作られたのである。この刀鍛冶というのが、トゥルゴンの妹アルエゼルを妻とした暗闇のエルフのエオルである。かれは、ナン・エルモスに住まう許しと引きかえに、謝礼としていやいやながらアングラヒェルをシンゴルに贈ったのである。しかし、それと対《つい》のアングイレルはかれが自分用に取っていたのであるが、後に息子のマエグリンが父親から盗み出した。

シンゴルがアングラヒェルの柄《つか》をベレグに向けると、メリアンがその刃に目を留めて言った。「この剣には邪気があります。刀を作った鍛冶の黒い心が、今もこの剣にひそんでいるのです。これは使い手を愛さず、また、そなたの手に長くは留まらぬでしょう」

「それでもやはり、わたくしはこれを、使える間は使ってみようと思います」と、ベレグは言った。

「クーサリオンよ、わらわからもそなたに贈り物を与えましょう」と、メリアンが言った。「荒野でそなたの役に立ちましょうから。また、そなたが選んだ者たちの助けにもなりましょう」

そしてメリアンは、かれにエルフの行糧レンバスをたくさん与えた。それは銀色の葉に包まれ、それを結ぶ糸の結び目は王妃の封蠟《ふうろう》で封印されていた。テルペリオンの一輪の花の形を模した薄い白蠟のシールであった。エルダリエの慣習によると、レンバスを貯蔵することも与えることも、王妃のみに属する権限であったのである。

何よりもこの贈り物に、トゥーリンに対するメリアンの好意が示されていた。なぜなら、エルダールが人間にこの行糧を用いさせたことはそれまでに一度もなく、それ以後も滅多にそのようなことは起こらなかったからである。

ベレグは、これらの贈り物を携えてメネグロスを出発し、北の守りに戻っていった。そこにはかれの住居《すまい》があり、友人たちも多くいたからである。やがて、オーク共はディンバールから追い戻され、アングラヒェルは鞘《さや》から抜かれるのを喜んだ。しかし冬が来て、戦いが鎮《しず》まると、ベレグの友人たちは、不意にベレグがいなくなったことに気づいた。そしてかれは、二度とかれらの許には戻らなかったのである。

さて、ベレグが無法者たちの群れを去り、ドリアスに戻ると、トゥーリンは仲間を率いて、シリオンの谷間を抜け西に向かった。常に警戒を怠らず、追跡の手を恐れ休息のない暮らしをすることに次第に倦《う》み疲れ、より安全な巣窟を求めたからである。そしてたまたまある夕方、かれらは三人のドワーフに行き遇《あ》った。ドワーフたちは一行の前から遁れようとしたが、逃げ遅れた一人がかれらに捕まって投げ倒され、一行の一人がかれの弓を奪い、夕闇に姿を消したあとの二人に矢を射かけた。捕えられたドワーフは、名をミームと言った。かれはトゥーリンに向かって命乞いをし、身代金代わりに、かれが教えなければ誰にも見つからぬ、かれの秘密の館に案内すると申し出た。トゥーリンはミームを憐れんで、命を助けてやった。そしてかれは言った。「お前の家はどこにあるのか」

ミームは答えた。「ミームの家は、ずっと高いところ、大きな山の上でございます。エルフたちが名前という名前を変えてしまいましたため、その山は今ではアモン・ルーズと呼ばれています」

トゥーリンは黙したまま、しげしげとドワーフを眺めていたが、やっと口を開いて言った。「そこへ、われらを連れてゆけ」

次の日、かれらは出発した。ミームのあとについて、アモン・ルーズへ向かったのである。さてこの丘は、シリオンの谷とナログの間に広がる荒れた高地の外れにあり、ヒースの生《お》い茂る岩がちな荒野の上に、高く頂を聳《そび》え立たせていた。しかし、峻嶮《しゅんけん》な灰色の山頂は、岩を蔽《おお》う赤いセレゴンのほかには何一つ生えていなかった。トゥーリンの一隊が近づいてゆくと、傾き始めた太陽が雲の割れ目から顔を出し、山頂を照らした。セレゴンが花盛りであった。その時、男たちの一人が言った。「頂上を見ろ、血だ」と。

ミームは、秘密の道を案内して、アモン・ルーズの険しい山腹を登った。そして自分の洞窟の入り口に着くと、トゥーリンに一礼して言った。「バル＝エン＝ダンウェズ、〈購《あがな》いの家〉にお入りください。この家を、これからはこのように呼ぶことに致します」

するとそこに、別のドワーフが明かりを持ってかれを迎えに出た。二人は何か話し合ったあと、急いで洞窟の暗闇の中に入っていった。トゥーリンは二人のあとに続き、ようやく洞窟の奥の部屋に辿り着いた。部屋は鎖で吊るしたいくつかの暗い灯で照らされていた。ミームは壁際の石の寝台に向かって跪《ひざまず》き、鬚《ひげ》をかきむしりながら泣き叫び、絶えず一つの名前を呼び続けた。寝台にはもう一人のドワーフが横たわっていた。トゥーリンは中に入ってミームの傍《かたわ》らに立ち、助力を申し出た。

するとミームは、かれを見上げて言った。「助けて下さるわけにはいきません。これは息子のキームですが、もう死んでいます。矢に刺されて、日没と共に死んだと、息子のイブンが話してくれました」

トゥーリンの心に憐れみの気持が湧き起こり、かれはミームに言った。「かわいそうに！　できることなら、あの矢を呼び戻したい。今こそ、まことにこの家をバル＝エン＝ダンウェズと呼ぼう。もし、私が富を手に入れることでもあれば、哀悼の印に、お前の息子の命を金塊で贖うぞ。それでお前の心が再び楽しむことにならぬにしても」

ミームは立ち上がって、しげしげとトゥーリンを見つめた。「承りました」と、かれは言った。「あなたが古《いにしえ》のドワーフの王のような口を利かれるのに、私は驚きました。これで、私の気持も喜ぶとはいかずとも、少しはおさまりました。お望みなら、この家にお住みになって結構です。私は、私の身代《みのしろ》を払うつもりですから」

こうしてトゥーリンは、アモン・ルーズのミームの隠処《かくれが》に住み始めた。かれは、洞窟の入り口の前の芝草の上を歩き、東を眺め、西を眺め、北を眺め渡した。北の方を見ると、ブレシルの森が、その中心に位置するアモン・オベルに向け次第に小高く青々と広がっているのが認められた。かれの目は、自分でも何故《なにゆえ》と分からず、たびたびそちらに引きつけられた。というのは、かれの心はむしろ北西に向けられていたからである。何百リーグものかなた、空の果てるあたりに、かれの故里《ふるさと》の国の長城、影の山脈が瞥見《べっけん》されたように思ったからである。しかし夕方になると、トゥーリンは西に日の沈むのを眺めやった。遥かな沿岸地方の上空は靄《もや》に煙り、夕日は赤々と燃えてその中に落ちていった。落日とトゥーリンの間には、ナログの谷が夕闇の底深く横たわっていた。

このあと一時期、トゥーリンはミームとよく話をした。かれと二人だけで坐り込んで、かれが伝え聞いた知識や、かれの身の上話に耳を傾けた。ミームはその昔、東の大きなドワーフの都から追放されたドワーフ族の裔《すえ》であった。かれらは、モルゴスの中つ国帰還よりずっと以前に西に向かって放浪し、ベレリアンドに入った。しかしかれらは、そのうち身長も鍛冶の腕前も退化し、人目を忍ぶ生活に馴染《なじ》むようになり、肩を屈《こご》め、こそこそと歩くようになった。ノグロドとベレグオストのドワーフが山脈を越えて西に渡来する以前は、ベレリアンドのエルフたちは、このよそ者たちが何者であるかを知らず、かれらを追い立てて殺した。しかし後代になるとかれらを生かしておき、かれらのことを、シンダリンでノエギュス・ニビン、即ち〈小ドワーフ〉と呼んだ。かれらは、自分たち一族以外の者を誰も愛さず、オークを恐れ憎むのにも劣らず、エルダールを、中でも流謫《るたく》のエルダールを憎んでいた。ノルドールがかれらの土地、かれらの故郷を盗んだからというのである。フィンロド・フェラグンド王が大海を渡ってくるよりずっと以前、ナルゴスロンドの洞窟はかれらによって発見され、かれらによって掘削《くっさく》が始められていたのである。そしてアモン・ルーズ、即ち〈はげ山《やま》〉の頂の下に、小ドワーフのまだるい手が穴を穿《うが》ち、長い年月をかけて洞窟を奥深く掘り進めながらそこに住みつき、森の灰色エルフに悩まされることもなかったのである。

しかし、今ではついにかれらの数も大幅に減少し、ミームとその二人の息子を除いて、すべて中つ国から死に絶えてしまった。そしてミームは、ドワーフの年齢からいってももう老齢であった。年を取り、忘れられた存在であった。かれの館では、鍛冶工たちは怠惰で斧は錆び、かれらの名前は、ドリアスとナルゴスロンドの古い物語の中に記憶されているに過ぎなかった。

しかし、その年も真冬に近づく頃、二つの川の谷間の地方では未曽有《みぞう》の大雪が北からもたらされ、アモン・ルーズは深い雪に覆われた。アングバンドの力が増大するにつれ、ベレリアンドの冬は次第に厳しさを加えてくると人々は噂し合った。外に出てゆくことができるのは最も強壮な者だけで、病気になる者もあり、誰もが飢えに苦しんでいた。ところが、冬の日も暮れて夕闇の迫《おぼ》る頃、突然かれらのところに、白いマントと頭巾に身を包んだ図体の大きな人間と思しき者が現われた。かれは一言も物を言わず、暖炉に歩み寄った。男たちがびくっとして弾かれたように立ち上がると、かれは呵々《かか》と笑って、頭巾をさっと後ろにはらった。たっぷりしたマントの下には大きな包みが抱えられていた。そしてトゥーリンは、燃える火の明かりに、再びベレグ・クーサリオンの顔を見たのである。

こうして、ベレグはまたもやトゥーリンの許に戻ってきた。かれらの出会いは喜ばしいものであった。そしてベレグは、ディンバールから、ドル＝ローミンの龍の兜を携えてきた。それによって、トゥーリンが、ちっぽけな仲間の首領として荒野に生きる暮らしを思い直してくれるかもしれないと思ったからである。

それでもやはり、トゥーリンはドリアスに戻ろうとはしなかった。ベレグはかれへの愛情に負け、分別に背いてトゥーリンの許に留まり、帰ってゆこうとしなかった。そしてここで、かれはトゥーリンの仲間たちのために大いに力を尽くした。傷を負った者、病気の者の手当てをし、かれらにメリアンのレンバスを与えた。すると、たちまちかれらは癒された。というのも、灰色エルフたちは、ヴァリノールから流謫の身となって渡ってきたエルフにくらべれば、技や知識において劣ってはいたものの、中つ国の暮らしについては人間の及ばぬ智慧《ちえ》を具《そな》えていたからである。

そしてベレグは、力も強く、耐久力もあり、眼も心も遠くを見ることができたから、無法者たちから尊敬されるようになった。しかし、バル＝エン＝ダンウェズに入ってきたエルフへのミームの憎しみは次第に強まるばかりで、かれは息子のイブンと共に自分の住居の一番奥の暗がりに坐ったまま、誰とも口を利かなかった。一方トゥーリンは、今ではほとんどドワーフに注意を払わなかった。そして冬が過ぎ、春が来て、一同は今まで以上に苦しい仕事をすることになった。

さて、モルゴスが今何を意図しているか誰が知ろう。かつて大いなる歌を唱和したアイヌールの中にあって力ある者、メルコールたりし者、今は北方の暗黒の玉座に坐し、己が許にもたらされるすべての情報を敵意をもって取捨選択し、敵の行動や意図に、敵側の最も賢明なる者たちの危惧も及ばぬほど多く気づいている、かの者の考えの及ぶ範囲を、誰が測り得よう。ただし、王妃メリアンは別である。モルゴスの考えは、しばしばメリアンにまで達したのであるが、そこでいつも、かの女によって退けられたのである。

そして今、再びアングバンドの力は動いていた。手探りする長い指のように、かれの軍隊の尖兵《せんぺい》たちはベレリアンドに入る道を探っていた。アナハを通ってかれらは来た。そしてディンバールが奪われ、ドリアスの北辺がすべて奪われた。かれらは古い道を南下してきた。この道は、シリオン川の長くて狭隘《きょうあい》な谷間を通り、かつてフィンロドのミナス・ティリスが立っていた島のそばを通り、マルドゥインとシリオンに挟まれた土地を抜け、ブレシルの森の外れを通過して、テイグリンの渡り瀬に続いていた。道はそこから見張られたる平原に続くが、オークたちはまだそれほど遠くまで来たわけではない。というのも、この荒野には、今や得体の知れぬ恐怖が住み、かの赤い丘には今まで警戒していなかった者がいて、その両目で見張っていたからである。

それは、トゥーリンが再びハドルの兜を着けたからであった。

ディンバールで消息を絶ったかの兜とかの強弓が思いもよらず再起した、という噂は、森蔭を抜け、川面《かわも》を渡り、山々の山道を通って、あまねくベレリアンドに伝えられた。そこで、首領もなく、土地も財産も奪われながら、なお屈することのなかった多くの者たちが、再び勇気を取り直し、この二人の首領を求めて集まってきた。当時、テイグリン川とドリアスの西境に挟まれた地域は、すべてドル＝クーアルソル、即ち〈弓と兜の国〉と名づけられた。トゥーリンは、自ら新たにゴルソル、即ち〈恐るべき兜〉を名乗り、その意気は再び高まったのである。メネグロスにも、ナルゴスロンドの奥深い館にも、そしてゴンドリンの隠れ王国にさえも、二人の首領の武勇の誉《ほま》れは聞こえてきた。そしてアングバンドにも、二人の存在は知られるに至った。その時、モルゴスは大いに笑った。今こそ、龍の兜の故に、フーリンの息子の存在が再び明らかになったからである。そして間もなく、アモン・ルーズは間者によって取り巻かれることになった。

その年も暮れる頃、ドワーフのミームと息子のイブンは、冬の貯えのために荒地に草の根を採りに行ったところを捕えられた。ミームはまたも、ここで、秘密の道を通ってアモン・ルーズの住居に案内することを、己の敵に約束するはめになった。しかしかれは、約束を果たすことを一寸延ばしに延ばそうとつとめ、ゴルソルは殺さないでくれと頼んだ。

オークの頭領は声高に笑うと、ミームに言った。「確かに、フーリンの息子トゥーリンは殺さぬとも」

かくて、バル＝エン＝ダンウェズは敵に売られた。オーク共はミームに案内され、夜間これを不意に襲ったのである。この時、トゥーリンの仲間の多くは眠っているところを殺された。しかし、中階段を使って丘の頂に遁れ出た者もおり、そこでかれらは討ち死にするまで戦い、岩を蔽うセレゴンにその血を流した。しかし、トゥーリンは戦っているうちに網をかぶせられ、網の目にからめ取られて自由を失ったまま連れ去られた。

ようやくあたりが元の静寂に戻った時、ミームが暗い家の中から忍び足で出てきた。そして、シリオンの川霧の上に日が昇った時、かれは山頂に斃《たお》れた死者たちの傍らに立った。しかしかれは、倒れている者が全部死んでいるわけでないことに気づいた。かれに視線を返す者がいたからである。そしてかれの目が見ていたのは、エルフのベレグの目だった。そこでミームは、溜《たま》りに溜った憎しみを胸にベレグの方に歩み寄り、かれの傍らに倒れ臥す亡骸《なきがら》の下に敷かれていたアングラヒェルを引き出した。しかし、ベレグはよろめきながら立ち上がって、剣を奪い返し、ドワーフめがけて突き出した。ミームは仰天して、泣き叫びながら山頂から逃げ去った。ベレグはその背に向けて叫んだ。「ハドル家の復讐は、いつか必ずお前の身にやってくるぞ！」

さて、ベレグはひどい傷を負うていたが、かれは中つ国のエルフの中にあってもとりわけ力強き者であり、さらに癒しの術にも長じていた。それ故、かれは死ななかった。体力も次第に回復してきた。かれは、埋葬しようとして死者たちの中にトゥーリンを空しく探し求めたが、ついにかれを見つけることができなかった。そこでかれは、フーリンの息子がまだ生きており、アングバンドに連れてゆかれたことを知ったのである。

望みはほとんど持たずに、ベレグはアモン・ルーズを去って北の方に足を向け、テイグリンの渡り瀬に向かってオークの踏み跡を辿っていった。そしてブリシアハを渡り、ディンバールを抜け、アナハの山道に向かって進んだ。オークたちの居所ももはやそれほど遠くはなかった。かれが眠らずに急行してきたのに対し、かれらは途中手間取っていたからである。行く先々で略奪の獲物狩りを楽しみ、北上するにつれ追跡を全く恐れなくなっていたからである。そしてベレグは、タウル＝ヌ＝フインの恐ろしい森の中でさえ、オークたちの足跡を見失わずにいた。追跡の術にかけ、ベレグの右に出る者は、中つ国広しといえどもかつて一人もいなかったであろう。

夜に入ってかれがこの忌まわしい土地を通っていると、大きな枯れ木の根元に誰かが横たわって眠っているのに行き遇った。ベレグがその傍らに足を止めて見ると、それは一人のエルフだった。そこでかれは、言葉をかけ、レンバスを与え、いかなる運命に導かれてかかる恐ろしい場所にやってきたのかを尋ねた。エルフは、グイリンの息子グウィンドールであると名乗った。

ベレグは、痛ましさに胸も塞《ふさ》がる思いでかれを見た。なぜなら、グウィンドールはニルナエス・アルノエディアドの合戦において、向こう見ずな勇猛心を発揮し、アングバンドの城門まで一気に馬を進め、そこで捕えられたあの往時の勇姿と血気の痕も留めず、今は背を屈め、見るも無惨に変わり果てていたからである。モルゴスは、捕虜にしたノルドールを殺すことはほとんどなかった。かれらが刀剣を鍛える技や、金属や宝石を掘り出すことに長じていたからである。グウィンドールも殺されずに、北方の鉱山で働かせられた。鉱山で働くエルフたちは、自分たちだけが知っている秘密のトンネルを使って脱走することも時になないわけではなかった。こうしてたまたまベレグが、タウル＝ヌ＝フインの迷路で力尽き、道に迷っていたグウィンドールを発見することになったのである。

グウィンドールの語ったところによると、かれが横たわったまま木々の間にひそんでいる時、多数のオークたちの一団が狼を従え、北に向かっているのを見かけ、その中には両手を鎖で縛られた人間が一人いて、オークたちに鞭《むち》で追いたてられていたという。

「大層背の高い男だった」と、グウィンドールは言った。「ヒスルムの霧降る山々から来た人間たちと同じくらい高かったろう」

ベレグは、タウル＝ヌ＝フインに足を踏み入れた自分の用向きを話した。するとグウィンドールは、そんなことをすれば、かれ自身も、トゥーリンを待つ苦患《くげん》地獄の仲間入りをするのが落ちであると言って、これを断念させようとつとめた。それでもベレグは、トゥーリンを見捨てることを肯《がえ》んじなかった。そして、ベレグ自身は特に望みを持っていたわけではないが、グウィンドールはかれによって再び望みをかき立てられ、二人は再び歩き出し、オークのあとを追ってついに高い斜面に生い茂る森を脱け出した。斜面を下ると、その下はアンファウグリスの不毛の砂丘であった。サンゴロドリムの峰々が見渡せるところまで来て、オークたちは夕暮れ迫る頃、一本の木もない小さな谷間に野営をし、狼の見張り番を周囲に立てて、自分たちは酒盛りを始めた。ベレグとグウィンドールがこの小谷に向かって忍び寄っていくと、西から烈《はげ》しい嵐が起こり、遥か遠く影の山脈に稲妻が走った。

オークたちが眠ってしまうと、ベレグは弓を取って、暗闇の中を音一つ立てず、狼の見張り番を一匹ずつ仕止めていった。それから二人は、非常な危険を冒して野営地の中に入り、手足を縛られ枯れ木にくくりつけられているトゥーリンを見出した。かれの背後の樹幹には、かれに向けて投げつけられた短剣が幾本となくかれを取り巻いて突き刺さっていた。しかしかれは、非常な疲れから正体もなく眠っていた。

ベレグとグウィンドールは、かれを縛りつけている綱を切り、抱き上げて小谷から運び出した。しかし、そこから少し上った茨《いばら》の茂みのところまで来ると、もうこれ以上かれを担って行くことができず、二人はそこでかれを降ろした。嵐はもう随分近くまで来ていた。ベレグは愛剣アングラヒエルを抜いて、トゥーリンの手足を縛っているいましめを切った。しかしこの日、運命の力は今までにも増して強く働いた。なぜなら、ベレグがトゥーリンの足枷《かせ》を切った時、切っ先滑って、トゥーリンの足をちくりと刺したのである。かれは不意に目を覚まし、怒りと恐れにかき立てられ目を上げた。見ると、何者かが抜き身の剣を持って自分の上に屈み込んでいるではないか。かれは声を上げて跳び起きた。オーク共が再びかれを苦しめに来たと思ったのである。そして暗闇の中でその者と取っ組み合いながら、かれはアングラヒェルを摑《つか》み、ベレグ・クーサリオンを敵とばかり思い込み、かれを斬り殺したのである。

しかし、わが身が自由になったのに気づき、この命を奪うには高くつくぞと身構えて、敵と想定した者たちに立ち向かった時、頭上に一際《ひときわ》明るい稲妻が走った。その光に照らされてかれが見おろしたのは、ベレグの顔だった。トゥーリンは石に化したように動かず、声もなく、この恐ろしい死を凝視しながら、わが身の犯した過《あやま》ちを悟ったのである。かれら二人のまわりに明滅する稲光に照らし出されたトゥーリンの顔の悽惨さに、グウィンドールは地面に身を竦《すく》ませたまま目を上げることさえなし得ないでいた。

一方、下の小谷では、オーク共が目を覚まし、野営地全体が蜂の巣を突いたような騒ぎになっていた。というのも、オークたちは、西から次第に轟《とどろ》いてきた雷鳴を大海のかなたの大いなる敵から送り出されたものと考え、非常に恐れたからである。その時、俄《にわ》かに風が起こり、激しい雨が降り出し、タウル＝ヌ＝フインの高地から車軸を流すように雨水が流れ下ってきた。グウィンドールは声を張り上げて、トゥーリンにこの上ない危険が迫っていることを警告したが、かれは答えず、嵐の中で身動きもせず、涙も流さず、ベレグ・クーサリオンの亡骸の傍らにいつまでも坐り込んでいた。

朝が来ると、嵐は東のロスランの方に去り、暑く燃え輝く秋の太陽が昇ってきた。オークたちは、トゥーリンがもう遠くに逃げ去ってしまい、逃走の跡も夜半の雨に流されてしまったものと思い込み、それ以上捜索を続けようとはせずにあわただしく立ち去っていった。グウィンドールは、水蒸気の立ち昇るアンファウグリスの砂の上をオークたちが遠ざかってゆくのを見た。こうして、かれらは手ぶらでモルゴスの許に戻ることになったのである。あとに残されたフーリンの息子は、気が触れたように茫然自失して、タウル＝ヌ＝フインの山腹に坐り込んでいた。かれの負うた荷は、オークたちから受けた縄目よりも重かったのである。

この時、グウィンドールがトゥーリンを促し、ベレグの埋葬を手伝うように言った。トゥーリンは眠ったまま歩く人のように立ち上がり、二人は一緒にベレグを浅い墓の中に横たえた。そして傍らに、黒い水松樹《いちい》で作ったかれの大弓ベルスロンディングを置いた。しかし、恐るべきアングラヒェルの剣はグウィンドールが取り、土の中に無益に置かれているよりはモルゴスの召使いに怨みを晴らすがよいと言った。かれはまた、荒野でかれら二人に力を与えてくれるようにメリアンのレンバスも取り除いておいた。

かくて、友人の中で最も信義に篤《あつ》く、古の代のベレリアンドの森に隠れひそんだすべての者の中で最も技にすぐれた強弓のベレグは、かれが最も愛した者の手にかかって最期を遂げた。そして、トゥーリンの顔にこの時刻まれた痛ましい悲しみは、一生消えることがなかった。

しかし、ナルゴスロンドのエルフには勇気と体力が甦《よみがえ》り、かれはトゥーリンを案内し、タウル＝ヌ＝フインから遠ざかっていった。長い辛い道を二人が共に彷徨《ほうこう》しながら歩く間、トゥーリンはただの一度も口を利かなかった。そして、かれが望みも目的も持たぬ者のように歩いているうちに、その年も次第に残り少なくなり、北の地には冬が迫ってきた。グウィンドールは片時もそばを離れず、かれを守り、かれの道案内をつとめた。こうして二人は、シリオンを渡って西に進み、ついにエイセル・イヴリンに辿り着いた。影の山脈の下《もと》なるナログ川の水源である。

ここでグウィンドールは、トゥーリンに向かって言った。「フーリン・サリオンの息子トゥーリンよ、目覚めるがいい！　イヴリンの湖には終わることのない笑いがある。水晶の如く透明な尽きざる泉が流れ込み、古の代にこの美しさを作り給うた水の王ウルモの御力によって守られ、汚されずにいるのだから」

トゥーリンは跪いてこの水を飲んだ。そして不意に、がばと倒れ伏して、止《とど》まるところを知らない涙をついに溢れさせた。こうしてかれは、錯乱から癒されたのである。

ここでかれは、ベレグのために歌を作り、これを「ラエル・クー・ベレグ」、即ち〈偉大なる強弓の歌〉と名づけ、危険も顧《かえり》みず、声高く歌った。そこでグウィンドールは、アングラヒェルをかれの手に握らせた。トゥーリンは、それが重く強靭《きょうじん》で大きな力を秘めていることを知った。しかし、その刀身は黒々として鈍い光を湛《たた》え、刃はなまっていた。グウィンドールは言った。「これは奇妙な刃だ。私が中つ国で見たもののどれにも似ていない。あなたと同じように、これもベレグの死を悼んでいるのだ。だが、心強く思し召されよ。私はフィナルフィン王家のナルゴスロンドに戻るが、あなたを一緒にお連れしよう。そこで癒され生まれ変わりなさい」

「あなたはどなたですか」と、トゥーリンは言った。

「さすらいのエルフ、逃亡奴隷です。ベレグに見つけられ、助けられた者です」と、グウィンドールは言った。「しかし、かつて私はグイリンの息子グウィンドールといい、ナルゴスロンドの貴族だった。ニルナエス・アルノエディアドに加わり、アングバンドで奴隷にされる前のことだ」

「それでは、あなたはドル＝ローミンの戦士、ガルドールの息子フーリンをご覧になりませんでしたか」と、トゥーリンは言った。

「私は見ていない」と、グウィンドールは言った。「しかし、かれが今なおモルゴスに公然たる抵抗を挑んでいるという噂はアングバンド中に知られている。そしてモルゴスは、かれとかれの肉親に呪いをかけたという」

「さもありましょう」と、トゥーリンは言った。

かれらは立ち上がり、エイセル・イヴリンを去ってナログの川岸を伝い、南に旅を続けた。そしてある日、二人はエルフの偵察者に捕えられ、囚人として秘密の砦に連れていかれた。こうしてトゥーリンは、ナルゴスロンドに来たのである。

最初、同族の者たちでさえ、グウィンドールを識別できなかった。かれが出陣していった時、かれは若く、強健であったのに、長年の苦しみと重労働のために、今ではまるで定命《じょうみょう》の人間の老人のような姿で戻ってきたからである。しかし、国王オロドレスの娘フィンドゥイラスは、かれを認め、喜んで迎えた。ニルナエス・アルノエディアドにかれが出ていく前、かの女はかれを愛していたからである。グウィンドールもまた、かの女の美しさを非常に愛して、かの女をファエリヴリンと呼んだ。〈イヴリンの泉にきらめく陽光〉の意味である。

グウィンドールに免じ、トゥーリンはかれと共に、ナルゴスロンドに入ることを許された。そしてかれは、敬意を以って遇された。しかし、グウィンドールがかれの名前を言おうとすると、トゥーリンはそれを押しとどめて言った。「私はウーマルスの息子アガルワエン〈凶運の息子にして血に汚れたる者〉の意）で、森の狩人です」と。ナルゴスロンドのエルフたちは、それ以上かれを訊問《じんもん》しなかった。

それからあと、トゥーリンは次第にオロドレスの覚えがめでたくなり、ナルゴスロンドのエルフたちの心も、ほとんどといってよいくらいかれに靡《なび》いた。かれは若く、成年に達したばかりであり、見た目はまさにモルウェン・エレズウェンの息子そのもの、黒い髪に白い肌、目は灰色で、その顔は上つ世《かみつよ》のいかなる人間よりも美しかったからである。かれの言葉遣いと挙措《きょそ》動作は、ドリアスの古式ゆかしい王国のそれであり、エルフの中に立ちまじってさえ、ノルドールの偉大な家系の出であると受け取られても不思議はなかった。それ故、かれのことをアダンエゼル、即ち〈エルフ人間〉と呼ぶ者も多く、ナルゴスロンドの技にすぐれた刀鍛冶たちは、かれのためにアングラヒェルを鍛え直してくれた。刀身の黒さは変わらぬが、刃は青白い火のように輝いた。かれはこれをグルサング、即ち〈死の鉄剣〉と名づけた。見張られたる平原の国境での戦闘に加わりかれが示した武勇と剣の腕は非常にすぐれていたので、かれ自身が、〈黒の剣〉の意であるモルメギルの名で知られるに至った。エルフたちは言った。「モルメギルは、よほどの不運に見舞われるか、遠くから毒矢にでもやられない限り、殺されはしない」と。

そこでかれらは、かれの身の守りに、ドワーフの鎖かたびらを与えた。そしてかれは、敵を脅《おびや》かそうとする気持から、金をかぶせたドワーフの仮面を自分で武器庫の中に見つけ出し、それを着けて戦いに出た。敵はその面を見ただけで逃げ出した。

その頃、フィンドゥイラスの心はグウィンドールを離れ、われとわが意志に反してトゥーリンに向けられた。しかし、トゥーリンはそのことに気づかなかった。フインドゥイラスは心を悩まして悲しみに沈み、次第に生気を失って黙しがちになった。

グウィンドールは暗然として、ある時、フィンドゥイラスに言った。「フィナルフィン王家の姫よ、われら両人の間に憂き思いを介在させぬように致しましょう。モルゴスによって私の生涯は損なわれたが、私はあなたを今でも愛しているのです。あなたは愛の導くところに行かれるがよい。しかし、用心なされよ！　イルーヴァタールの長子たるエルフが次子たる人間と縁組みするのは似合いでもなく、また賢明でもありません。なぜなら、かれらの命は短く、すぐにこの世を去って、われらエルフは、世の続く限り独り残されることになるからです。運命もまたこのようなことを認めないでありましょう。一度か二度の例外が、われらの認識の及ばぬ深い因縁があって起こり得るに過ぎないのです。ともあれ、あの人間はベレンではありません。確かにかれは、見る目があればかれの中に読みとれるように、ある運命に定められてはいます。しかし、これは不吉な運命です。その運命の中に入ってはいけません！　もしそのようなお気持なら、あなたは、あなたの愛によって苦しみと死に引き渡されるでしょう。なぜなら、お聞きなさい！　確かにかれは、ウーマルスの息子たるアガルワエンであることに違いはありませんが、本当の名は、フーリンの息子トゥーリンなのです。フーリンは、モルゴスによってアングバンドに留め置かれ、かれの身内はモルゴスの呪いを受けているのです。モルゴス・バウグリルの力を疑われるな！　それは、私の身に印されておるではありませぬか」

そのあと、フィンドゥイラスはしばらく物思いに沈んでいたが、ようやくぽつりとこう言った。「フーリンの息子トゥーリンは、わたくしを愛してはおりませぬ。愛そうという気持にもならぬでしょう」

さて、フィンドゥイラスの口から事の次第を聞き知ったトゥーリンは、激怒してグウィンドールに言った。「あなたに救助され、あなたのおかげで安全な住処《すみか》を与えられているのだから、私はあなたを大切に思っています。それなのに、友よ、あなたは私に、ひどいことをなさった。私の本当の名を洩らし、私の運命を呼び出したのですからね。私はそれから隠れたいと思っているというのに」

グウィンドールは答えて言った。「運命はあなた自身の中にあるのであって、名前にあるのではない」と。

モルメギルが実はフーリン・サリオンの息子トゥーリンであることがオロドレスの知るところとなると、彼はトゥーリンを大いに礼遇し、トゥーリンはナルゴスロンドの民の間で有力者と目されるようになった。しかしかれは、ナルゴスロンドのエルフたちの待ち伏せ、忍び、音なし飛び矢といった戦術を好まなかった。そして、勇敢に振りおろされる太刀さばき、開けた場所での合戦をしきりになつかしく思った。

そしてかれの意見は、時が経つにつれ、ますます王から重視されるようになった。

その頃、ナルゴスロンドのエルフたちは隠密裡の行動を捨てて堂々と戦いに出てゆき、大量の武器も作られた。またトゥーリンの助言により、ノルドたちはフェラグンドの城門からナログの川に丈夫な大橋をかけ、有事の際の迅速な行動を図った。そこで、アングバンドの召使いたちは、東はナログとシリオンに挟まれた全域から追い払われ、西はネンニング川と住む者もないファラスの地に追い払われた。王の会議では、グウィンドールがトゥーリンの意見を無謀として常にこれに反対を唱えたのであるが、結局かれは面目を失って、誰一人かれの言葉に耳をかす者はいなくなった。なぜなら、かれの体力は衰え、もはや戦闘で先に立つことはできなかったからである。

かくて、ナルゴスロンドは、モルゴスの知るところとなり怒りと憎しみを受けることになった。しかし、トゥーリンの願いにより、依然としてかれの名は口に出されなかった。かれの功名手柄はドリアスにも伝えられ、シンゴルの耳にも入ったが、噂に伝えられるのは、ただナルゴスロンドの黒の剣のことのみであった。

モルメギルの武勲により、モルゴスの勢力はシリオン川以西では喰い止められていた。この一時的猶予と希望の時に、モルウェンは娘のニエノールと共にようやくドル＝ローミンを遁れ、シンゴルの館まで長途の旅を敢行したのであるが、そこでは、新たな悲しみがかの女を待ち受けていた。トゥーリンがすでに去っていたからであり、また、シリオンの西の地から龍の兜が消えて以来、ドリアスには一片の噂も伝わってこなかったからである。しかしモルウェンは、シンゴルとメリアンの客としてニエノールと共にドリアスに留まり、敬意をもって遇されていた。

　ところで、月が初めて昇った時から数えて四百九十五年経った年の春のこと、ナルゴスロンドに、ゲルミルとアルミナスという二人のエルフが訪ねてきた。かれらはアングロドの民であったが、ダゴール・ブラゴッラハ以来、南の船造りキールダンの許に住まっていた。はるばる旅を重ねてかれらがもたらした知らせというのは、エレド・ウェスリンの山麓とシリオンの山道に、オークと邪悪な生きものたちが勢揃いしているという知らせであった。かれらはまた、ウルモがキールダンのところに現われ、ナルゴスロンドに大きな災厄《さいやく》が迫っていることを警告したと告げた。

「水の王の言葉をお聞き下さい！」と、二人は王に言った。「あの方は、船造りキールダンにかく仰せられました。『北方の邪悪なる者がシリオンの源を汚した。わが力は流れる水の上流から退くが、これからさらに悪いことが起こるであろう。故に、ナルゴスロンドの王に伝えよ。砦の城門を閉ざし、外に出ることなかれと。汝《なんじ》らの誇りである石の橋を音高き流れに落とせ。忍び寄る悪しき者に砦の門を見出されぬため』」

オロドレスは、二人の使者の不吉な言葉に心を乱されたが、トゥーリンはこれらの助言に一切耳を傾けようとはせず、とりわけかの大橋を取りこわすなどということは問題にもしなかった。かれは、それだけ自尊心の強い仮借《かしゃく》ない人間となり、万事自分の思う通りに決めようとしたのである。

それから間もなく、ブレシルの族長ハンディルが殺された。オークがかれの国に侵入し、ハンディルはかれらと戦いを交えたのである。ブレシルの人間は打ち負かされ、森に追い戻された。その年の秋、満を持していたモルゴスは、長らく待機させていた大軍をナログ地方の住民に向けて放った。そしてかのウルローキ、グラウルングがアンファウグリスを越え、そこからシリオンの北の谷間に入り、大いなる禍をもたらした。エレド・ウェスリンの麓ではエイセル・イヴリンを汚し、そこからナルゴスロンドの領土に入り、タラス・ディルネン、即ちナログとテイグリンに挟まれた〈見張られたる平原〉を焼いたのである。

その時、ナルゴスロンドの戦士たちは勇ましく出陣してゆき、その日、トゥーリンは丈高く恐ろしげに見えた。かれがオロドレスの右手に騎首を並べて進むと、兵士たちの戦意は昂揚した。しかし、モルゴスの軍勢はどの偵察隊の報告にあるよりも遥かに多勢で、ドワーフの仮面に守られたトゥーリンを除き、グラウルングの接近によく耐え得る者は一人としていなかった。エルフたちは退けられ、オークたちによってギングリスとナログの二つの川に挟まれたトゥムハラドの野に追いつめられ、逃げ場を失った。その日、ナルゴスロンドの誇りは傷つき、軍勢は敗退した。オロドレスは最前線にあって討ち死にし、グイリンの息子グウィンドールは瀕死の傷を負うた。しかし、トゥーリンがかれを助けに駆けつけ、敵はかれの前から逃げ去った。かれは、グウィンドールを抱えて混乱の中から抜け出し、森に逃げ込んで草の上にかれを寝かせた。

そこでグウィンドールは、トゥーリンに言った。「前にあなたを助けたお返しだね！ だが、私があなたを助けたのは不運なことだった。そして、あなたが私を助けてくれたのは無駄なことだ。私の体は癒しようもなく傷つき、私は中つ国を去らねばならないからだ。フーリンの息子よ、私はあなたを愛してはおるが、あなたをオークから救い出したあの日がうらめしい。あなたの武勇とあなたの自尊心がなかったら、私は今も愛と命を保っていようし、ナルゴスロンドも今しばらく存立し得たであろうに。さあ、私を愛しているのなら、私を置いて行ってくれ！　ナルゴスロンドに急行し、フィンドゥイラスを救ってくれ。そして最後に、このことを言っておく。フィンドゥイラスだけが、あなたとあなたの凶運の間に立ってそれを阻むことができるのだ。もし、あなたがフィンドゥイラスを見捨てれば、あなたの凶運はきっとあなたを見出さずにはいないだろう。では、これでさらばだ！」

トゥーリンは、急ぎナルゴスロンドに向かって戻っていった。途中、出会う限りの敗走者たちを傘下に糾合《きゅうごう》して進んでゆくと、大風が吹いて、木々の葉が散っていった。秋が過ぎ、過酷な冬が訪れようとしているのであった。しかし、オークの軍勢と龍のグラウルングはすでにかれに先んじていた。警備に居残った者たちが、トゥムハラドの野に起こったことを知るより早く、突然かれらは襲ってきた。その日、ナログに架けられた橋は禍根《かこん》となって悔いを残すこととなった。この橋は大きく堅固に造られていたため簡単にこわすわけにはゆかず、敵はやすやすと深い川を越えてくることができた。そして、グラウルングはあらん限りの火を吐いてフェラグンドの城門を襲い、これを打ちこわして中へ入った。

トゥーリンが到着した時には、ナルゴスロンドの恐るべき寇掠《こうりゃく》はほとんど完了していた。オーク共は残っていた戦闘員をすべて殺すか追い払い、今や宮殿の大広間や部屋部屋を漁《あさ》って、略奪破壊をほしいままにしていた。焼死や殺害を免れた婦人たち娘たちは、モルゴスの許に奴隷として伴われるため、城門の前のテラスに集められていた。トゥーリンはこの破滅と災厄の場所に来合わせたのであるが、かれに手向かい得る者は一人もなく、手向かおうとする者さえいなかった。かれは、当たるを幸い薙《な》ぎ倒し、橋を渡り、剣を揮《ふる》いながら、捕われた女たちの方に進んでいった。

今や、かれは独りだった。かれに従ったわずかなエルフたちも逃げてしまったからである。ちょうどその時、グラウルングが、ぽっかりと口をあけた城門から現われ出て、トゥーリンの背後、即ちトゥーリンと橋の間に横たわった。そして不意にかれは口を利いた。かれの中の悪霊が物を言ったのである。「これはこれは、フーリンの息子よ、よいところで出会ったな！」

トゥーリンは身を躍らせて向き直り、ずかずかとグラウルングの方に向かっていった。グルサングの切っ先が炎のように輝いた。しかし、グラウルングは火を吐くのを控え、蛇の目を大きく開いてトゥーリンをじろじろと見つめた。トゥーリンは恐れずにその目を見ながら、剣を振り上げた。するとかれは、まぶたのない龍の目の魔力によって金縛りとなり、そのまま動くことができなかった。それから長い時間、かれは石の彫像のように突っ立っていた。ナルゴスロンドの城門の前に、ただこの二人だけが、声もなく向かい合っていたのである。

しかし、グラウルングは再び口を開き、トゥーリンを嘲って言った。「フーリンの息子よ、お前はけしからぬことばかりしでかしてきたな。忘恩の養い子、無法無頼の徒、友を危《あや》めたる者、愛を盗みたる者、ナルゴスロンドの簒奪《さんだつ》者にして無謀なる指揮官、最後に肉親を見捨てたる者だ。お前の母と妹は奴隷として、ドル＝ローミンで惨めな欠乏の生活を送っておるぞ。お前は王侯の如く装っておるが、かれらはぼろを下げて暮らしておる。かれらはお前を恋い焦がれているというのに、お前は気にも留めぬ。かかる息子を持ったと知れば、お前の父はさぞ喜ぶことだろうて。いずれ知ることになろうからの」そして、トゥーリンはグラウルングの呪縛の下にあったから、かれの言葉に耳を傾け、悪意によって歪められた鏡に映じるわが姿を見るように、かれの言葉のままにわが身をふりかえり、そこに見たものを嫌悪した。

かれがまだ龍の目に支配されて心を苦しめ、身動きすらできずにいる間、オーク共は集めておいた捕われの女たちを追い立て、トゥーリンのすぐそばを通り、橋を渡って去った。女たちの中にはフィンドゥイラスもいた。かの女は通りすがりに声を上げてトゥーリンに呼びかけた。しかし、かの女の叫び声や女たちの悲しみ嘆く声が北の方角に消えるまで、グラウルングはトゥーリンを解き放たなかった。そしてトゥーリンは、その後もかれの耳につきまとってやまないその声から耳を塞ぐことができなかった。

その時、不意にグラウルングは凝視をやめ、そして待った。トゥーリンは恐ろしい夢から覚めようとしている人のように、のろのろと身動《みじろ》ぎを始めた。やがて正気づいたかれは、一声叫んで龍に跳びかかっていった。

しかし、グラウルングは嘲笑して言った。「殺してもらいたいのなら喜んで殺してやるぞ。だが、そうなるとモルウェンとニエノールはどうなる。あのエルフ女の呼び声にも耳をかさなかったお前のことだ。肉親の絆《きずな》も否定するつもりかね！」

しかし、トゥーリンは引いた刃で龍の目に突っかかっていった。グラウルングはたちまちとぐろを解いて、トゥーリンを見おろすように頭を擡《もた》げて言った。「ほほう！　少なくとも勇敢ではあるな。わしの出会った誰よりもじゃ。わしたちのことを、敵の武勇に敬意を表さぬもののように言うやつらがあるが、それは嘘じゃ。これこの通り！　お前に自由をやるぞ。身内のところに行けたら行ってやれ。行け！　もしお前がこの贈り物をはねつけようものなら、生き残って今の世のことを物語ろうというエルフや人間は、さぞ蔑《さげす》んでお前の名を挙げることだろうて」

その時、トゥーリンはまだ龍の目に魅せられていたので、情を知る敵と応対しているような錯覚に陥り、グラウルングの言葉を信じて、たちどころにかれから離れ、飛ぶように橋を渡って走り去った。走ってゆくかれの背に向かい、グラウルングは残忍な声で言った。「さあ急げ、急げ、ドル＝ローミンに、フーリンの息子よ！　事によると、またまた、オーク共に先を越されるかもしれんぞ。言っておくが、もしフィンドゥイラスのために手間どるようなことがあれば、その時はもう二度とモルウェンには会えまいぞ。妹のニエノールには会わずじまいになるぞ。そうなれば、二人はさぞお前を呪うことだろうて」

しかし、トゥーリンはもう北の道を遠ざかっていった。グラウルングはもう一度声高に笑った。主人に命ぜられた仕事を果たしたからである。そのあとかれは、自分自身の欲望の満足を求め、思う存分炎を吐き出し、まわりをことごとく焼き払った。そして、略奪に専念しているオーク共を見つけ出しては追い払い、最低の値打ちの品物に至るまでかれらが奪うことを許さなかった。それから今度は、橋を毀《こわ》して泡立つナログの水にぶちこみ、もはや邪魔も入らぬと見きわめると、フェラグンドによって秘蔵された財宝をことごとく集めて一番奥の広間に堆《うずたか》く積み上げ、その上に横たわってしばらく体を休めた。

一方、トゥーリンは、今は人気《ひとけ》もないナログとテイグリンの間の土地を通り抜け、北へ道を急いだが、〈過酷なる冬〉がかれを見舞った。というのもこの年は、秋も過ぎ去らぬうちに雪が降り、春の訪れは遅々として、いつまでも寒さが去らなかったからである。道を急ぐかれの耳には、絶えずフィンドゥイラスの叫ぶ声が聞こえるように思われた。森の外れ、丘の傍らを通るにつけ、かれの名を呼ぶのが聞こえるように思われ、かれを苦しめた。しかし、グラウルングの嘘によって気持を昂《たかぶ》らせていたトゥーリンは、オーク共がフーリンの家を焼き、モルウェンとニエノールを痛めつけているさまを常に心に思い描いて、決して傍道に外れることなく、一心に先を急いだ。

息つく間もない長旅（四十リーグ以上もかれは休みなしに歩き続けた）に疲れ切って、ようやくかれは初氷の張りつめるイヴリンの泉に辿り着いた。これは、前にかれが癒された泉である。しかし今は、凍った泥地に過ぎず、もはやこれから水を掬《きく》して飲むことはできなかった。

こうしてかれは、北から吹きつける猛吹雪をついて、難儀を重ねながらドル＝ローミンの山道を越え、ようやく幼時を過ごした故里の土を踏んだ。今、その土地は寒々として青いものもなく、モルウェンもいなくなっていた。モルウェンの住まっていた家は冷えびえとして住む人もいない廃屋となり、その周辺には何一つ生きているものの気配すらなかった。トゥーリンはそこを去って、東夷のブロッダの家に行った。フーリンの身内のアエリンを娶《めと》った男である。そこでかれは、昔の召使いから、モルウェンがニエノールと共にドル＝ローミンから逃げ出したため、二人がいなくなってすでに久しいこと、行き先を知るのはアエリンただ一人ということを聞いた。

そこでトゥーリンは、ブロッダのテーブルにずかずかと歩み寄り、胸倉を取って、剣を抜き、モルウェンの行き先を言えとつめよった。するとアエリンが、かの女は息子を訪ねてドリアスに行ったのだと言った。「あの頃は、悪者たちも南の黒の剣のおかげで音《ね》をひそめていましたからね。あの方も討ち死にされたということだけど」

それを聞いて、トゥーリンの目から初めて鱗《うろこ》が落ち、グラウルングの呪縛の最後のいましめが解けた。しかし苦悩と、欺かれたことへの激しい怒りと、モルウェンを迫害した者たちへの憎しみとにこもごも襲われたかれは、不意にどす黒い怒りにとらえられ、ブロッダを、その屋敷の中で、たまたまかれの客となっていたほかの東夷たちとひとからげに斬ってすてた。それからかれは、冬の戸外に逃げ出し、追われる身となった。

しかし、ハドルの遺民で、荒地の道をよく知っている者たちの中にかれを助けてくれる者もいて、かれはこの者たちと降りしきる雪の中を遁れ、ドル＝ローミンの南の山々の山中にある無法者たちの隠処にやってきた。ここから、トゥーリンは再び生まれ故郷を去り、苦い思いを懐いてシリオンの谷間に戻った。というのも、かれがドル＝ローミンに行ったがために、その地に今も残っている同胞《はらから》の上にさらに大きな苦しみがもたらされる結果となり、人々はかれが去ることをかえって喜んだからである。わずかに慰めとなったのは、黒の剣の武勇により、ドリアスへの道がモルウェンのために開かれたことを知ったことである。

かれは心に思った。「それでは、あの頃の私の行為も禍をもたらすばかりではなかったのだ。もっと早くここに来られたにしろ、かの地以上に安心してわが肉親を託せる場所がどこにあろう。メリアンの魔法帯が破れる時は最後の望みが尽きる時だ。いや、いかにもこれでよかったのだ。私は行く先々で影を投げかける人間だからな。二人はメリアンに預かってもらおう。そして私は、今しばらく、二人を翳《かげ》りのない平和の中に置いておこう」

そこで、トゥーリンはエレド・ウェスリンを下って、山脈の麓の森をさまよい、野生の獣のように用心深く一心にフィンドゥイラスを探し求めたが、それも空しく終わった。シリオンの山道に続く北への道全てで敵を待ってみたが、すでに手遅れだった。足跡は古くなっているか、冬の雨に洗い流されていたからである。

こうして、テイグリン川沿いに南に下っている時であった。トゥーリンは、オークに取り巻かれたブレシルの男たちに出会い、かれらを救出した。オークたちはグルサングを前に逃げ出したからである。かれは森野人《もりやじん》と名乗り、男たちはかれに自分たちのところに来て一緒に住んでくれるように懇願した。しかしかれは、ナルゴスロンドのオロドレスの娘フィンドゥイラスを探さねばならないから、と言って断った。すると、森の男たちを率いていたドルラスが、かの女が死んだという悲しむべき知らせを教えてくれた。ブレシルの男たちは、ナルゴスロンドの捕虜を連れたオーク部隊をテイグリンの渡り瀬で待ち伏せ、捕虜たちを救出しようとしたのだという。しかし、オーク共は直ちに捕虜たちを無残に殺し、フィンドゥイラスは槍で木の幹に一本刺しにされた。

こうしてかの女は死んだが、今際《いまわ》の際《きわ》に、「フィンドゥイラスはここにいる、とモルメギルに伝えて」と言ったという。かれらは、近くに塚を築いてかの女を葬り、これをハウズ＝エン＝エッレス、即ち〈エルフ乙女の塚〉と名づけた。

トゥーリンは、自分をそこに連れていってくれるようにと頼んだ。そこでかれは、悲しみのあまり、まるで死んだように倒れ伏し、意識を失った。その時ドルラスは、このようなブレシルの奥地にまでその名が轟いたかれの黒の剣と、王の娘を訪ねるというかれの用向きとから、この野人こそナルゴスロンドのモルメギル、そしてまた噂の伝えるところでは、ドル＝ローミンのフーリンの息子であることを知った。それ故、森の男たちはかれを担ぎ上げ、その住処に運び去った。

ところで、かれらの住む家は森の中の高みに、柵で囲った場所を作り、そこに建てられていた。即ち、アモン・オベル山頂のエフェル・ブランディルである。ハレスの族《やから》は打ち続く戦《いくさ》に今ではその数が減少し、かれらを統治するハンディルの息子ブランディルは、おとなしい気質である上に、幼少の頃から足が不自由であったため、北方の脅威から一族を守るために、戦場で戦うことよりも、隠れ忍ぶことに望みをつないだ。それ故、かれはドルラスのもたらした知らせに不安を覚えると共に、担ぎ込まれたトゥーリンの顔を打ち眺めて、不吉な思いが雲のように心を過《よ》ぎるのを覚えた。

にもかかわらず、ブランディルはかれの苦しみに心を動かされ、かれを自分の家に引き取って手当てをした。ブランディルは癒しの術を心得ていたのである。そして、春の訪れと共にトゥーリンは暗澹《あんたん》たる思いを擲《なげう》ち、再び元気を取り戻してきた。かれは病床から起き上がると、このままブレシルに隠れひそむことにより、引きずってきた影と縁を切り、過去を捨て去ろうと考えた。そこでかれは、トゥランバールという新しい名を名乗った。上《かみ》のエルフの言葉で〈運命の支配者〉の意である。そしてかれは、森の民たちに、自分がよそ者であること、ほかに名前があったことを忘れてくれるように頼んだ。

とはいえ、かれは戦争行為を全く断念しようとはしなかった。オーク共がテイグリンの渡り瀬を渡り、ハウズ＝エン＝エッレスに近づくことが我慢ならなかったのである。そしてかれは、この場所をオーク共にとっての恐怖の場所となしたので、かれらはここを避けるようになった。かれは今では黒の剣を仕舞い、弓矢と槍を好んで使った。

さて、ナルゴスロンドについての新しい知らせが、ようやくドリアスに達した。敗北と略奪から逃れ、荒野での酷寒なる冬に耐えて生き延びた者たちが、避難場所を求めてようやくシンゴルの許に辿り着き、国境守備の衛士たちに伴われて王の御前に出たからである。かれらの言うことはいろいろであり、敵は残らず北方に引き揚げたと言う者もあれば、グラウルングがいまだにフェラグンドの館に棲《す》みついていると言う者もあった。また、モルメギルは殺されたと言う者もあれば、かの龍の呪縛下にあり、石に変えられて今もかの地に留まっていると言う者もいた。しかし、全員が口を揃えて明言したことは、モルメギルがドル＝ローミンのフーリンの息子トゥーリンにほかならないこと、そのことは、滅亡前のナルゴスロンドで多くの者の知るところであったということである。

それを聞くと、モルウェンは物狂いのようになって、メリアンの忠告にも耳をかさず、わが子を探し、あるいはわが子について何か本当の知らせを求めようと、ドリアスを出て荒野を独り、馬を駆けさせたのである。それ故、シンゴルは、マブルングに大勢の屈強な国境守備の衛士をつけて、かの女のあとを追わせた。かの女を見つけ出して保護するためであり、何か新しい知らせがあれば、それを入手するためであった。ニエノールは残って待つよう言いつけられたのであるが、かの女の一族を流れる恐れを知らぬ血は、かの女の中にも流れていた。そして不運にもニエノールは、娘が母と共に危険に身を投じようとするのを見れば、モルウェンも引き返すのではないかと望み、シンゴルの民の一人であるかのように装い、この不運な旅に同行した。

かれらは、シリオンの川岸のそばでモルウェンに行き遇った。マブルングは一緒に帰ってくれるように頼んだが、かの女は物狂いのようになって、説得を受けつけようとはしなかった。ここでニエノールが同行していることが露《あらわ》れたのであるが、ニエノールは母の言いつけにもかかわらず、引き返そうとはしなかった。そこで已《や》むなく、マブルングが二人を薄暮の湖沼に隠された渡船のところに連れてゆき、一行はシリオンを渡った。そして三日間の旅の後、かれらはアモン・エシル、即ち〈間者山〉に来た。これは遠い昔、フェラグンドが、ナルゴスロンドの城門の前方一リーグのところに、非常な労力をかけて築かせたものである。マブルングはそこで、モルウェンとその娘の身辺を守るため護衛の騎士たちをつけ、二人はここから動かないように命じた。しかし、丘の上から眺めたところ、敵のいる様子が見られないため、かれは偵察隊を引き連れ、できるだけ隠密にナログに降りていった。

しかし、グラウルングはかれらの動静に最初から気づいており、烈火の如く怒り狂って出てくると、ナログの川に入って長々と横になった。すると、濛々《もうもう》たる蒸気と耐えがたい悪臭が立ち昇り、マブルングとその仲間は盲《めしい》となって道が分からなくなった。そこで、グラウルングはナログを渡り、さらに東に進んだ。

龍の来襲に気づいたアモン・エシル山上の護衛の者たちは、モルウェンとニエノールを伴ってその場を離れ、全速力で東に逃げ戻ろうとした。しかし、風に運ばれた霧がすっぽりとかれらを包み、馬たちは龍の悪臭に逆上して主人の制御も聞かず、勝手な方向に駆け出したため、木に衝突して死んだ者もあれば、そのまま遠くに運ばれていった者もいた。二人の婦人たちもこうして行方知れずになり、事実モルウェンの場合は、その後何一つ確かな消息はドリアスにもたらされなかった。しかしニエノールは、馬から投げ落とされたものの幸い無傷であったから、マブルングを待つためアモン・エシルに戻っていった。わだかまる臭気を抜け、山頂の明るい日光の中に出て西を見ると、グラウルングの目が直前にあって、かの女はその目にひたと見入った。グラウルングは山頂に頭をのせていたのである。

かの女の意志は、しばらくかれと戦った。しかし持てる力を発揮し、かの女が何者であるかを知ったかれは、無理やりかの女に自分の目を見つめさせ、完全な心の闇と忘却の呪《まじな》いをかけた。その結果、かの女はそれまでわが身に起こった出来事はおろか、わが名も、ほかの事物の名前も一切忘れてしまった。そして幾日もの間、自分の意志で聞くことも見ることも身動きすることもできなかった。グラウルングはアモン・エシル山頂にかの女を一人立たせたまま、ナルゴスロンドに戻っていった。

一方、マブルングは、この上なく大胆不敵であったので、グラウルングが出ていったあとフェラグンドの館を探険していたのであるが、龍が戻ってくる気配にたちまちそこから逃げ出し、アモン・エシルに戻った。日が沈み、とっぷりと暮れてくる中を、かれは山頂に登っていったが、丘の上には、星空の下にただ一人、石の彫像のように佇《たたず》むニエノールのほかには、誰もいなかった。かの女は一言も言わず聞かず、ただかれが手を取ればおとなしくついてくるだけであった。それ故、かれは非常に心を痛めながら、かの女を連れて山を降りた。といっても、荒野に助けてくれる者もなく、二人ともこのまま命を果てることは目に見えていたから、いかにも詮《せん》無きことに思われたのではあるが。

しかし、マブルングの仲間だった三人がかれらを見つけ、一行はゆっくり北上し、それから東に転じて、シリオン川以西のドリアス領土で魔法帯に入り、シリオンとエスガルドゥインの合流近くの守られた橋を目指そうと進んだ。ドリアスに近づくにつれ、ニエノールの体力も次第に戻ってきたが、相変わらず口も利けず、耳も聞こえず、導かれるまま盲目の人のように歩くだけであった。ようやくドリアスの境界に近づいた時、かの女は見開いた目を閉じ、眠ろうとした。一行はかの女を横たえ、自分たちも用心を忘れて眠り込んだ。それほど疲れ切っていたのであるが、そこを通りかかったオークの一隊に襲われた。かれらは最近、ドリアスの境界近くをしばしば恐れ気もなく徘徊するようになったのである。しかし、ニエノールもその頃には聴力と視力を回復しており、オークの喚声に目を覚まし、恐怖にかられてはね起き、かれらが襲ってくるより早く逃げ出した。

オークらはかの女のあとを追った。そしてそのあとを、エルフたちが追った。かれらは、ニエノールが何もされないうちにオークに追いつき、かれらを斬ってすてた。しかし、ニエノールはエルフたちからも逃げた。かの女は恐怖に襲われて錯乱状態となり、鹿よりも早く駆け、逃げながら衣類をもぎとり、しまいに裸になって北の方に走り続け、ついにその姿は見えなくなった。エルフたちは長い間かかって探したが、とうとう見つからず、足跡さえ見出せなかった。マブルングはついに望みを失ってメネグロスに立ち戻り、一部始終を報告し、シンゴルとメリアンは深い悲しみにくれた。しかし、マブルングは再びメネグロスを去って、モルウェンとニエノールの消息を空しく探し求めた。

一方、ニエノールは力尽きるまで走り続けて森に入り、ついにそこで倒れて眠り、やがて目を覚ました。日光の眩《まばゆ》い朝であった。かの女は、初めて見る者のように陽光を嬉しがった。目に見えるものすべてがかの女にとって新しく、見慣れないものに思われた。なぜなら、どれもかの女にとっては名前がなかったからである。かの女が覚えているものは、ただ背後に置いてきた暗闇と恐怖の影だけであった。そこでかの女は、追われた獣のように用心深く進んでいったが、食べるものもなく探す方法も知らなかったので飢えに悩まされた。しかしついにテイグリンの渡り瀬まで辿り着いたので、そこを渡り、ブレシルの大きな樹々の蔭に避難場所を求めようとした。というのも、かの女は恐れていたからであり、やっとそこから逃げてきた暗闇がまたも自分に追いつこうとしているように思われたからである。

この時、南の方から雷鳴を伴う激しい嵐が吹いてきた。かの女は、恐ろしさのあまりハウズ＝エン＝エッレスの塚に身を投げかけ、雷の音を聞くまいと耳を塞いだ。しかし、雨は叩きつけるように降ってかの女をしとどに濡らし、かの女は死にかけた野の獣のように倒れ伏した。

そこをトゥランバールが通りかかったのである。かれは、オークがこのあたりを徘徊《せんこう》しているという噂を聞き、テイグリンの渡り瀬に来てみたのであるが、稲妻の閃光に照らし出され、フィンドゥイラスの塚の上に殺された乙女の亡骸らしきものが横たわっているのが目に入り、驚きに胸を打たれた。そこで森の男たちにかの女を担ぎ上げさせ、自分のマントをその体に着せかけ、近くの小屋に伴って体を暖めさせ、食べものを与えた。かの女は、トゥランバールの顔を見上げた途端、心に安らぎを覚えた。暗闇の中で探し求めていたものをついに見つけ出したような気がしたのである。かの女は、かれから離れたくないと思った。

しかし、トゥランバールがかの女に名前や親族のこと、かの女の陥った災難のことを尋ねると、かの女は、まるで聞かれたことが分からない子供のように困惑して、さめざめと泣いた。そこでトゥランバールは言った。「困ることはないのだよ。何も今でなくていいのだ。私がお前に名前をあげよう。お前をニーニエル、〈涙乙女〉と呼ぶことにする」

その名前を聞いてかの女は頭を振ったが、「ニーニエル」と口に出して言った。これは、かの女を襲った暗闇のあとでかの女が初めて口に上せた言葉である。森の民たちの間では、以後ずっと、それがかの女の通り名として使われた。

次の日、かれらはかの女を担ってエフェル・ブランディルに向かった。しかし、一行がディムロスト、即ち〈雨の階《きざはし》〉と呼ばれ、ケレブロスの水が逆巻きながらテイグリン川に落下しているところまで来ると、かの女は瘧《おこり》のような震えに襲われた。

そのために、以後その場所はネン・ギリス、即ち〈瘧水〉と呼ばれた。アモン・オベル山頂の森の民たちの本拠に辿り着かないうちに、かの女は高熱を発し、長い間病床にあってブレシルの婦人たちの看護を受けた。婦人たちは、まるで幼児に教えるようにかの女に言葉を教えていった。秋が訪れるまでに、ブランディルの癒しの術によりかの女はようやく病から癒え、話すことができるようになったが、ハウズ＝エン＝エッレスの塚の上でトゥランバールに見出される前のことは何一つ覚えていなかった。そして、ブランディルはかの女を愛していたが、かの女の心はトゥランバールに向けられていた。

この頃、森の民たちはオークに悩まされることがなかったので、トゥランバールは戦いに行かず、ブレシルは平和であった。かれの心はニーニエルに向けられ、かれはかの女に結婚を求めた。しかし、ニーニエルはかれを愛しているにもかかわらず、この時ははかばかしい返事をしなかった。というのも、ブランディルが自分でも何とも分からない不安な予感から、かの女を引き留めようとしたからである。それは、自分のことよりもかの女のためを思ったからであり、トゥランバールを恋仇と思う気持からではなかった。かれは、トゥランバールがフーリンの息子トゥーリンであることをかの女に明かした。すると、その名をかの女は知らなかったにもかかわらず、かの女の心には影がさしたのである。

しかし、ナルゴスロンドの寇掠《こうりゃく》から三年を経た時、トゥランバールは再度ニーニエルに求婚し、かの女を妻に娶るか、それが叶わなければ荒野の戦いに戻ってゆくつもりであると断言した。ニーニエルはかれの求婚を喜んで受け入れ、二人は夏至の当日結婚し、ブレシルの森の民たちは盛大な祝宴を開いた。

ところで、その年の終わる前、グラウルングは自分の支配するオークらをブレシル攻略に送り出した。しかしトゥランバールは家にいて、これを坐視していた。自分たちの本拠地が攻撃された場合にのみ出陣するとニーニエルに約束していたからである。しかし、森の民たちの旗色は悪く、ドルラスは、かれが自分の同胞と見なしている者たちを助けようとしないと言って、トゥランバールを強い言葉で非難した。そこで、トゥランバールは立ち上がり、再び黒の剣を持ち出し、ブレシルの男たちを大勢集め、オーク共を完全に敗北せしめた。一方、グラウルングは、黒の剣がブレシルにいるという噂を耳にすると、聞いたことをつらつら考え、新手の悪事を考え出した。

翌《あく》る年の春、ニーニエルはすでに身籠っており、顔色も蒼ざめ、元気がなかった。

同じ頃、エフェル・ブランディルにもたらされたのは、グラウルングがナルゴスロンドから出撃したという最初の噂であった。トゥランバールは偵察隊を送り出した。今では、かれは自分の思う通りに命令を下し、ブランディルの言うことに注意を払う者はほとんどいなかった。

夏が近づく頃、グラウルングはブレシルの国境に来て、テイグリンの西岸近くに横たわり、森の民たちに非常な恐慌を引き起こした。この巨大なる長虫は、かれらが望んでいたように、アングバンドへの帰途、たまたま通りかかったのではなく、かれらを襲い、かれらの土地を荒らしまわるつもりでいることが今や明白だったからである。

かれらは、トゥランバールの意見を求めた。かれらに助言してかれが言ったことは、全力を挙げてグラウルングと戦っても無駄であり、狡智と幸運によるほか勝ち目はないということであった。かれは、自分が国境まで龍を探しに行くと言い、あとの者はエフェル・ブランディルに留まり、逃走に備えるように命じた。もしグラウルングが勝利を占めれば、かれはまず森の民たちの本拠を襲ってこれを滅ぼそうとするであろうし、かれに抵抗することはとても望めないからである。しかし、みながあちこちに散らばれば、逃げおおせる者も大勢いるかもしれない。グラウルングはブレシルに居を構えず、すぐにナルゴスロンドに戻るであろうから、と言うのであった。

そこで、トゥランバールはかれに危険が迫った時、喜んで手をかしてくれる仲間を求めた。すると、ドルラスが進み出たが、ほかには誰もいなかった。ドルラスは人々を非難し、ハレス家の後嗣《こうし》たる役目を果たせないブランディルを嘲った。ブランディルは、その民の面前で面目をつぶされ、苦い思いをかみしめた。しかし、ブランディルの身内のフンソルがかれの代わりに出陣する許しを乞うた。それからトゥランバールは、ニーニエルに別れを告げた。かの女は不安と不吉な予感に胸が一杯になり、その別れは見るも痛ましいものであった。しかしトゥランバールは、二人の仲間と共に出立して、ネン・ギリスに向かった。

そのあと、ニーニエルは不安に耐えられず、またエフェルの中でトゥランバールの運命を気遣いながら坐して待つ気にもなれず、かれのあとを追った。そして多くの者が、かの女と行を共にした。ブランディルはこのことに一層不安を覚え、ニーニエル及びかの女に同行するつもりの者たちに、このような無謀な行為を思いとどまらせようとつとめたが、かれらは歯牙《しが》にもかけなかった。そこでかれは、領主の地位を捨て、自分を蔑んだ民への愛をすべて断ち切り、ニーニエルへの愛のほかには今は何も持たず、剣を腰にかの女のあとを追った。しかし足が不自由なかれは、みなよりも遥かに遅れてしまった。

　さてトゥランバールは、日の沈む頃、ネン・ギリスに辿り着いた。そこでかれは、グラウルングがテイグリンの高い岸の断崖の縁に横たわっており、夜が来れば恐らく動き出すのではないかと知った。かれは、これを吉報と見た。なぜなら、龍が横たわっているカベド＝エン＝アラスは、追いつめられた鹿なら跳び越せるくらいの深くて狭い峡谷を川が流れているところだったからである。そこで、トゥランバールはここで探索は終了し、峡谷を渡ってみようと思った。それ故、夕闇と共に忍び出て、夜陰に乗じ峡谷を這い降り、奔流を渡って、反対側の断崖をよじ登り、油断を見すまして龍のところに近づくことを考えた。

　この計画をかれは実行することにしたが、暗くなってテイグリンの急流まで来ると、ドルラスの勇気は萎《な》え、危険な横断を試みる胆力がなく、屈辱感に身を焼きながら引き返して森に隠れひそんだ。それでも、トゥランバールとフンソルは無事に急流を渡り切った。轟々《ごうごう》たる水音にほかの物音は全部かき消されてしまったのと、グラウルングが眠っていたからであった。

　しかし、真夜中前に龍は目を覚まし、恐ろしく大きな音を立て火を吐きながら、まず頭の部分を深く裂けた峡谷に渡し、次いでその巨大な下半身《しも》をたぐり寄せ始めた。トゥランバールとフンソルは熱と悪臭に圧倒されそうになりながら、グラウルングのところまで登ってゆけそうな道を急いで探した。しかし、龍が動いたために崖上の大石がはずれ、真っ逆さまに落ちてフンソルの頭に当たり、かれは川に落ちて死んだ。これが、ハレス家の中でも武勇において人後に落ちることなかったフンソルの最期であった。

そこで、トゥランバールは持てる限りの意志の力と勇気を奮い起こし、ただ一人断崖をよじ登り、龍の真下に来た。かれは、グルサングを抜き、あらん限りの腕力と憎しみをこめて、巨大な長虫の柔らかな腹部に柄《つか》も通れと突き刺した。グラウルングは、断末魔の痛みに鋭い叫び声を上げ、恐ろしい苦痛に悶えて、その大きな図体を山のように持ち上げたと思うと、峡谷の反対側にわが身を投じ、そこで苦しみのあまり、のたうちながらとぐろを巻いた。かれの周辺は一面の火の海となって燃えさかり、かれが体を打ちつけたあとは木も草も跡形もないほど荒らされたが、ついに火も消え、かれは長くなってぴくりとも動かなくなった。

グラウルングが断末魔の苦しみにのたうった時、グルサングはトゥランバールの手からもぎ取られ、龍の腹に突き刺さったままになっていた。トゥランバールは剣を取り戻し、仇敵《きゅうてき》をつくづくと打ち眺めてやろうと、もう一度急流を横切った。

グラウルングは腹を見せ長々と伸びていたから、グルサングの柄《つか》が腹に突き刺さっているのが認められた。そこで、トゥランバールは剣の柄《つか》を掴み、腹に足をかけ、ナルゴスロンドで龍に浴びせかけられた言葉をもじり、龍式に嘲って言った。「これはこれは、モルゴスの長虫よ！　またもよいところで出会ったな！　さあ死んで暗闇に入るがよいぞ！　フーリンの息子トゥーリン、かく仇《あだ》を討ったるぞ」

そしてかれは、剣を力ずくでねじるように引き抜いたが、続いて吹き出した黒い血が手にかかり、含まれた毒で手を焦《こ》がした。その時、グラウルングが目を開き、非常な悪意を込めてトゥランバールを見つめたので、かれは打撃を受けたかのように打ちのめされた。その打撃と毒による苦しみのため、かれは目の前が真っ暗になって気を失い、剣を体の下に敷いたまま死んだ者のように横たわった。

グラウルングの叫喚は森の中に響きわたり、ネン・ギリスに待つ者たちのところまで聞こえてきた。前方を見張っていた者たちは、その声を聞き、遠くに龍が暴れまわり炎を燃えたたせているのを見た時、ついに龍が勝利を占め、襲撃者を打ちのめしたのかと思った。そしてニーニエルは、流れ落ちる水のそばに坐って震えていた。グラウルングの声を聞くと、かつての暗闇がまたも忍び寄ってきて、かの女は自分の意志ではその場から動くことさえできなかった。

ちょうどそこを、ブランディルが見つけた。かれは不自由な足を引きずりながら、疲れ果てて、ようやくネン・ギリスまで辿り着いたのである。かれは龍が川を越え、自分を攻めに来た敵を打ちのめしてしまったことを聞くと、ニーニエルに対する切々たる同情の念に駆られた。しかしかれは、こうも考えた。「トゥランバールは死んだが、ニーニエルは生きている。今となっては、ニーニエルは私と一緒に来るかもしれない。ニーニエルをここから連れ出そう。そうすれば、共に龍から逃げられるかもしれない」

それ故、しばらくすると、かれはニーニエルの傍らに立って言った。「さあ！もう行きましょう。もしあなたさえよければ、私が案内してあげます」

そしてかれは、かの女の手を取った。かの女は無言で立ち上がり、彼についてきた。あたりは暗く、二人が行くところを誰も見なかった。

二人が渡り瀬に出る道を下ってゆくと、月が出て、白々とした光があたりを照らした。すると、ニーニエルは言った。「こちらに行くのですか」と。

ブランディルは、何はともあれグラウルングから遁れ、荒野に逃げるほか、取るべき道を知らないと答えた。しかし、ニーニエルは言った。「黒の剣はわが愛する人、わが夫でした。わたくしが行くのはあの人を探すためだけです。ほかに何が考えられましょう」

そしてかの女は、かれの先に立ってどんどん進んでいった。こうしてかの女は、テイグリンの渡り瀬の方に来ると、白い月光に照らされたハウズ＝エン＝エッレスを見た。すると、急に恐ろしさに襲われ、一声叫ぶと背を向けてマントを脱ぎ捨て、白い衣裳を月光にきらめかせながら、川沿いに南に向けて逃げ出した。

このかの女の姿をブランディルは山腹から認め、かの女の通る道と出会う方向に向かった。それでもまだかの女に追いつかないうちに、かの女は、カベド＝エン＝アラスの崖の際に近いグラウルングの荒らし場に来た。かの女はそこに龍が横たわっているのを目にしたが、それに頓着するどころではなかった。そのそばに男が一人倒れていたからである。かの女はトゥランバールのところに走り寄り、空しくかれの名を呼んだ。そして、かれの手が火傷《やけど》を負うているのを見ると、それを涙で洗い、自分の衣を裂いて縛った。そしてかれにキスして、目を覚ましてくれるように呼びかけるのであった。

その声に、グラウルングは死ぬ前の最後の身動《みじろ》ぎをし、今際の息で言った。「これはこれはニエノール、フーリンの娘御。終わる前にまた出会うたな。喜んでもらおう、そなた、ついに兄者《あにじゃ》を見つけられたぞ。さあ、兄者のことを教えてやろう。

暗闇の刺殺者、敵に対しては欺瞞《ぎまん》者、友に対しては信義なき者、身内には禍、これがフーリンの息子トゥーリンじゃ！　だが、かれの犯した最悪なる行為は、そなたがわが身の裡《うち》に感じようぞ」

そして、グラウルングは死んだ。かれの悪意の帳《とばり》はここに取り除かれ、かの女は自分の一生を思い出した。トゥーリンを見おろしてかの女は叫んだ。「さようなら、二重に愛するお方よ！　ア　トゥーリン　トゥランバール　トゥルン　アンバルタネン、運命によって支配された運命の支配者よ！　ああ、死ぬのが仕合せです！」

荒らし場の外れに立って一部始終を聞いていたブランディルは、かの女の方に急いだ。しかし、かの女は恐怖と苦悩に半狂乱となってかれから逃げ出し、カベド＝エン＝アラスの崖の縁まで来るとそこから身を投げ、奔流の中に姿を失った。

ブランディルは崖の縁まで来て下を覗き、恐ろしさにすぐ立ち去った。かれも、これ以上生きたいとは思わなかったが、轟々と流れる水の中に死を求めることはできなかったのである。そしてその後、再びカベド＝エン＝アラスを打ち眺める者はなく、いかなる獣も鳥もここに来ようとはせず、一本の木も育とうとはしなかった。そしてこれは、カベド・ナエルアマルス、即ち〈凶運に見入られたる投身〉の峡谷と名づけられた。

一方ブランディルは、一部始終を伝えるため、ネン・ギリスに向かって帰途についた。そして森でドルラスに出会い、かれを殺した。かれが流した最初の血であり、最後の血であった。

ネン・ギリスに戻り着くと、人々はかれに呼びかけた。「ニーニエルに会われましたか。いなくなってしまったのです」

かれは答えた。「ニーニエルはいなくなった、永遠に。龍は死んだ。トゥランバールは死んだ。あとの二つはいい知らせだ」

人々はこの言葉を聞くと、かれは気が狂ったのだと言って囁《ささや》き交わした。しかしブランディルは言った。「終わりまで私の言うことを聞くがよい！　われらの最愛のニーニエルも死んだ。生きることをもはや欲せず、テイグリンに身を投じたのだ。ニーニエルは、すべてを忘却する以前には、ほかでもないドル＝ローミンのフーリンの娘ニエノールであったこと、トゥランバールはニエノールの兄、フーリンの息子トゥーリンであることを知ったからだ」

しかし、かれが話しやめて、人々が涙を流して泣いている時、トゥーリンその人がみなの前に姿を現わした。龍が死ぬと、気を失っていたかれは正気に戻り、今度は疲れから深い眠りに陥った。しかし、冷たい夜気が眠りを妨げ、グルサングの柄《つか》が横腹に食い込んで目を覚ました。そして気がつくと、誰かが手の傷の手当てをしてくれていた。にもかかわらず、冷たい地面に置き去りにされているのがかれには解《げ》せなかった。そこでかれは、声を出して呼び、それでも何の応答も得られないので助けを求めに来た。疲れ切って気分が悪かったのである。

人々はかれを見ると、鎮まらぬ亡霊かと疑い、恐れて後ずさった。かれは言った。

「いや、喜ぶがいい。龍は死んだ。私は生きている。しかしなぜ、あなたたちは私の忠告をないがしろにし、危ないところに出てきたのだ。そしてニーニエルはどこにいる。私はニーニエルに会いたいのだ。まさかあなたたちは、ニーニエルを家から連れ出したりはしなかったろうな」

そこでブランディルは、実はその通りであり、ニーニエルは死んだと言った。しかし、ドルラスの妻が声を張り上げて言った。「いいえ、殿様、あの方は気が触れておいでです。ここにいらしてあなた様が亡くなられたと言われました。おまけにそれをいい知らせだとおっしゃるのですから。でも、あなた様は生きておいでです」

トゥランバールは激怒し、ブランディルの言うこと、なすことは一切、かれとニーニエルの愛を妬《ねた》み、二人に対する悪意から出たものと考えた。かれはブランディルにひどい口を利き、彼を曲がり足と呼んだ。そこでブランディルは、自分が聞いたことをすべて報告し、ニーニエルの本名はフーリンの娘ニエノールであると言った。そして、グラウルングの最後の言葉を引いて、かれはかれの身内にも、かれをかくまった者たちすべてにも禍をもたらす者であるとトゥランバールに言い返した。

これを聞いて、トゥランバールは烈火の如く怒った。それというのも、ブランディルの言葉に、今やかれに追いつこうとしている運命の足音を聞いたからである。そしてかれは、ブランディルがニーニエルを死に至らしめたのであり、今の言葉はもし自分で考え出したのではないとすれば、グラウルングの嘘をしたり顔に披露しているに過ぎないと非難した。それからかれは、ブランディルを罵《ののし》って、かれを斬殺し、身を翻《ひるがえ》して森へ逃げ込んだ。

しかし、しばらくすると狂おしい怒りも去り、かれはハウズ＝エン＝エッレスに来た。そこに坐ってかれは自分の所業に思いをめぐらし、フィンドゥイラスの名を呼び、よい考えを授けてくれるように頼んだ。なぜなら、かれはこれから肉親を求めてドリアスに行くべきか、それともかれらを永久に見捨てて戦場に死を求むべきか、いずれがより多くの害を及ぼすか知らなかったからである。

ちょうどかれがそこに坐っている時、マブルングが灰色エルフの一隊を伴って、テイグリンの渡り瀬を渡ってきた。かれは、トゥーリンを認めて挨拶の言葉を発し、かれがまだ生きているのを知って大いに喜んだ。なぜなら、かれはグラウルングがナルゴスロンドから出て、どうやらブレシルに向かったらしいことを聞き及んでいたからである。そしてまた、ナルゴスロンドの黒の剣が今はブレシルに住んでいるという噂も聞いていたのである。それ故、かれはトゥーリンに警告と、もし必要とあれば助力を与えに来たのである。しかし、トゥーリンは言った。「ちょっと遅かった。龍は死んだよ」

これを聞いたエルフたちは驚嘆し、大いにかれを賞讃した。しかし、かれはそれには構わず、「これだけお尋ねする。私の肉親の消息を教えてほしい。ドル＝ローミンで聞いたところでは、二人は隠れ王国に行ったということだったが」

そこで、マブルングは当惑したが、黙っているわけにはゆかず、モルウェンが行方不明になり、ニエノールが物言わぬ忘却の呪縛をかけられたいきさつ、そして、ドリアスの境界でニエノールが北の方へ逃げたことを語って聞かせた。そこでついに、トゥーリンも運命がかれをとらえたこと、ブランディルを殺したのは全く不当であったこと、グラウルングの言葉がかくの如く成就されたことを知ったのである。

かれは、憑《つ》かれた者のように高笑いして叫んだ。「これは全くひどい冗談だ！」

そしてかれは、マブルングにとっとと去って、ドリアスへの呪いと共に国へ帰れと言った。「あなた方の用向きも呪われてあれ！」とかれは叫んだ。「これさえ呪えば、思い残すことはない。さあ夜が来る」

そしてかれは、風の如くかれらの前から走り去った。一行は驚き呆れて、いかなる狂気がかれをとらえたのかと訝《いぶか》り、そのあとを追った。しかし、遥か先を走っていたトゥーリンにはとても追いつけなかった。トゥーリンは、カベド＝エン＝アラスに来て、轟く水音を聞き、木々の葉がすべて、まるで冬が訪れたかのように枯れ落ちているのを見た。

ここでかれは、自分の所有物の中でただ一つ残った剣を抜いて言った。「やあやあグルサング！　汝は汝を揮う手のほかはいかなる主《あるじ》も持たず、忠誠心も知らぬ。汝はいかなる血にも怯《ひる》まぬであろう。それ故、汝、トゥーリン・トゥランバールを受けるや。速やかにわが命を奪うや」

剣の刀身から冷たい声が響いて答えた。「然《しか》り、喜んで汝の血を呑もうぞ。わが主人ベレグの血と、不当に弑《しい》せられたブランディルの血を忘れるためだ。いかにも汝の命を速やかに奪ってやろう」

そこで、トゥーリンは地面に刀の柄《つか》を立て、グルサングの切っ先に身を投じた。

黒い刃はかれの命を奪った。そこへマブルングとエルフたちが来て、グラウルングが死んでいるのを見、それからトゥーリンの亡骸を目にして深く悲しんだ。やがて、ブレシルの男たちが集まってきて、かれらの口からトゥーリンの狂気と死の原因が知らされた時、マブルングたちは驚愕《きょうがく》した。マブルングは悲痛な口調で言った。

「私もまた、フーリンの子供たちの運命の網にとらえられてしまった。こうして、私の愛する者を私の知らせで殺してしまったのだから」

それからかれらは、トゥーリンを担ぎ上げ、グルサングが粉々に砕けているのを見た。エルフと人間たちはたくさんの木を集めて盛んに火を燃やし、龍を灰にした。トゥーリンの亡骸は、かれが倒れていたところに高い塚山を築いて葬り、グルサングの破片はその傍らに埋められた。すべてなし終えると、エルフたちはフーリンの子供たちのために哀悼の歌を歌い、大きな灰色の石を塚の上に立てた。そこにはドリアスのルーン文字で、

トゥーリン　トゥランバール　ダグニル　グラウルンガ

と刻まれた。その下には

ニエノール　ニーニエル

と記された。

しかし、かの女はそこにはいなかった。テイグリンの冷たい水がかの女をどこに運び去ったか、それさえも分からなかったのである。

第二十二章　ドリアスの滅亡のこと

こうして、トゥーリン・トゥランバールの物語は終わった。しかし、モルゴスは眠ることなく、悪の手を休めることもなかった。ハドル家に対するかれの敵意ある仕打ちも、まだ終わっていなかった。フーリンはかれの監視の下《もと》にあり、モルウェンは物狂いとなって荒野をさまよっているにもかかわらず、かれの悪意はこれで満足するということがなかった。

フーリンは不幸な運命にあった。モルゴスの悪意の成果を、フーリンは、モルゴスが知る限りすべて知っていたからである。しかし、真実の中に虚偽が混ぜ込まれ、よいことはすべて隠されるか歪められていた。モルゴスは、とりわけ、シンゴルとメリアンによってなされたことをどうにかして悪く見せようとつとめた。それというのも、かれは二人を憎み恐れていたからである。それ故、いよいよ時熟せりと判断するや、フーリンの束縛を解き、どこへなりと好きなところへ行くように言った。かれは、これを、完全に敗北せしめられた敵に対する憐憫《れんびん》の情に動かされた処置であるかのようなふりをした。しかしこれは嘘であって、かれの目的は、フーリンがエルフと人間に対する憎しみを一層募らせて死ぬことだったのである。

　フーリンは、モルゴスの言葉などはほとんど信じておらず、かれに一片の憐れみの情もないことを承知しながら、与えられた自由を受け取り、冥王《めいおう》の言葉に恨みを募らせ、悲嘆にくれながら足を踏み出した。かれの息子トゥーリンが死んでから、はや一年経っていた。二十八年間、かれはアングバンドに囚《とら》われの身となっていたのである。打ち見たところ、顔は厳しく恐ろしい形相を帯び、髪と顎鬚《あごひげ》は白く長く伸びていたが、背筋はまっすぐに伸び、手に大きな黒い杖を持ち、腹帯に剣《つるぎ》をたばさんで歩いた。こうしてかれは、ヒスルムに入った。

　東夷《とうい》の族長たちの許《もと》には、アンファウグリスの砂漠をアングバンドの指揮官たち、黒の兵士たちが多数馬を連ね、一人の老人がかれらと共におり、非常に敬意をもって遇されているようであるという知らせが届いていた。それ故、かれらはフーリンには手を出さず、ヒスルムの地を好きなように歩かせた。これは、かれらとしては賢明なやり口であった。なぜなら、この地に残るフーリン自身の民は、アングバンドから出てきたフーリンの現われ方がいかにもモルゴスと結び、モルゴスに礼遇されている者の如くであったので、かれを避けて近づかなかったからである。

こういうわけで、かれの得た自由は、かれの心中の恨みを一層募らせるに過ぎなかった。そしてかれは、ヒスルムの地を去り、山脈の中に入っていった。そこからかれは、遥かかなたの雲間にクリッサエグリムの峰々を認め、トゥルゴンを思い出した。かれは、今一度ゴンドリンの隠れ王国に行ってみたいと望んだ。

そこでかれは、エレド・ウェスリンを下って、モルゴスの手先たちに一挙手一投足を見守られていることも知らずに、ブリシアハを渡り、ディンバールに入り、エホリアスの暗い麓に来た。あたりは寒々として侘《わび》しく、かれは心許ない気持で周囲を見回しながら、切り立った岩壁の下の大岩がたくさん落下したところに立った。かれはこれが、昔の〈逃げ口〉の今の姿であることを知らなかった。枯れ川は塞《ふさ》がれ、拱門《アーチ》は埋められていた。そこでフーリンは、ずっと昔、若い時に見たように、もう一度大鷲《おおわし》の姿を認められないだろうかと灰色の空を見上げた。しかし、見えるものといっては東から募ってきた暮色と、近寄りがたい高峰のまわりに渦巻く雲だけであり、聞こえるものといっては石の上を蕭々《しょうしょう》と吹きわたる風の音のみであった。

しかし、大鷲の見張りは今は一層強化されていたので、かれらは遥か下界の薄れゆく光の中で、ただ一人寂しく佇《たたず》むフーリンの姿をすぐさま目に留めた。この出来事は重大なことに思えたので、ソロンドール自身が直ちにトゥルゴンに注進した。

　しかし、トゥルゴンは言った。「モルゴスが眠ることがあろうか。それはそなたの間違いだ」

「そうではありません」と、ソロンドールは言った。「マンウェの大鷲がそうそう間違えをしておれば、とうの昔に、殿の隠れ王国も空しくなったでありましょう」

「そうとなると、そなたの知らせは凶兆としか思えぬ」と、トゥルゴンは言った。「その意味は一つだ。フーリン・サリオンともあろう者も、ついにモルゴスの意に屈したのだ。予は心を動かさぬぞ」

　しかし、ソロンドールが行ってしまうと、トゥルゴンは長い間考えに耽《ふけ》り、ドル＝ローミンのフーリンの勲《いさおし》の数々を思い出して心を悩ませた。そしてかれは、心を開き、フーリンを探し、できればゴンドリンに連れてくるように鷲たちに使いをやった。しかし、時すでに遅く、かれらは幽明いずれにあっても二度とかれを見ることがなかった。

　フーリンは、エホリアスの物言わぬ岩壁の前に絶望して立っていた。西に傾いた日が雲間から洩れ、かれの白い髪を赤々と染めた。かれは、いかなる耳が聞こうと構わず、荒地に声高く叫んで無情の地を呪った。そして最後に、高い岩に立ってゴンドリンの方を向き、大声で呼ばわった。「トゥルゴン、トゥルゴン、セレヒの沼沢地を忘れ給うな！　ああ、トゥルゴン、隠れた館《やかた》の中でこの声を聞かれぬのか」しかし、枯れ草を吹く風のほかには何の音も聞こえなかった。「セレヒで日の沈む頃、ちょうどこのように蕭々と風が吹いていた」と、かれは言った。その言葉と共に、太陽は影の山脈の後ろに隠れ、夜の闇がかれを包み、風はやんで、この不毛の地は音一つなく静まり返った。

しかし、フーリンの言葉を聞いていた耳は確かにあったのである。間もなく、北方の冥王の許に一切が報告され、モルゴスはにんまりとほくそ笑んだ。これで、トゥルゴンがどのあたりに住んでいるかがはっきりと分かったからである。ただ大鷲のおかげで、かれが放った間者《かんじゃ》は一人として、環状山脈に隠された土地を眺め得るところには到り着かなかった。これが、フーリンの釈放によって成就された最初の禍事《まがごと》であった。

日がとっぷりと暮れると、フーリンはよろけながら岩から降り、重苦しい悲しみのうちに眠りに陥った。かれは、眠りの中でモルウェンの嘆きを聞いた。かの女はたびたびかれの名を呼んだ。その声は、ブレシルの方から聞こえてくるように思われた。それ故、かれは朝の光に目覚めると、立ち上がってブリシアハに戻っていった。そして、ブレシルの森の外れに沿って進んでゆくと、夜のうちにテイグリンの渡り瀬まで来た。夜警たちはかれを見て、古戦場の塚から現われ、闇をまとうて歩く幽霊でも見たように恐怖に襲われた。それ故、フーリンは誰何《すいか》されることもなく、ついにグラウルングを焼いた場所に来た。そして、カベド・ナエルアマルスの崖の縁に近く、高い石が立っているのを見た。

しかし、フーリンは石には目を向けなかった。そこに書かれていることをすでに知っていたからである。それにかれは、そこにいるのがかれ一人ではないことに気づいていた。石の蔭に婦人が一人、膝に覆いかぶさるように背を屈《こご》めて坐っていた。フーリンが無言のまま傍《かたわ》らに立つと、かの女はぼろぼろの頭巾をずらして面《おもて》を上げた。白髪の老女であったが、その目は突然、かれの目をまっすぐに見た。そしてかれには、かの女が分かった。なぜなら、その目は狂気じみ恐怖で一杯だったが、遠い昔、最も誇り高く、最も美しい人間の女性としてエレズウェンの名をかの女に得さしめた、あの眼《まなこ》の光が今もそこにきらめいていたからである。

「とうとうおいでになりましたのね」と、かの女は言った。「待って、待って、お待ちしておりました」

「暗い旅の道だった。やっと来ることができたのだ」と、かれは答えた。

「おいでになるのが遅過ぎました」と、モルウェンは言った。「あの子たちはもういません」

「知っている」と、かれは言った。「だが、お前はいる」

しかし、モルウェンは言った。「わたくしも、もうすぐです。精根尽きました。日没と共に逝きます。さあ、もうわずかな時間しか残っておりません。御存知ならおっしゃって下さいまし、あの娘《こ》はどうやって兄を見つけたのですか」

しかし、フーリンは答えなかった。二人は石の傍らに腰を下ろし、もう二度と話さなかった。そして太陽が沈むと、モルウェンは吐息をついてかれの手を握りしめ、動かなくなった。フーリンは、かの女が死んだことを知った。暮れなずむ光の中で、かれはかの女の顔を見おろした。すると、悲嘆と酷《むご》い辛酸によって刻まれた皺《しわ》はいつか消え去っていた。

「お前は征服されなかった」と、かれは言った。そしてかれは、かの女の目を閉じてやり、夜の闇が次第に深まる中を身動《みじろ》ぎもせず、その傍らに坐りつくしていた。カベド・ナエルアマルスの水は轟々《ごうごう》と鳴り続けていたが、かれはいかなる音も聞かず、何も見ず、何も感じなかった。かれの心は石と化していたからである。しかし、冷たい風が吹いてきて、かれの顔に膚《はだ》を刺すような雨を吹きつけた。そして、かれは気持を激しくかき立てられ、むらむらと湧き起こった怒りはかれの理性を支配した。今、かれがただただ望むことは、かれとかれの肉親が受けた不当な処遇に復讐することだった。苦悩のあまり、かれとかれの家族にいささかでも関わりのあった者は、みながみな怪《け》しからぬ者に思えたのである。やがてかれは立ち上がり、カベド・ナエルアマルスの崖上の墓石の西側に、モルウェンのための墓を作り、「ここにモルウェン・エレズウェンも眠る」という文字を石に刻んだ。

名をグリルフインというブレシルの予言者にして竪琴《たてごと》奏者たる者が歌を作り、不運なる者たちの墓石はモルゴスによって汚されることなく、たとえ海が全陸地を呑み込もうと、永久に覆《くつが》えされることはないであろう、と予言したと伝えられる。海が陸地を呑み込むということはその後実際に起こるのであるが、ヴァラールの怒りの日々に作られた新たな海岸線のかなたの海中に、今なおトル・モルウェンだけがぽつんと一つ立っている。しかし、フーリンはここには眠っていない。かれの運命はさらにかれを駆り立て、大いなる闇が依然としてそのあとを追っていたのである。

フーリンは、テイグリンを渡り、ナルゴスロンドに通じる古い道を南に下っていった。そして、遠く東の方《かた》にただ一つ立つアモン・ルーズを認めたが、かれはそこで起こったことをすでに知っていた。ようやくかれは、ナログの川岸に来て、毀《こわ》れ落ちた橋石を洗って流れる激流を、かれ以前にドリアスのマブルングがやったように、危険を冒して渡った。そしてかれは、杖に寄りかかり、毀《こぼ》たれたフェラグンドの城門の前に立った。

ここで断っておかなければならないのは、グラウルングが立ち去ったあと、小ドワーフのミームがナルゴスロンドへ入る道を見出し、廃墟と化した館に忍び込んでいたことである。かれは、この館をわがものとなし、終日ここに坐り込んで金や宝石をいじり、両手に掬《すく》っては指の間からこぼしていた。グラウルングの幽霊とか龍の記憶そのものが怖いばかりに、誰一人近づいて奪おうとする者がいなかったからである。

しかし今、ここに一人の者が訪れて、入り口に立った。ミームは出ていって用件を言えと迫った。

フーリンは言った。「お前は誰だ。フィンロド・フェラグンドの家に入るわしを妨げるとは」

ドワーフは答えた。「わしはミームだ。高慢なやつらが大海を渡って来る前に、ドワーフが、山を穿《うが》ってこのヌルッキズディーンの館を造ったのだ。わしは、わし自身のものを取りに戻ってきたに過ぎん。わしが、わが同族の最後の者だからな」

「では、お前が先祖の遺産を楽しむのももうこれまでだ」と、フーリンは言った。「それというのも、わしはガルドールの息子フーリンで、アングバンドから戻ってきたのだ。わしの息子はトゥーリン・トゥランバール。お前もよもや忘れてはいまい。それに、今お前が坐っておるこの館を荒らした龍のグラウルングを殺したのは、かれだ。そして、ドル＝ローミンの龍の兜《かぶと》を裏切ったのは誰か、わしが知らぬと思っておるのか」

そこでミームは、非常に恐れ、何なりと欲しいものは差し出すから命ばかりは助けてくれ、と懇願した。しかし、フーリンはその懇願を歯牙《しが》にもかけず、すぐさまナルゴスロンドの城門の前でかれを殺した。それからかれは中に入り、その恐ろしい場所にしばらく留まった。そこにはヴァリノールの宝物が、荒れ果てた暗闇の中に、床という床を埋め尽くすように散乱していた。しかし、フーリンがナルゴスロンドの廃墟から出て、再び青空の下に立った時、かれは、あの莫大な財宝の中からたった一つのものしか持ち出さなかったと言われる。

さて、フーリンは東に向かって旅をし、シリオンの瀑布の上流の薄暮の湖沼に来た。そして、そこでドリアスの西の国境を守っていたエルフたちに捕えられ、千洞《せんとう》宮《きゅう》のシンゴル王の御前に連れ来られた。シンゴル王は驚きと深い悲しみに胸をつまらせて、つくづくとかれを打ち眺め、この恐ろしげな老人がモルゴスの捕虜となっていたフーリン・サリオンであることを知った。王は丁重な言葉で挨拶し、礼をもってかれを迎えた。

フーリンは、王に一言も答えず、かれがナルゴスロンドからただ一つ持ち出したものをマントの下から取り出した。これこそ、ドワーフの頸《くび》飾りナウグラミールにほかならなかった。これは、遠い昔、フィンロド・フェラグンドのために、ノグロドとベレグオストの名細工師たちが作ったもので、上古《じょうこ》の世にかれらが作ったあまたの作品の中にあって最も世に知られており、フィンロドがその存命中、ナルゴスロンドの全財宝に増して大切に思っていたものである。フーリンは、これをシンゴルの足許に放り出し、荒々しく痛烈な言葉を吐いた。

「これを呉れてやるぞ」と、かれは叫んだ。「わしの子供たちと妻を大事に預かってくれた礼だ！　これこそナウグラミール、この名を知る者は、エルフにも人間にもその数は多かろう。わしはこれを、ナルゴスロンドの暗闇の中からお前に持ってきてやった。お前の縁者たるフィンロドが、ドリアスのシンゴルの用命を果たすべくバラヒルの息子ベレンと出掛けた時、これを残していったその場所からだ！」

シンゴルは、この大いなる宝物にじっと目を向け、これがナウグラミールであることを認めた。フーリンの意図するところはかれには充分理解できたが、憐憫の情からこみ上げる怒りを抑え、フーリンの蔑《さげす》みに耐えた。

すると、ようやくメリアンが口を開いて言った。「フーリン・サリオン、そなたはモルゴスに誑《たぶら》かされておいでです。本意であれ不本意であれ、モルゴスの目を通して見る者にはすべてのものが歪んで見えるからです。そなたの息子トゥーリンは、長の年月メネグロスの館で育てられ、シンゴル王の息子として愛情と敬意を受けてきました。トゥーリンがついにドリアスに戻らなかったことは、王の意志によるのでもなく、わらわの意志によるものでもありません。そして後には、そなたの妻と娘御が避難場所を求めてここに遁《のが》れてみえ、礼と好意をもって遇されました。ナルゴスロンドに向かうというモルウェン殿をどうにかして思いとどまらせようと、われらは手を尽くしました。そなたは今、モルゴスの声を借りてそなたの友人を非難なさるのです」

メリアンの言葉を聞いて、フーリンは身動ぎもせず突っ立ったまま、しばらく王妃の目にじっと見入っていた。そして、今なおメリアンの魔法帯によって敵の暗闇から守られているここメネグロスにおいて、かれはわが一家にもたらされたあらゆる不幸の真の意味を悟り、モルゴス・バウグリルがかれのために定めた苦悩を、ついにここで、十二分に味わうことになったのである。そしてかれは、もはや過ぎたことには言及せず、背を屈めて、シンゴルの玉座の前に転がっているナウグラミールを取り上げ、これを王に渡して言った。「王よ、ドワーフの頸飾りを、無一物の者からの贈り物として、またドル＝ローミンのフーリンの形見としてここに受け給え。今こそわが運命は完了し、モルゴスの目的は成就したからです。だが、私はもうかの者の虜《とりこ》ではない」

そしてかれは、背を向けて立ち去り、千洞宮から出ていった。かれを目にした者はみなたじろいで、その顔の前から後ずさった。誰一人かれを引き止めようとはせず、また、かれがどこに行くのかを知る者もなかった。伝えられるところによると、目的も望みもすべて失ったフーリンは、その後長く生きようとはせず、ついに西海に身を投じた。かくて、有限なる命の人間の中で、武人の誉《ほま》れ最も高かった者が命を終えたのである。

フーリンがメネグロスから去ると、シンゴルは長い間無言のまま玉座に坐して、膝に置かれた類《たぐい》まれな宝物を見つめていた。その時、かれの心に、これを作り直し、シルマリルをそこに塡《は》め込もうという考えが浮かんだ。というのも、時が経つにつれ、シンゴルの思いは絶えずフェアノールの宝玉に向かい、これに甚《はなは》だしく執着を覚えるに至り、宮殿の最も奥まった宝庫の扉の中に秘蔵するだけでは気がすまず、寝ても起きても絶えず身につけていたいという気持になっていたからである。

当時、ドワーフたちはまだエレド・リンドンのかれらの館からベレリアンドに仕事で滞在するために来ており、サルン・アスラド、即《すなわ》ち〈石の浅瀬〉でゲリオンを渡り、ドリアスに至る古い街道を使っていた。というのも、金属と石の細工物にかけてはドワーフたちの腕は非常にすぐれており、メネグロスの宮殿ではかれらの技能が大いに必要とされていたからである。しかし今では、かれらはもはや以前のように少人数で来ることはなく、アロスとゲリオンの間の危険の多い土地で身を守るため、充分に武装した大部隊で来たのである。そしてメネグロスでは、かれらのために用意された部屋や仕事場に居住していた。

たまたまその時は、ノグロドのすぐれた工人たちがドリアスに来て日も経たぬ頃であったから、王はかれらを召し出し、もし腕に自信があるなら、ナウグラミールを作り直し、シルマリルを塡め込んでほしいという望みを伝えた。ドワーフたちは、かれらの父祖の手になる作品をつくづく眺め、讃嘆してフェアノールの輝く宝玉に見入った。すると、この二つをわがものにし、山の中の遠い故国に持ち去りたいという強い欲求に襲われた。しかし、かれらは何喰わぬ顔をして、仕事を引き受けた。

仕事は長い間かかった。その間、シンゴルはただ一人、かれらの深い仕事場に下りてゆき、ドワーフたちが働いている間、絶えずかれらの中に入り込んで坐っていた。やがて、かれの望みは果たされ、エルフとドワーフのそれぞれの作品の中で最もすぐれたものがここで一つに合わされ、その美しさは比類がなかった。なぜなら、ナウグラミールの無数の宝石は、中心に填め込まれたシルマリルの光を反射し、驚嘆すべきさまざまな色合いを帯びた光を投げかけていたからである。

シンゴルは、ドワーフたちの中に一人いたのであるが、これを手にとって頸に嵌めようとした。ところが、ドワーフたちはすかさずその手を押さえ、頸飾りをかれらに渡すよう要求して言った。「いかなる権利があって、エルフ王はナウグラミールを御自分のものと主張なさるのか。今は亡きフィンロド・フェラグンドのためにわれらの父祖が作ったものであるものを。これを王が入手されたのは、ドル＝ローミンの人フーリンが持ち来《きた》ったからにほかならない。かれは、盗人のようにナルゴスロンドの暗闇からこれを取ってきたのだ」

しかし、シンゴルはかれらの本心を読み、シルマリルが欲しいばかりに、自分たちの内心の意図を包む体裁のよい口実を設けているに過ぎないことを看《み》て取った。

かれは、激しい怒りと自尊心から、わが身の危険を顧慮せず、蔑みの言葉を吐いた。「お前たち如き野卑な種族が、よくもベレリアンドの支配者たるエル・シンゴルに要求がましきことを申したな。予の生涯は、発育不全の種族たるお前たちの先祖が目覚めるより数えられぬ年数を遡《さかのぼ》る昔、クイヴィエーネンの水のほとりに始まったのであるぞ」。そしてかれは、ドワーフたちの間に立ったまま、肩を聳《そび》やかし、尊大な様子で屈辱的な言葉を吐いた。報酬なしで、疾《と》く疾くドリアスから立ち去るよう言ったのである。

ドワーフたちの欲望は、王の言葉に火をつけられ、激しい怒りとなって燃えさかった。かれらは立ち上がって王を取り囲み、立っている王に手をかけ、これを殺した。こうして、ドリアスの王エルウェ・シンゴッロは、メネグロスの地下深きところで死んだのである。イルーヴァタールのすべての子らの中で、かれだけがアイヌールの一人と結ばれていた。そして、中つ国《なかつくに》に置き去られたエルフの中でただ一人、ヴァリノールの二つの木の光をその目で見たことのあるかれは、今、死にゆく目でシルマリルを見つめたのである。

ドワーフたちは、ナウグラミールを奪い、メネグロスを出て東に遁れ、レギオンを抜けようとした。しかし、凶報はたちまちレギオンの森に行きわたり、ドワーフの一隊のうちアロス川を越えた者はほとんどいなかった。なぜなら、かれらは東に遁れる道を探しているうちに、追っ手の追跡を受けて殺されたからである。ナウグラミールは奪い返され、痛恨の思いと共に王妃メリアンの許に返された。

しかしながら、シンゴル王を殺害した者たちのうち東の境界で追っ手を遁れ、遥かな青の山脈中の故国の都にようやく帰り着いた者が二人いた。その都ノグロドで、二人は事の顚末《てんまつ》をすべて語ることはせず、ドワーフたちは、報酬を惜しんだエルフ王の命令によりドリアスで殺されたと述べた。

かれらの身内であり、かれらのすぐれた工人であった者たちの死を悼むノグロドのドワーフたちの怒りと嘆きは、大きかった。かれらは鬚をかきむしって泣いた。そして復讐に思いをめぐらせながら、いつまでも坐っていた。伝えられるところによると、かれらはベレグオストに助けを乞うたが、断られ、ベレグオストのドワーフたちはかれらを思いとどまらせようとしたが、その忠告は効を奏さず、やがてノグロドから発した大軍が、ゲリオンを渡り、ベレリアンドを抜けて西に進軍していったという。

ドリアスには、容易ならぬ変化が起こっていた。メリアンは、シンゴル王の傍らにいつまでも坐したまま、思いは星々の明かりに照らされていた遠い昔のこと、そしてその過ぎ去った昔、ナン・エルモスの小夜啼鳥《さよなきどり》の歌う中で二人が初めて出会った時のことに戻っていった。そしてかの女は、シンゴルとの別れがさらに大きな別れの前触れであること、ドリアスの命運は今や尽きようとしていることを知った。なぜなら、メリアンはもともとヴァラールの聖なる種族の出であり、偉大な力と智《ち》慧《え》を具《そな》えたマイアであったからだ。ただエルウェ・シンゴッロへの愛ゆえに、イルーヴァタールの長子たるエルフの姿をとったのであり、その結婚によってアルダに生きる現《うつ》し身《み》の鎖と網に自らも縛られることになったのである。かの女は、この仮の姿でシンゴルの子ルーシエン・ティヌーヴィエルを生み、その仮の姿でアルダの物質に及ぼす力を得た。そしてドリアスは、メリアンの魔法帯によって久しい間外部からの諸々の禍《わざわい》から守られてきたのである。

しかし、シンゴルは今、骸《むくろ》となって横たわり、かれの霊はマンドスの館に去っていた。そして、かれの死と共に、メリアンにも変化が起こった。かくて、かの女の支配力は、この時ネルドレスとレギオンの森から退き、かつては魔法にかけられていたエスガルドゥインは異なった声で囁《ささや》き、ドリアスは敵に対し全く無防備となったのである。

以後、メリアンは、マブルング一人を除き、誰とも口を利《き》かなかった。かの女はかれに命じ、シルマリルに注意を怠らず、オッシリアンドのベレンとルーシエンに至急知らせるよう言い置くと、中つ国から姿を消し、西海のかなたのヴァラールの国に去り、その昔かの女のいたローリエンの庭で悲しみに耽ったのである。この物語は、もうこれ以上かの女のことには触れない。

かくて、ナウグリムの軍勢はアロスの川を渡り、妨げられることなくドリアスの森に入った。かれらに抵抗する者は一人としていなかった。というのも、かれらは多数で、猛々《たけだけ》しく、灰色エルフの指揮官たちは不安と絶望に陥り、なす術《すべ》もなく右往左往したからである。そして、ドワーフたちはそのまま進軍して大橋を渡り、メネグロスに入った。そしてここに、上古の代の悲しむべき出来事の中でも最も嘆かわしいことが起こったのである。なぜなら、千洞宮で合戦が行われ、多くのエルフとドワーフが死に、今日に至るまでこのことは双方の記憶に留められているからである。結局ドワーフ側が勝利を収め、かれらはシンゴルの宮殿に入り込み、略奪をほしいままにした。この時、無骨者マブルングはナウグラミールの収納された宝物蔵の扉の前で落命した。そして、シルマリルは奪われた。

その頃、ベレンとルーシエンは、アドゥラント川の緑の島トル・ガレンに住まっていた。この川は、エレド・リンドンから流れ出てゲリオンに注ぐ幾条《すじ》かの流れの中で最も南に位置していた。かれらの息子ディオル・エルヒールは、ガラドリエルの奥方の伴侶でドリアスの王族の一人であるケレボルンと縁続きのニムロスを妻に迎えていた。ディオルとニムロスの息子には、エルレードとエルリーンがいた。さらに、二人の間には娘も生まれ、エルウィングと名づけられた。〈星しぶき〉の意味である。かの女の生まれたのは満天の星の夜で、かの女の父の館に近いランシル・ラマスの滝の水しぶきに、星の光がきらめいていたからである。

さて、武器を所持したドワーフの大軍が青の山脈から下って石の浅瀬でゲリオンを渡ったという知らせは、たちまちオッシリアンドのエルフたちの間に伝えられた。この知らせは、間もなくベレンとルーシエンの許にもたらされた。ちょうどその時、ドリアスからも使いが来て、かの地で起こったことを二人に伝えた。そこで、ベレンは立ち上がり、トル・ガレンを去り、息子のディオルを呼び出し、共に北のアスカル川に向かった。そしてオッシリアンドの緑のエルフたちも、多数かれらに従った。

メネグロスから帰途についたノグロドのドワーフたちが、往きより数も減って再びサルン・アスラドにさしかかった時、かれらは目に見えぬ敵に襲撃されることになった。ドリアスで分捕った戦利品を背負ったドワーフたちが、やっとゲリオンの土手をよじ登ると、不意に、森中いっぱいにエルフの角笛が響きわたり、四方八方から矢が射かけられてきた。この最初の攻撃で、非常に多くのドワーフたちが殺された。しかし、この待ち伏せを遁れたドワーフたちは、一塊《ひとかたまり》になって東の山脈目指して逃げた。そして、かれらがドルメド山の麓の長い斜面を登っていると、木の牧者たちが現われ、ドワーフたちを、エレド・リンドンの森の木下闇《このしたやみ》の中に追い込んだ。ここから出て家路に向かう高い山道を登った者は、一人もいなかったと言われる。

サルン・アスラドの合戦で、ベレンはかれの最後の戦いを戦った。かれは、自らノグロドの王を討ち取り、かれからドワーフの頸飾りをもぎ取った。しかし、ドワーフの王は瀕死の息の下で、ドリアスのすべての財宝に呪いをかけた。ベレンは、かれ自らモルゴスの鉄の冠から抉《こじ》り取ってきたフェアノールの宝玉が、今はドワーフの巧妙な細工により、金と宝石の中に填め込まれて輝いているのを驚嘆して眺めた。かれは、川の水でそれに付着した血をきれいに洗い流した。一切が片づくと、ドリアスの宝はアスカル川に沈められ、この時から、アスカル川は新たにラスローリエル、即ち〈黄金の川床〉と名づけられた。しかしナウグラミールは、ベレンによってトル・ガレンに持ち帰られた。

ノグロドの王が討たれ、多くのドワーフが同じく討ち果たされたことを知っても、ルーシエンの嘆きは和《やわ》らげられなかった。しかし、この頸飾りと不滅の宝玉を身につけたルーシエンを見ることは、ヴァリノールの地以外に存在したことのない気高い美しさと輝かしさを目《ま》のあたりにすることであった、と今も歌に伝えられている。そして、わずかな間ではあったが、生ける死者の国はあたかもヴァラールの国を目のあたりに見るが如くであった、と言われている。以来、今日に至るまで、いかなる場所といえども、これほど美しく、これほど実り豊かで、これほど光に満ちみちたところはなかったのである。

さて、シンゴルの世継ぎディオルは、ベレンとルーシエンに別れを告げ、妻のニムロスと共にランシル・ラマスを出発し、メネグロスに入り、ここに住まった。二人の幼い息子エルレードとエルリーン、そして娘のエルウィングも、かれらに同行した。シンダールはかれらを喜び迎え、死んだ身内と王を悼み、メリアンの去ったことを嘆いて悲しみにくれていた闇の中から立ち上がった。そして、ディオル・エルヒールはドリアスの王国の盛時を再現しようとつとめたのである。

ある秋のことであった。夜も更《ふ》けた頃、メネグロスの入り口に来て、激しく門を叩き、王に目通りを願う者があった。かれはオッシリアンドから急行してきた緑のエルフの貴族であった。門番は、かれを自室に一人いるディオルのところに連れていった。かれは、無言のまま王に宝石箱を手渡し、暇乞《いとま》いをして去った。宝石箱の中には、シルマリルの塡め込まれたドワーフの頸飾りがあった。ディオルはこれを見て、ベレン・エルハミオンとルーシエン・ティヌーヴィエルが今度こそ本当に死んで、人間の種族がこの世のかなたの運命を見出すべく赴くところに去ったことを知った。

ディオルは、いつまでもシルマリルを眺めていた。これは、かれの父と母がモルゴスの恐怖の玉座から、思いもよらず生還して持ち帰ったものである。死があまりにも早く二人に訪れたことを悲しむかれの嘆きは大きかった。しかし、シルマリルがかれらの終わりを早めたのである、と賢者たちは言う。これを身に着けたルーシエンの炎と燃える美しさは、生者《しょうじゃ》必滅の地にはあまりにも輝かしすぎたからである。

やがて、ディオルは立ち上がり、頸にナウグラミールをかけた。すると、かれの姿は、この世のすべての子ら、即ちエダイン、エルダール、そして至福の国のマイアールと、三つの種族の美を併せ持つ、最も美しい者に見えた。

　シンゴルの世継ぎディオルがナウグラミールを身に着けているという噂は、ベレリアンドに四散したエルフたちの間にたちまち伝えられた。かれらは言った。「フェアノールのシルマリルが、再びドリアスの森に燃えている」と。そして、フェアノールの息子たちの誓言が再び眠りから目覚めた。なぜなら、ルーシエンがドワーフの頸飾りをつけている間は、かの女を敢えて襲撃しようとするエルフは一人もいなかったが、ドリアスの再建とディオルの誇らしさを耳にした七人は、放浪の地から再び相集うてディオルの許に使いをやり、頸飾りがかれらのものであることを主張した。

　しかし、ディオルは、フェアノールの息子たちに何の返事も言ってやらなかった。そこで、ケレゴルムは兄弟たちを煽動して、ドリアス襲撃を準備した。かれらは、冬のさなか不意に奇襲を仕掛け、千洞宮でディオルと戦い、ここに、二度目のエルフによるエルフの殺傷が行われた。ここでケレゴルムは、ディオルの手にかかって死んだ。クルフィンも死に、黒髪のカランシルも死んだ。しかし、ディオルも殺され、妻のニムロスも殺された。そして、ケレゴルムの無情な召使いたちは、かれらの幼い息子たちを捕え、森に置き去りにして餓死するにまかせた。マエズロスは、このことを心から悔いて、ドリアスの森にかれらを何日も探させた。しかし、かれの捜索も空しく、エルレードとエルリーンの運命はいかなる話にも語られていない。

こうしてドリアスは滅ぼされ、再起することはなかった。しかし、フェアノールの息子たちも求めているものを手に入れることはできなかった。なぜなら、生き残った者たちはかれらから遁れ、その中にディオルの娘エルウィングもいた。かれらはシルマリルを持って逃げ、やがて海に近いシリオンの河口に辿り着いたのである。

第二十三章　トゥオルとゴンドリンの陥落のこと

フーリンの弟フオルが涙尽きざる合戦で討ち死にしたことは、すでに語った。その年の冬、かれの妻リーアンはミスリムの荒野で子を生んだ。かれはトゥオルと名づけられ、このあたりの丘陵にまだ住んでいた灰色エルフの一人、アンナエルに引き取られて育てられた。

さて、トゥオルが十六歳の時、エルフたちは、かれらの住居《すまい》であるアンドロスの洞窟を去って、遥か南のシリオンの港に密かに引き移ることを考えた。しかし、逃亡の計画が実現しないうちに、オークと東夷《とうい》の襲撃を受け、トゥオルは捕えられ、ヒスルムの東夷の族長ロルガンの奴隷にされた。三年間、かれは奴隷の生活に耐えた。しかし、三年の終わりに逃亡し、アンドロスの洞窟に戻って、一人そこに住んだ。そして東夷たちに大いに損害を与えたので、ついに、ロルガンはかれの首に賞金をかけるに至った。

トゥオルがこうして孤独な無法者の暮らしを始めてから四年経った時、ウルモが、かれの心に、父祖の地を去ろうという気持を起こさせた。ウルモは、自分の計画の実行者にトゥオルを選んでおいたからである。トゥオルは、再びアンドロスの洞窟を去ると、ドル＝ローミンを横切って西に向かい、アンノン＝イン＝ゲリュズ、即《すなわ》ち〈ノルドールの門〉を見出した。これは、トゥルゴンの民が昔々ネヴラストに住んでいた時に建てたものである。そこから暗いトンネルが山脈の下を通って、キリス・ニンニアハ、即ち〈虹立つ峡谷〉に出ていた。ここを通って渦巻く水が西の海に流れていたのである。こうして、ヒスルムからのトゥオルの遁走《とんそう》は、人間からもオークからも気づかれず、モルゴスの耳にも全く届かなかった。

そしてトゥオルは、ネヴラストに入り、ベレガエル、即ち〈大海〉を初めて目《ま》のあたりにし、すっかりそれに魅了されたのである。大海の海鳴りと海への憧れは、その後かれの心と耳から去ることなく、常にかれの心を騒がせ、ついにかれを、ウルモの王国たるわたつみのかなたに連れゆくのである。この時、かれはネヴラストに一人住むのであるが、やがてその年の夏も過ぎ、ナルゴスロンドの滅亡は次第に迫ってきていた。

秋が来た時、かれは、七羽の大きな白鳥が南に飛ぶのを見て、あまりにもゆっくり一箇所に留まり過ぎた印と見て、海岸沿いにかれらのあとを追った。こうしてついに、タラス山の下なるヴィンヤマールの無人の宮殿に辿り着き、中に入って、昔トゥルゴンがウルモの指図でそこに残しておいた盾《たて》と鎖かたびら、剣《つるぎ》と兜《かぶと》を見出した。かれは、これらの武具に身を鎧《よろ》って海岸に出た。すると、西方から烈《はげ》しい嵐が吹き来《きた》って、水の王ウルモが厳《いかめ》しい姿を現わし、海辺に立つトゥオルに言葉をかけた。ウルモはかれに命じて、この場所を去り、ゴンドリンの隠れ王国を探し出すように言った。そしてかれは、トゥオルに大きなマントを与えた。これを着ると、薄闇がかれを包んで敵の目をくらますことができるのである。

朝になって嵐が去ると、トゥオルは、一人のエルフがヴィンヤマールの城壁のそばに佇《たたず》んでいるのに出会った。かれはゴンドリンのエルフで、アランウェの息子ヴォロンウェであった。かれは、トゥルゴンが西方に送り出した最後の船に乗り組んでいたのである。しかし、この船は大洋のかなたからようやく引き返す途中、中《なか》つ国《くに》の岸を目にしながら烈しい嵐に遭《あ》って沈んだ。ウルモはこの時、全乗組員の中からただ一人、かれだけを拾い上げて、ヴィンヤマールに近い陸地に打ち上げたのである。ヴォロンウェは、トゥオルが水の王から言いつかった命令のことを聞いて驚異の念に打たれ、ゴンドリンの秘密の入り口にかれを案内することを拒まなかった。それ故、二人は共にこの場所を出発して、この年北方から襲ってきた過酷なる冬に悩まされながら、影の山脈の下《もと》を用心深く東に向かった。

旅を続けるうちに、ようやくかれらはイヴリンの泉に来た。そして、龍のグラウルングの通過によってすっかり汚された水を眺めて嘆いた。ちょうどその時、北に向かって道を急ぐ者がいた。かれは背の高い人間で、黒装束に黒い剣を持っていた。二人には、かれが何者であり、南にどのようなことが起こったのか、皆目分からなかった。かれは二人のそばを通り過ぎ、二人は一言も口を利《き》かなかった。

そしてついに、二人はウルモに与えられた力により、ゴンドリンの秘密の入り口に辿り着いた。トンネルを通って奥の門に達すると、二人は衛士たちに捕えられた。そこからかれらは、七つの門が通行を阻むオルファルヒ・エホルの雄大な山峡を通り、この登りの道の最後に控える大門の司《つかさ》、泉のエクセリオンの前に連れゆかれた。ここでトゥオルは、マントを脱ぎ捨て、ヴィンヤマールで身に着けた甲冑《かっちゅう》姿になったので、かれが間違いなくウルモによって送られてきた者であることが分かった。

こうしてトゥオルは、環状山脈の真ん中に緑の宝石のように塡《は》め込まれた、トゥムラデンの美しい谷間を眺めおろし、遥か遠く、アモン・グワレスの岩山に、七つの名を持つ都、偉大なるゴンドリンを認めたのである。この都の名声と栄光に勝《まさ》るものは、歌に歌われたことのある此岸《しがん》の国のエルフの王国の中にはない。エクセリオンの言いつけにより、大門の塔でトランペットが吹き鳴らされ、山々に谺《こだま》した。やがて、暁の光が野面《のづら》に射し出《い》で、ばら色に染め上げられた都の白い城壁から吹き鳴らされる応答のトランペットが、遠く、しかしはっきりと聞こえてきた。

このようにして、フオルの息子はトゥムラデンを馬で横切り、ゴンドリンの城門に来た。そして都の広い石段を登り、ついに王の居城に連れこられ、ヴァリノールの二つの木の写しを見たのである。トゥオルは、ノルドールの上級王フィンゴルフィンの息子、トゥルゴンの前に立った。王の右手には、王の妹の息子マエグリンが立ち、左手には、王の娘イドリル・ケレブリンダルが坐っていた。トゥオルの声を聞いた者はみな、これが本当に死すべき命を持った人間の一人であるのかと驚嘆した。かれの言葉はその時、かれの口を借りた水の王の言葉であったからである。そしてかれは、ノルドールの作り上げたすべてのものが滅び、マンドスの呪いが成就されるべき時が間近に迫っている、という警告をトゥルゴンに与え、かれが創建した美しい立派な都を捨て、この地を去って、シリオンを下り、海に出るように命じた。

そこでトゥルゴンは、長い間思いに沈み、ウルモの助言のことをつらつらと考えたが、この時、かれの心に、ヴィンヤマールでウルモがかれに言った「汝《なんじ》の手の業《わざ》、汝の心の策にあまりに執着してはならぬ。ノルドール族の真の望みは西方にあり、大海よりもたらされることを憶《おぼ》えておくがよい」という言葉が思い出された。しかし、トゥルゴンには矜持《きょうじ》があり、ゴンドリンはエルフの都ティリオンを偲《しの》ばせるほど美しかった。そしてトゥルゴンは、たとえヴァラの一人によって否定されようと、この都の世に隠された難攻不落の力をいまだに信じていた。ニルナエス・アルノエディアドの後は、ゴンドリンの民は、二度と再び外部のエルフや人間の禍《わざわい》を分かち持とうとは思わず、かといって、不安と危険を冒して西方へ戻りたいとも思っていなかった。外に通じる道もなく魔法で守られた山々の背後に閉じこもったまま、たとえモルゴスの許《もと》から逃げ出し、敵から追われている者があろうと、中に入れて助けようとはしなかった。山のかなたの国々の便りは遠くかすかに聞こえてくるばかりで、かれらはほとんどそれに留意しようともしなかった。

アングバンドの間者《かんじゃ》たちは、かれらの在《あ》りかを空しく探し求めていた。かれらの住まっているところは噂に聞こえるだけで、誰にも見出されない隠された秘境であった。

マエグリンは、王の御前会議でいつもトゥオルに反対した。そして、マエグリンの言葉はトゥルゴンの気持に合っていたから、それだけ納得のいくもののように思われた。そこでついに、トゥルゴンはウルモの言いつけを拒否し、その忠告を容れなかった。しかし、このヴァラの警告の中に、かれは、ずっと昔アラマンの海岸で、出発しようとするノルドール族を前にマンドスによって話されたのと同じ言葉を聞いた。そして、裏切りへの恐れがトゥルゴンに目覚めた。それ故、この時から、環状山脈に設けられた秘密の扉への入り口そのものが塞《ふさ》がれ、その後は、都の存続する限り、何人《なんぴと》も、平和の用であれ戦いの用であれ、ゴンドリンから出てゆく者はなかった。

ナルゴスロンドの陥落と、それに続くシンゴルとかれの世継ぎディオルの死と、ドリアスの滅亡の消息は、大鷲《おおわし》の王ソロンドールによってもたらされた。しかし、トゥルゴンは外界の禍には耳を閉ざし、フェアノールの息子たちと轡《くつわ》を並べて出陣することはもはやすまい、と心に誓った。そして、ゴンドリンの国民《くにたみ》にも山脈の囲みを越えることを禁じた。

トゥオルは、ゴンドリンに留まった。この都の喜び、美しさ、そこに住む民の叡《えい》智《ち》がかれの心を魅了してやまなかったからである。そしてかれは、身の丈にも精神にも大きさと力を加え、流謫《るたく》のエルフたちの伝承を深く学んだ。

やがて、イドリルはかれに思いを寄せるようになり、かれもイドリルを思うようになった。それ故、マエグリンが密かにかれに懐《いだ》いている憎しみはいやが上にも強まった。かれは、何にも増して、ゴンドリンの王の唯一の後継者たるイドリルをわがものにしたいと欲していたからである。しかし、トゥオルは王の厚い寵愛《ちょうあい》を受けていたので、ゴンドリンに住んで七年経った時には、トゥルゴンはかれに娘を与えることさえ拒まなかった。というのも、かれはウルモの言いつけに耳を傾けようとはしなかったものの、ノルドールの運命がウルモの送ってよこした者と結び合わされていることに気づいていたからである。そしてまた、かれは、涙尽きざる合戦からゴンドリンの軍勢が引き揚げる前に、フオルがかれに話した言葉も忘れていなかった。

そこで、盛大な、喜ばしい祝宴が張られた。トゥオルは、マエグリンとかれに密かに従うものを除いて、全住民の愛をかち得ていたからである。かくてここに、エルフと人間の第二の結婚が行われた。

翌《あく》る年の春、ゴンドリンに半エルフのエアレンディルが生まれた。トゥオルとイドリル・ケレブリンダルの息子である。この年は、ノルドールが中つ国に来て五百三年目であった。

エアレンディルは、抜きんでた美しさを持って生まれた。天の光とも紛《まご》う光がかれの顔を照らしていたからである。かれは、エルダールの美しさと智慧《ちえ》を、そして古《いにしえ》の代の人間の力と不屈さを併せ持っていた。そして、かれの耳と心には絶えず、父のトゥオルの場合と同じく海が語りかけた。

その頃、ゴンドリンはまだ喜びと平和に満ち溢れていた。この隠れ王国のおおよその位置が、フーリンの呼び声によってついにモルゴスに知られることになったとは、誰も気づいていなかったのである。フーリンは、環状山脈の外の荒野に一人立ち、入り口を見出すことができず、絶望してトゥルゴンに呼びかけたのであった。それからというもの、モルゴスの思いは、アナハとシリオン上流の間の山岳地帯に絶えず向けられていた。ここはそれまで、かれの召使いたちも足を向けたことのない地であった。しかし、警戒怠りない大鷲たちのおかげで、アングバンドの間者や手先はまだ一人としてこの地に近づくことを得ず、モルゴスの企《たくら》みも成就せずにいた。

ところで、イドリル・ケレブリンダルは賢明にして先見の明があったが、この頃かの女の心には不安がきざし、不吉な予感が暗雲のように忍び寄ってきた。そこで、かの女は秘密の道を用意させた。これは都で地下に入り、アモン・グワレス北方で城壁の遥か外へ、平野部の地下道を通って抜けることになっていた。かの女はごく少数の者にしかこの工事のことを知らさないように取り計らったため、マエグリンの耳には何の噂も聞こえてこなかった。

ところで、エアレンディルがまだ幼い頃のことであるが、ある時、マエグリンが行方不明になったことがあった。というのも、かれは、すでに語ったように金属を求めて採掘、採石をすることが、いかなる手の技にも増して好きであった。またかれは、都から離れた山中で働くエルフたちの主人であり、指導者であった。かれらは、平和時にあるいは戦時に用いられる品々を作るための金属をそこで探し求めていたのである。しかしマエグリンは、少数の配下の者と環状山脈の外に出ることがしばしばあった。王は、自分の命令がこのように無視されていることに気づかないでいた。かくて、運命の望むままにマエグリンはオーク共に捕えられ、アングバンドに連れこられることになった。

マエグリンは弱虫でも臆病者でもなかったが、拷問で脅《おど》されて怖気《おじけ》づき、ゴンドリンの場所そのものと、そこを見出し襲撃する方法をモルゴスに明かすことにより、生命と自由を贖《あがな》った。モルゴスの喜びはまことに大きく、かれはマエグリンに、ゴンドリン陥落の暁には、かれの家臣としてこの都の統治を行わせ、イドリル・ケレブリンダルを与えることを約束した。実際イドリルへの欲望とトゥオルへの憎しみがあるだけに、かれはより一層簡単に、上古《じょうこ》の歴史の中で最も忌《い》むべき裏切り行為に走ったのである。しかし、マエグリンの裏切りが勘づかれることを恐れ、モルゴスはかれをゴンドリンに送り返した。そうすれば、いよいよゴンドリン急襲の暁に、マエグリンが中から手をかすこともできるからである。そしてかれは、ゴンドリンの王宮にあって、顔には笑みを浮かべ、心には邪《よこしま》な思いを懐いて暮らしていた。

一方イドリルの心は、一層暗い不安にとざされていったのである。

エアレンディルが七歳になった年のこと、ついにモルゴスは、進攻の準備成って、かれの召使うバルログ、オーク、狼共をゴンドリンに差し向けた。かれらと共に、グラウルングの血を引く龍たちも来た。今はかれらの数も殖《ふ》え、その破壊力は恐るべきものがあった。

モルゴス軍は、山々の峰が最も高く、見張りが最も手薄な北側の山々を越えてきた。その日は祭りの前夜に当たり、ゴンドリンの国民《くにたみ》は、日の出を待って曙光《しょこう》と共に歌を歌うため城壁に登っていた。夜が明ければ、その日はかれらが夏の門と呼ぶ一大祝祭日であったからである。ところが赤い光は、東ではなく北の山々に昇った。敵の前進を阻む間もなく、かれらはゴンドリンの城壁の真下まで迫り、都は望みなきまでに包囲された。

この時、ゴンドリンの高貴な家門の領袖《りょうしゅう》たちやその一門の戦士たちの、そしてまたかれらに勝るとも劣らぬトゥオルの、命がけの勇猛心によって果たされた数々の勲《いさおし》については、「ゴンドリンの陥落」の中でくわしく語られている。泉のエクセリオンが、王宮の広場でバルログの王ゴスモグと戦い、相討ちとなったこと、トゥルゴンの居城を王家の一統が守備して戦ったが、ついに陥落したこと、その時の攻防の熾烈《しれつ》さ、そして、廃墟と化した居城で討ち死にしたトゥルゴンの壮烈なる死のことなどである。

都の劫掠《ごうりゃく》からイドリルを救出すべく、トゥオルが急ぎ駆けつけると、マエグリンがかの女とエアレンディルに手をかけていた。トゥオルは城壁の上でマエグリンと取っ組み合い、かれを城壁の外に放り投げた。マエグリンの体は、アモン・グワレスの岩壁に三度《みたび》ぶつかり、焔《ほのお》の海の中に真っ逆さまに落ちていった。

トゥオルとイドリルは、炎上する都の混乱の中で、見出せる限りの生存者を集め、かれらを率いて前々からイドリルによって用意された秘密の道に降りていった。この通路のことは、アングバンドの指揮官たちも全く知らず、山が最も高く、アングバンドに最も近い北側の山脈に向かって逃げる者があろうとは、考えてもみなかったのである。ゴンドリンの麗しい噴水が北方の龍たちの炎によって濛々《もうもう》たる蒸気を発して涸《か》れていったのと、立ちこめる煙のため、トゥムラデンの谷間は陰鬱《いんうつ》な靄《もや》に蔽《おお》われていた。しかし、トゥオルとその一行の脱出はそれによって大いに助けられた。トンネルの出口から山脈の麓の丘陵部に辿り着くまでは、人目につきやすい長い道を行かなければならなかったからである。

ともあれ、一行は無事山麓まで辿り着き、艱難辛苦《かんなんしんく》を嘗《な》めながら絶望的な登攀《とうはん》を始めた。高い山々は寒さの厳しい大変な難所であった上、一行の中には手疵《てきず》を負うた者のほかに、女、子供たちもいたからである。

そこには、キリス・ソロナスと名づけられた恐るべき山道があった。〈大鷲たちの峡谷〉の意である。最も高い峰々の山腹に、狭い道がうねうねと続いているのである。狭い山道の右側は絶壁がそそり立ち、左手は恐るべき断崖が一足跳びに奈落に続いていた。

この狭い道を、数珠《じゅず》なりに進んでいる時である。かれらは、オークの待ち伏せに出遭《あ》った。モルゴスは、周囲の山々に隈《くま》なく見張りを立てていたからであった。オークたちと共にバルログもいた。一行は進退ついに極まって、ソロンドールが折よく救助に来合わせなければ、ゴンドリンの金華家の宗主、黄色い髪のグロルフィンデルの剛勇をもってしても助からなかったであろう。

この高所に尖塔《せんとう》の如く聳《そび》える大岩の頂で戦われたグロルフィンデルとバルログの果たし合いは、多くの歌に歌われている。両者は相共に底知れぬ谷底に落ちていった。しかし、大鷲たちが飛来してオーク共を襲い、悲鳴を上げて逃げ惑うかれらを追って全員を仕留め、奈落に投げ落とした。それ故、ゴンドリンを遁れた者たちの噂はかなり後になるまで、モルゴスの耳には入らなかった。次いでソロンドールは、深い谷底からグロルフィンデルの亡骸《なきがら》を運び上げ、一行は山道の傍《かたわ》らに石の塚を築いて、そこにかれを葬った。この不毛の石の奥津城《おくつき》には、やがて緑の芝草が生え、黄色い花々が咲き出て、世界の変わる日まで咲き続けた。

こうして、フオルの息子トゥオルに導かれ、ゴンドリンの残党は山脈を越え、シリオンの谷間に降り立った。それからさらに疲労と危険に充ちみちた旅を重ねて南へ遁れ、ようやくナン＝タスレン、即ち〈柳の国〉に辿り着いた。ウルモの力は今もこの大河を流れていて、かれらを包んだ。ここで一行は、しばらく休息し、受けた傷と疲れから癒された。しかし、悲しみは癒されることがなかった。かれらはゴンドリンとゴンドリンで滅んだすべての国民《くにたみ》、エルフの乙女たち妻たち、王の戦士たちを偲んで宴《うたげ》を張った。愛されし者グロルフィンデルのために歌われた歌も多かった。所はナン＝タスレンの柳樹の下、時はその年もやがて終わりに近づこうとする頃であった。この場所で、トゥオルもまた息子のエアレンディルのために歌を作った。水の王ウルモが、前にネヴラストの岸辺に現われた時のことを歌ったのである。すると、かれの心には、そしてまた息子の心にも、海への憧れが目覚めた。それ故、イドリルとトゥオルはナン＝タスレンを出発し、川を下って南の海辺へ向かった。そしてシリオンの河口の近くに住み、かれらより少し前にこの地に逭れてきたディオルの娘エルウィングの族《やから》に、国民と共に加わった。ゴンドリンの滅亡とトゥルゴンの死の便りがバラル島にもたらされると、フィンゴンの息子エレイニオン・ギル＝ガラドが、中つ国におけるノルドールの上級王に指名された。

一方、モルゴスは、勝利がもはや完全なものとなったと考え、フェアノールの息子たちのことやその誓言のことはほとんど意に介さなかった。かれらの誓言は一度としてかれの害になったことはなく、常にかれの最大の助けとなったからである。かれは、腹黒い思いを懐いてせせら笑い、失った一つのシルマリルのことは悔やまなかった。これによって、最後に残った一握りのエルダールも中つ国から消え失せ、もはやこの地を騒がすこともないだろうと読んでいたからである。シリオンの流れのほとりに住まう者があることをたとえ知っていたにしても、気配には見せず、己の時節を待ち、誓言と虚言の働くのを待っていた。

しかしながら、シリオンと海のほとりには、ドリアスとゴンドリンの遺民たるエルフ族が育っていた。バラル島からキールダンの水夫たちも来てかれらに加わり、海の波と船の建造に心を寄せ、アルヴェルニエンの岸に一層近く、ウルモの支配による庇護のもとに住まった。

伝えられるところによると、この頃、ウルモがわたつみからヴァリノールに出向き、ヴァラたちにエルフの窮状を訴え、かれらの赦免を願い、圧倒的なモルゴスの力の下に置かれたかれらを救い出し、ヴァリノールに二つの木がまだ輝いていた至福の時代の光が今ではそこだけに花咲いているシルマリルを取り戻すことを要請したという。しかし、マンウェは動じなかった。かれの心の裡《うち》を何人が推測できようか。賢者たちは、時はいまだ至っておらず、いつの日か、エルフと人間両者のために自ら出向いて代弁し、かれらの誤れる行為に赦しを、かれらの苦難に憐れみを乞い願う者があれば、その者だけが、力ある者たちの御計画を変えられるのかもしれないと言ってきた。またフェアノールの誓言は、恐らくマンウェでさえこれを解くことはできず、結局行きつくところに至って、フェアノールの息子たちがあくことなく権利を主張しているシルマリルを自ら諦めるほかに解くことは不可能であっただろう。というのも、シルマリルにこめられた光は、ヴァラールによって作られたものだからである。

その頃、トゥオルは、忍び寄る老いを感じていたが、心の中には、大海原への憧れがますます強まっていった。そこでかれは、大きな船を建造し、これをエアルラーメ、即ち〈海の翼〉と名づけ、イドリル・ケレブリンダルと共に、日没《ひぼっ》する西方に向けて船出し、その後は、いかなる物語にも、歌にも、もはや二度と現われなかった。しかし、後の世の歌に歌われたところでは、定命《じょうみょう》の人間の中で、トゥオルのみが長子たるエルフ族の一人に数えられ、かれの愛するノルドール族に加えられることにより、人間の運命から切り離されたという。

第二十四章　エアレンディルの航海と怒りの戦いのこと

光の君エアレンディルは、当時、シリオンの河口近くに定住するエルフ族の主君であった。かれは、金髪のエルウィングを妻《めと》に娶り、二人の間に、エルロンドとエルロスという二人の息子が生まれた。この二人は、半エルフと呼ばれる。

しかし、エアレンディルの心は安まらず、此岸《しがん》をめぐる航海も、かれの立ち騒ぐ心を静めることにはならなかった。かれの心には二つの目的が育っていたが、大海原への憧れが、二つを一つのものに融合させていた。かれはすぐにでも船出して、出掛けたまま戻らないトゥオルとイドリルの行方を求めたいと思った。そして、事によったら最果ての岸辺を見出し、死ぬ前に、エルフと人間の訴えを、西方王土のヴァラールの許《もと》にもたらせるかもしれないと思った。それによってヴァラールの心を動かし、中つ国《なかつくに》の不幸に対し、かれらの憐れみを期待したのである。

さて、エアレンディルは、船造りのキーールダンと強い友情で結ばれるに至った。キールダンは、ブリソンバール、エグラレスト両港の劫掠《ごうりゃく》から遁《のが》れた民を率い、バラル島に住まっていた。エアレンディルは、キールダンの助けを借りて、ヴィンギロト、即《すなわ》ち〈水沫《みなわ》の花〉と呼ばれる、歌に歌われたすべての船の中でも最も美しい船を造り上げた。櫂《かい》は金色、肋材《ろくざい》は白、ニンブレシルの樺《かば》の林から切り出されたのである。帆はあたかも銀白色の月のようであった。「エアレンディルの歌」の中では、大海原や人跡未踏の陸地、そして多くの海や多くの島々でのかれのさまざまな冒険が歌われている。しかし、エルウィングはかれと一緒ではなかった。シリオンの河口のほとりで悲しみにくれていたのである。

エアレンディルは、トゥオルとイドリルを見出せず、この旅ではヴァリノールの岸辺にも辿り着けずに終わった。暗闇と惑わしに打ち負かされ、逆風に追われ、ついに、エルウィング恋しさにかれは家路を目指し、ベレリアンドの岸に向かった。かれは、夢の中で不意に不安に駆られ、心をせき立てられたが、今まで闘ってきた向かい風は、今度はかれの願うほど速くはかれを中つ国に運び帰してくれそうになかった。

さて、エルウィングが死を免れ、シルマリルを持ったまま、シリオンの河口のほとりに暮らしているという噂が初めてマエズロスの許に伝えられた時、かれはドリアスでの非道な所業を悔いていたので、手を出すことを控えていた。しかしそのうち、誓言を成就せずにいるという意識が再びかれとかれの兄弟を苦しめるようになった。かれらは、それぞれの流浪の狩猟の旅から一つ所に集まって、親善を求めると共に厳しい要求を盛り込んだ書状を港に送りつけた。

しかし、エルウィングとシリオンに住む民たちは、ベレンが獲得し、ルーシエンが身の飾りとし、金髪のディオルが命を落とす原因になったこの宝玉を手離そうとはしなかった。わけても、かれらの主君エアレンディルは航海にあって留守中のことである。かれらとしては、シルマリルの中にこそ、かれらの家族とかれらの船に与えられてきた癒しと祝福の力がこめられているように思われたのである。かくてここに、最後の、そして最も残酷な、エルフによるエルフの殺戮《さつりく》が行われたのである。かの呪わしい誓言によってなされた三度《みたび》目の大なる悪業である。

それまでにまだ生きていたフェアノールの息子たちは、ゴンドリンの流謫《るたく》者たちと、ドリアスの残党を不意に襲って、かれらを滅ぼした。この時の合戦で、兄弟の民の一部は傍観して手を出さず、ごく少数の者は敵側に立ってエルウィングを助け、己が主人に弓を引いて殺された（当時のエルダールの悲しみと困惑は、かばかりであった）。しかし、マエズロスとマグロールは戦いに勝った。とはいえ、フェアノールの息子のうち残ったのはかれら二人だけで、アムロドとアムラスは討ち死にしたのである。

キールダンと上級王ギル＝ガラドがシリオンのエルフたちに力をかすため、急《きゅう》遽《きょ》船を進めてきたが、時すでに遅く、エルウィングの姿はなく、二人の息子たちの姿もなかった。この急襲に命を落とさずにすんだごく少数の者だけが、ギル＝ガラドの部隊に加わり、バラルに戻るかれのあとに従った。かれらが語ったところによると、エルロスとエルロンドは捕えられ、エルウィングはシルマリルを胸に抱き、海中に身を投じたと言う。

かくなる次第で、マエズロスとマグロールは宝玉を入手することができなかった。しかし、宝玉そのものは失われはしなかった。なぜなら、ウルモが波間からエルウィングを抱き取り、かの女に大きな白い鳥の姿を与えたからである。かの女は、愛するエアレンディルを求めて海上を飛翔した。胸には、星のようにシルマリルが輝いていた。

ある夜、舵を取っていたエアレンディルは、大きな鳥が、月の下をたちまち過《よ》ぎる白い雲の如く、見慣れぬ軌道を通る海上の星の如く、嵐の翼に乗って飛ぶ白い炎の如く、かれの方に向かってくるのを認めた。歌に歌われているところでは、あまりに速く飛んだため、かの女はほとんど死んだように気を失って、空中からヴィンギロトの船上に落ちたという。エアレンディルは、白い鳥を胸に抱き上げた。しかし夜が明けると、かれは驚きの目を瞠《みは》って、傍《かたわ》らに妻のエルウィングを見た。かの女は本来の姿に戻り、かれの面《おもて》にかの女の髪を散らして眠っていた。

シリオンの港が滅び、息子たちが捕われの身になったことを、エアレンディルとエルウィングは非常に悲しんだ。二人は息子たちが殺されはしないかと惧《おそ》れた。ところが、マグロールはエルロスとエルロンドを不憫《ふびん》に思い、二人をかわいがって養育した。そして両者の間には、ほとんど考えられないことではあるが、愛情が育っていったのである。しかし、マグロールの心は恐るべき誓言の重荷に倦《う》み疲れていた。

エアレンディルは、中つ国の地に今は何一つ望みが残されていないのを見て、絶望のあまり再び船首の向きを変え、故国には戻らず、今度はエルウィングを傍らに、もう一度ヴァリノールを探しに戻ることにした。かれは今では終始ヴィンギロトの舳先《へさき》に立ち、その額にはシルマリルが結びつけられていた。シルマリルの光はかれらが西方に進むにつれ、ますます強まっていった。テレリ族の船以外には一隻の船も乗り入れたことのない水域にやがてかれらが入っていけたのは、この聖なる宝玉の力によるのだと賢者たちは言う。かれらは惑わしの島々に来て、惑わしを逃れ、影暗き海に来て、影を逃れ、トル・エレッセア、即ち〈離れ島〉を望み見たが、船を止めることなく、ついにエルダマール湾に錨《いかり》を投じた。テレリ族は、この船が東方から来たのを見て驚嘆した。かれらは遠くにある時から、シルマリルの光に目を奪われていたのである。シルマリルの光は、今や非常に強まっていた。

そこでエアレンディルは、生ある人間としては初めて、不死の国の岸辺を踏んだ。かれはここで、エルウィングのほかにかれと一緒に来た者たち、即ちかれに付き従ってすべての海を航海してきた、名をファラサル、エレッロント、アエランディルという三人の水夫たちに言った。「そなたたちがヴァラールのお怒りを蒙《こうむ》らぬよう、私のほかは上陸してはならぬ、二つの種族のために、その危険は私がわが身に引き受けよう」

エルウィングは答えた。「それでは、わたくしたちの道は永遠に別れてしまいます。あなたの危険はすべて、わたくしもまたわが身に引き受けましょう」

そしてかの女は、白い水泡の中に跳び降り、かれの方に向かって走った。エアレンディルは悲しんだ。誰であれ、アマンの囲みを敢えて突破した者に下されるであろう西方の諸王の怒りを惧れたのである。ここで、かれらは航海の仲間に別れを告げ、かれらから永遠に引き離された。

そこでエアレンディルは、エルウィングに言った。「ここで私を待つように。言上すべきことを携えてゆくのは一人だけがよいかもしれぬ。それを持ってゆくのは、私の運命なのだから」

そして、かれはただ一人奥の方へ進み、カラキルヤに入っていった。そこは森閑として、誰もいないように思われた。というのは、遠い昔、モルゴスとウンゴリアントが来た時と同じように、エアレンディルも祭りの時に来合わせたのである。ほとんどすべてのエルフ族はヴァリマールに行ってしまっているか、タニクウェティル山頂のマンウェの宮殿に集うており、ほんの少数の者だけが居残って、ティリオンの城壁上で見張りをしていたのである。

見張りたちの中に、かれがまだ遠くにいる時から、かれの姿と、かれが身に帯びる大いなる光を目にした者たちがいた。かれらはこのことを報告に、急ぎヴァリマールに駆けつけた。一方、エアレンディルはトゥーナの緑の丘を登ったが、何も見当たらなかった。かれはティリオンの街路に足を踏み入れたが、森閑として人気《ひとけ》がなかった。かれの心は重く沈んだ。この至福の国にも何か禍々《まがまが》しいことが起こったのではないか、と惧れたのである。

かれは、ティリオンの無人の道路を歩いた。かれの衣服や靴についたと見えた砂《すな》埃《ほこり》は、みな砂粒のようなダイアモンドであった。長い白い石段を登ってゆくうちに、かれはきらきらと輝くようになった。かれは、エルフと人間のさまざまな言葉を使って声高に呼んだが、誰一人答える者はいなかった。それ故、かれはついに踵《きびす》を返し、再び海の方へ戻ろうとした。しかし、海岸の方へちょうど歩き出した時、丘の上に立って、大きな声でかれに呼びかけ、叫ぶ者があった。

「よくぞ参られた、エアレンディル、船乗りの中《うち》にて最も世に聞こえし者よ、はからずも来《きた》れる待ち設けられし者よ、望みなきに来れる待望せられし者よ！　よくぞ参られたな、エアレンディル、日と月の出《い》ずる前の光の所持者よ！　地上の子らの輝き、暗夜の星、日没の宝石、朝まだき時の光よ！」

マンウェの伝令使エオンウェの声であった。かれは、ヴァリマールから来て、エアレンディルにアルダの諸神の御前に出るよう命じた。エアレンディルはヴァリノールに入り、ヴァリマールの宮殿に入って二度と人間の国の土は踏まなかった。そこでヴァラたちは協議し、わたつみからウルモを呼び出した。エアレンディルはかれらの面前に立ち、二つの種族になり代わって伝えるべきことを言上した。ノルドールのために赦《ゆる》しと、かれらの重なる憂き目に憐れみを乞うた。そして、人間とエルフのために慈悲と、かれらを窮状から救い出す助力を願った。かれの祈りは聞き入れられた。

エルフの間で語られているところによると、エアレンディルが妻のエルウィングを探しに出ていったあと、マンドスが口を開き、かれの運命についてこう言ったという。「限りある命の人間に、生きたままこの不死の地を踏ませ、なおかつ生かしておけるものであろうか」

しかし、ウルモが答えて言った。「そのためにこそ、かれはこの世に生まれたのだ。私に言ってほしい。エアレンディルはハドルの血を引くトゥオルの息子であるのか、それともエルフのフィンウェの家系たるトゥルゴンの娘イドリルの息子であるのか」

マンドスは答えて言った。「自ら流謫の身となったノルドールも同じこと。ここに戻ることはならないのだ」

意見が出尽くすと、マンウェが判決を下して言った。「この件で宣告を下すのは、かれわが権限である。二つの種族への愛のためにエアレンディルが冒した危難を、かれの身に降りかからせてはならない。また、かれへの愛のために、自ら同じ危難に身を投じた、かれの妻エルウィングにも降りかからせてはならない。とはいえ、かれら両人を、再び外なる陸地のエルフや人間の間に帰らせるわけにはゆかぬ。かれら両人に関するわが判決は、次の如くである。エアレンディルにエルウィング、及びかれらの息子たちに、いずれの種族に属したいか、またいずれの種族の許にあって裁かれたいか、自由に選択することを許そう」

一方、エルウィングは、エアレンディルが立ち去って長い時間が経つと、次第に心細く不安になって、あてもなく海辺をさまよううちに、アルクウァロンデの近くに来た。そこにはテレリ族の船隊があった。テレリたちは、かの女を暖かく迎え、かの女が語るドリアスやゴンドリンのこと、ベレリアンドの悲惨な有様に耳を傾け、同情と驚きに胸をつまらせた。そこにエアレンディルが戻ってきて、白鳥港にかの女を見出した。そして間もなく、両人はヴァリマールに呼び出され、ここで長上王の判決が下された。

この時、エアレンディルはエルウィングに言った。「そなたが選ぶがよい。私はこの世に倦み疲れたから」

エルウィングは、ルーシエンの血を引く者として、イルーヴァタールの長子の中に数えられることを選んだ。エアレンディルは、心情的には人間族、かれの父の同族の側に在《あ》りたかったのであるが、エルウィングのために同じ選択をした。そこで、ヴァラールの命により、エオンウェがアマンの岸に赴いた。そこにはエアレンディルの従者が便りを待って、留まっていた。エオンウェは一隻の船を選び、三人の水夫たちはそれに乗り込んだ。ヴァラールは大風を吹かせてかれらを東方へ送り帰した。しかし、ヴィンギロトはヴァラールが取り上げ、これを聖《きよ》め、ヴァリノールを通って、この世の最果ての縁まで運び去った。そこで船は、夜の門を通り抜け、天《あま》つ海《うみ》に浮かべられた。

船は、美しく驚嘆すべきものに作り直された。船中には、汚れのない明るい炎が溢れるほどに充ちみちてゆらいでいた。航海者エアレンディルが舳先に坐り、全身をエルフの宝石屑で輝かせ、額にはシルマリルを結びつけていた。この船で、かれは遠く旅をした。星影もない虚空《こくう》にまで入り込んだ。しかし、かれの船が最も多く見られるのは明け方や夕暮れ時で、日の出、日の入りにきらきら輝きながら、この世界の境界のかなたからヴァリノールに戻ってくるのである。

このような旅には、エルウィングは同行しなかった。寒気と前人未踏の虚空に耐え得るかどうか分からなかったからである。むしろかの女は、大地を愛し、海山に吹く快い風を愛した。それ故、北の方《かた》、隔ての海の縁に、かの女のために白い塔が建てられた。そこには時々、地上のあらゆる鳥たちが集まった。

伝えられるところによると、自分自身鳥の姿をとったことのあるエルウィングは、鳥たちの言葉を習い覚え、鳥たちはかの女に飛翔の術を教え、かの女の翼は白と銀灰色であったという。そして時には、帰路についたエアレンディルが再びアルダに近づいてくる時、かの女はよくかれを迎えに飛び立ったという。ちょうど遠い昔、かの女が海から助け出された時、かれを探して飛んだように。そのような時、離れ島に住むエルフたちの中で遠目の利《き》く者は、港に戻るヴィンギロトを喜び迎えて空高く舞い上がる白い鳥のようなかの女の姿が、夕陽に染まってばら色に輝くのを見た。

ところで、ヴィンギロトが初めて天つ海に船出した時、それは明るくきらきらと輝きながら昇ってきたのであるが、誰一人これを予期した者はなかった。中つ国のエルフや人間たちは、遠くからこの星を見て驚嘆し、これをよき印と受け取り、ギル＝エステル、即ち〈いと高き望みの星〉と呼んだ。

夕暮れにこの新しい星が見られると、マエズロスは弟のマグロールに言った。

「西方に今輝いているのは、よもやシルマリルではないだろうな」

マグロールは答えた。「あれが本当にわれらがこの目で海中に投じられたのを見たシルマリルで、今ヴァラールの御力で再び昇るのであれば、喜ぼうではありませんか。あの輝かしい光は、今や多くの者によって仰がれ、しかもあらゆる悪から安全なのですから」

そこで、エルフたちは目を上げ、もはや絶望することはなかった。しかし、モルゴスの心は疑念で満たされた。

とはいえ、モルゴスは西方からの襲撃を予期してはいなかったという。かれの増《ぞう》上慢《じょうまん》は今や止《とど》まるところを知らず、かれに公然たる戦いを仕掛けてくる者はあるまいと高を括《くく》っていたのである。さらにかれは、ノルドールを西方の諸王から永遠に離間させ得たと思っており、ヴァラールは至福の王国に満ち足り、外の世界なるかれの王国にはもはや注意を払おうとはしないであろうと考えていたのである。憐れみの心を持たぬ者には、憐れみの行為は常に未知なる、推測不可能なことなのである。

しかし、ヴァラールの軍勢はすでに戦いの準備を整えていた。イングウェの民、ヴァンヤール族も白い旗の下《もと》に出陣していった。そして、フィンウェの息子フィナルフィンを統率者とする、ヴァリノールを一度も離れたことのないノルドール族も出陣していった。テレリ族の中には、進んで戦いに出てゆこうとする者はほとんどいなかった。白鳥港での殺戮とかれらの船が強奪されたことを覚えていたからである。しかしかれらは、ディオル・エルヒールの娘で、かれらと同族のエルウィングの語るところに耳を傾け、ヴァリノールの軍勢を海路東に運ぶ船を航行させるため水夫たちを差し向けた。しかしながら、かれらは船に留まったまま、一人として此岸の地をその足で踏む者はなかった。

中つ国の北方へ攻め上ったヴァラール軍の進撃については、いかなる話の中にもほとんど触れられていない。なぜならヴァラール軍と行を共にした者の中に、此岸の地に住みついて苦難の日々を送り、今日知られているところの当時の歴史を書いたエルフは、一人もいなかったからである。この時の話をかれらが聞いたのは、ずっと後になってからであり、それもアマンの同族の口からであった。ともあれ、ついに西方からヴァリノール軍が来襲し、エオンウェが挑戦のために吹き鳴らすトランペットの響きは空を満たし、ベレリアンドはかれらの武器の燦《さん》たるきらめきで燃えるが如くであった。ヴァラールの軍勢は、若く、美しく、恐ろしげなる姿をとって勢揃いし、山々はかれらの足下にどよめいた。

西方と北方の軍勢の一大決戦は大会戦と名づけられ、怒りの戦いとも呼ばれている。モルゴス側は王国の全兵力を動員し、その総力は数えられないほど大きく、アンファウグリスに全員を容れることができないほどであった。そして、北方の地全土が戦火に燃え立った。

しかし、戦いはかれに利あらず、バルログは、ごく少数が大地の底の近づきがたい洞窟に遁れて隠れひそんだほかは、すべて殲滅《せんめつ》された。無数のオークの軍勢は、大火の中の藁《わら》しべの如く消滅するか、熱風の前に縮れ上がった木の葉のように掃蕩《そうとう》された。その後の長い年月の間生き残って世に禍をもたらしたものはほぼいなかった。人間の父祖でありエルフの友である三家の中で、生き残った少数の者がヴァラールの側について戦い、この時かれらは、バラグンドとバラヒル、ガルドールとグンドール、フオルとフーリンを始めとする多くの主君たちの仇《あだ》を報じたのである。しかし、人間の息子たちの大多数は、ウルドールの民であれ、東方からの新来者たちであれ、敵側に立って参戦した。エルフたちはこのことを忘れなかった。

さて、モルゴスは、味方の軍勢が滅ぼされ、かれらに移入していた自身の力が消散してゆくのを見て怖気《おじけ》づき、姿を現わそうとはしなかった。しかしかれは、これを最後に、かねがね準備していた死物狂いの反攻に出た。アングバンドの地下要塞から、誰一人見たことのない翼を持った龍たちが出撃してきたのである。この恐るべき編隊の襲来があまりにも不意であり、破壊的であったから、ヴァラール軍は押し戻されて退いた。龍たちは、すさまじい雷鳴と稲妻、火の嵐を伴って飛来したからである。

そこへ、白い炎のように輝きながら、エアレンディルが現われた。そして、ヴィンギロトのまわりには天空のあらゆる大鳥が集まり、その指揮官はソロンドールであった。その日は終日、そして形勢不確かなまま暗い夜をこめて、空中戦が続けられた。日の出前に、エアレンディルは龍軍の最強者、黒龍アンカラゴンを仕止め、空からかれを追い落とした。かれはサンゴロドリムの塔に落ち、塔は毀《こぼ》たれた。やがて日が昇り、ヴァラール軍は勝利を得て、龍はほとんど全員が滅ぼされた。モルゴスの地下要塞は残らず破壊されて天日《てんじつ》にさらされ、ヴァラールの力は深い地の底まで達した。そこにはモルゴスが、ついに絶体絶命の立場に追い込まれながらも、戦いを挑むことなく立てこもっていた。

かれは地下坑の一番深いところに遁れ、和睦《わぼく》と容赦を乞うたが許されず、両足を切断され、俯《うつむ》けざまに投げ出され、以前かれが縛られたことのあるアンガイノールの鎖で括られ、鉄の冠は、頸《くび》に嵌《は》める鉄環に打ち直され、体は頭が膝につくほどに二つ折りにさせられた。モルゴスの許に残されていた二つのシルマリルは、かれの王冠から外され、その光は、明るい空の下に一点の曇りなく燦然と輝いた。これはエオンウェが受け取って、盗まれぬよう保管した。

かくて、北方のアングバンドの力は滅び、邪悪なる王国は打ち倒された。地底深い牢獄からは、無数の奴隷たちが、再び仰ぎ見る望みを持たなかった白日のもとに姿を現わし、変貌した世界を打ち眺めた。敵味方双方の猛威により、西方世界の北方地域はずたずたに切り裂かれ、多くの裂け目には海水が轟々《ごうごう》と流れ込み、存在するのは混乱と、耳を聾《ろう》する音ばかりであった。谷は隆起し、山は踏みつぶされ、川は無くなるか、あるいは新たな水路を作っていた。シリオンの流れはもはや存在しなかった。

やがて、エオンウェが、長上王の伝令使として、ベレリアンドのエルフたちに中つ国から引き揚げることを勧めた。しかし、マエズロスとマグロールはこれを聴こうとはせず、誓言の成就を、今では倦み疲れ、これを厭《いと》う気持で一杯であるにもかかわらず、自暴自棄となってあくまで追い求める覚悟でいた。かれらは、シルマリルを与えられなければ、それを取るために戦ったであろう。たとえ勝利赫々《かくかく》たるヴァリノール軍が相手であるにせよ、あるいは全世界を相手に二人だけで戦わねばならぬにせよ。それ故、両人はエオンウェに書状を送り、昔かれらの父フェアノールが作り、モルゴスがかれから盗んだ宝玉を引き渡すよう要求した。

しかし、エオンウェはこれに答えて、かれらの父の作品に対する権利は、以前はフェアノールの息子たちのものであったろうが、誓言《めし》に盲い、数々の無慈悲な行為を重ねた結果、中でもディオルの殺害と港の襲撃によってもはや消滅したと伝えた。シルマリルの光は、そもそもその光が来《きた》った西方王土に移されるべきであり、マエズロスとマグロールはヴァリノールに戻り、そこでヴァラールの判決を待たねばならぬ、ヴァラールの命令によってのみ、エオンウェはかれが預かる宝玉を引き渡すであろう、と答えた。

ここでマグロールは、エオンウェの言葉に従いたいと切望した。かれの心は悲しみに満ちていたからである。かれは言った。「誓言は時節を待ってはならないとは言っていません。それに、ヴァリノールではすべてが赦され忘れられ、平和裡《り》にわれらの宝玉シルマリルを手に入れられるかもしれません」

しかしマエズロスは、もしアマンに戻っても、ヴァラールがかれらの願いを聞き入れてくれなければ、かれらの誓言は依然として消滅せず、その成就は全く絶望的であろうと答え、そして言った。「もし、われらが、ヴァラール御自身の国で力ある方々に逆らったり、あるいはヴァラールの聖なる御国《みくに》に再び戦いを持ち込もうなどと企てれば、どんな恐ろしい運命がわれらを待つことになるか、誰に分かろう」

マグロールは、なおもためらって言った。「われらが誓言の証人に名指したマンウェとヴァルダ御自身が誓言の成就を拒否されるのなら、誓言は無効となるのではありませぬか」

するとマエズロスは答えた。「しかし、どうやったらわれらの声が世界の圏外におられるイルーヴァタールの御許《みもと》に届こう。われらは逆上して、イルーヴァタールの御名《みな》にかけて誓ったのだ。そしてもし、誓いを守らなければ、永遠の闇がわれらにふりかかるよう求めたのだ。誰がわれらを解き放ってくれよう」

「誰にもできないとなれば」と、マグロールは言った。「その時こそ、本当に永遠の闇がわれらの運命となりましょう。誓言を守ろうと破ろうとです。しかし、誓言を破る方がまだ悪をなすことが少なくてすみましょう」

しかしながら、かれはついにマエズロスの意志に屈した。いかにしてシルマリルを手に入れるか話し合った二人は、変装して、夜分エオンウェの野営地に行き、シルマリルが厳重な警戒の下に守られている場所に忍び込んだ。かれらは衛士たちを殺し、宝玉に手をかけた。

そこで、二人に対して野営地全体の兵士が召集された。二人は、最後まで自分の立場を守り通して死ぬつもりだったが、エオンウェがフェアノールの息子たちを殺すことを許さず、二人は戦わずして遠くに遁れ、銘々が一つずつシルマリルを取った。そしてこう言ったのである。「一つはわれらの手に入らず、二つのみが残り、われら兄弟の中ではわれら両人のみが残った。われらの父の残した宝玉をわれら両人で分けよという運命の導きであることが、これではっきりした」と。

しかし、宝玉はマエズロスの手に火傷《やけど》を負わせ、耐えがたい痛みを与えた。そしてかれは、エオンウェの言った通り、かれの権利は失われ、誓言は無効となったことに気づいた。かれは、苦悩と絶望に身を苛《さいな》まれ、ぽっかりと口を開いた、火の燃えさかる裂け目に身を投じて死んだ。かれが抱いていたシルマリルは、大地の懐《ふところ》に抱き取られた。

マグロールについて語られているところは、かれはシルマリルの苛む痛みに耐えかね、ついにそれを海中に投じ、その後は絶えず海辺をさまよい、波打際で苦しみと悔恨の歌を歌い続けたという。なぜなら、マグロールは古《いにしえ》の吟遊詩人の中でも、ドリアスのダエロンの次に挙げられる、非常にすぐれた伶人であったからである。しかし、かれはついにエルフたちの間には戻らなかった。

こうして、シルマリルはそれぞれに永住の場所を見出したのである。一つは天空に、一つは世界の中心に燃える火の中に、そして一つはわたつみの深き底に。

その頃、西海の岸では船の建造が盛んに行われ、ここからエルダールの船隊がいくつも西方に向けて船出してゆき、戦乱と嘆きの地には二度と戻ってこなかった。ヴァンヤール族は、かれらの白い旗の下、意気高らかにヴァリノールに戻っていった。しかし、かれらの勝利の喜びも、モルゴスの冠から奪い返したシルマリルを持たずに帰るその分だけ減じたと言える。世界が砕かれて造り直されない限り、これらの宝玉は二度と一つ所に集められることはないことを、かれらは知っていたからである。

西方王土に移り住んだベレリアンドのエルフたちは、トル・エレッセア、即ち〈離れ島〉に定住した。この島は西にも東にも面しており、ヴァリノールにさえ、望めば行くことができた。かれらは再びマンウェの愛とヴァラールの赦しを得、テレリ族はかれらから受けた悲しみを忘れ、ここに呪いは停止された。

しかし、エルダールの中には、長い間住み慣れ、苦労を重ねた此岸の地を喜んで捨て去ろうとする者ばかりではなく、中つ国を去りがたく思うままに、それからもまだ長い間留まる者たちがいた。船造りのキールダン、妻のガラドリエルと共に留まるドリアスのケレボルンなどもその中に含まれる。ガラドリエルは、ノルドール族を率いてベレリアンドに流謫の生活を送った者たちの中で、ただ一人の残留者である。上級王のギル＝ガラドも中つ国に留まった。半エルフのエルロンドがかれと共に住まっていた。選択の許しを与えられたエルロンドは、エルダールの中に数えられることを選んだのである。しかし、弟のエルロスは人間の側に留まることを選んだ。

この兄弟を通して、最初に生まれた者の血と、アルダ以前から存在した聖なる精霊の血が人間の中に入ったのである。なぜなら、この二人は、シンゴルとメリアンの子であるルーシエンの息子たるディオルの娘エルウィングの息子だからである。そして父なるエアレンディルは、ゴンドリンのトゥルゴンの娘イドリル・ケレブリンダルの息子だからである。

モルゴス自身はいかなることになったかといえば、かれはヴァラールによって、夜の扉から、この世界の壁の外なる時なき虚空の中に放逐され、世界の壁の上には絶えず見張りが配され、空の牆壁《しょうへき》からはエアレンディルが見張っていた。しかし、呪われたる強者《きょうしゃ》メルコール、恐怖と憎悪の支配者モルゴス・バウグリルが、エルフと人間の心の中に蒔《ま》いた数々の虚言は、死ぬことも撲滅されることもない種子であり、時折芽を吹き出し、最後の日々に至るまで黒い果実をつけるであろう。

シルマリッリオンはここに終わる。この物語が気高く美しいものから、暗黒と滅びに至ったとしても、過ぎた昔の傷ついたアルダの運命がかくあったのである。何らかの変化が起こり、この傷が修復されることがあるかどうか、それはマンウェとヴァルダの知り給うところであろうが、いまだ明かされてはおらず、マンドスの下された宣告の中にも、そのことは言明されていない。

アカルラベース

ヌーメノールの没落

エルダールの伝えるところによると、人間は、モルゴスの影蔽《おお》う時代にこの世界に現われ、速やかにかれの支配下に入ったという。なぜなら、モルゴスはかれらの中に密偵を遣わし、人間はかれの邪悪で狡猾な言葉に耳を傾け、暗黒を礼拝し、同時にそれを恐れたからである。

しかし、人間の中にも、悪に背を向け、同族の住まう土地を去って西へ旅を重ねる者たちがいた。かれらは、西方には、大いなる影もこれを暗くすることができない光があるという噂を聞いたのである。モルゴスの召使いたちは、かれらを憎んでこれを追跡した。かれらの旅の道は長く困難に満ちていたが、それでもついに大海を望む土地に辿り着き、宝玉戦争の時代にベレリアンドに入った。この人間たちは、シンダリンでエダインと呼ばれた。かれらはエルダールの友となり、同盟者となって、モルゴスとの戦いでは、数々の武勇の誉《ほま》れ高い勲《いさおし》をたてた。

光の君エアレンディルは、父方から言うとエダインの出である。「エアレンディルの歌」の中には、ついにモルゴスの勝利が完全なものとなったと見えた時、エアレンディルが、人間によってロシンズィルと呼ばれたかれの船ヴィンギロトを建造し、何人《なんぴと》も船を乗り入れたことのない海洋を、ヴァリノールを求めて航海したことが語られている。かれは、二つの種族のために、力ある者たちの面前で弁じ、ヴァラールの憐れみと、この上ない窮状にあるかれら両種族への援助を願ったのである。それ故、かれは、エルフと人間から称《たた》うべきエアレンディルと呼ばれている。長い労苦と多くの危難の末に、かれがついにその使命を達成し、その結果、ヴァリノールから、西方の諸王の軍勢が中《なか》つ国《くに》に進撃してきたからである。しかしエアレンディルは、かれが愛した土地には二度と戻ってこなかった。

モルゴスがついに屠《ほふ》られ、サンゴロドリムが毀《こぼ》たれた大会戦では、人間の中でエダインだけがヴァラールに味方して戦い、ほかの多くの人間はモルゴス側に立って戦ったから、西方の諸王の勝利の後、悪しき人間の中で滅ぼされなかった者は東に逃げ戻った。東方では、かれらと同じ種族の者たちがまだ多数、収穫なき土地を放浪して、未開のまま法も掟《おきて》も持たず、ヴァラールの召し出しをもモルゴスの召集をも等しく拒んで暮らしていた。悪しき人間たちは、かれらの間に入り込み、恐怖の影を投ずることにより、自らかれらの王となった。

ヴァラールの召し出しを拒み、モルゴスの味方を主人にする、このような中つ国の人間を、ヴァラールは一時見捨てたことがある。その時、人間は暗闇に住んで、モルゴスがかれの君臨した時代に作り上げたさまざまな邪悪な者たちに苦しめられた。悪鬼に龍に奇形の獣たち、それにイルーヴァタールの子らの醜いまがいであるおぞましいオークなどである。当時の人間の運命は、不仕合せなものであった。

しかし、モルゴスは、マンウェによって世界の外なる虚空《こくう》に閉じ込められ、かれ自身は、西方の諸王が玉座にある限り、現存する目に見える姿では二度とこの世界に戻ることはできない。しかし、かれが蒔《ま》いておいた種子は、手入れをする者さえあれば依然として育ち続け、芽を出し、悪しき果実をつけた。なぜなら、かれの意志は中つ国に残って、召使いたちを支配し、かれらを動かして常にヴァラールの意向の裏をかき、ヴァラールに従う者を滅ぼそうとしたからである。

このことを、西方の諸王は充分承知していた。それ故、モルゴスが世界の外に突き出されると、ヴァラールは来《きた》るべき時代のことを話し合い、エルダールには西方に戻ることを命じ、それに応じた者をエレッセア島に住まわせた。この島には、アヴァッローネという名の港がある。すべての都市の中で最もヴァリノールに近かったところからつけられた名である。アヴァッローネの塔は、大海原をはるばる越えて不死の地にようやく近づいた船乗りが最初に目にするものであった。人間の父祖たる忠実なる三家には、やはり豊かな褒美《ほうび》が与えられた。エオンウェがかれらの許《もと》に来て、自らかれらを教えた。そしてかれらは、智慧《ちえ》と、力と、かつて有限の命の人間が所有したことのないような長寿を与えられた。

中つ国の一部でもなく、ヴァリノールの一部でもない土地がエダインの住むために作られ、大海原によって中つ国からもヴァリノールからも隔てられていたが、距離的にはヴァリノールの方に近かった。この地は大わたつみの底からオッセによって押し上げられ、アウレによって固められ、ヤヴァンナによって豊かに飾られた。そしてエルダールが、トル・エレッセアから花々や噴水を持ち込んだ。この国を、ヴァラールはアンドール、即《すなわ》ち〈贈り物の地〉と呼んだ。準備のすでに整った印に、また海路の案内者として、エアレンディルの星が西方に明るく輝き、人間は、太陽の通り道に銀色の炎を見て驚嘆した。

やがて、エダインは、この星の導きにより大海原に船出した。そしてヴァラールは、何日もの間海を荒れさせることなく、日光と追い風を送った。エダインの目の前に、海の水は漣《さざなみ》立つ鏡のようにきらめき、船首の前には水沫《みなわ》が雪のように散った。ロシンズィルの明るさは、朝方でさえ西方にきらめいて見えるほどであった。

雲のない夜には、ロシンズィルのみが明るく輝いた。その明るさ故に、周囲の星々が見えなくなってしまったからである。

この星に向かって船を進め、エダインは、ようやく万里の波濤《はとう》を越えて、自分たちのために用意された地アンドール、即ち〈贈り物の地〉が金色の靄《もや》の中にかすかに光るのを目にした。そこでかれらは、海の旅を終えて上陸し、美しく豊饒《ほうじょう》な国土を見出して喜び、この地をエレンナ、即ち〈星に向かう国〉と呼んだ。しかし、アナドゥーネー、即ち〈西方国〉、上《かみ》のエルダール語ではヌーメノーレとも呼んだ。

これが、灰色エルフの言葉でドゥーネダインと呼ばれる者たちの起源である。即ちヌーメノーレアン（ヌーメノール人）であり、人間の中の王たちである。しかし、かれらとて、イルーヴァタールが全人類に下し給うた死の運命を逃れるわけにはゆかず、依然として有限の命しか持たなかったのである。もっとも、暗い影が落ちるまでは、寿命は延び、病というものを全く知らずにいたのである。それ故、かれらは次第に智慧と威厳を増し、すべての点で、ほかの人間の種族よりも最初に生まれた者たちに似てきた。かれらはまた背が高く、中つ国の息子たちの中で最も長身の者たちよりもなお高かった。また、かれらの目の光は明るい星々のようであった。しかし、この国におけるかれらの人口の殖《ふ》え方は、非常に緩慢であった。かれらには娘たちも、息子たちも生まれ、子供たちは親にも勝《まさ》って美しかったのであるが、その数は非常に少なかったのである。

昔、ヌーメノールの第一の都であり、港であったところは、西海岸の中央に位置し、落日に面していたため、アンドゥーニエと呼ばれていた。しかし、国土の真ん中には高くて急峻な山があり、メネルタルマ、即ち〈天の柱〉と名づけられ、その山頂には、エル・イルーヴァタールに奉献された祭壇があり、そこには囲いもなく屋根もなかった。ヌーメノール人の国には、このほかに寺院、神殿の類《たぐい》は一切なかった。メネルタルマの山麓には歴代の王たちの墳墓が築かれていた。そしてすぐ近くの丘には、都市の中でも最も美しいアルメネロスがあって、そこには、ヴァラールによりドゥーネダインの初代の王に任命された、エアレンディルの息子エルロスの建造になる塔と城郭があった。

ところで、エルロスとその兄弟エルロンドは、エダインの三家から出ているのであるが、エルダール、マイアール双方の血をも引いていた。なぜなら、ゴンドリンのイドリルが祖母、メリアンの娘ルーシエンが曾祖母であったからである。

ヴァラールは、イルーヴァタールの授け給うた死の賜わり物を人間から取り上げることはできなかったが、半エルフの場合には、イルーヴァタールはその裁きをヴァラールに委《ゆだ》ね給うた。ヴァラールは、エアレンディルの息子たちの運命をかれら自身に選ばせるという裁断を下した。エルロンドは、最初に生まれた者たちの許に留まることを選び、かれには最初に生まれた者たちの命が与えられた。しかし、人間の王たることを選んだエルロスにも、中つ国の人間の何倍もの長寿が与えられた。そして、かれの血統を嗣《つ》ぐ者は、王であれ、王族であれ、ヌーメノール人の基準に照らしても長命であった。エルロスは五百年生き、四百十年間ヌーメノール人を統治した。

こうして時と共に、中つ国はますます退歩し、光と智慧が薄れてゆくのに反し、ヴァラールの加護の下《もと》、エルダールを友として暮らすドゥーネダインは、心身共に著しい発達を遂げた。なぜなら、この国の国民《くにたみ》は、いまだに自分たちの言葉を用いてはいたが、かれらの王たち、王族たちは、エルフの盟友として戦った時代に習い覚えたエルフ語を話すことができたからである。こうしてかれらは、今なおエレッセアのエルダールとも、中つ国の地に住むエルダールとも交わりを持ち、伝承の学問に通じた者たちは至福の国の上のエルダール語をも習得した。数多くの物語や歌が、この世の始まりから、この言葉によって残されてきたからである。かれらは、文字と巻物と書物を作り、王国の盛時には、智慧ある驚くべきことどもをいろいろ書き連ねたのであるが、今はそれもすべて忘れられてしまった。それ故、ヌーメノール人の王族はすべて自分の名前のほかに、エルダール語の名前を持っていた。これは、かれらがヌーメノール及び此岸《しがん》の地の沿岸に築いた都市や、そのほかの美しい場所についても同様であった。

ドゥーネダインは手の技にかけても非常にすぐれていたから、戦争の手段であれ武器の製造であれ、その気になりさえすれば中つ国の悪逆な王たちを容易に凌駕《りょうが》することができたのであるが、かれらは平和を愛し、戦いを好まぬ国民となっていた。かれらがいかなる技術にも増して熱心に育成したのは、造船術と航海術であり、世界が小さくなって以後は、二度と再びかれらに比肩すべき航海者は出ないと思われる。そして大胆な男たちにとっては、広大な海を航海することが、華々しい青春期の最高の偉業であり、冒険であったのである。

しかし、ヴァリノールの諸王は、ヌーメノールの沿岸が見えなくなるほど西に航海することをかれらに禁じていた。ドゥーネダインは、この禁制の意味するところを完全に理解していたわけではなかったが、長い間、それ以上を望もうとはしなかった。マンウェの意図は、至福の国を求めたいという誘惑からヌーメノール人を守り、かれらがヴァラールやエルダールの不死、そして、ものみなすべてが朽ちることのない不滅の国に魅せられ、自らに許された仕合せの限界を越えたいという誘惑に陥ることを防ごうということだった。

その頃、ヴァリノールはまだ目に見える世界に存在し、イルーヴァタールは、ヴァラールが地上に住む場所を持つことを許しておられた。その地は、モルゴスが影を投じなかったとしたら存在し得たかもしれぬ世界を偲《しの》ぶよすがともなるものである。このことを、ヌーメノール人たちは充分心得ていた。そして時折、大気が澄みわたり太陽が東にある時、かれらは遠く西方を見渡して、遥かな岸辺に白く輝く都市と大きな港と塔を望見することがあった。その頃、ヌーメノール人は遠目が利《き》いたのである。しかし、いかに遠目が利いたにせよ、これほど遠くを見ることができたのは、かれらの中でも最も鋭い目を持つ者たちに限られていた。かれらは恐らく、メネルタルマから望み見たのであろう。でなければ、西岸から許される範囲内で沖に出た高い船から望見したのであろう。かれらは、西方の諸王の禁制を敢えて犯すことはしなかったのである。

しかし、かれらの中の賢人たちは、この遠い陸地が、実はヴァリノールの至福の国ではなく、不死の地の東端エレッセアのエルダールの港アヴァッローネであることを知っていた。そこからは今なお、時折、最初に生まれた者たちが、落日のかなたから飛翔してくる白い鳥のように、櫂《かい》のない船に乗ってヌーメノールに渡ってくることがあった。かれらは、数々の贈り物を携えてきた。歌うたう鳥、香り高い花々、効能あらたかな薬草などである。そしてかれらは、エレッセアの中心に植えられた白の木ケレボルンの実生《みしょう》の苗木を持ってきた。ケレボルンは、ヤヴァンナがテルペリオンに模して作り、至福の国のエルダールに与えたトゥーナの木、ガラシリオンの実生であった。ヌーメノールにもたらされた白の木は、アルメネロスの王宮の庭に植えられ、花をつけた。これはニムロスと呼ばれ、夕暮れになると花を開き、夜の闇を馥郁《ふくいく》たる香りで満たした。

こうして、ヴァラールの禁制のために、当時のドゥーネダインの航海は常に東を目指し、西には向かわなかった。かれらの航海は、闇に閉ざされた北辺から南の熱帯まで、そしてさらに南を越えて〈低き冥闇《めいあん》〉にまで及んだ。かれらは内海にさえ入り込み、中つ国のまわりをめぐり、高い船首から東の方《かた》の朝の門を望見した。

ドゥーネダインは時折、大陸の岸まで来ることもあり、見捨てられた中つ国の世界を憐れんだ。そしてヌーメノールの諸侯は、人間の暗黒時代に中つ国の西岸の土を再び踏んだが、敢えてかれらに抵抗する者はいなかった。なぜなら、暗黒の影の下にうずくまる当時の人間たちは、意気地のない臆病者がほとんどであったからである。ヌーメノール人はかれらの中に入って、さまざまなことを教えた。穀類と葡《ぶ》萄《どう》酒をもたらし、種子の蒔き方、穀粒を粉に碾《ひ》くこと、木を切り、石を形に作ること、速やかに死が訪れる仕合せ薄い国に適合した暮らしの整え方を教えた。

そこで、中つ国の人間は慰めを得て、西岸のここかしこで人住まぬ森林が後退し、人間は、モルゴスの生み出した軛《くびき》を払い除け、暗黒の恐怖を忘れた。そしてかれらは、背丈高き海の王たちの思い出を崇《あが》め、王たちが去ったあとは、かれらを神と呼んで、王たちが戻ってくることを望んだ。当時、ヌーメノール人は中つ国に決して長くは留まらず、自分たちの住む場所をそこに作ろうとはしなかったからである。航海は東を目指さなければならなかったにせよ、心は常に西に戻っていったのである。

さて、西への憧れは時と共にますます強まり、ヌーメノール人は遥か遠くから望み見る不死の都への渇望に身を焦《こ》がし始めた。そして死から逃れ、生の喜びをいつまでも享受できるよう、永遠の命を得たいという望みが次第に強まり、権勢と栄華がいや増すにつれ、不安もいよいよ強まったのである。なぜなら、ヴァラールはドゥーネダインに長命を与えて報いたのであるが、最終的にもたらされる現世への倦怠を取り除くことはできなかった。さらにかれらは死ぬ。エアレンディルの血を引く王たちも死ぬ。かれらの寿命はエルダールの目から見れば束《つか》の間であった。かくて、かれらの心には暗い影がさした。恐らくこれは、今なおこの世界に働いているモルゴスの意志の働きかけによるのであろう。そしてヌーメノール人は、初めは心のうちで、後には公然と、人間の運命、中でも西方へ航海することを禁じているヴァラールの禁制を不満とする呟《つぶや》きの声をあげ始めた。

かれらは互いに言った。「何故《なにゆえ》、西方の諸王はかしこに坐して、終わることのない平和を享受しておられるというのに、われわれは死んでわが家を去り、われわれが作ったものをすべて置き、いずことも知れぬところに去って行かねばならぬのか。エルダールはといえば、諸神に叛旗を翻《ひるがえ》した者たちさえも死なぬ。われわれはすべての海を支配した。われらの船が征服できぬほど荒い海も、広い海もない。アヴァッローネに行って、われらの友人たちに挨拶を送るのがなぜいけない」

中には、こういうことを言う者もいた。「なぜ、アマンに行って、諸神の至福にたとえ一日なりと浴してはならぬのか。われらは、アルダの人間の中で強大になったのではなかったのか」

エルダールは、これらの言葉をヴァラールに報告した。マンウェは、ヌーメノールの盛時に黒雲が寄り集まるのを見て深く悲しんだ。そしてかれは、ドゥーネダインに使者を送り、使者たちは王と、耳を傾ける気がある者たちすべてに、世界の運命と仕組みについて真剣な口調で話した。

「世界の運命は、」と、使者たちは言った。「これを作られた方だけが変えることがおできになる。たとえ、あなた方がすべての惑わしと罠を逃れて航海し、至福の国たるアマンに到り着いたとしても、あなた方にはほとんど益はないであろう。なぜなら、その地の住民を不死なるものにしているのはマンウェの土地ではなく、そこに住む不死なる者たちがその土地を聖《きよ》めているからである。あなた方は、そこでは、あまりにも強く、揺らぐことなき光の中の蛾《が》のように、一層早く衰え、倦《う》み疲れるに過ぎないだろう」

しかし、王は言った。「わが遠つ祖《おや》のエアレンディルは生きておるではないか。それとも、エアレンディルのいるのはアマンの地ではないと言われるか」

それに対し、使者たちは答えた。「あなたも知ってのように、エアレンディル殿は一人別な運命を得られ、死ぬことのない最初に生まれた者に属するよう定められた。しかし、人間の住む土地には二度と戻れない運命におありだ。ところが、あなたもあなたの民も最初に生まれた者の種族ではなく、イルーヴァタールがお作りになったように有限の命の人間である。にもかかわらず、今あなた方は、両方の種族のいいところだけを望んでおられるようだ。行きたい時にヴァリノールに行き、また気の向くまま本国に戻ろうというわけだ。それはできない相談である。それにヴァラールは、イルーヴァタールの贈り物を取り上げることはおできになれない。あなた方は言われる。エルダールは罰せられず、叛《そむ》いた者も死なないと。しかしながら、それはかれらにとって褒美でもなく罰でもなく、かれらの存在の成就に過ぎない。かれらは逃れることができず、この世界が続く限り、そこに縛りつけられ、決して離れることができないのである。この世の命がかれらの命であるからだ。そしてあなた方は、自分たちはほとんど与《あずか》り知らぬことであるにもかかわらず、人間の叛逆のために罰せられ、死ぬのもそのためだと言われるが、死は、初めは罰として定められたのではなかった。こうしてあなた方はこの世を遁れ、この世を去り、望みを捨てずにおるにせよ、倦み疲れておるにせよ、この世に縛られてはいない。だから、あなた方とわれらと、いずれがいずれを羨むべきであろうか」

　ヌーメノール人は答えた。「どうしてヴァラールを、あるいは不死なる者のうちたとえ最小なる者であろうと、これを羨まずにおれましょう。なぜなら、われらに要求されているのは盲目の信頼です。保証なき望みです。間もなく前途に何が横たわることになるのかも知らずにです。それに、われわれとてもこの世を愛しているのです。これを失いたくはないのです」

そこで、使者たちは言った。「確かに、あなた方のことをイルーヴァタールがどうお考えになっているのか、その御心《みこころ》はヴァラールには知られていない。それに、イルーヴァタールは起こるべきことをすべて啓示されているわけではない。しかし、あなた方の帰るべき家はここにはないということ、アマンの地でもなければ、この世界の圏内のどこでもないということは、われらも真実であると思う。去らねばならないという人間の宿命は、最初はイルーヴァタールの授け給うた贈り物であった。それが人間にとって嘆きとなったのは、モルゴスの影の下に入ることによって、大きな暗闇に取り巻かれているように思えたからなのだ。人間は、この暗闇が怖かったのだ。そして人間の中には、勝手気儘な増上慢《ぞうじょうまん》となり、運命に従おうとはせず、ついには命をもぎ取られる者もいる。絶えず増してゆく年月の重荷に耐えているわれらにははっきりとは分からぬことながら、あなた方が言うように、もしこの嘆きが戻ってきてあなた方を悩ましているのならば、かの影が再び甦《よみがえ》って、あなた方の心の中でまたもや大きくなるのではないかと懸念される。それ故、あなた方は人間の中で最も立派なドゥーネダインであり、昔、かの大いなる影から遁れ、これと勇敢に戦った者たちであるにせよ、われらはあなた方に言う。『油断なさるな！』と。

エルの御旨《みむね》に逆らってはならない。ヴァラールはまことにあなた方に言う。あなた方に求められている信頼を躊《ため》らって控えるようなことがあってはならない。そのことが、やがてあなた方を再び縛る束縛になるといけないからである。むしろ、あなた方の望みの最小のものでさえ、いつかは結実することを望みなさい。アルダへの愛はイルーヴァタールによって、あなた方の心の中に蒔かれた。イルーヴァタールは何の御意図もなく蒔かれたのではない。とはいえ、イルーヴァタールのその御意図が知らされるまでには、これから生まれてくる人間の何世代にもわたる年月が経つであろう。それが明かされるのはあなたたちに対してであり、ヴァラールに対してではないであろう」

このようなことがあったのは、造船王タル＝キルヤタンとその息子のタル＝アタナミルの時代である。かれらは尊大で、富を望む心強く、中つ国の人間を支配下に置いて進貢させ、今や与えるよりも取る方であった。

ヴァラールの使者たちが訪れたのは、タル＝アタナミルのところである。かれは第十三代の王で、かれの時代には、ヌーメノールの王国はすでに二千年以上続いていて、国力において未《いま》だしとはいえ、国全体の幸いは頂点に達していた。しかし、アタナミルは使者たちの忠告を喜ばず、ほとんど気に留めなかった。そしてかれの民も、大部分がかれに倣《なら》った。なぜなら、かれらもやはり、希望を頼みとして待つのではなくそれぞれの定めの時に訪れる死を免れたいと願ったからである。

アタナミルは、あらゆる喜びが失せた後までも生に執着して、非常な高齢まで生き、ヌーメノール人としては初めて、老耄《ろうもう》し、意気地がなくなるまでこの世を去ることを拒み、人生の盛りにある息子に王権を委譲することを拒んだ。普通なら、ヌーメノールの王たちは長い人生の晩年に結婚し、息子たちが心身共に完全に成長しきった時、支配権をかれらに委ねてこの世を去るのが習いであった。

次いで、アタナミルの息子タル＝アンカリモンが王になったが、かれも同じ考えの持ち主だった。かれの時代に、ヌーメノールの国民は二派に分裂し、多数派は王党派と呼ばれ、かれらは次第に増長してエルダールやヴァラールから遠ざかった。少数派はエレンディリ、即ち〈エルフの友〉と呼ばれた。なぜなら、かれらは王及びエルロスの家系に終始変わることなき忠誠を捧げてはいたが、エルダールとの友情を失うことを欲せず、西方の諸王の助言に耳を傾けたからである。とはいえ、自ら節士派と称する者たちにしても、同胞《はらから》の苦悩を完全に免れたわけではなく、同じく死の思いに苦しめられたのである。

こうして、西方国の仕合せは減少したが、国力と国威はいよいよ増大した。なぜなら、王たちも国民もいまだ分別を捨ててはおらず、もはやヴァラールを敬愛してはいないにしても、少なくともまだかれらを恐れていたからである。かれらは公然と禁制を破ること、即ち、定められた範囲を越えて航海することは敢えてしなかった。かれらの背の高い船は相変わらず東の方に向かったのである。

しかし、死の恐怖はますます暗くのしかかってきたから、能《あた》う限りの手段を講じてこれを遅らせようとつとめ、死者のために立派な家を建て始めると共に、賢人たちは命を呼び戻す、あるいはせめて人間の寿命を引き延ばす秘密を発見できないものかと絶えず腐心したのである。しかしながら、かれらがなしとげたのは、ただ人間の屍《かばね》を腐らせずに保存することだけであり、国中を沈黙の墓で満たした。それらの墓の暗闇の中には、死への思いが祀《まつ》られていた。一方、生きている者は一層熱心に快楽と歓楽に向かい、さらに多くの財産と富を望んだ。そしてタル＝アンカリモンの治世以後、最初の果実をエルに供える風習はおろそかにされ、人々はもはや、国土の中心にあるメネルタルマ山頂の聖域には滅多に行かなくなった。

ヌーメノール人が古大陸の西海岸に初めて大きな植民地を作ったのは、この頃のことである。かれらの目には自分たちの国が小さくなったように思われ、その中では休息も充足感も得られず、西方が拒否されている以上、今は中つ国の富と支配を欲したのである。大きな港や強固な塔を築き、かれらの多くがそこに居を定めた。しかし、今や、かれらは助力者、教師というより、領主、主人、貢《みつ》ぎ物を集める者として出現し、ヌーメノール人の巨大な船は風に乗って東に運ばれ、そのたびに荷物を積載して戻り、かれらの王の権力と威光はますます高まった。そしてかれらは酒を呑み、宴《うたげ》を張り、金銀を身にまとった。

エルフの友たちは、こういったことにほとんど加わらなかった。今では、かれらだけが絶えず北方のギル＝ガラドの国に来て、エルフと親交を保ち、サウロンに抵抗するための力をかした。かれらの港は、大河アンドゥインの河口の上流にあるペラルギルであった。しかし、王党派に属する者たちは遥か南の方に航海し、かれらの築き上げた領地や拠点は、人間たちの伝説の中にさまざまな噂を残した。

ほかの場所で語ったように、この第二紀にサウロンが再び中つ国に現われ、次第に力を得て、かれが昔モルゴスに仕えて権勢を誇った頃、主人によって仕込まれた悪事に再び立ち帰ってきた。ヌーメノール第十一代の王タル＝ミナスティルの頃、すでにかれはモルドールの地の防備を固め、そこにバラド＝ドゥールの塔を築き、その後は中つ国の支配を目指し、王の上の王、人間には神となるべく絶えずつとめていたのである。サウロンは、ヌーメノール人を憎んでいた。かれらの父祖たちが昔エルフと同盟を結び、ヴァラールに忠誠を誓い、功業手柄を立てたからである。またかれは、昔一つの指輪が作られ、サウロンとエリアドールのエルフたちの間に戦いが行われた時、タル＝ミナスティルがギル＝ガラドに与えた援助のことを忘れなかった。さて、かれは、ヌーメノールの王たちが力も王威も共にいよいよ加わってきたことを聞き知り、ますますかれらを憎み、ヌーメノール人がかれの国に侵入し、東方の支配権をかれから奪い取りはしないかと恐れた。しかし、長い間かれは海の王たちに敢えて挑戦しようとはせず、沿岸地方から退いていた。

しかし、サウロンは常に狡猾であった。かれが九つの指輪で誘惑した者たちの中で三人は、ヌーメノール人の偉大な諸侯たちであったと言われている。かれの召使いであり指輪の幽鬼たるウーライリの出現と共に、かれの及ぼす恐怖の力と人間を支配する力は一層強大となり、かれは、海岸地方のヌーメノール人の拠点を襲撃し始めたのである。

この頃、ヌーメノールに落とされた影はますます暗さを増し、エルロスの家系の王たちの寿命は、ヴァラールへの反抗のため次第に短くなってきていた。それだけに、かれらはいよいよヴァラールに対して心を硬化させ、第二十代の王が父祖伝来の王笏《おうしゃく》を受け継いだ時、かれは、アドゥーナホール、即ち〈西方の王〉なる名称で王位に登り、エルフ語を捨て、かれに聞こえるところでこれを使うことを禁じた。それでも、王の系譜には、上のエルフの言葉でヘルヌーメンという名が記された。旧来の慣習を全く廃することにより禍《わざわい》が起こることを、王たちは恐れたのである。ところで、節士派にとっては、この称号が本来ヴァラールのものであるところから、これはあまりにも増長しすぎた振る舞いのように思われた。そしてかれらは、エルロス王家への忠誠心と天によって任ぜられた力ある者たちへの崇敬の念とに挟まれて、非常に心を痛めた。しかし、悪いことはこれに止《とど》まらなかった。第二十三代の王アル＝ギミルゾールは、節士派の最大の敵だったからである。かれの治世に、白の木は手入れする者もなく衰え始めた。そしてかれは、エルフ語の使用を全面的に禁止し、エレッセアからの船を歓迎する者を罰した。これらの船は、今でもこの国の西岸を密かに訪れていたのである。

さて、エレンディリの大部分はヌーメノールの西の地方に住んでいた。しかし、アル＝ギミルゾールはこの派に属していると分かった者たち全員に、西の地を立ち退き、東に行って住むように命令を下し、東に移ってからもかれらを見張った。このようなわけで、節士派が後に住まった主な場所は、ローメンナの港に近かった。

ここから多くの者が中つ国に向かって船出し、北方の沿岸を求めた。ギル＝ガラドの王国にいるエルダールと話を交わすことができるかもしれないと考えたからである。王たちはこのことを知っていたが、かれらが故国を去って戻ってこない限り、これを妨げようとはしなかった。なぜなら、王たちは、自分の民とエレッセアのエルダールとの友情を断ち切らせたいと思っていたからである。エレッセアのエルダールのことを、王たちはヴァラールの間者《かんじゃ》と呼んだ。自分たちの所業や考えを西方の諸王から隠しておきたいと思っていたのである。

しかし、かれらのなすことはすべてマンウェの知るところであり、ヴァラールはヌーメノールの王たちに対して怒り、もはやかれらに忠告も保護も与えなかった。そしてエレッセアの船は、二度と落日のかなたから現われず、アンドゥーニエの港は見捨てられた侘《わび》しいところとなった。

王家に次いで高い栄誉を得ているのが、アンドゥーニエ歴代の領主たちであった。かれらは、エルロスの家系に属していたからである。即ち、ヌーメノール第四代の王タル＝エレンディルの娘シルマリエンを先祖としていたのである。代々の領主は王の忠臣であり、王を敬い、常に王の最高顧問官の一人であった。しかし同時に、かれらは始めからエルダールに特別の友情と、ヴァラールへの尊崇の念を懐《いだ》いており、影が大きくなるにつれ、力の及ぶ限り節士たちに助力を与えた。しかし、長い間公然と名乗り出ることはせず、むしろ賢明なる助言で、王家を取り巻く諸侯の心を改めさせることにつとめた。

インズィルベースという、音に聞こえた美しい姫君があった。かの女の母は、アル＝ギミルゾールの父アル＝サカルソールの時代のアンドゥーニエの領主エアレンドゥルの妹リンドーリエであった。ギミルゾールは、姫を妻にした。母の教えを受けた姫君は、心の底では節士派の一人であったから、この結婚はかの女にとっては意に染まぬことであったが、ヌーメノールの王たちと息子たちは自尊心がますます強くなっていたから、かれらの望みに逆らうことはできなかったのである。アル＝ギミルゾールと王妃の間、あるいは息子たち同士の間には全く愛情が存在しなかった。長子のインズィラドゥーンは体も心も母に似ていた。しかし、弟のギミルハードは父とうまが合い、父より一層高慢で一層我儘《わがまま》だった。アル＝ギミルゾールは法さえ許せば、長子よりもかれに王位を譲りたかったであろう。

インズィラドゥーンは王位につくと、再び昔のようにエルフ語の称号を用い、タル＝パランティルを名乗った。なぜなら、かれは目も心も遠くを見ることができたからである。かれを憎んでいる者たちでさえ、かれの言葉を真の先見者の言葉として恐れ、節士たちは、かれによってしばしの平和を与えられた。かれは、アル＝ギミルゾールがなおざりにしたメネルタルマ山頂のエルの聖所への定例の参拝を復活し、白の木も敬意をもって再び手入れされた。そしてかれは、この木の枯れる時は王統もまた絶えるであろうと予言した。

しかし、かれの悔い改めも、かれの父祖たちの傲慢さを憤ったヴァラールの怒りを鎮《しず》めるには遅過ぎた。それに、民の大部分は悔い改めてはいなかった。弟のギミルハードは腕力が強く、性質も穏和ではなく、王党派と呼ばれた者たちを統率し、できる場合は公然と、あるいはむしろ秘密裡に、兄の意向に逆らった。かくて、タル＝パランティルの治世は悲しみによって曇らされた。かれは西の地で多くの時間を費やし、アンドゥーニエに近いオロメトの丘の頂のミナスティル王の建造になる古い塔にしばしば登って、そこから西の方をなつかしく眺めやった。恐らく、海に浮かぶ帆影が見えぬものかと思ったのであろう。しかし、西方からヌーメノールにはもはや一隻の船の訪れもなく、アヴァッローネはたなびく雲か霞に蔽われていた。

さて、ギミルハードは二百歳にまだ二年を余す年齢で世を去った（これは、衰退期にあるとはいえ、エルロスの血を引く者としては早死にであると考えられた）。しかし、これで王に平和がもたらされたわけではなかった。なぜなら、ギミルハードの息子ファラゾーンはすでに成人となり、父親に輪をかけ、富と権力を求めてやまない人間になっていたからである。かれは、しばしば国外に遠征し、当時ヌーメノール人が人間への支配を拡大させようと中つ国の沿岸地方で繰り広げていた戦いの統率者の役を果たした。こうしてかれは、海であれ陸であれ、指揮官として非常な名声をかちえた。それ故、かれが父の死を聞いてヌーメノールに戻ってくると、人心はかれに向かった。というのも、かれは莫大な富を持ち帰り、当初しばらくは惜しげもなく人に与えたからである。

そしてタル＝パランティルは、悲しみに倦み疲れて死んだ。かれには息子がなく、娘が一人あるだけであった。かれは娘をエルフ語でミーリエルと名づけたのであるが、ヌーメノールの法により、当然王位はかの女が継ぐはずであった。ところが、ファラゾーンはかの女の意に反し、無理やりかの女を妻にした。かの女の意に反した結婚であることが悪いだけではなく、たとえ王家の中であろうと、再従兄妹《またいとこ》以上に近い血縁同士の結婚を認めないヌーメノールの法に照らしても悪しき行為であった。かれは、結婚すると王笏をわが手に奪い、アル＝ファラゾーン（エルフ語ではタル＝カリオン）と称し、王妃の名前をアル＝ズィムラフェルと変えた。

ヌーメノールの建国以来、海洋王の王笏を手にした歴代の王たちの中で、黄金王アル＝ファラゾーンほど権勢を揮《ふる》い、傲岸《ごうがん》不遜な者はなかった。そして、すでに二十四人の王、女王がヌーメノールを統治し、今は黄金の寝台に横たわって、メネルタルマ山麓の奥津城《おくつき》に眠っていた。

勢威赫々《かくかく》たるアル＝ファラゾーンは、アルメネロスの都にあって、彫り物を施《ほどこ》した玉座に坐し、密かな企てを懐いていた。戦争のことを考えていたのである。中つ国にいた時、かれはサウロンの王国の国力と、かれが西方国に懐いている憎しみのことを聞かされていた。そして今、かれの許に、東方から戻ってきた船主たちや船長たちが来て、アル＝ファラゾーンが中つ国からいなくなったために、サウロンの勢力が伸長し、沿岸の諸都市に迫りつつあること、そしてかれが今や人間の王を称し、ヌーメノール人を海中に追い込み、出来うべくんばヌーメノールをも滅ぼすつもりであると公言している旨《むね》報告した。

これを聞いて、アル＝ファラゾーンは激怒した。そして、長い間沈思黙考しているうちに、かれの心はあらゆる制約から自由な権力と、自分の意のままになる独占的な支配を手に入れたいという望みでいっぱいになった。そしてかれは、ヴァラールの意見も、あるいは自分以外の何者の智慧も借りずに、人間の王なる称号はかれのものであり、サウロンはかれの家臣か召使いにならせようと決心した。かれは、思い上がった自負心から、いかなる王も〈エアレンディルの世継ぎ〉と力を競うほど強大になってはならないと思っていたのである。それ故、かれは厖大《ぼうだい》な武器を鍛えさせ、多くの軍艦を建造し、そこに兵器を積み込み、準備がすっかり完了すると自ら軍勢を率いて東方に船出した。

人々は、かれの帆船が落日のかなたから真紅に染まり、赤く、そして金色に輝きながら姿を現わすのを見た。沿岸地方に住む者は恐怖に襲われ、遠く逃げ去った。艦隊は、ついにウンバールと呼ばれる天然の良港であり、ヌーメノール支配下にある要衝の地に入港した。海洋王が中つ国に軍を進めると、行く先々、いずこの地も人影もなく静まり返り、七日間、かれは旗幟《きし》の下、トランペットを吹き鳴らして進み、ある丘まで来ると、そこに登り、大きなテントを張らせ、玉座をしつらえさせた。かれはこの場所の中心に腰を据え、かれの軍勢のテントはかれのまわりを囲んで、青に金に白に、まるで丈高い花々の咲く野のようであった。次いでかれは、使者を発して、サウロンに出頭して臣従を誓うように命じた。

サウロンは来た。バラド＝ドゥールの強大な塔から出てきて、戦いを仕掛けようとはしなかった。なぜなら、海洋王の勢威があらゆる評判を凌駕していたるのを目《ま》のあたりにし、召使いの中の最強の者でさえこれに抵抗できるとは思えなかったからである。そして、ドゥーネダインに対する目的を達するにはまだ時が熟していないと判断したのである。それにかれは、狡智に長《た》け、力が役立ちそうにない時は巧妙な術策によって欲するものを手に入れることに長じていた。それ故、かれはアル＝ファラゾーンの前にへりくだってみせ、口先巧みにしゃべった。かれの言うことはすべてもっともらしく、分別ありげに聞こえたので、人々はこれを聞いて感嘆した。しかし、アル＝ファラゾーンはそれくらいで騙《だま》されはしなかった。かれが思いついたことは、サウロンを監視し、臣従の誓いをさらによく守らせるために、かれをヌーメノールに伴い、かれ自身と中つ国におけるかれの召使いたちの命を保証する代わりに人質としてこの地で暮らさせようということであった。サウロンは、已《や》むを得ないといった様子で承知したが、内心では得たりとほくそ笑んだ。かれの望んでいるところと全く一致したからである。そしてサウロンは、海を渡り、ヌーメノールの国と、栄華の絶頂にあるアルメネロスの都を目にし、驚愕《きょうがく》の思いに打たれた。しかし心中は、羨望と憎しみでさらに満たされたのである。

しかし、かれの心と口の狡猾さ、隠された意志の力は、三年を経ずして、かれを王の内々の相談事に最も近く与らせることになった。なぜなら、かれは絶えず蜜のように耳に快い甘言を口にし、多くのことについてまだ人間の知らない知識を持っていたからである。そして、かれが主君の寵愛《ちょうあい》を得ていると見るや、顧問官たちは、アンドゥーニエの領主アマンディル一人を除き、みな、かれの機嫌をうかがい始めた。やがて、徐々に変化が国中を覆い、エルフの友たちはひどく心を悩まし、多くの者が恐怖心から節を曲げた。そして、残った者はいまだに自分たちを節士派と呼んでいたが、かれらの敵はかれらを叛逆者と呼んだ。今や、多くの人々が耳を傾けるようになったサウロンが、さまざまな理屈を並べ立て、ヴァラールが教えたことすべてに反駁《はんばく》してみせたからである。そしてかれは、世界には、東にも、そして西にさえも、無限の富の眠るたくさんの海域とたくさんの陸地が、獲得されるのを待って存在していることを考えてみよと言った。さらに、これらの陸地や海洋の果てまで達すると、すべての先に、古《いにしえ》からの暗黒があると教えた。「世界はそこから作られた。暗黒だけが尊崇すべきものである。そしてその暗黒の主《ぬし》はほかにも世界を作られ、あの方にお仕えする者たちに贈り物として下さるかもしれぬ。そうすれば、この者たちの勢力は止《とど》まることなく増大するであろう」

アル＝ファラゾーンは言った。「暗黒の主とは誰か」と。

そこでサウロンは、鍵のかかった部屋の中で王に話をしたが、嘘をついてこう言った。「その方は今、名前を口にされていないお方です。というのも、ヴァラールは、エルの名を前面に出して、あの方についてあなた方を騙していますが、あんなものは、ヴァラたちが人間を自分たちに従属させるために、愚劣にも考え出した幻に過ぎません。かれらはエルなるものの御神託を述べ伝えますが、それはかれらの欲することばかりですから。しかし、かれらの主人たるあの方は今に力を得られ、あなた方をこの幻から救い出して下さいましょう。その方のお名前はメルコール、万物の主、自由をお与え下さるお方です。そしてあの方は、あなた方をヴァラたちにはできないほど強くして下さるでしょう」

そこで、国王アル＝ファラゾーンは、暗黒と暗黒の支配者メルコールへの礼拝に戻っていった。最初は秘密裡に、しかし間もなく公然と国民の目の前で。国民も、大部分がかれに追随した。

しかし、すでに述べた如く、節士派の残党が今もまだローメンナやその近在に住み、ほかにも少数ながら国中のあちこちに散在していた。かれらの中の頭《かしら》たる者で、悪しき時代における統率力と勇気を期待されていたのは、王の顧問官アマンディルとその息子エレンディルであった。エレンディルにはイシルドゥルとアナーリオンという息子があり、当時は二人とも、ヌーメノールの数え方では若者であった。アマンディルとエレンディルはすぐれた船長であり、エルロス・タル＝ミンヤトゥルの血を引いていた。ただ、アルメネロスの都にあって王冠と玉座を所有する支配者たる王家の一員ではなかったのである。

アマンディルと王が共に若かった頃は、かれはファラゾーンにとって大事な友であった。それでかれは、エルフの友の一人であるにもかかわらず、サウロンが来るまでは王の会議に留まっていたが、今は、サウロンがヌーメノールの誰にも増してかれを憎んでいたため、役を解かれていた。しかし、かれがこの上なく高潔な人物であり、海にあっては非常にすぐれた指揮官であったため、今なお国民の多くがかれに敬意を表し、王もサウロンも、今までのところ敢えてかれを捕えようとはしなかった。

アマンディルは、ローメンナに引きこもり、いまだに信を棄てていないと思われる者を密かに呼び寄せた。なぜなら、かれは、今や悪が急速に力を得ており、エルフの友たる者はみな危険にさらされているのではないかという惧《おそ》れを持ったからである。果たせるかな、事態はたちまちかれの惧れていた通りになった。

その頃、メネルタルマは、参る者もなく全く寂《さび》れ果てていた。そしてサウロンでさえ、このいと高き聖所を敢えて汚すことはできないでいたが、王は、違反すれば死罪を申しつけるとして、何人にもそこに登ることを許さなかった。それ故、心にイルーヴァタールを礼拝している節士たちですら、登る術《すべ》はなかった。加えて、サウロンは王宮に生《お》い茂っている白の木、美しきニムロスを伐り倒すよう執拗に王に勧めた。この木は、エルダールとヴァリノールの光を記念するものだからである。

最初、王はこれに同意しようとはしなかった。タル＝パランティルによって予言されたように、王家の運命がこの木に結びつけられていると信じていたからである。今はエルダールとヴァラールを憎んでいるかれが、愚かしくも昔のヌーメノールの忠誠の影にいたずらにしがみついていたわけである。しかし、サウロンの邪悪な意図を噂に聞いたアマンディルは、結局はサウロンが自分の考えを押し通すに違いないと見ていたので、非常に心を痛めた。

そこでかれは、エレンディルとエレンディルの息子たちに、ヴァリノールの二つの木の物語を思い出しながら話をした。イシルドゥルは一言も発せずに聞いていたが、夜になると出て行って、後々《のちのち》までかれの名を高らしめた勲をたてた。かれは、変装してただ一人、今は節士派にとって禁断の場所となっているアルメネロスの王の宮廷に入っていった。そしてかれは、木の植わっている場所に行った。そこに近づくことは、サウロンの命令によりすべての者に禁ぜられていた。木は昼夜を問わず、かれに雇われた番人たちによって見張られていた。その夜、ニムロスは黒っぽい影を作り、花は咲いていなかった。秋も晩《おそ》く、もう冬に近い頃だったからである。イシルドゥルは番人の間を通り抜け、木から垂《た》れ下がっている果実を一つ奪って帰りかけた。しかし、番人が目を覚まし、かれを襲った。かれは、あちこちに傷を負いながらこれを撃退し、ようやく逃げおおせた。変装のおかげで、誰が木に手をかけたのかはついに発見されなかった。

イシルドゥルは、辛うじてようやくローメンナに帰り着き、体から力が抜け去る前に、アマンディルの手に果実を引き渡した。果実は秘密裡に植えられ、アマンディルの祝福を受けた。そして春になると、そこから若い芽が出てきた。最初の葉が開いた時、それまで長い間寝たままで死にかかっていたイシルドゥルが病床から起き上がって、もはや傷に苦しめられなくなった。

これは、決して早まった行為ではなかった。なぜなら、木が襲われたあと、王はサウロンに屈して白の木を伐り、以後、父祖の忠誠心から完全に離れてしまったからである。一方サウロンは、ヌーメノールの都、黄金のアルメネロスの真ん中にある丘の上に壮大な寺院を建てさせた。それは基部が円形で、その部分の壁の厚さは五十呎《フィート》もあり、基部の広さは直径が五百呎あった。壁は地面から五百呎の高さまでそそり立ち、巨大な丸屋根がのっていた。丸屋根はすっかり銀で葺《ふ》いてあったから、日の光にきらめきながら聳《そび》え立ち、その光が遠く離れたところからも望めるほどだった。しかし、光は間もなく消え失せ、銀は黒ずんできた。

なぜなら、寺院の中央に火を焚《た》く祭壇があり、丸屋根の一番上に放熱孔が作られ、そこからたくさんの煙が出ていたからである。祭壇に最初の火を点じる時、サウロンは伐られたニムロスの木を燃やした。それは、ぱちぱちと音を立てて燃えた。人々は、そこから立ち昇る煙に驚愕した。ヌーメノールの国は七日間雲の下にあったが、ついに雲はゆっくりと西方に移っていった。

以後、火と煙は間断なく立ち昇った。なぜなら、サウロンの権力は日に日に増大し、寺院の中では、血が流され、拷問を始めとする非常に邪悪なことが行われ、人々は、死から解放されるようメルコールに生贄《いけにえ》を供していたからである。節士たちの中から最も多く犠牲が選ばれたが、自由の与え手メルコールを礼拝しないからという罪で公然と糾弾することは決してせず、むしろ、かれらが王を憎み、王に叛逆する者であるからとか、同胞に対する陰謀を企《たくら》み、流言、邪説を流しているからという申し立てによるのであった。これらの言いがかりは大部分が根も葉もない偽りであったが、ともかくも嘆かわしい時代であり、憎悪が憎悪を生み出した。

それにもかかわらず、死はこの国からなくなるどころか、むしろ一層早く、一層頻繁に、それもさまざまな恐ろしい姿をとって訪れた。以前なら緩慢に年老いてゆき、ついにこの世に倦み疲れると、最後は身を横たえて眠りに就くのであったが、今は狂気と病魔に襲われ、しかも死を恐れたのである。自分たちが信じることにした王の国である暗黒に入ってゆくのが恐ろしいのである。そしてかれらは、死の苦しみのうちに我とわが身を呪った。

当時、人々は武器を携帯し、つまらないことで互いに殺し合った。人々が怒りっぽくなっているところに、サウロンとサウロンに結託している者たちが、国中をまわって人を人にけしかけたので、国民は王や諸侯に対し、あるいはまた自分たちが持たぬものを持っている者に対し、不平を囁《ささや》き交わした。そして権力者たちは、残酷な報復をした。

にもかかわらず、長い間、ヌーメノール人は自分たちが繁栄しているように思っていた。たとえ仕合せは増していないにしても、国力はますます強大となり、金持ちはますます金持ちになったからである。サウロンの助力と助言により、かれらは財産を殖やし、機械を考案し、ますます大きな船を建造した。そして今では、力と武器を携えて中つ国に船を進めるヌーメノール人は、もはや贈り物をもたらす者どころか、支配者としてでさえなく、荒ぶる武者としてやってきた。かれらは中つ国の人間を迫害し、かれらの財宝を奪い、かれらを奴隷としてこき使った。そして数多くの人間を、かれらの祭壇の上で無慈悲にも殺害した。かれらは当時、中つ国の砦の中に寺院や大きな墓所を築いていたからである。なぜなら、かれらを恐れ、昔日の情け深い王たちの記憶は薄れ、さまざまな恐ろしい話によって翳《かげ》らされた。人々はかれらを恐れ、

かくて、星の国の王アル＝ファラゾーンは、モルゴスの支配した世以来、存在したことのないほど強大な暴君となった。実際は、サウロンが王位の背後からすべてを支配していたのであるが。しかし、歳月が過ぎ、次第に年老いてきた王は、死の影が迫りくるのを感じ、恐怖と怒りに満たされた。今こそ、サウロンが準備し、久しく待望していた時が来たのである。サウロンは、王に向かって言った。今や王威は絶大であるから、何であれ思うことを押し通されるがよく、いかなる命令にも禁令にも従われることはない、と。

そしてかれは言った。「ヴァラールは死の存在しない土地をわがものとして参ったのです。そして、あなた方には嘘を言って、そのことについてはできるだけうまく隠そうとしているのです。それもこれも、かれらの貪欲さから、そしてまた人間の王がかれらから不死の国を奪い、かれらの代わりに世界を支配しはしないかという恐れからです。無論、終わりなき命の贈り物は誰にでも与えられるものではなく、

それを受けるにふさわしい、力と誇りと高貴な血筋を兼ね備えた人間たちにのみ与えられるものではありますが、この贈り物が当然それを受けてもよい王の中の王、地上の息子たちのうちの最強なる者、もし適《かな》う者があるとすれば、マンウェのみが比肩し得るアル＝ファラゾーンに与えられていないということは、あらゆる公正さに反するやり方です。しかし、偉大な王様方は拒絶を許すことなく、当然自分たちのものであるものをお取りになればいいのです」

アル＝ファラゾーンは、酔ったように分別を失っていたのと、寿命が次第に尽きかけて死の影の下を歩いていたために、サウロンの言葉に耳を傾け、心の中で、どうやってヴァラールに戦いを仕掛けたものかを考え始めた。かれは、時間をかけてこの計画の準備をし、このことを公然と口にすることはなかったが、みなの目から隠し通すことはできなかった。

そしてアマンディルは、王の意図に気づくようになり、仰天して、非常な不安に満たされた。なぜならかれは、人間がヴァラールを戦いで打ち破ることは不可能事であること、もしこの戦いを止めることができなければ、世界には破滅が訪れることを知っていたからである。それ故、かれは息子のエレンディルを呼び、こう言った。「時代は暗い。人間にとって望みは全くない。節士たちはあまりにも少ないからだ。だから私は、われらの祖エアレンディルの故事に倣い、たとえ禁制があろうと、西方に船を進め、ヴァラールに、できればマンウェ御自身にお話しして、すべてが手遅れとなる前にお助けをお願いしようと思うのだ」

「それでは、お父上は王を裏切られるおつもりですか」と、エレンディルは言った。「なぜなら、お父上も御存知の通り、かれらはわれわれを、謀反人《むほん》であり間者であると非難していますが、今日まではそれは誣告《ぶこく》であったからです」

「マンウェがこのような使者を必要としておられる場合には、私は王を裏切るつもりだ」と、アマンディルは言った。「なぜなら、いかなる理由があれ、心中免ぜられることのない忠節は何人《なんびと》であってもただ一つだからである。しかし、私が嘆願しようとするのは、人間への御慈悲と、欺瞞《ぎまん》者サウロンからお救いいただくことだ。少なくとも少数の者はずっと忠実であったのだから。禁制についていえば、わが同胞のすべてが罪ある者とならないよう、罰は私が受けよう」

「しかし、お父上のなされることが知られた場合、あとに残された家中の者にどのようなことが降りかかるとお考えになりますか」

「知られないようにしなければならない」と、アマンディルは言った。「私は、秘密裡に出掛ける準備をしよう。そして東に向けて出航しよう。東には、毎日われらの国の港から船が出ているのだから。それからあとは、風と運が許せば、南か北を迂回して西に戻り、私に見出せるものを探すつもりだ。しかし息子よ、お前とお前の家の者たちに忠告するが、ほかに船を用意し、お前たちが手離しがたく思うものをすべて積み込みなさい。船の用意ができ次第、ローメンナの港に待機して、時至ると見たら、私のあとを追って東に行くつもりであると人には言うがよい。暫《しば》しの別れであれ、永久《とわ》の別れであれ、われらが立ち去るのを深く悲しむほど、もはや玉座の上のわれらが縁者殿はアマンディルを大事に思うてはおらぬ。しかし、大勢の者を連れてゆくつもりであると見られてはならない。さもないと、王は心を騒がすだろう。今企んでいる戦いのことがあるからだ。集められる限りの軍勢がかれには必要となるからだ。いまだに心変わりせぬ節士たちを探し出し、もしかれらが進んでお前たちに同行し、お前たちと計画を共にする考えがあれば、密かにかれらを仲間に加えるがよい」

「して、その計画というのはどのようなものでしょうか」と、エレンディルは言った。

「戦いに関与せずに、見守ること」と、アマンディルは答えた。「戻ってくるまで、私にはこれ以上は言えない。しかし恐らく、お前たちは行く手を導くべき星もなく星の国から逃げることになろう。なぜなら、この国は汚されてしまったからだ。そしてお前たちは、お前たちが愛してきたものをすべて失い、生きたまま死を味わい、どこかに流謫《るたく》の地を探すことになろう。しかし、それが東か西か、ヴァラールのみが御存知のことだ」

やがて、アマンディルは家中の者たちすべてに、死にゆく者のように別れを告げた。「なぜなら、」と、かれは言った。「そなたたちが再び私に会うことは恐らくないだろうと思われるからだ。そして私は、昔エアレンディルが示したような印を残すこともないだろう。だが、常に準備を整えておくように。われらが知ってきた世界には、今や終わりが迫っているからだ」

アマンディルは夜半に小さな船で船出し、まず東に船首を向け、やがて向きを転じ、西に進んだと伝えられている。かれは常々かわいがっていた三人の召使いを伴ったが、一行の消息は言葉であれ、印であれ、二度とこの世では聞かれなかった。

また、かれらの運命についてはたとえ推量であれ、いかなる物語も存在しない。人類はこのような使節によって二度救われることはないのである。そしてヌーメノールの背信は、決してたやすく赦《ゆる》せる罪ではなかったのである。

しかし、エレンディルは父によって命ぜられたことはすべてなし終え、かれの船は、この国の東岸の沖に停泊していた。そして、節士たちは妻子及び先祖伝来の宝物、そしてほかにもたくさんの品物を船に載せた。その中には、ヌーメノール人がいまだ智慧衰えぬ頃に作り出した器や宝玉、あるいは真紅と黒で伝承の教えを記した巻物等、美しく力あるさまざまな品物があった。また、エルダールの贈り物である七つの石もあった。しかし、イシルドゥルの船には美しきニムロスの芽生えである若木が守られていた。

こうして、エレンディルは準備を怠ることなく、時代の悪風に関わらずにいた。そして父からの合図を探し求めたが来なかった。そこで密かに西海岸に旅をし、海のかなたを眺めやった。なぜなら、悲しみと憧れに胸を塞《ふさ》がれていたからであり、また父親を非常に愛していたからである。しかし、西側の港へ集結しているアル＝ファラゾーンの艦隊のほかは何一つ見出すことはできなかった。

ところで、以前ヌーメノールの島の気候は人間の必要と好みに常に合致していた。雨は降るべき時に程よく降り、陽光は時には暖かく、時には涼しく、風は海から吹いた。西から吹く時には、束の間ながら得もいわれぬ甘美な、心をかき立てるような香りが運ばれてきた。それは、不死の国の草原に絶えず咲き続け、人間の住む此岸の国では見ることのない花の香りのようであった。

しかし、今はすべてが変わってしまっていた。空そのものが暗くなり、豪雨、降雹《こうひょう》は珍しくなく、暴風が吹きまくった。そして、ヌーメノール人の大きな船が水に沈んで港に戻らないこともしばしばあった。かの星が現われて以来、このような嘆きがかれらに訪れたことはなかったのである。夕方になると、時に西の方から大きな雲が現われることがあった。それは、翼を南北に広げた大鷲《おおわし》のような形をしており、ゆっくりと薄気味悪く迫ってくると、夕陽を覆い、やがて全き夜がヌーメノールを訪れるのである。このような大鷲は時に、翼の下に稲妻を運び、海と雲の間に雷鳴がなりひびいた。

すると、人々は恐れ、「見よ、西方の諸王の大鷲だ!」と、叫んだ。「マンウェの大鷲たちがヌーメノールを襲う!」そしてかれらは、うつ伏して震えた。

この時、一時的に悔い改めようとした者も少数ながらいないわけではなかったが、あとの者はかえって気持を硬化させ、天に向かって拳を振り上げて言った。「西方の諸王はわれらを滅ぼそうと企んでいる。かれらが先に攻撃してきたのだ。次はわれらの方から撃って出るぞ!」これは王自身の言葉でもあるが、サウロンの考え出したことを言っているに過ぎないのである。

さて、稲妻は次第に強まって、丘や野や街路にいる人を殺した。そして、雷火《らいか》が大寺院の丸屋根に落ちてこれを切り裂き、丸屋根は炎に包まれた。しかし、寺院そのものはびくともせず、サウロンは稲妻をものともせず尖塔《せんとう》に立って、傷一つ受けなかった。この時、人々はかれを神と呼び、かれの欲することは何でもこれを行った。それ故、これが最後の警告と思われる凶兆が見られても、かれらはほとんど気にも留めなかった。というのも、かれらの足の下で大地は揺れ、あたかも地下の雷ともいうべき地鳴りに轟々《ごうごう》たる海鳴りがまじり、メネルタルマの頂からは噴煙が見られたのである。そして、アル＝ファラゾーンはなおさら軍備を急いだのであった。

当時、ヌーメノールの艦隊は、国土の西の海上を真っ黒に埋めつくし、あたかも一千の島々からなる多島海のように見えた。帆柱は山々の森の如く、帆は垂れこめた雲の如く、船旗は金色と黒であった。すべてがアル＝ファラゾーンの命令を待機していた。そしてサウロンは、大寺院の最奥の間に引きこもり、人々はかれの許に火に投ずべき生贄を持ってきた。

やがて、西方の諸王の大鷲たちが落日のかなたから姿を現わし、戦闘隊形をとって、その列の果ては次第に小さく、目には見えなくなるほど長い列をなして進んできた。近づくにつれ、かれらの翼の広がりはいよいよ広く、空をもその中に抱き取るほどであった。かれらがあとにしてきた西の空は赤々と燃え、大鷲たちの体は下からの照り返しで燃え立つように輝き、あたかも瞋恚《しんい》の炎《ほむら》に燃えるかの如くであった。そして全ヌーメノールはくすぶる火に照らされているかの如く見え、仲間の顔を互いに見交わす者たちの目には、相手の顔が憤怒《ふんぬ》に赤く染められているように思えた。

アル＝ファラゾーンは気持を硬化させ、巨大な旗艦アルカロンダス、即ち〈海の城砦《じょうさい》〉に乗り込んだ。この船には、たくさんの櫂と、金と黒のたくさんの帆柱があり、アル＝ファラゾーンの玉座がしつらえられていた。そこでかれは甲冑《かっちゅう》をつけ、頭に王冠をのせた。そして王旗を掲げさせ、錨《いかり》を上げる合図を下した。この時、ヌーメノールのトランペットは雷鳴をも凌《しの》いで喨々《りょうりょう》と鳴り渡った。

かくて、ヌーメノールの艦隊は西方の脅威をも恐れずに進んだ。風はほとんどなかったが、あまたの櫂と、鞭《むち》の下でこれを漕ぐあまたの力ある奴隷たちがいた。日は沈み、恐ろしいほどの静けさが訪れた。陸には暗闇が訪れ、海は静まり、天も地も固唾《かたず》を呑んでこれから起こることを待っているかのようであった。艦隊はゆっくりと進み、港で見守る者たちの視界から消えていった。船に点ぜられたたくさんの灯も次第に朧《おぼろ》となり、夜の闇に消えていった。夜が明けると、艦隊はもはや一隻も見られなかった。東から風が起こり、軽々と船を運び去ったのである。そしてかれらは、ヴァラールの禁を破り、禁じられた海域へ入っていった。不死なる者に戦いを挑み、この世界の圏内にある永遠の生命を無理やり奪おうというためであった。

アル＝ファラゾーンの艦隊は大海原のかなたから現われ、アヴァッローネのみならずエレッセア島の周囲をすべて取り囲み、夕陽の光も一面の雲のようにびっしりと海面を埋めつくすヌーメノール人の船に遮られ、エルダールを悲しみ嘆かせた。そしてついに、アル＝ファラゾーンは、至福の国アマンにまで、そしてヴァリノールの沿岸にまで進攻してきた。存在するのは依然として静寂のみで、運命は一条《すじ》の糸にかかっていた。なぜなら、アル＝ファラゾーンは土壇場に来て弱気になり、もう少しで引き返すところだったからである。森閑と静まり返った岸辺を打ち眺め、タニクウェティルの峰が、雪よりも白く、死よりも冷たく輝き、深々と静まり、永《と》久《わ》に変わることなく、イルーヴァタールの光の影のように恐ろしく聳え立っているのを見ると、心にふと恐れが生じたのである。

しかし、かれを今支配するのは思い上がった自負心であった。ついにかれは船を去って、岸辺を闊歩《かっぽ》し、誰も守る者がないのなら、この国は自分のものであると宣言した。そしてヌーメノールの軍勢は、エルダールが逃げ去ったトゥーナ山のまわりに勢揃いして野営した。

　その時、山上のマンウェは、イルーヴァタールに呼びかけた。その間、ヴァラたちはアルダの統治権を放棄した。イルーヴァタールは全能の御力を示され、世界を作り変えてしまわれたのである。一方、ヌーメノールと不死の地の間の海には大きな裂け目ができて、海水が流れ込み、大瀑布の音と水煙は天にまで達し、世界は震動した。ヌーメノール人の艦隊はすべて深い淵に引き寄せられ、水と共に永遠に呑み込まれてしまった。アマンの地に足を印した国王のアル＝ファラゾーンと有限の命の戦士たちは、崩れる山々の下に埋まってしまった。かれらはその地の忘却の洞窟の中に、最後の戦いと最後の審判の日まで閉じ込められていると言われる。

　アマンの地とエルダールのエレッセアは運び去られ、人間の到達し得ないところに永遠に移されてしまった。贈り物の地アンドール、王たちのヌーメノール、エアレンディルの星に導かれたエレンナは完全に滅ぼされた。なぜなら、この地はかの巨大な裂け目の東端に近かったから、島の礎《いしずえ》ごと覆《くつがえ》されて、暗黒の中に落ちてゆき、もはや存在しないのだ。そして今、地上には、罪なき時代の記憶が失われずに残っている土地はないのである。なぜなら、イルーヴァタールは中つ国の西では大海の、東では空白の地の形成をやり直され、新しい陸地と新しい海を創られたからである。

そして世界は小さくなった。ヴァリノールやエレッセアが取り去られ、隠された事物の領域に入れられたからである。

滅びの運命は、人間たちが思ってもいない時に降りかかった。艦隊が出ていった日から三十九日目であった。その時突然、メネルタルマは火を噴き出し、大風が吹いて大地が激動した。空はぐらつき、山々は地滑りを起こし、ヌーメノールは海中に沈んだ。すべての子供たちも妻たちも乙女たちも誇り高き貴婦人たちももろともに、国中の庭や館や塔や墓所や財宝の数々も飲み込んで。そして、宝玉も織物も、描かれたものも彫刻されたものも、笑い声も、宴も、楽の音も、智慧も伝承も、すべて永遠に消え失せた。そして最後に、泡立つ波頭を持った紺碧《こんぺき》の冷たい大波が山のように盛り上がってかぶさり、銀よりも象牙《ぞうげ》よりも真珠よりも美しい王妃タル＝ミーリエルをその懐《ふところ》に抱き取った。遅まきながら、かの女はメネルタルマの聖所に至る急峻な道を登ろうと必死に足を運んでいたのだが、時すでに遅く、海の水はかの女に襲いかかり、かの女の叫び声は怒号する風の音にかき消された。

しかし、アマンディルが本当にヴァリノールに到り着き、マンウェがかれの嘆願を聞き入れたかどうかは分からぬことながら、ヴァラールの恩寵《おんちょう》により、エレンディルとその息子たち、そしてかれらの一族郎党はこの日の破滅から命を助けられた。エレンディルは、王が出陣する時、召集に応ぜず、ローメンナに留まっていた。そして、かれを捕え大寺院の生贄の火に引きずっていこうとするサウロンの兵士たちを避け、自分の船に乗船し、岸から離れたところに停泊して、時を待っていた。ここでかれは、間に陸地のあったおかげで、すべてを深淵に引きずりこむ海水の強大な吸引力から守られ、その後は、嵐の最初の猛威から守られた。

しかし、すべてを呑みつくすかの大波が、かぶさるように陸地に押し寄せ、ヌーメノールが海中に覆り没し去った暁には、かれは茫然自失して、死んでしまう方が悲しみが少ないと思ったことであろう。なぜなら、死によるいかなる辛い別れも、この日の喪失と苦悶の辛さには比し得なかったからである。しかし、かつて人間が経験したことのないほど烈しく荒れ狂う大風が、西から怒号しながら吹き来って、かれを捕え、かれの率いる船団を遥か遠くに追いやった。帆は裂け、帆柱は折れ、惨めな人間たちは、水に浮かぶ麦藁《むぎわら》のように追い立てられた。

船の数は九隻、エレンディルが四隻、イシルドゥルが三隻、アナーリオンが二隻であった。九隻の船は黒い疾風に追われ、滅びを迎えた薄明から夜闇に包まれた世界へと逃げ込んだ。わたつみは船の下から盛り上がってそそり立つ怒りとなり、山のような波が雪のように白い波頭をうねらせ、千切れ雲まで高く船を運び上げ、何日も経た後に、中つ国の岸辺に打ち上げた。

中つ国の西の沿岸地方、海に近い地方は、この時、大きな変化と被害を蒙《こうむ》った。なぜなら、海は陸に押し寄せ、海岸は水没し、古い島々は水に呑まれ、新しい島々が降起し、丘陵は崩れてなくなり、川は流れを変えたからである。


エレンディルと二人の息子たちは、その後、中つ国に王国を創建した。そして、かれらの伝える伝承の教えや技術は、サウロンがヌーメノールに来る以前に存在したものの谺《こだま》に過ぎなかったのだが、中つ国の原始的な人間の目には非常にすぐれたものに見えたのである。そしてまた、別の言い伝えには、その後に続く時代のエレンディルの世継ぎたちの功業と、まだ終わってはいなかったサウロンとの闘争のことが多く語られている。

サウロン自身は、ヴァラールの怒りとエルが海と陸に加えた破滅を見て、非常な恐怖に襲われた。それは、かれが予想したあらゆる事態を遥かに上回る恐ろしさであった。かれとしてはヌーメノール人が死んで、かれらの高慢な王が敗れ去ればそれでよかったのである。サウロンは、大寺院中央の黒い椅子に坐していたが、出陣を告げるアル＝ファラゾーンのトランペットが鳴り響くのを聞いて高笑いした。そしてかれは、雷鳴を聞いた時、再び笑った。そして三度目《みたび》、エダインをことごとく片づけ去った今、この世界をいかにしてくれようかと考えながら、またも高笑いした時に、かれは愉悦《ゆえつ》の最中を襲われ、椅子もろとも、寺院もろとも底知れぬ淵に落ちていった。

しかし、サウロンは死すべき肉体の持ち主ではなかった。そして、かつてかれが非常な悪業をなした時にとっていた姿形は失い、人間の目に立派な姿として映ることは二度とできなくなったとはいえ、かれの霊はわたつみから甦って、影か黒い風のように海を渡って、中つ国に、そしてかれの本拠たるモルドールに戻った。かれは、バラド＝ドゥールでかれの大いなる指輪を再び手に嵌《は》め、そこで形も定かならず黙したまま暮らしていたが、やがて新たな外観を作り出した。それは目に見える形となった悪意と憎悪の化身であり、恐怖の〈サウロンの目〉を直視し得る者はほとんどいなかった。

しかし、これらのことは、今ここにすべてを語り終わったヌーメノールの水没の物語には出てこない。そして、ヌーメノールの国の名前さえ消滅し、その後エレンナのことも、取り去られた贈り物アンドールのことも、この世の境界にあったヌーメノーレのことも人間の口の端《は》に上らなかったが、海辺に住む亡国の民は、望郷の念に耐えかね、西方を望んで、波間に沈んだマル＝ヌ＝ファルマール、〈滅亡せる国〉アカルラベース、エルダールの言葉でアタランテのことを口にするのである。

亡国のヌーメノール人の間では、多くの者が、メネルタルマ、即ち〈天の柱〉の頂上は永遠に水中に没することなく、誰知らぬ絶海の孤島として再び海上に聳え立っていると信じていた。なぜなら、この山頂は聖所であり、サウロンが力を得ていた時代ですら、何人もこれを汚さなかったからである。そして、エアレンディルの子孫の中には、その島を探し求めた者もあった。伝承に通じた者の間で、昔、遠目の利く人々がメネルタルマから不死の地のかすかに輝く姿を見たことがあったと言われていたからである。というのも、ヌーメノールの滅亡後も、ドゥーネダインの心は依然として西方に向けられていたからであり、世界が変わってしまったことを承知していたにもかかわらず、かれらはこう言っていたのである。「アヴァッローネは地上から消え失せ、アマンの地は取り去られ、現在の暗黒の世界ではそれらは見出されない。しかし、かつては存在したのだから、今も存在する。本当の存在として、最初に作られた時のままの完全な形の世界の中に」

なぜなら、ドゥーネダインは、有限の命の人間でさえ、もし神の恵みを豊かに受けておれば、現し身《うつみ》の生以外の時を望み見ることができるかもしれないと考えていたからである。そしてかれらは、故国喪失の影から逃れ、どうにかして死滅することのない光を見たいと常に切望していた。死を思う悲しみは、大海原を渡ってかれらを追ってきたからである。

かくて、かれらの中の偉大な航海者たちは、ひょっとしてメネルタルマの島に行き着き、そこでかつて存在したものの幻影が見られるのではないかと、空白の海域をなおも探し求めようとしたのであるが、すべて徒労に終わった。遠くまで航海した者は新しい陸地を見つけただけで、それらの陸地も古い陸地と似通い、やはり死を免れぬことを発見した。そして、最も遠くまで航海した者は、地球を一周し、ついに疲れ果てて出発の地に戻ってきて言った。「すべての道は、今は湾曲している」と。

かくて、後の世の人間の王たちは、あるいは航海により、あるいは伝承や星の学問により、世界が本当に丸くなってしまったことを、にもかかわらず、エルダールはもし欲するなら今でも中つ国を去って、古《いにしえ》の西方王土、そしてアヴァッローネに到ることが許されていることを知っていた。それ故、人間の伝承学の大家たちは、湾曲しない、まっすぐの道が、それを見つけることを許された者には今も存在しているに違いないと言った。そしてかれらは、湾曲して遠ざかってゆく新しい世界を下方に、古い道、即ち西方に到る記憶の道は、あたかも風と鳥の行き交う空中（これも今は世界と同じように湾曲してしまった）に架けられた、目には見えない巨大な橋のように続いて、加護のない生身の人間には耐えられないイルメンを横切って、やがてついにトル・エレッセア、即ち

〈離れ島〉に到り、場合によればそれよりさらに先のヴァリノール、即ちヴァラールが今も住んで、この世の物語の展開を見守っている国に行き着けると教えた。そして、海上を寄る辺なく漂流する人間や航海者で、何かの運命か、恩寵か、あるいはヴァラールのおかげにより、まっすぐの道にのり、この世界の地表が目の下に沈んでゆくのを目撃し、アヴァッローネの明かりに照らされた波止場に、あるいはまことにアマンを取り巻く最果ての砂浜に到り着き、そこで恐ろしくも美しい白い山を死ぬ前に眺めやった者たちの物語や噂が、海岸沿いに語られたのである。

力の指輪と第三紀のこと

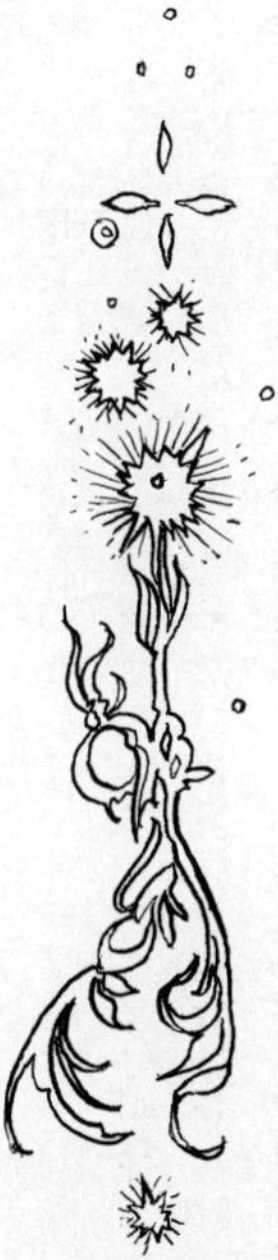

力の指輪と第三紀のこと

その昔、マイアのサウロンがいた。ベレリアンドのシンダールは、かれをゴルサウルと呼んだ。アルダの草創期に、メルコールに誘惑されて臣従し、かの大敵の召使い中最も大いなる者となり、最も信任を得た。また、最も危険な存在でもあった。なぜなら、かれはいろいろな姿をとることができ、久しい間、もしその気になれば、依然として高貴な美しい姿形を見せ、非常に用心深い者を除いては、誰でも容易に騙《だま》すことができたからであった。

サンゴロドリムが打ち毀《こぼ》たれ、モルゴスが滅ぼされると、サウロンはまたもや、例のまことありげな様子をしてみせ、マンウェの伝令使たるエオンウェに服従を示し、今までの悪業をすべてやめると誓った。このことについて、最初は見せかけでなく、たとえ恐怖からにせよ、モルゴスの没落と西方の諸王の烈《はげ》しい怒りに動顚《どうてん》し、本当に悔悟したのだと考える者もいる。しかし、自分と同じ序列の者を赦《ゆる》すことは、エオンウェの権限内のことではなかったので、かれはサウロンに、アマンに戻ってマンウェの裁きを受けるように命じた。サウロンは屈辱を受け、面目を失ってアマンに戻るのにも、誠意の証《あかし》として長い労役に服せしめられることになるかもしれない宣告をヴァラールから下されるのにも気が進まなかった。というのも、モルゴスの下《もと》でかれの権力は絶大なものがあったからである。そこで、エオンウェがいなくなると、かれは中《なか》つ国《くに》に身を隠し、再び悪に立ち戻った。モルゴスによる悪のしがらみは、それほど大きかったのである。

大会戦とサンゴロドリム崩壊の騒ぎに際し、大地は激変を蒙《こうむ》り、ベレリアンドは破壊されて荒廃に帰し、北の方《かた》と西の方《かた》では多くの土地が大海の下に沈んだ。東のオッシリアンドでは、エレド・ルインの山壁が崩れ、南に大きく陥没し、奥深く切れ込んだ入海となった。この湾に、リューン川が新たな水路を作って流れ込んだ。それ故、この湾はリューン湾と呼ばれた。この地方は昔、ノルドールによってリンドンと名づけられたことがあったから、その後もこの名前で呼ばれた。ここにはまだ多くのエルダールが、戦いと辛酸を重ねたベレリアンドを見捨てるに忍びなく、去りがたい思いを懐《いだ》きながら依然として留まっていたのである。フィンゴンの息子ギル＝ガラドはかれらの王で、かれの許《もと》に半エルフのエルロンドがいた。航海者エアレンディルの息子で、ヌーメノールの最初の王エルロスの兄弟である。

　リューン湾が切れ込んだ先の両岸に、エルフたちは港を築き、これをミスロンド、〈灰色港〉と名づけた。そこには多くの船が停泊していた。外海の荒波からよく守られていたからである。灰色港からは、地上で過した日々の闇から遁《のが》れるため、時折エルダールが船出していった。というのも、ヴァラールの慈悲により、長子たちは、もし望むならば依然としてまっすぐの道を通り、取り巻く海の向こうのエレッセアとヴァリノールの同胞《はらから》の許に戻ってゆくことができたのである。

　エルダールの中には、この時代にエレド・ルインの山脈を越え、内陸部に入っていった者もいた。かれらの多くはテレリ族で、ドリアスとオッシリアンドの生き残りである。かれらは、シルヴァン・エルフにまじって、海から遠い森や山に国を築いた。とはいえ、海をなつかしむ気持は絶えず心の底にあったのである。

　エレド・ルインの東側では、人間がホリン（柊郷《ひいらぎごう》）と呼ぶエレギオンにおいてのみ、ノルドール族のエルフたちは長く続く国を築いた。エレギオンは、カザド＝ドゥームと名づけられたドワーフの宏大な居館に近かった。これは、エルフによってハゾドロンドと呼ばれ、後にはモリアと呼ばれた。エルフの都オスト＝イン＝エジルからカザド＝ドゥームの西門まで公道が通じていたのは、ドワーフとエルフの間に友情が生じたからである。このような友情はかつてどこにも存在したことがなく、両種族を富ましめたのである。

エレギオンにおけるグワイス＝イ＝ミールダイン、即《すなわ》ち宝石細工に携わる名工たちの腕前は、ただ一人フェアノールは別として、かつてこの仕事に携わったことのある誰よりもすぐれていた。かれらの中でも技において最もすぐれていた者は、クルフィンの息子ケレブリンボールであった。かれは『クウェンタ・シルマリッリオン』で語られている如く、ケレゴルムとクルフィンが追い出された時、父と仲違《なかたが》いしてナルゴスロンドに留まったのである。

中つ国のほかの場所では、長い間平和が続いた。しかし、ベレリアンドの住民が移り住んだところを除き、大部分の地は野蛮で荒れ果てていた。そこには、エルフたちも大勢住んではいた。数えられないほど長い年月の間そこに住みつき、海から遠い広大な土地を自由に放浪して歩いていたのである。しかし、かれらはアヴァリで、かれらにとってベレリアンドの出来事は噂に過ぎず、ヴァリノールに至っては遠い名前に過ぎなかった。そして中つ国南部と、僻遠《へきえん》の東の地では人間がその数を増していたが、かれらの大部分は悪に向かっていた。なぜなら、サウロンが活動していたからである。

世界の荒廃ぶりを見て、サウロンは、モルゴスを打ち倒してしまったあと、ヴァラールは再び中つ国のことは忘れてしまったに違いないと思い、たちまち増上慢《ぞうじょうまん》を高じさせた。かれは憎しみをもってエルダールを見、中つ国の岸辺に時々船に乗って戻ってくるヌーメノールの人間を恐れた。しかし長い間、かれは本心を隠し、腹黒い企《たくら》みを胸に秘していた。

地上に住むあらゆる種族の中で、一番容易に支配できるのは人間であることをかれは見出した。しかし、長い間かれは、エルフを説得して自分に仕えさせようと努力した。長子たちにはそれだけ大きい力があることを知っていたからである。かれは、エルフたちの間をあまねく歩きまわったのであるが、その頃はまだ美しく賢明そうな外見を失っていなかった。ただ、リンドンには行かなかった。ギル＝ガラドとエルロンドがかれを疑い、そのもっともらしい外見に疑念を持ち、かれが本当は何者であるのかは知らなかったのであるが、かれの入国を認めようとしなかったのである。

しかし、ほかの場所ではどこでも、エルフたちは喜んでかれを迎え、かれに用心するよう警告しに来たリンドンからの使者たちの言葉に耳を傾ける者は、ほとんどいなかった。なぜなら、サウロンは自らアンナタル、即ち〈物贈る君〉を称し、エルフたちは最初は、かれの友情から大いに益するところがあったからである。

かれは、エルフたちに言った。「悲しむべきは、偉大なる者たちになお弱点があることだ！　ギル＝ガラドは勢威並びなき王、エルロンド殿はすべての伝承に通じたる者、この二人にしてわが労多き仕事を助けようとはしてくれぬ。まさか、ほかの国が自分たちの国のように仕合せになるのを見たくないというわけではなかろうが。だが、何故《なにゆえ》に、中つ国がいつまでも暗愚なるまま荒廃していなければならないのか、エルフたちはこの地をエレッセアのように、否《いな》、ヴァリノールのようにさえ美しくすることができるというのに。あなた方はかの地にお戻りになれるのに戻られなかったところをみると、かく申す私と同じく、この中つ国を愛してやまぬ方々とお見受け申す。そうとなれば、力を合わせて中つ国を豊かにし、無知のままこの地を放浪する全エルフ族を、大海のかなたの者たちの力と知識の高さにまで高めることこそわれらの仕事ではござらぬか」

サウロンの助言が最も喜んで受け入れられたのは、エレギオンにおいてである。なぜなら、この土地ではノルドールが常に仕事の技倆《ぎりょう》と精妙さを高めたいと望んでいたからである。その上かれらは、西方に戻ることを拒否したために、心安まらぬ気持があった。かれらは、中つ国を本当に愛しておればこそ中つ国に留まりたいと思ったのだが、それでいて、去っていった者たちの至福にもあやかりたい気持があったのである。それ故、かれらはサウロンの言葉に耳を傾け、かれから多くのことを学んだ。かれは広い知識の持ち主だったからである。

その頃、オスト＝イン＝エジルの細工師たちは、それ以前にかれらが考案したものをすべて凌駕《りょうが》するほどの腕に達していた。そしてかれらは、思いを凝《こ》らして数個の力の指輪を作った。しかし、サウロンがかれらの仕事を指導し、かれらのなすことすべてを掌握していた。かれの望みは、エルフたちを繋ぎ留め、かれらを自分の警戒の目の届くところに置くことだったからである。

さて、エルフたちは多くの指輪を作ったが、サウロンは密かにすべての指輪を支配する一つの指輪を作った。ほかの指輪はすべて一つの指輪と密接なつながりを持ち、完全にそれに従属し、一つの指輪が世にある限り、存続するのである。そして、サウロンの力と意志の大きな部分が一つの指輪に移入された。というのも、エルフの作る指輪の力は非常に大きく、それらを支配する指輪には並外れた力がこめられていなければならなかったからである。サウロンは、この一つの指輪を影の国の火の山で鍛え上げた。そして一つの指輪を嵌《は》めている限り、それより弱い指輪によってなされたことはすべて看《み》て取ることができ、それを嵌めている者たちの考えそのものを支配することができた。

しかし、エルフたちはそう易々《やすやす》とかれの思う壺にははまらなかった。サウロンが一つの指輪を指に嵌めるや、エルフたちはかれを警戒し、かれが何者であるかを知り、かれが自分たちの、そして自分たちがこしらえ上げたすべてのものの支配者となるであろうことに気づいた。かれらは、怒りかつ恐れて、指輪を外した。サウロンは自分の正体がばれ、エルフたちが騙されなかったことを知り、激怒した。そして、エルフたちに公然たる戦いを挑み、すべての指輪をかれに渡すように要求した。かれの知識と助言がなければ、エルフの細工師たちもそれらの指輪を作り得なかっただろうというのである。しかし、エルフたちはかれから遁れ、指輪のうち三つを救い出して、それを隠した。

さて、この三つの指輪というのは、最後に作られた三個の指輪で、最大の力を持っていた。ナルヤ、ネンヤ、ヴィルヤと名づけられ、火、水、気の指輪であり、それぞれ紅玉《ルビー》、金剛石、青玉《サファイア》が嵌め込まれていた。エルフの作ったすべての指輪の中で、サウロンがどれよりも欲しいと思っていたのがこの三つであった。なぜなら、このいずれかを所有する者は、時による身の衰えを防ぎ、生への倦怠を遅らせることができたからである。

しかし、サウロンは三つの指輪を見出すことができなかった。なぜなら、それらは賢者たちの手に預けられ、かれらはこれを秘密にして、サウロンが支配する指輪を持っている間は、これを公然と使用することを決してしなかったからである。それ故、三つの指輪は汚されることがなかった。というのも、これはケレブリンボール一人の手で鍛えられ、サウロンの手は一度もこれに触れたことがなかったからである。とはいえ、この三つもやはり一つの指輪に従属していた。

この時から、サウロンとエルフたちの間には、戦いの絶えることがなかった。エレギオンは荒廃し、ケレブリンボールは殺され、モリアの入り口は閉ざされた。この頃、人呼んで裂け谷というイムラドリスの拠点と避難所が半エルフのエルロンドによって創建され、これは長い間存続した。しかし、サウロンは残っている力の指輪のすべてを手中に収め、改めてそれらを中つ国のほかの種族に分け与えた。そうすることによって、己の種族には与えられていない法外な秘密の力を手に入れようとする者たちをすべて支配下に置きたいと思ったのである。

かれは、ドワーフたちには七つの指輪を与え、人間には九つを与えた。人間は、ほかの場合同様、このことでも最もたやすくかれの思い通りになったからである。

そしてかれは、自分が支配しているこれらの指輪をすべて邪悪なものに歪めた。その製作にかれ自身手をかしていたから、それだけ容易だったのである。それらの指輪はすべて呪われた指輪となり、用いる者を結局は裏切ることになった。

ドワーフたちは確かに頑固で、思い通りに馴らすことは困難だった。かれらは他人の支配をなかなか受けつけようとはせず、心中の思いは測りがたく、また影の存在と化せしめることも難しいのである。かれらは、富を得る手段としてのみ指輪を用いた。しかし、激しい怒りと、黄金を貪《むさぼ》る抑えきれない欲望がかれらの心を焼き、そこからさまざまな禍事《まがごと》が起こって、サウロンを益したのである。伝えられるところによると、古《いにしえ》のドワーフ王たちの七大財宝は、それぞれ金の指輪を元に築かれたという。しかし、これらの財宝も遠い昔に略奪に遭《あ》い、龍たちの貪るところとなり、七つの指輪は火中に燃え尽きるか、サウロンの取り戻すところとなった。

人間の方は誘惑しやすかった。九つの指輪を用いた者は、それぞれの盛時において強大な力を持つに至った。かれらはかつての王であり、妖術師であり、戦士であった。かれらは栄華と大なる富を得たが、それがかれらの破滅につながった。かれらは終わることのない命を持つように見えたが、生はかれらにとって耐えがたいものになった。かれらはその気になれば、天《あめ》が下《した》を白昼、誰の目にも見られずに歩くことができ、有限の命の人間の目には見えない領域の事物を見ることができた。しかし、かれらが見るのはただの幻影であり、サウロンによる惑わしに過ぎないことが非常に多かった。それぞれの持って生まれた力や、出発点でそれぞれが懐いた意図の善悪に従って、早い晩《おそ》いはあるものの、次々と自分たちが身に帯びる指輪の奴隷となり、サウロンの持ち物である一つの指輪の支配下に入ったのである。そしてかれらは、一つの指輪を嵌めているサウロンのほかには誰の目にも永遠に見えなくなり、影の国に入ったのである。ナズグールというのはかれらのことであり、大敵配下の最も恐るべき召使い、指輪の幽鬼がそれである。暗黒がかれらと共にあり、かれらの叫ぶ声は死の声であった。

さて、サウロンの渇望と増上慢はますます強まり、止《とど》まるところを知らなかった。かれは、自ら中つ国の万物の主となり、エルフを滅ぼし、できればヌーメノールの没落を図りたいと決意し、いかなる自由も競争者も許さず、自ら地上の王を称した。かれは相変わらず仮面をかぶることができたので、もし望めば、人間の目を騙し、賢明にも、立派にも見せることができたが、使えるところでは、むしろ暴力と恐怖によって統治した。かれの影が世界中に広がってゆくのを認めた者は、かれを冥王《めいおう》と呼び、大敵と名づけた。そしてかれは、地上にあるいは地下に残っているモルゴス時代の邪悪な者たちをすべて傘下に集め、オーク共はかれの指図に従い、その数は蝿《はえ》の如く殖《ふ》えた。かくて暗黒時代は始まった。エルフたちはこれを遁走《とんそう》の時代と呼んでいる。

この時代に、中つ国のエルフたちの多くはリンドンに遁れ、そこから海を渡って二度と戻らなかったが、サウロンとその召使い共によって滅ぼされた者も数多くいた。しかしリンドンでは、ギル＝ガラドが依然として勢力を維持しており、サウロンはエレド・ルインの山並を越えることも、港を襲撃することもしかねていた。その上ギル＝ガラドには、ヌーメノール人の援助があったのである。それ以外の土地はいずこもサウロンが君臨し、自由を欲する者たちは森や山の砦に隠れ、常に恐怖に追いかけられていた。東と南では、ほとんどすべての人間がかれの支配下にあったが、当時かれらは次第に力を得て、多くの町や石の城壁を築いた。この人間たちの数は非常に多く、戦場では凶暴をもって鳴らし、鉄で身を鎧《よろ》っていた。かれらにとってサウロンは王であり神であり、かれらはサウロンを甚《はなは》だしく恐れた。なぜなら、かれはその居処《いどころ》に火をめぐらしていたからである。

しかしながら、中つ国の西の地を襲おうとするサウロンの意図もついに阻まれた。『アカルラベース』に語られている如く、ヌーメノール軍の挑戦を受けたからである。王国の最盛期に際会していたヌーメノール軍の勢いは絶頂に達し、サウロンの召使いたちの抵抗を許さなかった。サウロンは武力によって達せられなかったことを狡智によってなしとげようと望み、しばらく中つ国を離れ、国王タル＝カリオンの人質としてヌーメノールに行った。そしてかれはそこに留まり、ついにその術策によってヌーメノール人の大多数の心を堕落させ、かれらをそそのかしてヴァラールに戦いを挑ませ、かれがかねてから望んでいたヌーメノールの破滅を図った。

しかしその破滅たるや、サウロンの予見も及ばぬすさまじさであった。かれは、怒った時の西方の諸王の力を忘れていたからである。世界は毀たれ、陸は呑み込まれ、海は盛り上がってその上にかぶさり、サウロン自身も深海の底に沈んでいった。しかし、かれの霊魂は甦《よみがえ》って元の住処《すみか》を求め、黒い風に乗って中つ国に逃げ戻った。かれは、自分の留守中にギル＝ガラドの勢力が強大となり、北西の広い領域に伸び、霧ふり山脈と大河を越えて緑森大森林《みどりもりおおもり》の際《きわ》にまで及び、かつてかれが安住していた難攻不落の地に近づこうとしているのを見出した。そこでサウロンは、黒の国の城砦《じょうさい》に引きこもって、戦術を練った。

その頃、ヌーメノール人の中で破壊から免れた者は、東へ遁れた。『アカルラベース』に語られている通りである。かれらを率いたのは、丈高きエレンディルとその息子たち、イシルドゥルとアナーリオンであった。かれらは王の身内であり、エルロスの子孫であったが、サウロンの言うことに耳を傾けようとはせず、西方の諸王に戦いを挑むことを拒み、最後まで忠実であった者たち全員を船に乗り組ませ、破滅が訪れる寸前にヌーメノールの国土を見捨てた。かれらはみな力もあり、船は背が高く丈夫であったが、嵐に襲われ、みな雲にも届くほどの山のような大波に高々と運ばれ、時化鳥《しけどり》のように中つ国に着地した。

エレンディルはリンドンの地に打ち上げられ、ギル＝ガラドに助けられ、そこからリューン川を遡《さかのぼ》り、エレド・ルインの先に王国を創建した。そしてかれの国民《くにたみ》は、リューン川とバランドゥイン川の流域に近いエリアドールの各地に住みついた。しかし、かれの王国の首都はネヌイアル湖に近いアンヌーミナスにあった。ヌーメノール人は北連丘のフォルンオストにも、またカルドランとリュダウルの丘陵にも住み、エミュン・ベライドとアモン・スールに塔を築いた。そのような場所には多くの古墳と廃墟となった建造物が残っているが、エミュン・ベライドの塔は今も海の方を向いて立っている。

イシルドゥルとアナーリオンは南の方に運ばれ、ついに船を大河アンドゥインに乗り入れて遡った。アンドゥインはリョヴァニオンから流れ出て、西海のベルファラス湾に注いでいる。そしてかれらは、後にゴンドールと呼ばれる地に王国を築いた。ゴンドールに対して、北方王国はアルノールと呼ばれた。昔、ヌーメノールの盛時に、ヌーメノールの航海者たちは、東側近辺にサウロンの君臨する黒の国が存在するにもかかわらず、アンドゥインの河口のあたりに港と拠点を築いた。時代が下ると、この港には、ヌーメノールの節士派しか訪れなくなった。それ故、このあたりの沿岸地方に住む者は、濃淡の差こそあれ、エルフの友たち及びエレンディルの一族と何らかの形で血がつながっていたので、エレンディルの息子たちを暖かく迎えた。

この南の王国の首都はオスギリアスで、都の中央を大河が流れていた。ヌーメノール人はそこに大橋を架け、橋上には見るもすばらしい塔や石造りの家々が建てられた。都の波止場には海から来た背の高い船が着いた。川の両側にも拠点が築かれ、東は、影の山脈の肩にミナス・イシル、即ち〈月の出の塔〉がモルドールへの威嚇として築かれ、西には、ミンドッルイン山の麓にミナス・アノル、即ち〈日の没《い》りの塔〉が谷間地帯の野蛮人への盾《たて》として築かれた。ミナス・イシルにはイシルドゥルの居城があり、ミナス・アノルにはアナーリオンの居城があったが、二人は王国を分かち合い、二人の玉座はオスギリアスの大宮殿に隣り合って置かれた。

これらが、ゴンドールにおけるヌーメノール人の主たる居住地であったが、その盛時にはほかにも驚嘆すべき堅固な建造物がアルゴナスやアグラロンド、そしてエレヒに造られた。そして、人間がアイゼンガルドと呼ぶアングレンオストの環状の山の中に、破壊されることのない石で築かれたオルサンクの塔が造られた。

数々の貴重な品物と特別な力を備えた驚くべき重代の宝物を、故国喪失者たちはヌーメノールから持ち来《きた》った。その中で最も名高いのが七つの石と白の木である。白の木は、サウロンによって燃やされるまでヌーメノールのアルメネロスの王宮にあった、美しいニムロスの果実から育ったものである。ニムロスは最古の木、即ちヤヴァンナがヴァラールの国に生じさせた白きテルペリオンの俤《おもかげ》を伝えるティリオンの木の子孫である。エルダールとヴァリノールの光の形見《かたみ》であるこの木は、ミナス・イシルのイシルドゥルの居城の前に植えられた。この木の果実を破壊から救い出したのがかれだからである。しかし、七つの石は分配された。エレンディルが三つを取り、息子たちが二つずつ取った。エレンディルの三つの石は、エミュン・ベライド山頂と、アモン・スール山頂と、アンヌーミナスの都のそれぞれの塔に置かれた。一方息子たちの石は、ミナス・イシルとミナス・アノル、そしてオルサンクとオスギリアスに置かれた。

ところで、この七つの石には、これを覗けば、その中に、空間的にも時間的にも遠く離れた事物を見ることができるという不思議な力があった。大体において、これらの石はそれぞれほかの六個の石の近くの事物しか示さなかった。石が互いに呼びかけるからである。しかし、卓越した意志力と精神力の持ち主は、石の視角を欲するところに向けることができるようになる。こうしてヌーメノール人は、敵が隠しておきたいと思っている多くのことを知るようになり、国力の絶頂期にはかれらの警戒を逃れるものはほとんどなかった。

エミュン・ベライドの諸塔は、本当はヌーメノール人によって建てられたものではなく、ギル＝ガラドがその友エレンディルのために築いたものであると言われている。エミュン・ベライドの見る石は、その中で一番高いエロスティリオンに置かれた。故国喪失者たるエレンディルは、望郷の思いに胸をしめつけられる時、そこにしばしば赴いて、茫々《ぼうぼう》と広がる分かちの海のかなたに瞳を凝らした。こうしてかれは、時には遥か遠く、親石の置かれたエレッセアのアヴァッローネの塔を見ることさえあったと考えられている。その親石は今もまだそこにあると信じられている。

これらの見る石は、サウロンの影の下にあったヌーメノールの国をもはやエルフたちが訪ねられなくなった暗黒時代に、節士派の慰めにもと、エルダールがエレンディルの父アマンディルに贈った贈り物であり、〈遠くから見張るもの〉の意味でパランティーリと呼ばれた。しかし、中つ国にもたらされた石はすべて遠い昔に失われてしまった。

こうして、ヌーメノール人は、アルノールとゴンドールに王国を樹立した。しかし、年経ぬうちに、かれらの敵サウロンもまた中つ国に戻っていたことが明らかとなった。かれは、すでに述べた如く、エフェル・ドゥーアス、即ち〈影の山脈〉の先のかれのかつての王国モルドールに密かに帰り着いていた。この国は、ゴンドールの東の外れと国境を接していたのである。この地のゴルゴロスの谷間を見おろすところに、広大にして堅固な城砦バラド＝ドゥール、即ち〈暗黒の塔〉が築かれた。またこの国には、エルフがオロドルインと呼ぶ火の山があった。この山があるからこそ、サウロンは昔この地に居を定めたのである。大地の中心から噴き出る火を用いて、妖術や鍛造《たんぞう》を行い、このモルドールの地の真ん中で、支配する指輪を造ったのである。

この地で、かれは暗闇をまといながら思いを凝らし、ついに自分が新たに身に着ける姿形を作り出した。それは、見るも恐ろしい姿であった。なぜなら、見たところは立派であったかつての姿は、ヌーメノールの水没に際し、かれが深海の底に投げ込まれた時、永久に失われてしまったからである。かれは、力の指輪を再び手に取ることにより、己自身に絶大な権力を付与した。そして、〈サウロンの目〉の悪意に耐え得る者は、エルフや人間の偉大なる者たちの中にすらほとんどいないと言ってもよかった。

さて、サウロンは、エルダールと西方国の人間を相手に戦う準備をし、オロドルインの山の火は再び目覚めた。遠くからオロドルインの煙を見、サウロンが戻ってきたことに気づいたヌーメノール人は、この山を新たにアモン・アマルス、即ち〈滅びの山〉と命名した。そしてサウロンは、東や南からかれに仕える者たちを糾《きゅう》合《ごう》し、一大戦力を築き上げた。かれらの中には、ヌーメノールの高貴な種族の血を引く者も少なからずいた。というのも、サウロンがヌーメノールに滞在している間に、この国のほとんど全員が暗黒に心を寄せたからである。それ故、当時東に航海して沿岸地方に砦や住処を造った者たちの多くが、すでにかれの思うがままになっており、中つ国でも喜んでかれに仕えたのである。ただし、ギル＝ガラドの勢威が北方の地を押さえていたため、変節者たるこれらの諸侯は力もあり邪《よこしま》でもあったが、大体において遠く離れた南の国々に居を定めた。しかしながら、ヘルモルとフイヌルの二人は、アンドゥインの河口より先、モルドールの南の広大な土地に住む、残虐にして強大な力を持つハラドリムの中で権力を占めるに至った。

それ故、今こそ好機到来と見たサウロンは、大軍を率いてゴンドールの新しい王国を攻めてきた。かれは、ミナス・イシルを奪い、そこに植えられたイシルドゥルの白の木を滅ぼした。イシルドゥルは遁れ、白の木の実生《みしょう》を携えて、妻子と共に船で大河を下り、エレンディルを求め、アンドゥインの河口から海に出た。一方アナーリオンは、オスギリアスを守備して敵と戦い、この時は敵を影の山脈に押し戻した。しかし、サウロンが再び兵力を強化したのを見て、援軍が得られない限り、王国を長く保持することはできないことを知った。

さて、エレンディルとギル＝ガラドは互いに意見を交わして話し合った。もしここで力を合わせて敵に当たらなければ、サウロンはかれらの力が到底及ばぬほど強くなり、かれの敵を次々と撃破してゆくに違いないと悟ったからである。そこでかれらは、最後の同盟と呼ばれている盟約を結び、エルフと人間とからなる大軍を召集して中つ国の東に向けて進軍し、イムラドリスに暫時駐屯した。この時、イムラドリスに集結した軍勢の、目も文《あや》な出で立ちの美しく立派であったことは、その後これに勝《まさ》るものは中つ国では絶えて見られないほどであった。そして、ヴァラールの軍勢がサンゴロドリムに出撃して以来今日まで、これほどの大軍が召集されたこともないのである。

イムラドリスを出て、かれらは、多くの山道を通って霧ふり山脈を越え、アンドゥインの流れに沿って南下し、ついに、ダゴルラドでサウロンの軍勢に相対した。ダゴルラドは〈合戦場〉の意であり、黒の国の門の前に広がる荒野である。この日、生きとし生ける者はすべて二手《ふたて》に分かれた。エルフだけを除きあらゆる種族の者が、鳥や獣に至るまで、双方の陣営にいくらかずつ見られた。エルフだけは分裂することなく、全員ギル＝ガラドに従ったのである。ドワーフは、ほとんどどちらの側にもつかなかった。ただ、モリアのドゥリンの族《やから》はサウロンを敵として戦った。

ギル＝ガラドとエレンディルの軍勢は勝利を得た。当時はまだエルフの勢力も強大で、ヌーメノール人は力もあり背も高く、怒ればこの上なく恐ろしかったからである。ギル＝ガラドの槍アエグロスには何者も立ち向かうことができず、エレンディルの剣《つるぎ》はオークと人間を恐怖に陥《おとしい》れ、太陽の光と月の光に輝き、ナルシルと名づけられていた。

ギル＝ガラドとエレンディルは、モルドールに入ってサウロンの城砦を取り囲み、七年間これを包囲したのであるが、敵の放つ火と投げ矢と太矢によって、痛ましい損失を蒙った。さらに、サウロンは幾度となく出撃隊を送り出した。こうして、ゴルゴロスの谷に、エレンディルの息子アナーリオンを始めとし、多くの者が討ち死にすることになったのである。

しかし、途切れることなく徹底的に続けられた攻囲についにたまりかね、サウロン自身が姿を現わした。かれはギル＝ガラドとエレンディルを相手に闘い、二人は共にここで命を落とした。そしてエレンディルの剣は、かれが倒れた時、その体の下で二つに折れた。しかし、サウロンもまた打ち倒され、ナルシルの柄《つか》に残った刃《やいば》で、イシルドゥルはサウロンの手から支配する指輪を切り取り、これを自分のものにした。

かくて、サウロンはこの時征服され、かれは自分の肉体を捨て、霊魂だけが遠く遁れ、人気《ひとけ》ない荒地に隠れた。その後かれは、長い間、再び目に見える形を取ることがなかったのである。

かくて、世界の第三紀が始まった。上古《じょうこ》、その次に暗黒時代、そのあとに続くのが第三紀である。この時代には、まだ望みが存在し、陽気な歓びの記憶もいまだ迹《あと》をとどめ、エルダールの白の木が人間の王の宮廷に、来る年ごとに花を咲かせていたのである。というのも、イシルドゥルによって救われた苗木は、かれがゴンドールを離れる前に、亡き弟を記念し、ミナス・アノルの城砦に自ら植えていったからである。

しかし、サウロンの召使いたちは敗走せしめられ、追い散らされたとはいえ、完全に滅ぼされたわけではなかった。そして多くの人間が今では悪に背を向け、エレンディルの世継ぎに服従するようになったとはいえ、まだまだ多くの者が心にサウロンを覚えていて、西方の人間たちの王国に憎しみを懐いていたのである。暗黒の塔は倒されたが、土台は残っており、忘れられてはいなかったのである。ヌーメノール人はモルドールの地に監視の者を置くには置いたが、記憶に残るサウロンの恐ろしさ故に、そしてまた、バラド＝ドゥールに近くそそり立つ火の山の不気味さ故に、そこに住もうとする者は一人としてなく、ゴルゴロスの谷は灰で埋まっていた。数多くのエルフ、数多くのヌーメノール人、そしてかれらの同盟に加わった数多くの人間が、合戦と攻囲戦で命を落とした。丈高きエレンディルと、上級王ギル＝ガラドもすでに亡い。これだけの軍勢が集結することはもう二度となく、エルフと人間によるかかる盟約もない。なぜなら、エレンディルの時代を下ると、この二つの種族は疎遠になったからである。

支配の指輪の行方については、その当時、賢者たちでさえ知らなかった。しかし、これは無に帰してはいなかったのである。なぜなら、イシルドゥルはこれを、そばにいたエルロンドとキールダンに渡そうとはしなかったからである。二人はかれに忠告して、すぐ近くにある、かつてこの指輪が鍛造されたオロドルインの火にこれを投ずることを勧めた。そうすれば指輪は消滅し、サウロンの力は永遠に減少して、かれは荒野における悪意ある影の如き存在として留まるに過ぎなくなるであろうから、と言ったのである。

しかし、イシルドゥルはこの忠告を拒否して言った。「私はこれをわが父、わが弟の命の贖《あがな》いの代《しろ》として収めることにします。かの敵に命取りの一撃を与えたのは、私ではありませんでしたかな」

かれは、手に取った指輪をつくづく眺め、これをこの上なく美しいものに思い、むざむざと消滅させる気持にはならなかった。それ故、これを持ってまずミナス・アノルに戻り、弟のアナーリオンの記念に、その地に白の木を植えた。しかし間もなく、かれはミナス・アノルを去った。弟の息子メネルディルに助言を与え、南の王国をかれに委《ゆだ》ねると、イシルドゥルは子々孫々の家宝となすべく指輪を持って去り、エレンディルが来た道を通って北に向かった。かれは南方王国を放棄したのである。なぜならかれは、黒の国の影から遠い、エリアドールの父の王国を受け継ぐつもりだったからである。

しかし、イシルドゥルは、霧ふり山脈で待ち伏せていたオークの軍勢に襲われた。ロエグ・ニングロロン、即ち〈あやめ野〉に近い緑森と大河に挟まれたところで野営している時に、不意討ちを仕掛けられたのである。敵という敵はことごとく平定されたと思い込み、不注意にも見張り番を立てなかったのである。

ここで、かれの一族郎党はほとんど全員が殺された。その中には、かれの三人の上の息子たち、即ちエレンドゥル、アラタン、キルヨンも含まれていた。しかし、かれの妻と末子のヴァランディルは、かれが出陣する時、イムラドリスに置いていったのである。イシルドゥル自身は、指輪のおかげでその場は遁れた。これを指に嵌めると、かれの姿は誰の目にも見えなくなったからである。しかし、オーク兵は臭跡と足跡を辿ってかれを追いかけたので、ついにかれは、大河に辿り着いてそこに跳び込んだ。

その時、指輪はかれの在処《ありか》を明かし、造り主の恨みを晴らした。というのも、かれが泳いでいるうちに指輪は手から抜け落ち、水中に失われたからである。オーク共は必死に泳ぐかれの姿を見つけ、沢山の矢を射かけ、ここにかれは命を落とすことになった。かれの家来のうち三人だけが、長い放浪の末、霧ふり山脈を越えてようやく帰り着いた。そのうちの一人がかれの従者であるオホタールで、二つに折れたエレンディルの剣はかれが預かっていた。

かくてナルシルは、やがてイムラドリスに身を寄せるイシルドゥルの世継ぎヴァランディルの手に渡されたが、刃は折れ、光は消え、新たに鍛え直されることはなかった。イムラドリスの主《あるじ》エルロンドは予言して、支配の指輪が再び見出され、サウロンが戻って来る日まで、この剣が鍛え直されることはないであろう、と言った。しかし、エルフと人間の望みは、かかることが絶えて起こらないことであった。

ヴァランディルはアンヌーミナスに居を定めたが、民の数は減少し、ヌーメノール人とエリアドールの人間で今も残る者は、この土地に住まうにしても、あるいはエレンディルが開拓した各地の拠点を維持するにしても、その数があまりにも少なかった。ダゴルラドで、モルドールで、そしてあやめ野で命を落とした者の数は、それほど多かったのである。

そして、ヴァランディルから数えて七人目の王エアレンドゥルの治世の後、西方国の人間たる北方のドゥーネダインは、いくつもの弱小国家に分割され、敵によって次々と滅ぼされることになった。年と共にかれらの数は減り、栄華は去って、草むす緑の奥津城《おくつき》を残すのみとなった。そしてついには、細々と生き残ったかれらの後裔といえば、人知れず荒野を放浪する風変わりな族《やから》を残すのみとなり、かれらの家がどこにあるのか、かれらの旅の目的が何であるのか、知る者すらなかった。そして、イムラドリスのエルロンドの館《やかた》以外では、かれらの先祖のことも忘れられてしまったのである。しかしながら、二つに折れた剣は、イシルドゥルの世継ぎたちによって子々孫々大切に伝えられ、かれらの家系は、父から息子へと途切れることなく続いていたのである。

南では、ゴンドールの王国が持ちこたえ、一時は、滅亡前のヌーメノールの富と国威もさぞやと思われるほど、国土の壮麗はいや増したのである。ゴンドールの国民は高い塔を建て、砦を築き、多くの船の出入りする港を造った。そして、代々の人間の王が戴《いただ》いた翼ある王冠を、多くの国々のさまざまな言葉を話す人々は畏怖《いふ》の念を懐いて仰いだのである。ミナス・アノルの王宮の前には、イシルドゥルが大海原のかなたのヌーメノールから持ってきた木の実生《みしょう》である白の木が、長い間元気に育っていた。そして、ヌーメノールから運ばれたこの木の親木はアヴァッローネからもたらされたのであり、さらにその親木は世界が若かった頃、昼夜が分かたれる前のヴァリノールから来たのである。

　しかし、速やかに過ぎゆく中つ国の時の流れの中にあって、ついにゴンドールも衰退の途を辿り、アナーリオンの息子メネルディルの血筋も薄まっていった。なぜなら、ヌーメノール人の血にもほかの人間たちの血が多く混じり、かれらの力と智《ち》慧《え》は減じ、寿命は縮まり、モルドールへの見張りもまどろみがちとなったからである。

　そして、メネルディルから数えて二十三代目の王テレムナールの時代に、東から吹いてきた黒い風に乗って悪疫がゴンドールを見舞い、王と王の子供たちを襲い、ゴンドール国民も多くが命を失った。この時、モルドール国境に立つ砦はすべて放棄され、ミナス・イシルは無人となり、悪しきものが再び黒の国に密かに入り込み、ゴルゴロスの火山灰は冷たい風でも吹いたかのようにかき立てられた。黒っぽい姿の者たちがそこに集まったからである。

　この者たちは、実はサウロンがナズグールと呼ぶウーライリ、即ち九人の〈指輪の幽鬼〉たちであったと言われる。かれらは、長い間隠れひそんでいたのであるが、主人の活動を準備するために戻ってきたのであった。かれらの主人たるサウロンが再び姿をとり始めていたからである。

　そしてエアルニルの時代に、ナズグールたちによる最初の攻撃が加えられた。かれらは、夜の間にモルドールを出て、影の山脈の山道を越え、ミナス・イシルを奪って棲処《すみか》となし、この城砦を、何人《なんぴと》もこれを直視するに堪えない恐怖の場所となしたのである。以後、これはミナス・モルグル、即ち〈呪魔の塔〉と呼ばれ、ミナス・モルグルは絶えず西のミナス・アノルと交戦状態にあった。そしてゴンドール国民の衰退に伴い、久しく住む人もなく寂《さび》れ果てていたオスギリアスもやがて廃墟と化し、幽霊の住む都となった。

しかし、ミナス・アノルは持ちこたえ、新たにミナス・ティリス、即ち〈守護の塔〉と命名された。なぜなら、王たちによりこの城砦に白い塔が建てられ、その高い美しい塔は、多くの土地を見張っていたからである。この都は依然として誇り高く堅固であり、王宮の前には、白の木がなおしばらく咲き続け、ヌーメノール人の生き残りたちが今なお大河の水路を守り、ミナス・モルグルの戦慄すべき恐怖の者たちに、そして西方世界のすべての敵、即ちオークや怪物や悪しき人間たちに対していた。かくて、アンドゥイン以西の後方の地は、戦禍と破壊から守られたのである。

エアルニルの息子でゴンドール最後の王となったエアルヌルの時代以降も、ミナス・ティリスは依然として持ちこたえていた。モルグルの主《ぬし》の挑戦に応じ、ミナス・モルグルの門に単身馬を乗り進めたのはエアルヌルである。かれは、モルグルの主と一騎打ちで闘ったのであるが、ナズグールに謀《はか》られ、生きたまま責め苦の都に連れ込まれ、二度と生ある人間の間には戻ってこなかった。

さて、エアルヌルは世継ぎを残さなかったのであるが、王統が絶えると、忠実なるマルディルの後裔が執政となり、都と衰微の一途を辿る王国を統治した。そして、北方の騎馬族ロヒルリムが、ゴンドール王国の一部であり、以前はカレナルゾンと名づけられていたローハンの緑野に移り住み、ゴンドールが戦う時には、都の執政に力をかした。また、ラウロスの瀑布とアルゴナスの門の北方には、まだほかにも守りとなるべき要衝があり、人間がほとんど知ることのない一層年経た力ある者たちがいた。かれらに対しては、邪悪なる者たちも、時熟してかれらの暗黒の王たるサウロンが再び現われ出るまでは、手を出さなかったのである。そして、サウロン出現の時が来るまで、ナズグールもエアルニルの時代以降二度と大河を渡ることをせず、人間の目に見える姿でかれらの都から出てこようとはしなかった。

ギル＝ガラドの没後、裂け谷の主エルロンドは、第三紀を通し、ずっとイムラドリスに居を定め、ここに多くのエルフと、中つ国の全種族の中から智慧と力に富む者を集め、人間の世代が移り変わって行く長い年月を通し、かつて存在したすべての美しいものを記憶に留め、心にしまっていた。そしてエルロンドの館は、疲れた者、虐《しいた》げられた者たちの避難所であり、よき助言と博学なる伝承の学の宝庫であった。

イシルドゥルの世継ぎたちは、幼少時をこの館にかくまわれ、また老いの身を託した。それというのも、かれらがエルロンド自身と血のつながりがあるからであり、またイシルドゥルの世継ぎの中から、第三紀最後の大いなる出来事の中で偉大な役割を課せられる者が現われることを、エルロンドがその智慧によって知っていたからである。その時が来るまで、二つに折れたエレンディルの剣はエルロンドが預かっていた。ドゥーネダインにとって時代は暗く、かれらは放浪の民となったからである。

エリアドールでは、イムラドリスが上《かみ》のエルフの主要な居住地であったが、リンドンの灰色港にもエルフ王ギル＝ガラドの遺臣が定住していた。かれらは、時にはエリアドールの内陸地方に漂泊の旅をすることもあったが、大体は海岸近くに住んで、この世に倦《う》んだエルフたちが最果ての西方世界に向けて航海するためのエルフ船を建造したり、その手入れをしたりしているのであった。船造りのキールダンが灰色港の領主であり、かれはまた、賢者たちの中で力ある者であった。

いまだかつて汚されることなくエルフによって守られてきた三つの指輪のことは、賢者たちの間でさえ公然と口にされることはなく、この三つの指輪がどこに隠されているかを知る者は、エルダールの中にさえほとんどいなかった。しかしながら、サウロンの没落後、三つの指輪の力は絶えず働き、指輪のあるところには楽しい笑いも存在し、ものみなすべて、時代の憂い悲しみに傷つけられずにすんだのである。

それ故、第三紀が終わるまでに、エルフたちは、美しい裂け谷の谷間にあって、天の星々が最も明るくその館を照らすエルロンドの許にサファイアの指輪が、ガラドリエルの奥方の住まうローリエンの地に金剛石の指輪があることに気づいた。ガラドリエルの奥方は、森に住むエルフ族の女王であり、ドリアスのケレボルンの妻であるが、かの女自身ノルドールの一人であり、ヴァリノールにおける昼夜の別なき時代を覚えていた。かの女はまた、中つ国に留まったすべてのエルフたちの中で最も力ある者であり、最も美しい者であった。しかし、赤の指輪は終わりまで隠れたままで、エルロンドとガラドリエルとキールダンを除き、誰一人これが託せられた先を知らなかった。

このようなわけで、第三紀の続く間は、エルフの喜びと美は二つの土地に、いまだなお減ずることなく残っていたのである。一つはイムラドリスであり、一つはケレブラントとアンドゥインの間の秘められた地ロスローリエンである。ここでは木々は金色の花を咲かせ、オークも悪しき者も決して近づこうとしなかったのである。

しかし、エルフたちの間には、未来を慮《おもんぱか》る声がしばしば聞かれた。もしサウロンが再び現われるなら、その時は、かれが失われた支配の指輪を見出すか、あるいは最善の場合、かれの敵が指輪を見出して、これを消滅させるのではないかと予測する声である。しかし、いずれの場合にあっても、三つの指輪の持つ力はその時失われ、指輪によって保たれてきたものはすべて消えゆかねばならず、その結果、エルフは黄昏《たそがれ》の世界に入り、人間の支配が始まるというのである。

その後、実際にその通りのことが起こった。一つと七つと九つは消滅し、三つは去り、それと共に第三紀は幕を閉じ、中つ国におけるエルダールの物語は終わりに近づくのである。第三紀は移ろいゆく時代であった。大海の東にエルフが咲かせた最後の花も、この時、冬を迎えることになったのである。

その頃にはまだ、此岸《しがん》の地を、この世の子らの中で最も力あり、最も美しいノルドール族が歩いていた。人間の耳にもまだかれらの言葉が聞かれた。その頃、地上にはまだ多くの美しく驚嘆すべきものが残っていた。邪悪な恐ろしい者たちも数多く残っていた。オーク、トロル、龍、そして残忍な獣たちがいた。そして森の中には、今は名も忘れられた年古《ふ》り智慧ある不思議な生きものたちがいた。ドワーフたちは相変わらず営々として山中で働き、根気強い巧みな技を用い、今の世には誰一人及ぶ者もない金属細工や石の建造物を造り上げた。しかし、人間の支配は着々と進み、すべてのものが変化しようとしていた。そしてついに、冥王が闇の森に再び現われたのである。

ところで、この森は昔、その名を緑森大森林といい、その広大な木々の殿堂と側廊は多くの獣や明るい歌声の小鳥たちの生息地となり、オークと橅《ぶな》の木の下にはスランドゥイル王の王国があった。しかし、長い年月の後、第三紀のほとんど三分の一近くが経った頃、南の方から暗闇がゆっくりと忍び込んで森中に広がり、暗い林間の空地には恐怖がのさばり、残忍な獣たちが獲物をあさり、残酷で邪な生きものたちが罠を仕掛けて待った。

やがて、森の名前は変えられ、闇の森と呼ばれた。夜の闇が色濃く横たわり、ここを通り抜ける勇気のある者はほとんどいなかったからである。ただ、北部にはスランドゥイルの族《やから》がいて、邪悪な影を寄せつけないでいた。これがどこから来たのか知る者はほとんどなく、賢者たちでさえ、ずっとあとになるまでその正体を発見できないでいた。

これはサウロンの影であり、かれが戻ってくる印であった。かれは、東の方《かた》なる荒野を出て、この森の南に居を定め、徐々に再び形をとるに至ったのである。暗い丘に住まって、妖術を行い、誰もがドル・グルドゥルの妖術師として恐れていたが、始めはかれらも、自分たちに迫った危険がいかに大きなものであるかを知らなかったのである。

闇の森に最初の暗がりが感じ取られた頃、中つ国の西に、人間たちが〈魔法使い〉と呼んだイスタリが現われた。かれらがどこから来たのかは、灰色港のキールダンのほかに、当時誰も知る者がなかった。キールダンは、エルロンドとガラドリエルだけに、かれらが大海を渡ってきたことを明かした。後にエルフたちの間で言われていたことによると、かれらはサウロンが再び現われ出た場合に備え、かれと力を競い、エルフと人間とすべての善意ある生類《しょうるい》を動かして勇敢なる功業をなさしめるべく、西方の諸王から遣わされた使者であったのだという。かれらは、外見は人間に似ており、老人ではあるが強健で、歳月が経過してもほとんど変化を見せず、重い心労を担っているにもかかわらず非常に緩慢にしか年を取らなかった。かれらはすぐれた智慧の持ち主で、多くの精神的な力と手の技の力を持っていた。

　長い時間をかけて、かれらはエルフと人間の間をあまねく旅してまわり、獣や鳥たちとも話を交わした。中つ国の人間たちは、かれらにさまざまな名前をつけた。本当の名前を明かさなかったからである。かれらの中で長となるのは、エルフたちがミスランディル、クルニールと呼び、北方の人間たちがガンダルフ、サルマンと呼んだ二人である。イスタリの中では、クルニールが最年長で最初に現われ、かれのあとにミスランディルとラダガスト、そして中つ国の東方に渡り、ここに語られたような物語には名前の出てこないほかのイスタリたちが続いた。

ラダガストは、あらゆる獣や鳥たちの友であった。一方クルニールは、人間たちの間に入り込むことが最も多く、弁舌に巧みで、鉄を鍛えてさまざまな仕掛けを作ることに長じていた。ミスランディルは、エルロンドやエルフたちと最も親しく意見を交わし、北の方《かた》西の方《かた》に遠く旅を重ね、どの土地にも居を定めなかった。しかし、クルニールは東方の旅から戻ってくると、ヌーメノール人がその盛時に築いたアイゼンガルドの環状岩壁の中のオルサンクに住みついた。

　常に警戒を怠らなかったのはミスランディルで、闇の森の暗がりを不審に思ったのもかれである。多くの者はこれを指輪の幽鬼の仕組んだことと考えたが、かれ一人だけは、これが実はサウロンの最初の影が戻ろうとしているのではないかと考えて危惧し、ドル・グルドゥルに自ら赴いた。すると、妖術師は逃げ出し、その後長い間、警戒怠りない平和が続いた。

しかし、ついにかの影は戻り、次第に力を増していった。そしてこの頃、白の会議と呼ばれる賢者たちによる会議が、初めて持たれた。出席したのは、エルロンドとガラドリエルとキールダンとそのほかのエルダールの諸侯で、ミスランディルとクルニールがそれに加わった。そしてクルニール（かれが白のサルマンである）が議長に選ばれた。というのも、昔のサウロンの手練手管《てれんてくだ》をかれが誰よりも熱心に研究していたからである。ガラドリエルはミスランディルが会議の首座につくことを望んだので、今や自尊心と支配欲の虜《とりこ》となっていたサルマンは、これを嫉《そね》んだ。しかしミスランディルは、この役目を断った。かれは、自分を遣わした者たち以外には、誰に対してであれ、いかなる束縛も臣従の義務も持とうとしなかった。そしてかれは、いかなる場所にも住みつこうとはせず、いかなる召し出しをも受けようとはしなかった。一方サルマンは、力の指輪の伝承について、それらがどのようにして作られ、どのような歴史を持っているのかを調べ始めた。

さて、かの影はますます大きくなる一方で、エルロンドとミスランディルの心を曇らせた。それ故、ある時、ミスランディルは非常な危険を冒して再びドル・グルドゥルに赴き、妖術師の地下牢にまで入り込み、かれの恐れていたことが真実であることを発見して逃げ帰った。エルロンドの許に戻ってかれは言った。「わしらの心配しておった通りじゃ。あれは、みんなが考えておったようなウーライリの一人などではない。サウロン自身じゃ。やつは再び形をとり、今や速やかに力を増しておるのじゃ。やつは、すべての指輪を再び己が手許に集めておる。そして一つの指輪のこと、それからまだこの地上に生きておるなら、イシルドゥルの世継ぎがどうなったかを知りたがって、絶えず消息を求めておるのじゃ」

エルロンドは答えた。「イシルドゥルが指輪を取ってこれを潔《いさぎよ》く思い切ろうとしなかった時に、サウロンが戻ってくるという運命がもたらされたのだ」

「だが、一つの指輪は失われたままじゃ」と、ミスランディルは言った。「それがまだ隠れている間なら、もしわしらが持てる力を結集し、徒《いたず》らに時を失することさえなければ、敵を制圧し得るかもしれぬ」

そこで、白の会議が召集され、ミスランディルは速やかに事を起こすよう一同に要請した。ところが、クルニールがこれに反対し、今しばらく静観するよう勧告した。「なぜと言えば、」と、かれは言った。「一つの指輪が中つ国で再び見出されることはあるまいとわしは思うからだ。あれはアンドゥインに落ちた。わしの考えでは、とっくの昔に海中に押し流されてしまったことじゃろう。世界が滅び、わたつみの水が取りのけられる世の終わりまで、指輪はそこにあるじゃろうて」

そのようなわけで、この時は何もなされずに終わった。しかし、エルロンドは不安を覚え、ミスランディルに言った。「とはいっても、私には、一つの指輪がいつか見つかり、再び戦いが起こって、第三紀たるこの時代が終わるのではないかという予感がしてならない。私の目には見えない何か予想外の偶然がわれらを救い出してでもくれぬ限り、二度目の暗黒が訪れて、第三紀は終わるだろう」

「この世には、予想外の偶然というやつはよくあることじゃし、」と、ミスランディルは言った。「賢者たちがたじろぐ時に、助けはしばしば弱き者の手からもたらされることもあるのじゃ」

賢者たちはかく憂慮していたが、まだ一人として、クルニールが腹黒い考えを懐くに至り、心はすでに裏切り者であることには気づいていなかった。なぜなら、かれはかの大いなる指輪を余人ではなく自分が見つけ、自らこれを用いて世界中を己の意のままに動かしたいと欲していたからである。かれは、サウロンを破ろうとして、あまりにも長い間かれのやり口を研究したために、今ではサウロンの仕業《しわざ》を憎むよりも、競争者としてかれを羨むに至ったのである。かれは、サウロンのものであるかの指輪は、かれが再び出現すれば、自分から主人を探すのではないかと考えた。そうとすれば、もしサウロンが再び追い払われた場合には、指輪は隠れたまま出てこないであろう。そこでかれは、進んで危険な賭けをして、しばらくサウロンを放っておくことにし、指輪が現われた時には、術策を弄して、友人をも敵をも出し抜くつもりでいたのである。

かれは、あやめ野に見張りを置いた。しかし間もなく、かれは、ドル・グルドゥルの召使いたちが大河のその周辺を隈《くま》なく探しているのを知った。そこでかれは、サウロンもまたイシルドゥルの最期の様子を聞き知っていることに気づいて不安を覚え、アイゼンガルドに引っ込み、これの防備に力を注いだ。そして、力の指輪の伝承とその鍛造の過程と技法の探究にますます深く没頭した。しかし、これについて会議では一言も報告せず、依然として、自分が最初に指輪の行方を耳にできればよいと望んでいた。かれはおびただしい間者《かんじゃ》を集めていたが、その多くは鳥たちであった。というのも、ラダガストが、かれの裏切りを少しも見抜けず、ただ敵を見張るために用いられるものと考え、力をかしたからである。

しかし、闇の森の影はますます色濃く、ドル・グルドゥルには、世界中のあらゆる暗い場所から邪悪な者たちが寄り集まってきた。そしてかれらは、一つの意志の下に再び合同し、かれらの敵意はエルフとヌーメノールの遺民に向けられた。そこでついに、再び会議が召集され、指輪についての伝承が大いに論議された。

しかし、ミスランディルは言った。「指輪が見つけ出されずとも、指輪が世にあり、無に帰さぬ間は、指輪にこめられた力は生き続け、サウロンは次第に力を得て望みを持つであろう。エルフとエルフの友の勢威は、今は昔日のようではない。間もなくかれは、たとえ大いなる指輪を持たずとも、あなた方の力の及ばぬほど強くなるであろう。なぜとなれば、かの者は九つを支配し、七つのうち三つを取り戻しておるからじゃ。われらは打って出ねばならぬ」

今度は、クルニールもこれに同意した。サウロンが大河に近いドル・グルドゥルから否応なく押し出され、そのあたりをゆっくり探索することができなくなることを望んだからである。それ故、これが最後であったが、かれは会議に力をかした。そこでかれらは総力を挙げ、ドル・グルドゥルを急襲し、サウロンをその砦から追い出した。そして闇の森は、わずかな間ではあるが、再び安全な場所に返った。

しかし、かれらの攻撃はすでに時を逸していた。冥王はこのことを予知し、早くから取るべき行動を準備していたからである。そして、かれの九人の召使いであるウーライリは、主人を迎える準備をするため、かれに先立ってこの地を去っていた。それ故、かれの遁走は見せかけに過ぎず、間もなく戻ってくると、賢者たちが阻止する間もなく再びかれの旧王国モルドールに入り、バラド＝ドゥールの暗黒の塔を再建した。そしてその同じ年、これを最後に白の会議が持たれ、クルニールはアイゼンガルドに引っ込み、密かに企みを練った。

オーク共が集結し、遠く東方と南方にあっては野蛮な人間たちが武装を始めた。やがて、次第に募る恐怖と戦いの噂のさなかにあって、エルロンドの不吉な予感は現実となった。果たせるかな、一つの指輪は、ミスランディルの予見を超える奇妙な回り合《めぐ》せによって再び見出されたのである。それは、クルニールからもサウロンからも隠されていた。指輪は、この二人が探索を始めるずっと前にアンドゥインから引き揚げられていた。ゴンドールの王家が衰微する以前に、大河の流域に住んで漁《すなどり》をたずきとする体の小さい種族の一人によって見出され、その者によって、探索も及ばぬ、山々の根の下なる暗い隠処《かくれが》に持っていかれたのである。

指輪はそこにずっとあったのだが、ほかでもないドル・グルドゥル急襲の年に、オークの追跡から遁れて、地の底深く逃げ込んだある旅人によって見出され、遥かな遠い国、エリアドールの西部に住むペリアンナス、即ち〈小さい人たち〉の国にまで持ち帰られたのである。その日まで、かれら小さい人たちはエルフからも人間からも重視されたことはほとんどなく、サウロンも賢者たちも、ミスランディルは別として、事を考えるに当たってかれらを考慮に入れたことはなかったのである。ところで、ミスランディルは好運と用心のおかげで、指輪のことをサウロンが耳にする以前に、誰よりも早くこれを聞き知ったのだが、かれはむしろ、狼狽《ろうばい》と不安を覚えた。この指輪は、クルニールのように、自分が代わって暴君となり冥王となりたいというのであればともかく、賢者たちが用いるには、邪悪な力が大き過ぎたからである。しかし、これをいつまでもサウロンから隠しおおすことも望めず、エルフの力でこれを無に帰せしむることも不可能であった。それ故、北方のドゥーネダインの助けを借りて、ミスランディルはペリアンナスの国に見張りを立てて時節を待った。

しかし、サウロンには多くの耳があり、間もなくかれは、一つの指輪の噂を耳にするに至った。これはかれが何ものにも増して欲しがっていたものであるから、かれは直ちにナズグールを差し向けて、これを取ろうとした。ここに戦いの火の手が上がり、第三紀はその始まりと同じく、サウロンとの戦いにおいて終わるのである。

指輪戦争の物語と、その戦いが予期せざる勝利と前々から予見されていた悲しみを伴って終わったいきさつは、この時の功業手柄、勇気ある驚嘆すべき勲《いさおし》の数々をその目で見た者たちにより、ほかのところで語られている。ここでは、その当時イシルドゥルの世継ぎが北方に現われ、二つに折れたエレンディルの剣を取り、イムラドリスで再びこれを鍛え直し、人間の偉大な指揮官として出陣していったということを述べるに留めよう。かれは、アラソルンの息子アラゴルンであり、イシルドゥルから数えて第三十九代の嫡流《ちゃくりゅう》の子孫であるが、かれほどエレンディルに似ている者は、かれ以前の世継ぎたちの中にもいなかった。ローハンにて合戦が行われ、裏切り者クルニールは倒され、アイゼンガルドは毀たれた。そしてゴンドールの都の前の広野は戦場と化し、モルグルの城主サウロンの大将はここで暗黒に帰した。そしてイシルドゥルの世継ぎは、西軍を率いてモルドールの黒の門に赴いた。

この最後の合戦には、ミスランディルにエルロンドの息子たち、ローハンの王にゴンドールの諸侯、そして北方のドゥーネダインを伴ったイシルドゥルの世継ぎが加わった。その合戦で、ついにかれらは死と敗北を目前にし、武勇もすべて空しくなろうとした。サウロンがあまりにも強大だったからである。しかしその時、ミスランディルがかねて口にしていたことが試され、賢者たちがつまずく時に、弱き者の手より助けがもたらされたのである。なぜなら、爾来《じらい》、多くの歌に歌われてきたように、かれらに助けをもたらしたのは、丘の辺や川辺の草地の住人ペリアンナス、即ち〈小さい人たち〉だったからである。

小さい人のフロドは、ミスランディルの言いつけにより重荷を引き受け、従者とただ二人、危険と暗闇を通り抜け、ついにサウロンをも物ともせず滅びの山に赴いて、指輪が作られた火の中に大いなる力の指輪を投じ、その結果、指輪は無に帰し、指輪の悪はすべて燃えつきた。その時、サウロンは力を失い、完全に打ち負かされて、敵意を含んだ影のように地上から消え去り、バラド＝ドゥールの塔はたちまち崩れ去って潰滅し、その大音響に大地も揺らいだと言われている。

かくて、再び平和が訪れ、新しい春が地上に花開き、イシルドゥルの世継ぎはゴンドールとアルノールの王冠を戴いた。ドゥーネダインの勢威は高められ、かれらの栄光は甦《よみがえ》り、ミナス・アノルの王宮の庭には再び白の木が花開いた。ゴンドールの都の上に高く白く聳《そび》えるミンドッルイン山の雪の中にその苗木が一本あるのを、ミスランディルが発見したからである。そして、その木がそこに育っている限り、上古の世は王たちの心から完全に忘れ去られはしないのである。

これらのことはすべて、ミスランディルの思慮と警戒があればこそなしとげられたと言ってよい。そして最後の数日、かれは威徳兼ね備えた尊ぶべき貴人として姿を現わし、白い衣に身を包んで戦場に馬を進めたのである。しかし、かれが立ち去る時が来るまで、赤い火の指輪は、実はかれが長らく守っていたのだということは知られずにいた。最初この指輪は、港の領主キールダンの手に預けられた。しかし、キールダンはこれをミスランディルに渡した。なぜならかれは、ミスランディルがどこから来て、最後はどこに戻ってゆくかを知っていたからである。「さあ、この指輪をお取りください」と、かれは言った。「あなたの御苦労と御心労はさぞ重かろうと思うからです。この指輪がいつもあなたを支え、倦み疲れからあなたをお守り申すでしょう。なぜなら、これは火の指輪であり、これによって恐らく、あなたは次第に冷えゆく世界にあって、人々の心を再び燃え立たせ、古の世の武勇を点火せしめることがおできでしょう。それに対し、私の心は大海と共にあり、私は最後の船が船出するまでは港を守って、灰色の海辺に住まうつもりです。その時は、あなたをお待ち申し上げましょう」

その船は白く、建造には長い時間がかかった。そしてキールダンが話していた終わりが来るまでには、長い時間を待たねばならなかった。しかし、すべてが完了し、イシルドゥルの世継ぎが人間の君主たる位につき、中つ国の西方地域がすべてかれの支配下に入ると、三つの指輪の力もまた終わったことが明らかにされ、最初に生まれた者たちにとって、世界は老い、灰色となっていった。

その頃、ノルドール族の最後の者たちが灰色港から船出して、永久に中つ国を去っていった。そして最後には、三つの指輪を所持していた者たちも海に向かって馬を進め、裂け谷の主エルロンドはそこで、キールダンが用意していた船に乗船した。秋の夕暮れ、船はミスロンドを出航し、やがてついに、湾曲せる世界の大海原は船の下方に遠ざかり、円い空を吹く風ももはや船を騒がせず、この世界を包む霧の上なる高層の大気の上を運ばれ、船は古の西方王土に入っていった。そして、エルダールが物語と歌に謳われることもこれで終わるのである。

「新版」訳者あとがき

この本を手に取る方の多くが、すでに『指輪物語』を読んでおられることでしょう。また、映画『ロード・オブ・ザ・リング』をきっかけに読んでみようとお思いになった方も、いらっしゃるかもしれません。そういう方は、終わりの二編「アカルラベース」と「力の指輪と第三紀のこと」からお読みになってもいいと思います。アラゴルンの遠い祖先のことも分かりますし、指輪のこと、魔法使いのことで、新しい発見があるかもしれません。

「アイヌリンダレ」は、唯一なる神と天地創造の創世神話、「ヴァラクウェンタ」は、天使的諸力とも言える神々の話です。とっつきにくいところもあるかもしれませんが、これらの創世神話は、トールキンの手紙からもうかがえるように、作者が長年心を傾けてきた仕事なのです。

「クウェンタ・シルマリッリオン」は、本書の中心をなす部分で、一つの物語としても読めますが、むしろ互いに関連のある話をつないだ、伝説集成とも言うべき形をとっています。主人公はエルフです。『指輪物語』のエルフたちが黄昏《たそがれ》を迎え、超然たる存在であるのに対し、この青春期のエルフたちは、どこか人間臭ささえ感じさせるほどで、それ故にドラマの主人公にもなるのです。

『シルマリルの物語』の旧版が出て二十一年。その間、エルフ語名の片仮名表記について、見直しをしたいという思いはずっとありました。ただ、文章や語句の手直しはともかく、固有名詞をいじることには、ためらいがありましたし、『指輪物語』との整合性をどうするかという問題もあり、いたずらに年を重ねてきましたところ、昨年、評論社より「新版」刊行のお話があり、エルフ語を含め、直すべきところは直してもよいという御承諾を得て、長年の宿題に手をつけることになりました。

とはいえ、実際に見直しの作業に入ってみると、限られたエルフ語の知識故に、心許ない思いをしておりました。そのような時、トールキン研究家であり、古英語・北欧語を勉強され、エルフ語にも造詣の深い伊藤尽氏にお目にかかる機会を得、エルフ語の発音及びその片仮名表記について、折にふれ教えていただくことができました。今回新たに収録した〈トールキンの手紙〉、訳註、さらには〈語句解説及び索引〉等にもお目通しをいただき、不備な点などさまざまに御指摘をいただくことができました。まことに有難く、感謝する次第です。

「新版」の「新版」たる理由は、本書冒頭の〈「新版」刊行に当たって〉にある通りですが、その条項の一つ一つを充たしていくことは訳者一人の能力には余ることで、全面的に編集部のお力をお借りすることになりました。本文については吉村弘幸氏、索引については竹下純子氏が、編集者としての厳密さと、愛読者としての熱意をもって、細部にわたってチェックして下さいました。本文が少しでも読みやすくなり、索引が使いやすくなったとすれば、それはすべて、お二人の存在あってのことと、厚く御礼申し上げたいと思います。

そしてまた、トールキン作品の長年の読者で、トールキン関係の内外の事情に通じておられる高橋誠氏からは、折につけ有益な御意見・御指摘をいただいてきました。記して感謝申し上げます。

またこの機会を借り、旧版出版時、友人たちと共に英書を一緒に読んでいただいていた現・実践女子大学教授のアンドリュー・ジョーンズ氏に、おくればせながら御礼申し上げたいと思います。『指輪物語』から『シルマリルの物語』へと、分からないところを、折につけ教えていただいたものでした。

付記

去る二月中旬、評論社会長の竹下みな氏が急逝されました。三十数年前、『指輪物語』の出版を決断され、評論社からのトールキン作品の刊行に道を開かれた方の突然の御逝去をまことに残念に思い、心から御冥福をお祈り申し上げたいと思います。

二〇〇三年四月

訳者

エルフ族の分裂とそれぞれを類別する名称

クウェンディ（エルフ族）

アヴァリ
「応ぜざる者たち」
西方への旅を
拒んだエルフ

エルダール
クイヴィエーネンから西方に向け旅立ったエルフ

ヴァンヤール
全員アマンに
渡る

ノルドール
全員アマンに
渡る

テレリ

アマンに
渡った者

ベレリアンドに
留まった者

霧ふり山脈の東で
テレリ族の一行か
ら離れた者

カラクウェンディ
「光のエルフ」（上《かみ》のエルフ）
（二つの木がある時に
アマンに来たエルフたち）

シンダール
灰色エルフ

ナンドール
ナンドールの一部は
後にベレリアンドに
入った

ライクウェンディ
オッシリアンドの
緑のエルフ

ウーマンヤール
アマンに行かな
かったエルダール

モリクウェンディ
「暗闇のエルフたち」
（二つの木の光を見なかった者たち）

系図

Ⅳ．ドル＝ローミンのハドルの家系

Ⅴ．ハレス Haleth の族《やから》（ブレシルのハラディン族）

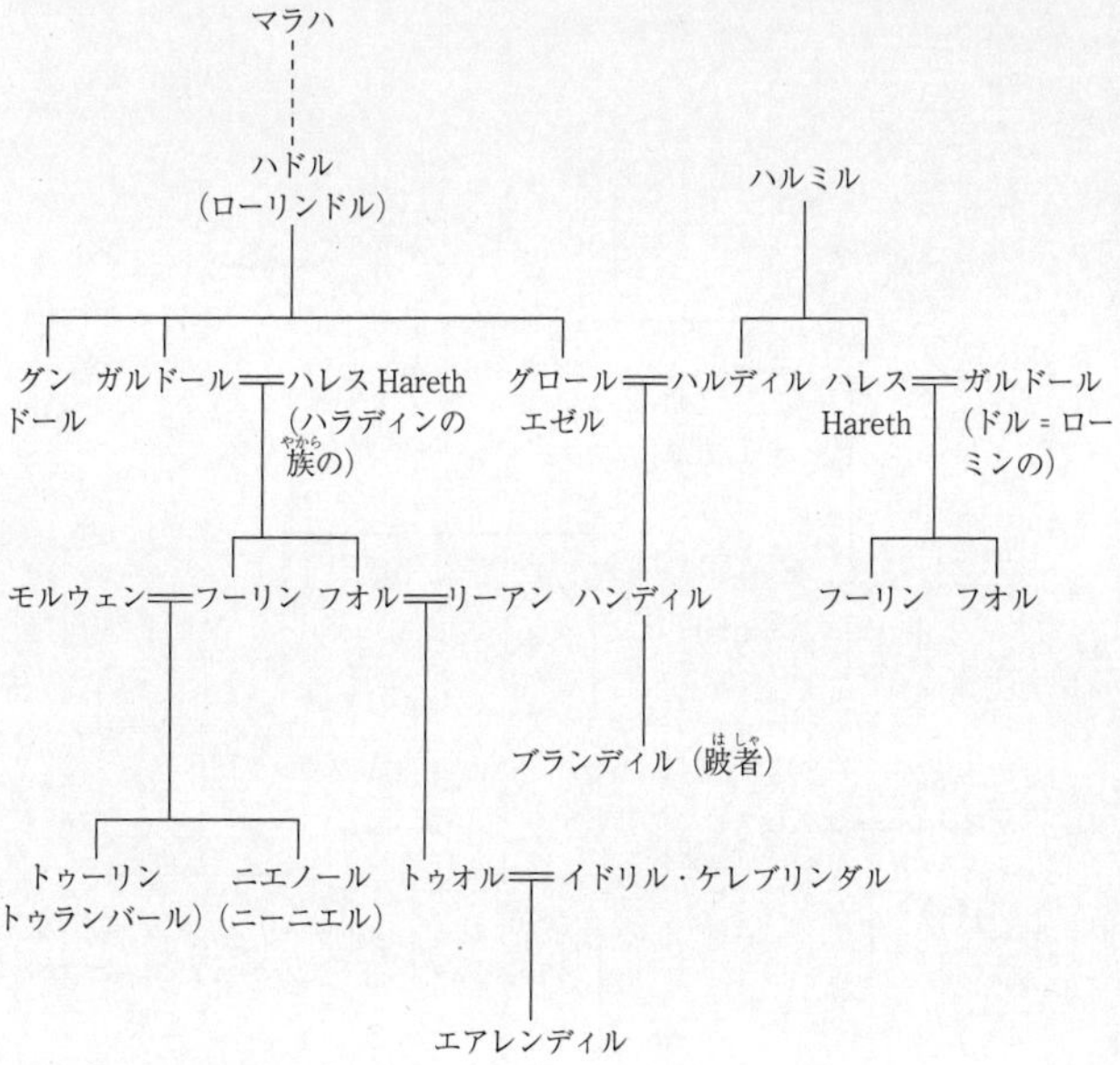

Ⅲ．ベオルの家系とエルロンド、エルロス兄弟の人間側の系図

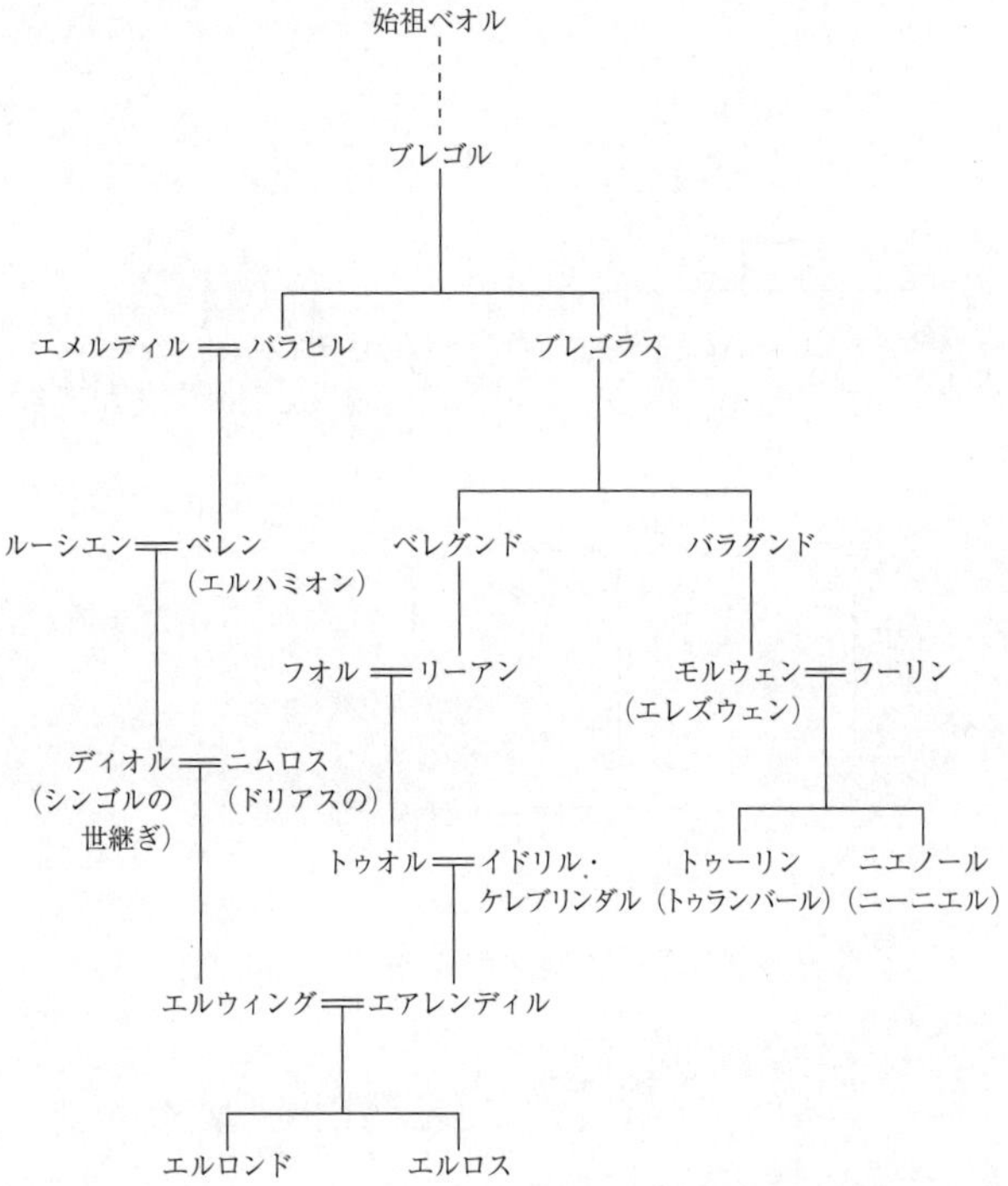

Ⅱ．オルウェとエルウェの子孫

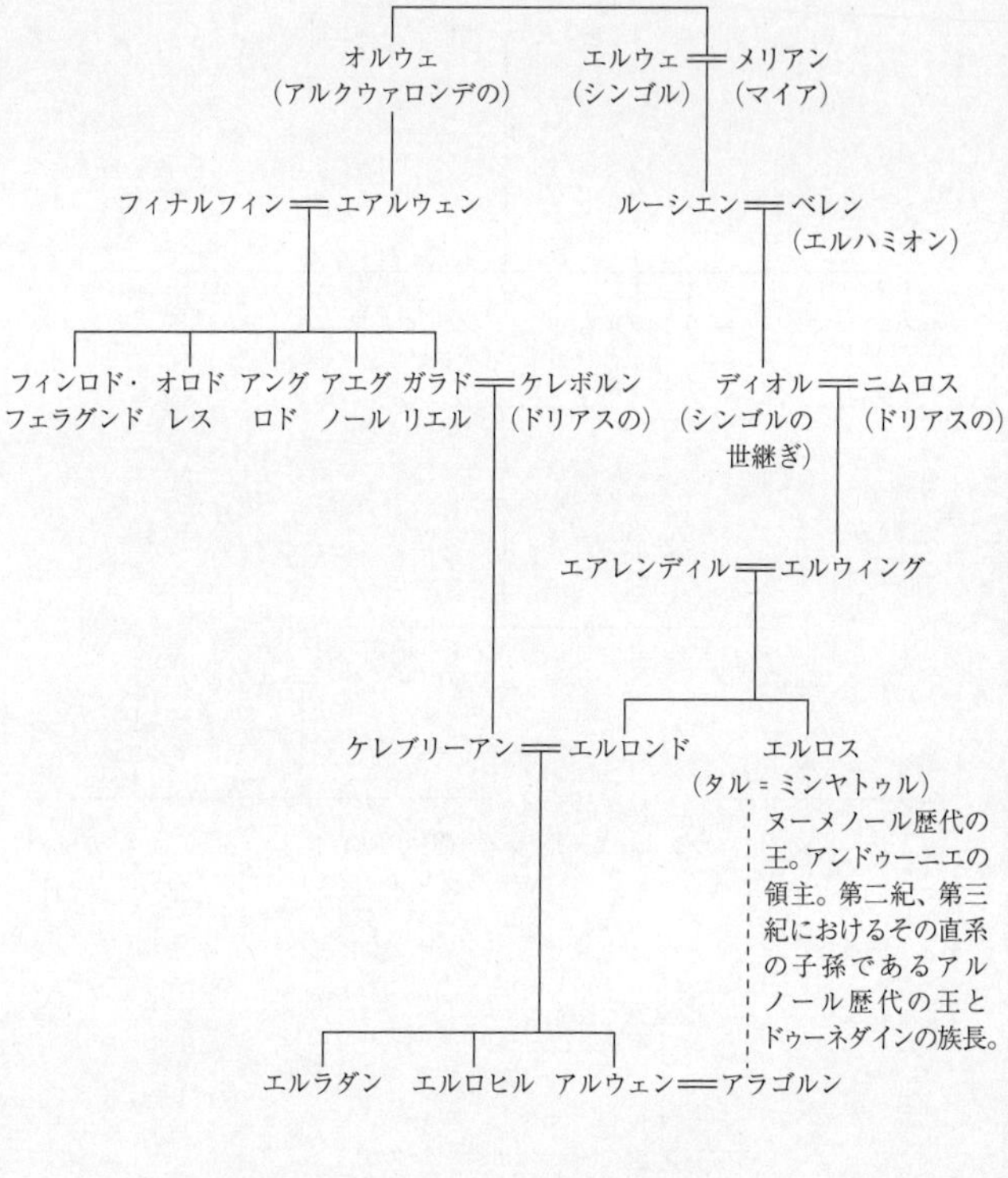
オルウェ
（アルクウァロンデの）
エルウェ
（シンゴル）
メリアン
（マイア）
フィナルフィン
エアルウェン
ルーシエン
ベレン
（エルハミオン）
フィンロド・フェラグンド
オロドレス
アングロド
アエグノール
ガラドリエル
ケレボルン
（ドリアスの）
ディオル
（シンゴルの世継ぎ）
ニムロス
（ドリアスの）
エアレンディル
エルウィング
ケレブリーアン
エルロンド
エルロス
（タル＝ミンヤトゥル）
ヌーメノール歴代の王。アンドゥーニエの領主。第二紀、第三紀におけるその直系の子孫であるアルノール歴代の王とドゥーネダインの族長。
エルラダン
エルロヒル
アルウェン
アラゴルン

I．フィンウェの家系とエルロンド、エルロス兄弟のノルドール側の系図

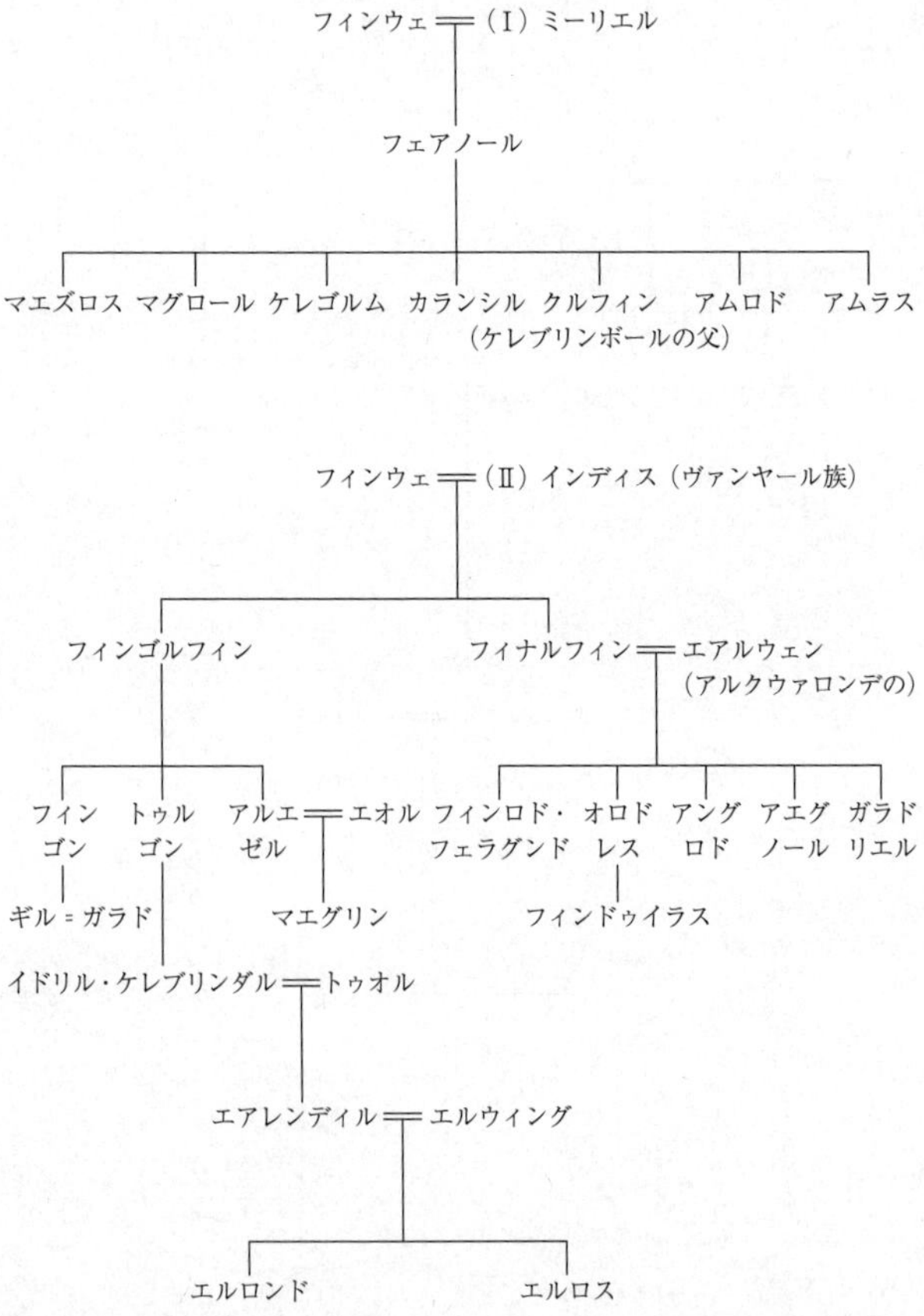

＊シンダリンで強勢の置かれた単音節につけられた曲アクセント記号（ˆ）は、特に長い母音を表す（例えばHîn, Húrinにおけるように）。しかしアドゥーナイク（ヌーメノール語）とクズドゥル（ドワーフ語）の場合は、曲アクセント記号は長母音を示すに過ぎない。

■母音

AI：英語のeyeの音である。従ってEdainの第2音節は英語のdineのように発音され、Daneのようには発音されない。

AU：英語のtownのowのように発音する。従ってAulëの第1音節は英語のowlのように発音する。またSauronの第1音節は英語のsourのように発音し、soreのようには発音しない。

EI：例えばTeiglinのeiは、英語のgreyのeyのように発音する。

IE：英語のpieceのieのようには発音しない。iとeの母音をそれぞれ発音し、続けて言う。従ってNiennaは、Ni-ennaが正しく、Neenaではない。

UI：例えばUinenのUiは、英語のruinのuiのように発音する。

AE, OE：a-e, o-eという独立した母音の組み合せである。例：Aegnor, Nirnaeth, Noegyth, Loeg。しかしaeはaiのように、oeは英語のtoyのoyのように発音されるのかもしれない。

EA, EO：続けて発音せず、2音節に発音する。この組み合せは、ëa, ëoと書く（この字で始まる固有名詞の場合はEä, Eöと書く。例えばEärendil, Eönwë)。

Ú：Húrin, Túrin, TúnaなどはToorinのように発音する。Tyoorinと発音してはいけない。

ER, IR, UR：子音の前の（例えばNerdanel, Círdan, Gurthang）あるいは語の終わり（例えばAinur）にきた時は、英語のfern, fir, furの場合のようには発音せず、air, eer, oorのように発音する。

E：語の終わりにきた時は、常に母音としてはっきり発音する。この位置にくる時はëと書かれる。語の途中にくる時も同様に常に発音する。例えばCeleborn, Menegroth。

発音上の諸注意

〔クリストファー・トールキンによる付記〕
次の注意事項はエルフ語名の発音の主な特徴を記したに過ぎず、決して網羅的なものではない。この問題についてさらに知りたい方は、『指輪物語・追補篇』Eを参照されたい。

■子音

C：常に〔k〕と発音され、〔s〕とは発音されない。従ってCeleborn はKeleborn であって、Seleborn ではない。Tulkas, Kementári の如く綴字にkが用いられる場合も、本書中に数例見られる。
CH：常にスコットランド語のloch、あるいはドイツ語のbuchにおけるchの如く発音される。英語のchurchのchの如くには発音されない。例えばCarcharoth, Erchamion。
DH：常に英語の有声のth、即《すなわ》ちthenのthのように発音される。thinのthではない。例えばMaedhros, Aredhel, Haudh-en-Arwen。
G：常に英語のgetのgの如く発音される。従ってRegion, Eregionは英語のregionのように発音されない。またGinglithの第1音節は英語のbeginの第2音節のように発音され、ginのようには発音されない。

＊同じ子音が2字続く場合は、これを約《つづ》めて発音することはしない。従ってYavannaは英語のunnamed, penknifeの場合のように発音され、unaimed, pennyの場合のようには発音されない。

■V

val-：「力」。Valar〔ク〕, Valacirca〔ク〕, Valaquenta〔ク〕, Valaraukar〔ク〕, Val(i)mar〔ク〕, Valinor〔ク〕に見られる。元の語幹はbal-。シンダリンのBalan（複数形はBelain＝ヴァラール）、Balrogなどに残る。

■W

wen：「乙女」。語の終わりにしばしば用いられる。例えばEärwen〔ク〕, Morwen〔シ〕。
wing：「水泡、水沫《みなわ》」。Elwing〔シ〕, Vingilot〔ク〕（この2つの名前だけに見える）。

■Y

yávë：〔ク〕「果実」。Yavanna〔ク〕に見られる。なおYavanniëは9月のクウェンヤ名。yávië〔ク〕は「秋」（『指輪物語・追補篇』D）。

Celebdil〔シ〕(「銀枝山」モリアの山の一つ) に見られる。
tin-:「きらめく」。tinta〔ク〕「きらめかせる」, tinwë〔ク〕「きらめき」, Tintallë〔ク〕, tindómë〔ク〕「星明かり」(『指輪物語・追補篇』D) に見られる。そこから tindómerel〔ク〕「星明かりの娘」という小《さ》夜《よ》啼《なき》鳥《どり》の詩的表現 (シンダリン名は Tinúviel) が出た。この要素は、モリアの西門の文字や模様に使われている物質 ithildin「星月」というシンダリンにも見えている。
tir:「見張る、監視する」。Minas Tirith〔シ〕, palantíri〔ク〕, Tar-Palantir〔ク〕, Tirion〔ク〕に見られる。
tol:「島」(海中または川の中に屹立する)。Tol Eressëa〔ク〕, Tol Galen〔シ〕などに見られる。
tum:「谷」。Tumhalad〔シ〕, Tumladen〔シ〕に見られる。クウェンヤでは tumbo (木の鬚《ひげ》の言う tumbalemorna は「暗く深い谷間」『二つの塔』上4)。Utumno〔ク〕はシンダリンでは Udûn (ガンダルフはモリアでバルログを「ウドゥーンの焔」と呼んだ)。後にモランノンとアイゼン口との間に横たわるモルドールの深い谷間にこの名が用いられた。
tur:「力、支配」。Turambar〔ク〕, Turgon〔シ〕, Túrin〔ク〕, Fëanturi〔ク〕, Tar-Minyatur〔ク〕に見られる。

■U

uial:「薄暮」。Aelin-uial〔シ〕, Nenuial〔シ〕に見られる。
ur-:「熱、熱い」。Urulóki〔ク〕に見られる。Urimë と Urui は8月のクウェンヤ名とシンダール名 (『指輪物語・追補篇』D)。関連するクウェンヤの aurë は「陽光、昼間」(ニルナエス・アルノエディアドの前のフィンゴンの叫びを参照)。シンダリンの aur は Or- の形で曜日の前につけられる。

例えばMeneltarma〔ク〕。

tathar：「柳」。形容詞はtathren。例えばNan-tathren〔シ〕。クウェンヤはtasarë。Tasarinan〔ク〕, Nan-tasarion〔ク〕（→語句解説及び索引〈ナン＝タスレン〉）に見られる。

taur：〔シ〕「林、森」。Tauron〔シ〕, Taur-im-Duinath〔シ〕, Taur-nu-Fuin〔シ〕に見られる。クウェンヤはtaurë。

tel-：「終える、終わる、最後になる」。Teleri〔ク〕に見られる。

thalion：「強い、豪胆な」。Cúthalion〔シ〕, Thalion〔シ〕に見られる。

thang：「圧制」。Thangorodrim〔シ〕, Durthang〔シ〕（モルドールの城）に見られる。クウェンヤのsangaは「ひしめき、群集」の意。ゴンドール人の名にSangahyando〔ク〕（『指輪物語・追補篇』ＡⅠ（ニ））というのがあるが、「ひしめく敵を切り開いて進む者」の意。

thar-：「斜めに、横切って」。Sarn Athrad〔シ〕, Thargelion〔シ〕に見られる。Tharbad〔シ〕（thara-pata「辻、交差路」からくる）は、アルノールとゴンドールから発している古い道が灰色川と交差しているところ。

thaur：「厭《いと》うべき、憎悪すべき」。Sauron〔ク〕（Thauronからきた形）, Gorthaur〔シ〕に見られる。

thin(d)：「灰色」。Thingol〔シ〕に見られる。クウェンヤはsinda。例えばSindar〔ク〕, Singollo〔ク〕（Sindacolloのcolloは「マント」)。

thôl：「兜《かぶと》」。Dor Cúarthol〔シ〕, Gorthol〔シ〕に見られる。

thôn：「松」。Dorthonion〔シ〕に見られる。

thoron：「鷲《わし》」。Thorondor〔シ〕（クウェンヤはSorontar), Cirith Thoronath〔シ〕に見られる。星座の名前Soronúmëに見られるのがクウェンヤの形と思われる。

til：「先端、角」。Taniquetil〔ク〕, Tilion〔ク〕（「角を持つ者」),

Belthil〔シ〕, Galathilion〔シ〕, Silpion〔ク〕に見られる。なお、月はクウェンヤでIsil、シンダリンでIthil（ここから出た名前にIsildur〔ク〕, Narsil〔ク〕, Minas Ithil〔シ〕, Ithilien〔シ〕がある）。クウェンヤのSilmarilliは、これを作っている物質にフェアノールがつけたsilimaという名からきているという。

sîr：「川」。語根sir-「流れる」からくる。例えばOssiriand〔シ〕（初めの部分は数詞の「七」の語幹、クウェンヤのotso、シンダリンのodoから出ている）, Sirion〔シ〕, Sirannon〔シ〕（モリアの「門の川」）, ゴンドールの川Sirith〔シ〕（「流れること」。tirからtirith「見張ること」が作られるのと同じ）。語の中途でsがhに変わることがある。例えばMinhiriath〔シ〕（「二つの川の間」。ブランディワイン川と灰色川の間の地域をいう）, Nanduhirion〔シ〕（「灰暗い流れの谷」おぼろ谷のこと→nan(d), dú）, Ethir Anduin〔シ〕（アンドゥインが流れ出る三角州。Ethirはet-sîrから）。

sûl：「風」。Amon sûl〔シ〕, Súlimo〔ク〕に見られる。なお、クウェンヤで一年の3番目の月をSúlimëという（『指輪物語・追補篇』D）。

■T

tal (dal)：「足」。Celebrindal〔シ〕に見られる。「末端」の意味もある。例えばRamdal〔シ〕。

talath：「平地、平原」。Talath Dirnen〔シ〕, Talath Rhúnen〔シ〕に見られる。

tar-：「高い」。例えばtára〔ク〕「聳《そび》え立つ」。ヌーメノール国王のクウェンヤ名につける尊称としても用いられた。そのほかAnnatar〔ク〕。女性形はtári「尊貴なる御方、王妃」。例えばElentári〔ク〕, Kementári〔ク〕。tarmaは「柱」を意味する。

rom-：トランペットや角笛の響きを現わすのに用いられる語幹。Oromë〔ク〕, Valaróma〔ク〕などに見られる。『指輪物語・追補篇』A Ⅱに見られるBémaは、アングロ・サクソン語（＝古英語）に訳されたローハンの言葉でOromëのことを言う。アングロ・サクソン語でbēmeは「トランペット」。

rómen：〔ク〕「昇ること、日の出、東」。Rómennaに見られる。シンダリンの「東」rhûn（例Talath Rhúnen）とamrûnは同じ語源である。

rond：丸天井、あるいはアーチ形の屋根、あるいはそのような屋根を持つ大広間、館を言う。例えばNargothrond〔シ〕（→ost), Hadhodrond〔シ〕, Aglarond〔シ〕。空にも用いられる。Elrond〔シ〕は「星の穹窿《ドーム》」の意。

ros：「水泡、波しぶき、水煙」。Celebros〔シ〕, Elros〔シ〕, Rauros〔シ〕に見られる。ほかにアンドゥインにある小島Cair Andros〔シ〕。

ruin：〔シ〕「紅蓮の炎」。Orodruin〔シ〕に見られる。クウェンヤでrúnya。

rûth：「怒り」。Aranrúth〔シ〕に見られる。

■S

sarn：「（小）石」。例えばSarn Athrad〔シ〕（ブランディワイン川のサルンの浅瀬Sarn FordはAthradだけを訳したものである), アンドゥインの湍《たぎ》り瀬Sarn Gebir〔シ〕（本来は「石の大釘」の意。gebirのもとの形はceber、複数形はcebir「杭」)。ゴンドールの川Serni〔シ〕は、ここから出た派生語。

sereg：〔シ〕「血」。seregon〔シ〕に見られる。クウェンヤでserkë。

sil-：（綴りの異形thil-)「輝く（白または銀色の光を放って)」。

川。

rant：「水路」。川の名に用いられる。例えばAdurant〔シ〕(adu「二重の」), Celebrant〔シ〕「銀筋川」。

ras：「角」。Barad Nimras〔シ〕, 霧ふり山脈中のCaradhras〔シ〕「赤角山《あかつの》」, Methedras〔シ〕「最後の峰」に見られる。複数形はrais。例えばEred Nimrais〔シ〕。

rauko：「悪鬼」。Valaraukar〔ク〕に見られる。シンダリンでは、raug, rog。例えばBalrog。

ril：「輝き」。Idril〔シ〕, Silmaril〔ク〕, Andúril〔ク〕（アラゴルンの剣), mithril〔シ〕（モリア銀）に見られる。クウェンヤでIdrilの名はItarillë（またはItarildë）という。語根ita-は「きらめき」。

rim：〔シ〕「たくさんの、大群」。集合名詞を作るのに用いられるのが普通。例えばGolodhrim〔シ〕, Mithrim〔シ〕（→語句解説及び索引〈ミスリム〉), Naugrim〔シ〕, Thangorodrim〔シ〕など。クウェンヤではrimbë。

ring：「寒さ、冷え」。Ringil〔シ〕, Ringwil〔シ〕, Himring〔シ〕に見られる。ほかにゴンドールの川Ringló〔シ〕、クウェンヤで一年の最後の月の名Ringarë（『指輪物語・追補篇』D)。

ris：「裂く」。同じ意味のkris-という語幹（語根kir-「裂く、切る」から派生。→kir-）と混ざり合ったように思われ、そこからAngrist〔シ〕(Orcrist「オークを切るもの」もある。ソーリン・オーケンシールドの剣), Crissaegrim〔シ〕, Imladris〔シ〕ができた。

roch：〔シ〕「馬」。Rochallor〔シ〕, Rohan〔シ〕(Rochand「馬の国」からくる), Rohirrim〔シ〕, Roheryn〔シ〕「姫君の馬」(→heru）に見られる。これはアラゴルンの馬である。Arwenから贈られたためにそう呼ばれた（『王の帰還』上2)。クウェンヤはrokko。

れる。

■P

palan：〔ク〕「遠く広く」。palantíri〔ク〕, Tar-Palantir〔ク〕に見られる。

pel-：「めぐる、取り囲む」。Pelargir〔シ〕, Pelóri〔ク〕, ミナス・ティリスの「囲われた地」Pelennor〔シ〕に見られる。ほかにEphel Brandir〔シ〕, Ephel Dúath〔シ〕(ephelはet-pel「外の囲い」からくる)。

■Q

quen- (quet-)：「言う、話す」。Quendi〔ク〕(Calaquendi, Laiquendi, Moriquendi), Quenya〔ク〕, Valaquenta〔ク〕, Quenta Silmarillion〔ク〕に見られる。シンダリンではquの代わりにp(またはb)がくる。例えば、モリアの西門に刻まれたpedo「唱えよ」は、クウェンヤのquet-という語幹に相当する。またその門の前でガンダルフが言ったlasto beth lammen〔シ〕「わが言葉を聞け」の中でbeth「語、言葉」はクウェンヤのquettaに対応する。

■R

ram：〔シ〕「壁」。Andram〔シ〕, Ramdal〔シ〕に見られる。ほかにRammas Echor〔シ〕(ミナス・ティリスのペレンノールの野を囲む防壁)。クウェンヤはramba。

ran-：「さまよう」。Rána〔ク〕「月」, Mithrandir〔シ〕, Aerandir〔シ〕に見られる。ほかにゴンドールのGilraen〔シ〕

ころでMardilを見よ)。

-(n)dur：例えばEärendur〔ク〕(短くしてEärnur)のような名前の中で、-(n)dilと同じような意味に用いられる。

neldor：「橅《ぶな》」。Neldoreth〔シ〕に見られる。しかしこれは、正しくは3本の樹幹に分かれた橅の大樹Hírilorn〔シ〕の名であったと思われる(neldë「3」、orn「木」)。

nen：「水」。湖、池、小川などに用いられる。例えばNen Girith〔シ〕, Nenning〔シ〕, Nenuial〔シ〕, Nenya〔ク〕, Cuiviénen〔ク〕, Uinen〔シ〕。『指輪物語』の中でも多くの名前に用いられている。Nen Hithoel〔シ〕, Bruinen〔シ〕, Emyn Arnen〔シ〕, Núrnen〔シ〕に見られる。Loeg Ningloron〔シ〕のnînは「湿った」。Nindalf〔シ〕の場合も同じである。

nim：「白」(より古い形nimf, nimp)。Nimbrethil〔シ〕, Nimloth〔シ〕, Nimphelos〔シ〕, niphredil〔シ〕(niphred「蒼白」), Barad Nimras〔シ〕, Ered Nimrais〔シ〕に見られる。クウェンヤはninquë。故にNinquelótë〔ク〕はNimloth〔シ〕に同じ。ほかに→語句解説及び索引〈タニクウェティル〉

■O

orn：「木」。Celeborn〔シ〕, Hírilorn〔シ〕に見られる。Fangorn〔シ〕は「木の鬚《ひげ》」。ほかにロスローリエンの木mallorn〔シ〕(複数形はmellyrn)。

orod：「山」。Orodruin〔シ〕, Thangorodrim〔シ〕, Orocarni〔ク〕, Oromet〔ク〕に見られる。複数形はered。例えばEred Engrin〔シ〕, Ered Lindon〔シ〕など。

os(t)：「砦」。Angrenost〔シ〕, Belegost〔シ〕, Formenos〔ク〕, Fornost〔シ〕, Mandos〔ク〕, Nargothrond〔シ〕(Narog-ost-rondからきた形), Os(t)giliath〔シ〕, Ost-in-Edhil〔シ〕に見ら

mîr：「宝石」。クウェンヤは mírë 。Elemmírë〔ク〕, Gwaith-i-Mírdain〔シ〕, Míriel〔ク〕, Nauglamír〔シ〕, Tar-Atanamir〔ク〕に見られる。

mith：「灰色」。Mithlond〔シ〕, Mithrandir〔シ〕, Mithrim〔シ〕に見られる。ほかにエリアドールのにびしろ川 Mitheithel〔シ〕がある。

mor：「暗い」。Mordor〔シ〕, Morgoth〔シ〕, Moria〔シ〕, Moriquendi〔ク〕, Morwen〔シ〕, Mormegil〔シ〕などに見られる。

moth：「薄暗がり」。Nan Elmoth〔シ〕に見られる。

■N

nan(d)：「谷」。Nan Dungortheb〔シ〕, Nan Elmoth〔シ〕, Nan Tathren〔シ〕に見られる。

nár：「火」。Narsil〔ク〕, Narya〔ク〕に見られる。Aegnor〔シ〕の元の形（Aikanáro〔ク〕「激しい炎」または「すさまじき火」)、Fëanor〔シ〕の元の形（Fëanáro〔ク〕「火の精」）にも現われている。シンダリンの形は naur（例えばオロドルインの火の室 Sammath Naur)。太陽を指すクウェンヤ名 Anar（Anárion にも見える)、シンダリン名 Anor（Minas Anor, Anórien）も同じく古い語根(a)nar から出ている。

naug：「ドワーフ」。Naugrim〔シ〕に見られる。groth の項にある Nogrod〔シ〕を見よ。「ドワーフ」を表す語源を同じくするシンダリンに nogoth 、複数形の noegyth（Noegyth Nibin「小ドワーフ」)、nogothrim がある。

-(n)dil：人名の終わりにしばしば用いられる。例えば Amandil〔ク〕, Eärendil〔ク〕（短くして Eärnil), Elendil〔ク〕, Mardil〔ク〕など。「献身」、「私心なき愛」を意味する（bar の項のと

Vingilótë。
luin:「青」。Ered Luin〔シ〕, Helluin〔シ〕, Luinil〔ク〕, Mindolluin〔シ〕に見られる。

■M

maeg:〔シ〕「鋭敏な、鋭い」。Maeglin〔シ〕に見られる。クウェンヤはmaika。
mal-:「金の」。Malduin〔シ〕, Malinalda〔ク〕, mallorn〔シ〕に見られる。Cormallen〔ク〕「金の環」の野は、ここに生えているculumalda〔ク〕の木から取られた名である(→cul-)。
mān-:「善なる、至福の、傷つけられていない」。Aman〔ク〕, Manwë〔ク〕に見られる。Amanの派生語に次のようなものがある。Amandil〔ク〕, Araman〔ク〕, Úmanyar〔ク〕。
mel-:「愛」。Melian〔ク〕(Melyanna〔ク〕「大事な贈り物」から出た)に見られる。モリアの西門に記されたシンダリンmellon「友」にもこの語幹が見える。
men:「道」。Númen〔ク〕, Hyarmen〔ク〕, Rómen〔ク〕, Formen〔ク〕に見られる。
menel:「天空」。Meneldil〔ク〕, Menelmacar〔ク〕, Meneltarma〔ク〕に見られる。
mereth:「宴《うたげ》」。Mereth Aderthad〔シ〕に見られる。ほかにミナス・ティリスの宴の広間Merethrond〔シ〕がある。
minas:「塔」。例えばAnnúminas〔シ〕, Minas Anor〔シ〕, Minas Tirith〔シ〕など。ほかに、Mindolluin〔シ〕、あるいはMindon〔シ〕の如き孤立して際立った存在を示す語に同じ語幹が見える。クウェンヤのminya「第一の」も恐らくこれと関連があろう(Tar-Minyaturヌーメノール初代の王たるエルロスの名前)。

imladは切り立った狭い谷間を言う。例えばImladris〔シ〕。またエフェル・ドゥーアスのImlad Morgul〔シ〕。
laurë：「金」（金属の金のことではなく、光や色について言う）。例えばLaurelin〔ク〕。シンダリンの形は次のような語に現われている。Glóredhel, Glorfindel, Loeg Ningloron, Lórindol, Rathlóriel。
lhach：「躍る炎」。Dagor Bragollach〔シ〕に見られる。恐らくAnglachel〔シ〕も（隕鉄からエオルが作った剣）。
lin（**1**）：「池、湖」。Linaewen〔シ〕（aew〈クウェンヤではaiwë〉は「小鳥」の意味）, Teiglin〔シ〕に見られる。→aelin
lin-（**2**）：「歌う、音楽的な音を出す」という意味のこの語根は次のような語に見られる。Ainulindalë〔ク〕, Laurelin〔ク〕, Lindar〔ク〕, Lindon〔ク〕, Ered Lindon〔シ〕, lómelindi〔ク〕。
lith：「灰」。Anfauglith〔シ〕, Dor-nu-Fauglith〔シ〕に見られる。ほかにモルドールの北境を画する灰の山脈Ered Lithui〔シ〕、さらにその山麓のLithlad〔シ〕「灰の平原」がある。
lok-：「曲がり、湾曲」。例えばUrulóki〔ク〕（クウェンヤで「蛇」は(h)lókë、シンダリンではlhûg）。
lóm：「谺《こだま》」。Dor-lómin〔シ〕, Ered Lómin〔シ〕に見られる。Lammoth〔シ〕, Lanthir Lamath〔シ〕も関連がある。
lómë：「薄暗がり」。Lómion〔ク〕, lómelindi〔ク〕に見られる。→dú
londë：「陸地で囲まれた港」。Alqualondë〔ク〕に見られる。シンダリンではlond (lonn)。例えばMithlond。
los：「雪」。Oiolossë〔ク〕（クウェンヤでoioは「常に」lossëは「雪、雪白」）に見られる。シンダリンのlossはAmon Uilos, Aeglosに見られる。
loth：「花」。Lothlórien〔シ〕, Nimloth〔シ〕に見られる。クウェンヤのlótëは次のような語に見られる。Ninquelótë,

「輝く花冠をつけた乙女」。輝く花冠はかの女の髪を指している。calen (galen)「緑」は語源的には「明るい、輝く」の意で、同じ語根から出ている。→ aglar

káno：「指揮者」。このクウェンヤからFingon〔シ〕, Turgon〔シ〕の2つ目の構成要素（gon）は出ている。

kel-：「立ち去る」、水が「流れ去る、流れ落ちる」。Celon〔シ〕に見られる。et-kelē「水の流出口、泉」から、子音の置換を伴って、クウェンヤのehtelë、シンダリンのeithelができている。

kemen：「大地」。Kementári〔ク〕に見られる。menel即《すなわ》ち天の下にある平たい床としての大地を指すクウェンヤ。

khelek-：「氷」。Helcar〔ク〕, Helcaraxë〔ク〕に見られる。クウェンヤでhelkaは「氷のような、氷のように冷たい」。しかしHelevorn〔シ〕では、最初の構成要素は、シンダリンのheledh「ガラス」である。これはドワーフが使っていることばクズドゥルのkheled（例Kheled-zâram「鏡の湖《うみ》」）から取られている。Helevornは「黒いガラス」を意味する（→語句解説及び索引〈ガルヴォルン〉）。

khil-：「続く」。Hildor〔ク〕, Hildórien〔ク〕, Eluchil〔シ〕に見られる。

kir-：「切る、裂く」。Calacirya〔ク〕, Cirth〔シ〕, Angerthas〔シ〕, Cirith（Ninniach, Thoronath）〔シ〕に見られる。「速やかに通り抜ける」の意味から、クウェンヤのcírya「舳先《へさき》のとがった船」（カッター船を参照）が派生した。この意味が含まれている語に、Círdan〔シ〕, Tar-Ciryatan〔ク〕がある。イシルドゥルの息子Ciryon〔ク〕の名ももちろんそうであろう。

■L

lad：「広野、谷」。Dagorlad〔シ〕, Himlad〔シ〕に見られる。

Loss(h)oth〔シ〕(『指輪物語・追補篇』AⅠ(ハ))。そしてオークにつけられた名の一つにGlamhoth〔シ〕「やかましい群れ」がある。

hyarmen:〔ク〕「南」。Hyarmentirに見られる。シンダリンでhar-, harn, harad。

■I

iâ:「空虚、深淵」。Moria〔シ〕に見られる。

iant:「橋」。Iant Iaur〔シ〕に見られる。

iâth:「囲い」。Doriath〔シ〕に見られる。

iaur:「古い、年老いた」。Iant Iaur〔シ〕に見られる。ボンバディルのエルフ語名はIarwain〔シ〕である。

ilm-:この語幹の見える語にIlmen〔ク〕, Ilmarë〔ク〕。ほかにIlmarin〔ク〕(「空高く聳《そび》える館」オイオロッセ山頂のマンウェとヴァルダの住居)がある。

ilúvë:「完全、すべて」。Ilúvatar〔ク〕に見られる。

■K

kal-(gal-):「輝く」を意味する語根。Calacirya〔ク〕, Calaquendi〔ク〕, Tar-calion〔ク〕, galvorn〔シ〕, Gil-galad〔シ〕, Galadriel〔シ〕などに見える。最後の2つの名は、シンダリンのgaladh「木」とは全く関係がない。しかしガラドリエルの場合には、このような結びつけがしばしばなされ、GaladrielがGaladhrielに変えられた。上《かみ》のエルフ語では、かの女の名はAl(a)táriel〔ク〕といった。alata「輝き」(シンダリンでgalad)とriel「花冠をつけた乙女」(「からませる、花環に編む」の意味の語根rig-からくる)から出ている。全体の意味は

挟まれた土地の名。

gwath, wath：「かげ」。Deldúwath〔シ〕, Ephel Dúath〔シ〕に見られる。エリアドールの川Gwathló〔シ〕「灰色川」にも現われている。これに関係のある形が見られるのはEred Wethrin〔シ〕, Thuringwethil〔シ〕。（このシンダリンはおぼろな明るさの意味で、光が投ぜられてできた物体の影のことではない。影はmorchaint「黒っぽい形」という）。

■H

hadhod：Hadhodrond〔シ〕（Khazad-dûmの訳語）では、Khazâdがシンダール音で表わされている。

haudh：「塚山」。Haudh-en-Arwen〔シ〕, Haudh-en-Elleth〔シ〕などに見られる。

heru：「君侯、殿」。Herumor〔ク〕, Herunúmenに見られる。シンダリンではhîrであり、Gonnhirrim〔シ〕, Rohirrim〔シ〕, Barahir〔シ〕に見られる。hírilは「奥方、姫」。例えばHírilorn〔シ〕。

him：「冷涼な」。例えばHimlad〔シ〕（Himring〔シ〕もか？）。

híni：「子供たち」。Eruhíni〔ク〕「エルの子供たち」, Narn i Hîn Húrin〔シ〕に見られる。

hîth：「霧」。例えばHithaeglir〔シ〕, Hithlum〔シ〕。アンドゥインの湖Nen Hithoel〔シ〕にも見られる。Hithlumは、ノルドールの流謫《るたく》者たちがつけたHísilómëというクウェンヤ名から取られたシンダリンである（クウェンヤでhísiëは「霧」。一年の11番目の月の名をHísimëという。『指輪物語・追補篇』D)。

hoth：「多数、大群」（大抵悪い意味に用いられる）。例えばTol-in-Gaurhoth〔シ〕。あるいはForochelの雪男たち

golodh：クウェンヤのNoldoに当たるシンダリン。複数形はGolodhrim、またはGelydh（例えばAnnon-in-Gelydh〔シ〕）。→gûl

gond：「石」。Gondolin〔シ〕, Gondor〔シ〕, Gonnhirrim〔シ〕, Argonath〔シ〕, seregon〔シ〕に見られる。トゥルゴン王の隠された都は王によってクウェンヤでOndolindëと命名されたが（クウェンヤのondoはシンダリンのgondにひとしい。lindëは「歌うこと、歌」の意）、伝承の中では常にシンダリンの名前Gondolinで知られている。恐らくgond-dolen〔シ〕「隠れ岩山」の意味に解されたのであろう。

gor：「戦慄、恐怖」。Gorthaur〔シ〕, Gorthol〔シ〕に見られる。同じ意味のgorothにgorを重ねて使うこともある。例えばGorgoroth〔シ〕, Ered Gorgoroth〔シ〕。

groth (grod)：「掘ること、地下の住居」。Menegroth〔シ〕, Nogrod〔シ〕に見られる。Nimrodel（シルヴァンから借用された〔シ〕）「白い洞窟の姫君」に見られるのも恐らくそうであろう。Nogrod〔シ〕はもともとNovrod「洞窟」であったが（Nogrodの訳名洞窟都市はここからきている）、naug〔シ〕「ドワーフ」に引っぱられて変化した。

gûl：「妖術」。Dol Guldur〔シ〕, Minas Morgul〔シ〕に見られる。この語はNoldor〔ク〕の語に現われているのと同じ語幹ngol-から出ている。クウェンヤのnólëは「長年の学問、伝承、知識」の意であるが、シンダリンではmorgul「黒魔術」という複合語の形で使われることが多いため、好ましくない意味を帯びるようになった。

gurth：「死」。Gurthang〔シ〕に見られる。→語句解説及び索引〈メルコール〉

gwaith：「人々、民」。Gwaith-i-Mírdain〔シ〕に見られる。Enedwaith〔シ〕は「中の民」の意で、灰色川とアイゼン川に

アンの歌』では、ナルゴスロンドの上に聳《そび》えるTaur-en-Faroth〔シ〕は「狩人たちの丘陵」と呼ばれている。

faug-：「口をあける」。Anfauglir〔シ〕, Anfauglith〔シ〕, Dor-nu-Fauglith〔シ〕に見られる。

fëa：「精」。Fëanor（〔ク〕と〔シ〕の混合）, Fëanturi〔ク〕に用いられている。

fin-：「髪」。Finduilas〔シ〕, Fingon〔シ〕, Finrod〔シ〕, Glorfindel〔シ〕に見られる。

formen：〔ク〕「北」。Formenosに見られる。シンダリンはforn（またはfor, forod）で、例えばFornost。

fuin：〔シ〕「薄闇、暗闇」。Fuinur〔シ〕, Taur-nu-Fuin〔シ〕に見られる。クウェンヤではhuinë。

■G

gaer：「海」。Belegaer〔シ〕に見られる（オッセのシンダール名Gaerysにも現われている）。「畏《おそ》れ、恐れ」を意味する語幹gayaから派生した語で、エルダールが初めて大海の岸辺に来た時、茫々として広がる恐るべき大海原につけた名前であると言われる。

gaur：「巨狼《きょろう》」（「咆哮《ほうこう》する」を意味する語根ngwaw-からくる）。Tol-in-Gaurhoth〔シ〕に見られる。

gil：「星」。Dagor-nuin-Giliath〔シ〕, Osgiliath〔シ〕（giliathは「あまたの星」の意味）, Gil-Estel〔シ〕, Gil-galad〔シ〕に見られる。

girith：「身震い」。Nen Girith〔シ〕に見られる。またシンダリンで、一年の最後の月の名をGirithronという（『指輪物語・追補篇』D）。

glîn：「輝き」（特に目の光を言う）。Maeglin〔シ〕に見られる。

edhel：〔シ〕「エルフ」。Adanedhel, Aredhel, Glóredhel, Ost-in-Edhil に用いられている。Peredhil は「半エルフ」の意。

eithel：「泉」。Eithel Ivrin〔シ〕, Eithel Sirion〔シ〕, Barad Eithel〔シ〕に見られる。Mitheithel〔シ〕はエリアドールを流れるにびしろ川のこと（水源から出た名前）。→ kel-

êl, elen：「星」。エルフの伝説によると、ele はエルフたちが初めて星を見た時に発した太古の素朴な間投詞で、「見よ！」の意であるという。ここから「星」を意味する古語 êl, elen,「星々の」を意味する形容詞 elda, elena が派生した。これらは非常に多くの固有名詞に現われている。（Eldar という名詞が後にどのように用いられるようになったかについては→語句解説及び索引〈エルダール〉。）シンダリンで Elda に当たる語は Edhel（複数は Edhil）であるから、それを参照のこと。しかし、厳密に照応する形は Eledh である。例えば Eledhwen〔シ〕。

er：「ひとつ、ただひとつ」。Amon Ereb〔シ〕（→『指輪物語・追補篇』〈エレボール〉「はなれ山」), Erchamion〔シ〕, Eressëa〔ク〕, Eru〔ク〕に見られる。

ereg：「棘《とげ》のある植物、ひいらぎ」。Eregion〔シ〕, Region〔シ〕に見られる。

esgal：「幕、隠すもの」。Esgalduin〔シ〕に見られる。

■F

falas：〔シ〕「岸辺、波打ち際」。クウェンヤは falassë。Falas〔シ〕, Belfalas〔シ〕に見られる。ゴンドールの Anfalas〔シ〕もそうである。（→語句解説及び索引〈ファラサル〉〈ファラスリム〉。）同じ語根から出た語にクウェンヤの falma「（うね立つ）波」がある。Falmari, Mar-nu-Falmar はそこから出ている。

faroth：「狩る、追跡する」を意味する語根からくる。『レイシ

dôr：「陸地」（海に対して）。ndorからくる。多くのシンダール名に現われる。例えばDoriath, Dorthonion, Eriador, Gondor, Mordor等。クウェンヤでは「人々」を意味する全く別のnórëという語と語幹が混ざり合い、混同された。元来Valinórëは厳密には「ヴァラールの民」であり、Valandorが「ヴァラールの国土」である。同じくNúmen(n)órëは「西方国の民」であり、Númendorが「西方国の国土」である。クウェンヤのEndor「中つ国」は、ened「真ん中の」とndorからくる。シンダリンではこれはEnnorとなった（A Elbereth Gilthonielの歌にあるennorathは「真ん中の陸地」の意）。

draug：「狼」。Draugluin〔シ〕に見られる。

dú：「夜、薄闇」。Deldúwath〔シ〕, Ephel Dúath〔シ〕に見られる。より古い形がdōmēで、クウェンヤのlómëはそこからくる。故に、シンダリンのdúlin「小夜啼鳥《さよなきどり》」はクウェンヤのlómelindëに当たる。

duin：「(長い) 川」。Anduin〔シ〕, Baranduin〔シ〕, Esgalduin〔シ〕, Malduin〔シ〕, Taur-im-Duinath〔シ〕に見られる。

dûr：「暗い」。Barad-dûr〔シ〕, Caragdûr〔シ〕, Dol Guldur〔シ〕などに見られる。Durthang〔シ〕（モルドールにある城）もそうである。

■E

ëar：〔ク〕「海」。Eärendil, Eärrámë, その他多くに見られる。シンダリンのgaer（例Belegaer）は同じ語根から出ているものと思われる。

echor：「外環」。Echoriath〔シ〕「環状山脈」、Orfalch Echor〔シ〕（→Rammas Echor〔シ〕, ミナス・ティリスのペレンノールの野を囲む「長大な外壁」）に見られる。

ロス〉（ロスローリエンの大きな築山）

cú：「弓」。Cúthalion〔シ〕, Dor Cúarthol〔シ〕, Laer Cú Beleg〔シ〕に見られる。

cuivië：「目覚め」。Cuiviénen（シンダリン Nen Echui）に用いられている。同じ語根から出た派生語に次のようなものがある。Dor Firn-i-Guinar〔シ〕, coirë〔ク〕（春のきざし、シンダリンでは echuir 。『指輪物語・追補篇』D を参照）, coimas（「命の糧」、lembas のクウェンヤ名）。

cul-：「金色がかった赤」。Culúrien〔ク〕に見られる。

curu：「老練・技能」。Curufin(wë)〔ク〕, Curunír〔シ〕に見られる。

■D

dae：「影」。Dor Daedeloth〔シ〕に見られる。Daeron〔シ〕も多分そうであろう。

dagor：「合戦」。語根は ndak- 。（→語句解説及び索引〈ハウズ＝エン＝ヌデンギン〉。）もう一つの派生語に Dagnir〔シ〕がある（Dagnir Glaurunga「グラウルング殺し」）。

del：「恐ろしいもの」。Deldúwath〔シ〕に見られる。deloth は「忌むべきもの」の意であり、Dor Daedeloth〔シ〕に見られる。

dîn：「黙した」。Dor Dínen〔シ〕, Rath Dínen〔シ〕（ミナス・ティリスの沈黙の通り）, Amon Dîn〔シ〕（ゴンドールの烽火《のろし》山《やま》の一つ）に見られる。

dol：「頭」。Lórindol〔シ〕に見られる。丘や山にしばしば用いられ、例えば Dol Guldur〔シ〕, Dolmed〔シ〕, Mindolluin〔シ〕（ゴンドールの烽火山《のろしやま》の一つ Nardol 、モリアの山々の一つ Fanuidhol〔シ〕もそうである）。

ンドゥイン流域のParth Galen〔シ〕「緑の草地」、ゴンドールのPinnath Gelin〔シ〕「緑の山の背」もそうである。→kal-

cam：(kambāから)「手」、特に物を受けたり持ったりするため、椀状の形をした手を言う。Camlost〔シ〕, Erchamion〔シ〕に見られる。

carak-：この語根はクウェンヤのcarca「毒きば」に見られる。これのシンダリンの形carchは、Carcharoth, Carchost(「きばの砦」。モルドール国の入り口にある二つの歯の塔の一つ)に見える。例えばCaragdûr〔シ〕, Carach Angren〔シ〕(「鉄の顎《あご》」。モルドールのウドゥーンの入り口を固める防壁)。→語句解説及び索引〈ヘルカラクセ〉

caran：〔シ〕「赤」。クウェンヤはcarnë。Caranthir〔シ〕, Carnil〔ク〕, Orocarni〔ク〕に見られる。霧ふり山脈の「赤角《あかつの》山《やま》」Caradhras〔シ〕はcaran-rassからきている。Carnimírië〔ク〕は「赤い宝石に飾られた」の意で、若いエント、せっかちの歌に出てくるななかまどの木である。本文中にCarcharoth〔シ〕を「赤腭《あご》」と訳してあるが、この語との連想によるものに違いない。→carak-

celeb：〔シ〕「銀」。クウェンヤではtelep, telpë(例えばTelperion)。Celeborn〔シ〕, Celebrant〔シ〕, Celebros〔シ〕に見られる。Celebrimbor〔シ〕は「銀のこぶし」を意味する。形容詞のcelebrin「銀の」(「銀でできた」の意味ではなく、「色または値打ちにおいて銀のような」の意)と、paur(クウェンヤquárë)「こぶし」——しばしば「手」を意味する——が結合したもの。クウェンヤではTelperinquarの形をとる。Celebrindal〔シ〕はcelebrinとtal, dal「足」が結合したもの。

coron：「築山《つきやま》」。Corollairë〔ク〕(Coron Oiolairëとも呼ばれる。あとの語は「常夏」を意味する。→語句解説及び索引〈オイオロッセ〉)に見られる。→『指輪物語・追補篇』〈ケリン・アム

B

band：「牢、監禁」。Angband〔シ〕に見られる。mbandoから出た言葉。mbandoのクウェンヤの形がMandosに見られる。(シンダリンのAngbandはクウェンヤのAngamando)。

bar：「住居《すまい》」。Bar-en-Danwedh〔シ〕に見られる。古語のmbár（クウェンヤのmár、シンダリンのbar）は個人及び族《やから》の「故郷」を意味するため、多くの地名に現われる。例えばBrithombar〔シ〕, Dimbar〔シ〕（この語の前の部分は「悲しい、陰気な」の意）, Eldamar〔ク〕, Val(i)mar〔ク〕, Vinyamar〔ク〕, Mar-nu-Falmar〔ク〕。Mardil〔ク〕はゴンドールを実際に統治した最初の執政の名であるが、「家（即《すなわ》ち王家）に献身的な」の意味である。

barad：「塔」。Barad-dûr〔シ〕, Barad Eithel〔シ〕, Barad Nimras〔シ〕に見られる。複数形はberaid。Emyn Beraid〔シ〕に見られる。

beleg：「強力なる」。Beleg〔シ〕, Belegaer〔シ〕, Belegost〔シ〕, Laer Cú Beleg〔シ〕に見られる。

bragol：「突然の」。Dagor Bragollach〔シ〕に見られる。

brethil：恐らく「銀の樺《かば》」を意味する。Nimbrethil〔シ〕（アルヴェルニエンの樺の林）, Fimbrethil〔シ〕（エント女の一人）に見られる。

brith：「砂利」。Brithiach〔シ〕, Brithombar〔シ〕, Brithon〔シ〕に見られる。

C（Cで始まる名前の多くについてはKの項を見よ）

calen (galen)：「緑」を表わす、普通に使われるシンダリン。例えばArd-galen〔シ〕, Tol Galen〔シ〕, Calenardhon〔シ〕。ア

anga：〔ク〕「鉄」。シンダリンはang。Angainor〔ク〕, Angband〔シ〕, Anghabar〔シ〕, Anglachel〔シ〕, Angrist〔シ〕, Angrod〔シ〕, Anguirel〔シ〕, Gurthang〔シ〕に見られる。Angrenost〔シ〕のangrenは「鉄の」の意。複数形はengrin。例えばEred Engrin〔シ〕。

anna：「贈り物」。Annatar〔シ〕, Melian〔ク〕, Yavanna〔ク〕に見られる。Andor〔ク〕「贈り物の地」と同じ語幹。

annon：「大戸あるいは門」。複数形はennyn。Annon-in-Gelydh〔シ〕に見られる。モルドールのMorannon〔シ〕「黒門」、モリアのSirannon〔シ〕「門の川」を参照。

ar-：「そばに、外に」（クウェンヤのar「そして」、シンダリンのaはここからくる)。Araman〔ク〕「アマンの外」も多分そうであろう。(Nirnaeth) Arnoediad〔シ〕「数えられぬ（涙)」にも見られる。

ar(a)-：「高い、高貴な、王の」。非常に多くの名前に現われる。Aradan〔シ〕, Aredhel〔シ〕, Argonath〔シ〕, Arnor〔シ〕に見られる。語幹を引き伸ばしたarat-は、Aratar〔ク〕, aráto〔ク〕「闘士、すぐれた人」などに見られる。例えばAngaráto〔ク〕からAngrod〔シ〕、Findaráto〔ク〕からFinrod〔シ〕、さらにAranrúth〔シ〕におけるaran「王」がある。Ereinion〔シ〕「王たちの子」（ギル＝ガラドの名）にはaranの複数形が含まれている。アルノールのFornost Erain〔シ〕「王たちの北都」を参照。ヌーメノールの王たちのアドゥーナイク名の接頭辞Ar-は、ここからくる。

arien：太陽のマイアの名になっているこの言葉は、クウェンヤのárë「陽光」にも見られる語根as-から出た。

atar：「父」。Atanatári〔ク〕（→語句解説及び索引〈アタニ〉), Ilûvatar〔ク〕に見られる。

aglar：「栄光、光輝」。Dagor Aglareb〔シ〕, Aglarond〔シ〕に見られる。クウェンヤのalkarの形では子音の置き換えが見られる。Alkarinquë〔ク〕（Alcarinquëに同じ―訳註）は、シンダリンのaglarebに相当する。語根はkal「輝く」。→kal-

aina：「聖なる」。Ainur〔ク〕, Ainulindalë〔ク〕に見られる。

alda：〔ク〕「木」。Aldaron, Aldudenië, Malinaldaに見られる。シンダリンのgaladh（例えばロスローリエンのCaras Galadhon, Galadhrim）に相当する。

alqua：〔ク〕「白鳥」。シンダリンはalph。例えばAlqualondë〔ク〕。語根のalak「突進」はAncalagon〔シ〕にも見られる。

amarth：「運命、破滅」。Amon Amarth〔シ〕, Cabed Naeramarth〔シ〕, Úmarth〔シ〕に見られる。シンダリンのトゥーリンの名「運命の支配者」Turamarthは、クウェンヤではTurambar。

amon：「丘」。多くの固有名詞の最初の部分に現われるシンダリン。複数形はemyn。Emyn Beraid〔シ〕に見られる。

anca：「顎《あご》」。Ancalagon〔シ〕に見られる。この2つ目の要素（alagon）は→alqua

an(d)：「長い」。例えばAndram〔シ〕, Anduin〔シ〕、ゴンドールのAnfalas〔シ〕「長浜」。Cair Andros〔シ〕「長い水沫《みなわ》の船」はアンドゥインの島である。Angerthas〔シ〕「長いルーン文字の列」。

andúnë：「入り日、西」。Andúnië〔ク〕「西」に見られる。シンダリンのannûnに相当する（→語句解説及び索引〈アンヌーミナス〉、→『指輪物語・追補篇』〈ヘンネス・アンヌーン〉「入り日の窓」）。これらの語の古い語根nduは「下に、高いところから」を意味する。クウェンヤのnúmen「入り日の道、西」、シンダリンのdûn「西」にも現われる。Adûnakhôr, Anadûnêにおけるアドゥーナイクのadûnは、エルダール語からの借用である。→語句解説及び索引〈ドゥーネダイン〉

クウェンヤ及びシンダリンの固有名詞を構成する主要部分

〔クリストファー・トールキンによる付記〕

以下の註記は、エルダール語に関心を持たれる方々のために採録したものである。『指輪物語』からも広く例証を引用した。説明は簡潔なものとならざるを得なかったため、確信的・決定的な感じを与えるであろうが、必ずしも根拠があるわけではない。長さへの配慮からと、エルダール語に対する編者の知識が限定されていることから、すべてを網羅することはできなかった。

見出しは、語根もしくはクウェンヤ、シンダリンの語形などに従って系統的に並べたわけではなく、編者の独断によるところが多い。目的とするのは、各固有名詞を構成する部分をできるだけ容易に見分けられるようにすることだからである。

〔訳者・編集部による付記〕

＊原書で明らかに矛盾があると思える部分は改めた。

＊各単語のあとに付されている〔ク〕〔シ〕は、それぞれクウェンヤ、シンダリンを意味する。なお、この分類は伊藤尽氏にお願いしたものである。

＊→は、本欄と「語句解説及び索引」及び『指輪物語・追補篇』の参照項目を示す。

■A

adan：(複数形Edain〔シ〕)。Adanedhel〔シ〕, Aradan〔シ〕, Dúnedain〔シ〕に見られる。意味と歴史については→語句解説及び索引〈アタニ〉

aelin：「湖、池」。Aelin-uial〔シ〕に見られる。→lin (1)

ン」は、シンダリンのロス loth「花」を接頭辞としてつけたものである。下 319

ローリンドル　Lórindol
「金髪の」の意。
→ハドル

ローレッリン　Lórellin
ヴァラのエステが昼間眠る、ヴァリノールのローリエンにある湖。上 112

ロシンズィル　Rothinzil
「水沫《みなわ》の花」の意。エアレンディルの船ヴィンギロトにつけられたアドゥーナイク（ヌーメノール語）の名前。下 235

ロスガル　Losgar
ドレンギストの入江の口で、フェアノールがテレリ族の船を焼いた場所。上 258

ロスラン　Lothlann
「広大にして無人」の意。マエズロスの辺境国の北にある広大な平原。上 340

ロスローリエン　Lothlórien
下 320
→ローリエン（2）

ロハッロール　Rochallor
フィンゴルフィンの愛馬。上 412

ロヒルリム　Rohirrim
ローハンの「馬の司《つかさ》たち」。下 317

ロルガン　Lorgan
人間。ニルナエス・アルノエディアドの後にヒスルムに住んだ東夷《とうい》の首領。トゥオルがかれの奴隷にされた。下 193

えることを拒んだ一部のテレリ族（ナンドール・エルフ）の指導者。デネソールの父である。上172

レンバス　**Lembas**
エルダールの行糧のシンダール名（レン＝ムバスlenn-mbass「旅行用食糧」という昔使われた言葉に由来する。クウェンヤではコイマスcoimas「命の糧《かて》」と言う）。下105

■ロ

ロエグ・ニングロロン
Loeg Ningloron
「金色の水辺の花の生《お》うる沢」の意。下312
→あやめ野

ローハン　**Rohan**
「馬の国」の意。カレナルゾンと呼ばれた広大な草原に後にゴンドールでつけられた名前。下317

ローミオン　**Lómion**
「薄暮の息子」の意。アルエゼルがマエグリンに与えたクウェンヤの名前。上365

ローメリンディ　**lómelindi**
「薄暮に歌うもの」を意味するクウェンヤ名。小夜啼鳥《さよなきどり》のこと。上176

ローメンナ　**Rómenna**
ヌーメノールの東の沿岸にある港。下254

ローリエン　**Lórien**（1）
ヴァラのイルモの住む住居《すまい》と庭園の名。イルモ自身もローリエンと呼ばれるのが普通であった。上105

ローリエン　**Lórien**（2）
ケレボルンとガラドリエルによって統治された国。ケレブラント川とアンドゥインに挟まれていた。恐らく元の地名を、ヴァリノールにおけるヴァラ、イルモの庭園のクウェンヤ名ローリエンに変えたのであろう。「ロスローリエ

れた。上 339

■ル

ルイニル　**Luinil**
「青い光を放って輝くもの」の意。星の名。上 158

ルーシエン　**Lúthien**
シンダール・エルフ。シンゴル王とマイアのメリアンの娘。シルマリル奪取の使命を成就し、ベレンが命を落としたあと、有限の命の者となり、かれと運命を共にすることを選んだ。上 261
→ティヌーヴィエル

ルーミル　**Rúmil**
ティリオンのノルドール族の賢者。文字の発明者（『指輪物語・追補篇』E Ⅱ参照）。『アイヌリンダレ』はかれの作とされている。上 192

ルンバール　**Lumbar**
星の名。上 158

■レ

レイシアンの歌
Lay of Leithian
レイシアンは「囚《とら》われの身よりの解放」と訳される。ベレンとルーシエンの生涯を歌った長詩。『シルマリルの物語』の中の散文物語はこれに基づいている。下 7

レギオン　**Region**
ドリアスの南部を形成する密林。上 176

レゴリン　**Legolin**
オッシリアンドにおけるゲリオン川の北から数えて3番目の支流。上 338

レリル　**Rerir**
ヘレヴォルン湖の北方にある山。2本に分かれるゲリオン川上流の大きい方の流れが発している。上 312

レンウェ　**Lenwë**
クイヴィエーネンから西方への旅に際し、霧ふり山脈を越

がウンゴリアントと格闘した際に発した叫喚が谺したところから名づけられた。上 234

■リ

リーアン　Rían
人間。ベレグンド（ベレンの父であるバラヒルの甥）の娘。フオルの妻で、トゥオルの母。フオルの死後、悲嘆にくれ、ハウズ＝エン＝ヌデンギンで死ぬ。上 401

リヴィル　Rivil
ドルソニオンから北に向かって流れ、セレヒの沼沢でシリオン川に注ぐ川。下 11

リナエウェン　Linaewen
「鳥たちの湖」の意。ネヴラストにおける大きな湖。上 329

龍　Dragons
上 321

リューン　Lhûn
エリアドールの川。リューン湾に注ぐ。下 289

リュダウル　Rhudaur
エリアドールの北東の地域。下 301

リョヴァニオン　Rhovanion
「荒地」の意。霧ふり山脈の東に広がる広大な地域。下 301

リンギル　Ringil
フィンゴルフィンの剣。上 413

リングウィル　Ringwil
ナルゴスロンドでナログ川に注ぐ水流。上 336

リンドーリエ　Lindórië
人間。インズィルベースの母。下 256

リンドン　Lindon
第一紀におけるオッシリアンドの名前。第一紀の終わりの大地激変の後は、リンドンの名はいまだ陸地上に残っていた青の山脈の西の地に用いら

インの大瀑布。下 317

ラエル・クー・ベレグ
Laer Cú Beleg
「偉大なる強弓《ごうきゅう》の歌」の意。ベレグ・クーサリオンを偲《しの》んで、エイセル・イヴリンでトゥーリンが作った歌。上 123

ラグノル　Ragnor
人間。ドルソニオンにおけるバラヒルの 12 人の仲間の一人。上 417

ラズルイン　Radhruin
人間。ドルソニオンにおけるバラヒルの 12 人の仲間の一人。上 417

ラスローリエル　Rathlóriel
「黄金の川床」の意。アスカル川にドリアスの宝物が沈められたあと、この川につけられた名前。上 338

ラダガスト　Radagast
イスタリ（魔法使い）の一人。下 323

ラドロス　Ladros
ドルソニオンの北東に位置し、ノルドールの王がベオル家の人間たちに与えた土地。上 401

ラムダル　Ramdal
「長城の終わり」（「アンドラム」を見よ）の意。ベレリアンドを横切る大断層が終わるところ。上 337

ラライス　Lalaith
人間。「笑い」の意。フーリンとモルウェンの娘。幼くして死んだ。下 95

ランシル・ラマス
Lanthir Lamath
「響き合う声の滝」の意。オッシリアンドで、ディオルの家のあったところ。かれの娘エルウィング（「星しぶき」の意）はこの滝にちなんで名づけられた。下 187

ランモス　Lammoth
「大谺《おおこだま》」の意。ドレンギストの入江の北の地域。モルゴス

ンの王国。下 252

モルメギル　**Mormegil**
「黒の剣」の意。ナルゴスロンドの軍隊の大将たるトゥーリンに与えられた名。下 126
→グルサング

■ヤ

ヤヴァンナ　**Yavanna**
「果実をもたらす者」の意。ヴァリエールの一人。アラタールの中に数えられる。アウレの配偶者。「ケメンタ―リ」とも呼ばれる。上 105

闇の森　**Mirkwood**
下 321
→緑《みどり》森《もり》大森林

ヤント・ヤウル　**Iant Iaur**
「古い橋」の意。ドリアスの北の国境でエスガルドゥインに架かる橋。「エスガルドゥインの橋」とも呼ばれる。上 334

■ユ

指輪の幽鬼　**Ring-wraiths**
人間に与えられた九つの指輪の奴隷となり、サウロンの召使いの中で最も重用された者たち。「ナズグール」とも「ウーライリ」とも呼ばれる。下 253

■ラ

ラーナ　**Rána**
「さまよう者」の意。ノルドール族の間で月につけた名。上 281

ライクウェンディ
Laiquendi
オッシリアンドの「緑のエルフ」のこと。上 275

ラウレリン　**Laurelin**
「金の歌」の意。ヴァリノールの二つの木の中で若い方の木。上 133

ラウロス　**Rauros**
「轟《とどろ》く水煙」の意。アンドゥ

は普通「モルゴス」と呼ばれた）。上 85

メレス・アデルサド
Mereth Aderthad
「再会の宴《うたげ》」の意。イヴリンの泉の近くで、フィンゴルフィンが催した宴。上 313

■モ

モリア **Moria**
「暗黒の深き穴」の意。カザド＝ドゥーム（ハゾドロンド）の後の名。上 262

モリクウェンディ
Moriquendi
「暗闇のエルフ」の意。上 171
→暗闇のエルフ

森のエルフ **Woodland Elves**
→シルヴァン・エルフ

森《もり》野《や》人《じん》
Wildman of the Woods
トゥーリンがブレシルの人間たちのところに来た時自ら名乗った名。下 141

モルウェン **Morwen**
人間。バラグンド（ベレンの父であるバラヒルの甥）の娘。フーリンの妻であり、トゥーリンとニエノールの母である。「エレズウェン」と呼ばれた（文中では「エルフの輝き」と訳されている）。「ドル＝ローミンの奥方」とも呼ばれる。上 401

モルグル **Morgul**
下 316
→ミナス・モルグル

モルゴス **Morgoth**
「黒き敵」の意。メルコールの名。シルマリルが奪われた後、フェアノールが初めてこの名を用いた。このあと頻出。上 119
→メルコール

モルドール **Mordor**
「黒の国」の意。「影の国」とも呼ばれる。エフェル・ドゥーアス山脈の東にあるサウロ

ミンドン・エルダリエーヴァ
Mindon Eldaliéva
「エルダリエの高き塔」の意。ティリオンの都にあるイングウェの塔。単に「ミンドン」とも言う。上184

■メ

冥王《めいおう》　**The Dark Lord**
モルゴス及びサウロンについて使われる。上169

メネグロス　**Menegroth**
「千洞宮《せんとうきゅう》」の意。ドリアスのエスガルドゥイン河畔にあるシンゴルとメリアンの隠された宮殿。上177

メネルタルマ　**Meneltarma**
「天の柱」の意。ヌーメノールの中心にある山。山頂にエル・イルーヴァタールを祀《まつ》る神域がある。下239

メネルディル　**Meneldil**
人間。アナーリオンの息子。ゴンドールの王。下311

メネルマカル　**Menelmacar**
「空の剣士」の意。オリオン星座のこと。上158

メリアン　**Melian**
ヴァリノールを去って、中《なか》つ国《くに》に来たマイア。後にドリアスのシンゴル王の后となり、ドリアスのまわりにメリアンの魔法帯をめぐらす。ルーシエンの母であり、エルロンドとエルロスの高祖母。第19, 21, 22章頻出。上118

メルコール　**Melkor**
「力にて立つ者」の意。大反逆者たるヴァラの名（クウェンヤ名）。悪の祖であるが、もともとはアイヌール中最も力ある者であった。後に「モルゴス」「バウグリル」「冥《めい》王《おう》」「大敵」などの名で呼ばれる。シンダリンでは「ベレグール Belegûr」であるが、エルフたちが故意にこれを「ベレグルス Belegurth」（「大なる死」の意）と変えた形以外は、一度も用いられなかった。頻出（シルマリル強奪後

れた。下 302

ミナス・ティリス
Minas Tirith（1）
「見張りの塔」の意。フィンロド・フェラグンドによってトル・シリオンに築かれた。上 331
→トル＝イン＝ガウルホス

ミナス・ティリス
Minas Tirith（2）
「ミナス・アノル」を後にこう呼んだ。「ゴンドールの都」とも呼ばれた。下 316

ミナスティル　**Minastir**
下 257
→タル＝ミナスティル

ミナス・モルグル
Minas Morgul
「呪魔の塔」の意（ただモルグルとも呼ばれる）。指輪の幽鬼たちの手に落ちた後のミナス・イシルの名称。下 316

港　**The Havens**
ベレリアンド沿岸のブリソンバールとエグラレスト。上 181
第一紀の末のシリオンの港　下 193
リューン湾の灰色港　下 290
アルクウァロンデ、白鳥港　上 189

見張られたる平原
Guarded Plain
下 23
→タラス・ディルネン

見る石　**Seeing Stones**
下 304
→パランティーリ

ミンデブ　**Mindeb**
ディンバールとネルドレスの森の間を流れるシリオンの支流。上 334

ミンドッルイン　**Mindolluin**
「そそり立つ青き頂」の意。ミナス・アノルの背後にある高山。下 302

ンダルフ（オローリン）のエルフ名。下 323

ミスリム　Mithrim
ヒスルムの東にある大きな湖の名。そしてその周辺の地域、及びミスリムをドル＝ローミンから切り離していた西側の山脈の名前でもあった。この名はもともとこの地に住んでいたシンダール・エルフのものである。上 296

ミスロンド　Mithlond
「灰色港」の意。リューン湾にあるエルフの港。単に「港」とも呼ばれる。下 290

三つ　The Three
下 320
→三つの指輪

三つの指輪　Three Rings
エレギオンにおいてエルフのケレブリンボールによって鋳造されたエルフの三つの指輪。即《すなわ》ちナルヤ（火の指輪）、ネンヤ（金剛石の指輪）、ヴィルヤ（サファイアの指輪）である。最初の所持者は、キールダン、ガラドリエル、ギル＝ガラドであった。下 295
→力の指輪

緑のエルフ　Green-elves
「ライクウェンディ」の訳名。オッシリアンドのナンドール・エルフ。上 275

緑森《みどりもり》大森林
Greenwood the Great
霧ふり山脈の東にある大森林。後に「闇の森」と名づけられる。下 300

ミナス・アノル　Minas Anor
「太陽の塔」（ただ「アノル」とも言う）の意。後にミナス・ティリスと呼ばれる。アナーリオンの王都で、ミンドッルイン山の山麓にある。下 302

ミナス・イシル　Minas Ithil
「月の塔」の意。後に「ミナス・モルグル」と呼ばれる。イシルドゥルの王都で、エフェル・ドゥーアスの肩に築か

マンウェ　Manwë
ヴァラールの最高位者。ほかに「スーリモ」「長上王」「アルダの支配者」などとも呼ばれる。頻出。上93

マンドス　Mandos
ヴァラ。正しくは「ナーモ」即《すなわ》ち「審判者」と呼ばれるヴァラの、アマンにおける住所の名前。かれを呼ぶのに、その名ナーモは滅多に用いられず、マンドスと呼ぶのが普通である。ヴァラの名として用いられた場合。上105
住所の名前として用いられた場合（「マンドスの館」「待つ者の館」「死者の家」を含む）。上111
ノルドールの定めとマンドスの呪いに言及して。上345

■ミ

ミーム　Mîm
小ドワーフ。アモン・ルーズ山頂のかれの家（バル＝エン＝ダンウェズ）にトゥーリンが無法者仲間と共に住んだ。かれの裏切りによりこの住処《すみか》がオークたちの知るところとなった。ナルゴスロンドでフーリンによって殺される。下106

ミーリエル　Míriel（1）
ノルドール・エルフ。フィンウェの最初の妻で、フェアノールの母。フェアノールの誕生後に死ぬ。セリンデ「刺繍《ぬいとり》の名手」と呼ばれた。上186

ミーリエル　Míriel（2）
人間。タル＝パランティルの娘。アル＝ファラゾーンに結婚を迫られ、かれの妃として、「アル＝ズィムラフェル」と改名させられた。「タル＝ミーリエル」とも呼ばれる。下258

水の王　Lord of Waters
上107
→ウルモ

ミスランディル　Mithrandir
「灰色の放浪者」の意。イスタリ（魔法使い）の一人、ガ

マハタン　Mahtan
ノルドール族の偉大な鍛冶《かじ》。フェアノールの妻ネルダネルの父である。上196

マハル　Mahal
ドワーフたちがアウレに与えた名。上148

マブルング　Mablung
「無骨者」と呼ばれる（マブルングの名前の意味である）。ドリアスのシンダール・エルフ。シンゴルの総大将。トゥーリンの友人。メネグロスでドワーフたちによって殺される。上314

魔法使い　Wizards
下322
→イスタリ

守り固き王国
Guarded Realm
上219
→ヴァリノール

マラハ　Malach
人間。マラハ Marachの息子。エルフ名アラダンを与えられた。上389

マラハ　Marach
人間。3番目にベレリアンドに入ってきた人間たちの集団の統率者。ハドル・ローリンドルの先祖である。上386

マリナルダ　Malinalda
「黄金の木」の意。ラウレリンにつけられた名。上133

マルディル　Mardil
「忠実なる」と呼ばれた。人間。ゴンドールを実質的に統治した最初の執政。下317

マルドゥイン　Malduin
恐らく「黄色い川」の意であろう。テイグリン川の支流の一つ。下113

マル＝ヌ＝ファルマール
Mar-nu-Falmar
「波間に没したる国」の意。水没後のヌーメノールを呼んだ名。下284

方に広がる土地。東ベレリアンドに加えられる襲撃を防ぐため、マエズロスとその兄弟によって守られていた。「東の辺境国」とも呼ばれる。上311

マエズロスの連合
Union of Maedhros
モルゴスを滅ぼすためにマエズロスによって作られた同盟であるが、ニルナエス・アルノエディアドで終わりを告げる。下73

マグロール　**Maglor**
ノルドール・エルフ。フェアノールの次男。すぐれた歌い手であり詩人である。マグロールの山間《やまあい》と呼ばれる土地を守っていた。第一紀の末に、マエズロスと共に、中《なか》つ国《くに》に残っていた2個のシルマリルを奪い、自分が取った方を海中に投じた。上187

マグロールの山間《やまあい》
Maglor's Gap
ゲリオン川の北方の二つの上流に挟まれた地域。北方に対して守りとなるべき丘陵が途切れている場所である。上411

マゴル　**Magor**
人間。マラハ・アラダンの息子。西ベレリアンドに入ったマラハの一党である人間たちの指導者。上390

まっすぐの道
Straight Road, Straight Way
大海を越え、古《いにしえ》の、あるいは真の西方に至る道。ヌーメノールが滅び、世界が作り変えられた後も、エルフの船がこの航路を航行しているのかもしれない。下285

待つ館　**Halls of Awaiting**
マンドスの館のこと。

惑わしの島々
Enchanted Isles
ヴァリノール隠しの時代に、トル・エレッセアの東の大海にヴァラールが置いた島々。上288

→ボルサンド

滅びの山　Mount Doom
下306
→アモン・アマルス

ボロミル　Boromir
人間。始祖ベオルの曽孫。ベレンの父バラヒルの祖父。ラドロスの初代領主。上401

ボロン　Boron
人間。ボロミルの父。上401

■マ

マーハナクサル　Máhanaxar
ヴァルマールの門の外側にある審判の輪《リング》。ヴァラールの玉座が設けられ、会議が行われたところ。上132

マイアール　Maiar
ヴァラールの下位に立つアイヌール。単数は「マイア Maia」である。上115

マエグリン　Maeglin
「鋭く見通す目」の意。ベレリアンドのエルダール。テレリ・エルフのエオルとノルドール・エルフのトゥルゴンの妹アルエゼルの息子。ナン・エルモスで生まれ、ゴンドリンのエルフのうちで有力なる者となったが、ゴンドリンをモルゴスに売り、都の陥落の時トゥオルによって討たれる。上263
→ローミオン

マエズロス　Maedhros
「丈高きマエズロス」と呼ばれる。ノルドール・エルフ。フェアノールの長男。フィンゴンによってサンゴロドリムから救出される。ヒムリング山とその周辺の地を守り、マエズロスの連合を形成したが、ニルナエス・アルノエディアドでそれは終わりを告げた。第一紀の末に、シルマリルの一つを身に帯びて死んだ。上187

マエズロスの辺境国
March of Maedhros
ゲリオン川の二つの水源の北

狼《ろう》カルハロスに殺される。しかし死すべき命の人間としてはただ一人、死者の中から甦《よみがえ》ってルーシエンと共にオッシリアンドのトル・ガレンに住み、サルン・アスラドでドワーフと戦う。エルロンドとエルロスの曽祖父に当たり、ヌーメノールの王たちの先祖である。ほかに「カムロスト」「エルハミオン」「隻手《せきしゅ》」の名がある。上 293

ペローリ　Pelóri
「防壁、防御の山々」の意。「アマンの山脈」とも「守りの山脈」とも呼ばれる。アルマレンの住居《すまい》が破壊されたあと、ヴァラールによって築かれた。アマンの東岸に接し、北から南へ三日月形に連なっている。上 130

■ホ

ボール　Bór
人間。東夷《とうい》の族長の一人。三人の息子と共に、マエズロスとマグロールに従う。上 421
ボールの息子たち　下 84

星の国　Land of the Star
ヌーメノールのこと。下 269

北方の予言
Prophecy of the North
アラマンの海岸でマンドスによって宣せられたノルドール族の運命の宣告。上 253

ホリン　Hollin
和訳すれば「柊郷《ひいらぎごう》」。下 290
→エレギオン

ボルサンド　Borthand
人間。ボールの３人の息子の一人。ニルナエス・アルノエディアドで、兄弟たちと共に討ち死にする。上 422

ボルラド　Borlad
人間。ボールの３人の息子たちの一人。上 422
→ボルサンド

ボルラハ　Borlach
人間。ボールの３人の息子の一人。上 422

ベレグオスト　Belegost
「大要塞都市」の意。青の山脈にあるドワーフの二つの都のうちの一つ。ドワーフ語のガビルガソルをシンダリンに訳したもの。上262

ベレグンド　Belegund
人間。フオルの妻リーアンの父。バラヒルの甥で、ドルソニオンにおけるかれの12人の仲間の一人。上401

ベレリアンド　Beleriand
「バラルBalarの地域」を意味したものと言われ、最初はバラル島に面したシリオンの河口周辺の土地につけられた地名であったと言われる。後になると、この地名の及ぶところは次第に広がり、ドレンギストの入江から南の中《なか》つ国《くに》の北西部のかつての沿岸地方全域と、ヒスルムの南、そして東は青の山脈の山麓に至る全内陸地方を含むにいたった。そしてシリオン川によって東西に分かたれた。ベレリアンドは第一紀の末の大地激変によって破壊され、海水に呑まれ、オッシリアンド（リンドン）のみが残った。頻出。上173

ベレリアンドの合戦
Battles of Beleriand
最初の合戦　上274
二度目の合戦（星々の下の合戦）→ダゴール＝ヌイン＝ギリアス
三度目の合戦（赫々《かくかく》たる勝利の合戦）→ダゴール・アグラレブ
四度目の合戦（俄《にわ》かに焔《ほのお》流るる合戦）→ダゴール・ブラゴッラハ
五度目の合戦（涙尽きざる合戦）→ニルナエス・アルノエディアド
大会戦（怒りの戦い）　下223

ベレン　Beren
人間。バラヒルの息子。シンゴルの娘ルーシエンを妻に申し受けるため、モルゴスの王冠からシルマリルを一つ抉《こじ》り取ったが、アングバンドの巨《きょ》

リンにおいてトゥルゴンがテルペリオンに似せて作った銀の木。上 347

ベルスロンディング Belthronding
ベレグ・クーサリオンの弓。かれの遺骸と共に埋められた。下 122

ヘルヌーメン Herunúmen
「西方の王」の意。アル＝アドゥーナホールのクウェンヤ名。下 254

ベルファラス Belfalas
ゴンドールの南の沿岸地域。同名の大きな湾ベルファラス湾に面している。下 301

ヘルモル Herumor
人間。第二紀の末にハラド人の間に勢力を持った変節のヌーメノール人。下 306

ヘレヴォルン Helevorn
「黒鏡」の意。サルゲリオンの北部、レリル山の麓にある湖。そこにはカランシルが住まっていた。上 312

ベレガエル Belegaer
「西方の大海」の意。中《なか》つ国《くに》とアマンの間にある海。ベレガエルと名づけられているが、「大海」、あるいは「西海」または「大わたつみ」と呼ばれることが多い。上 130

ベレグ Beleg
シンダール・エルフ。ドリアスの弓の名手で国境守備の長。「クーサリオン」即《すなわ》ち「強《ごう》弓《きゅう》」と呼ばれ、トゥーリンの友であり仲間であったが、かれの手にかかって死ぬ。上 423

ベレグ Bereg
人間。始祖ベオルの息子バランの孫（このことは本文中には述べられていない）。エストラドの人間の中の反対派の指導者。青の山脈を越え、エリアドールに戻っていった。上 392

フロド　Frodo
ホビット。指輪の担い手。下 332

フンソル　Hunthor
人間。ブレシルのハラディンの族《やから》の一人。トゥーリンの伴をして、カベド=エン=アラスにグラウルングを討ちに行くが、落石によってその地で命を落とした。下 154

■ヘ

ベオル　Bëor
「始祖ベオル」と呼ばれる。人間。ベレリアンドに入った最初の人間たちの統率者。フィンロド・フェラグンドの臣下となる。ベオル家（人間の最古の家系、そしてエダインの第一の家系とも呼ばれる）の祖である。上 382
ベオル家　上 392
ベオルの族《やから》（一族、家の者、民）　上 390
→バラン（Balan）

ヘッルイン　Helluin
星のシリウスのこと。上 159

ペラルギル　Pelargir
「王の船舶のための中庭」の意。アンドゥインのデルタの上流にあるヌーメノール人の港。下 252

ペリアンナス　Periannath
小さい人たち（ホビット族）のこと。下 329

ヘルカール　Helcar
中《なか》つ国《くに》の北東にある内海。ここにはかつてイッルインの灯の山が立っていた。最初のエルフたちが目覚めたクイヴィエーネンの湖は、この内海の入江であると述べられている。上 159

ヘルカラクセ　Helcaraxë
アラマンと中《なか》つ国《くに》の間の海峡。「軋《きし》む氷の海峡」とも言われる。上 166

ベルシル　Belthil
「聖なる輝き」の意。ゴンド

二つの種族　Two Kindreds
上 140
エルフと人間のこと。

ブラゴッラハ　Bragollach
上 429
→ダゴール・ブラゴッラハ

ブランディル　Brandir
「跛者《はしゃ》」と呼ばれた。人間。父ハンディルの死後ハレスの族《やから》の統治者となる。ニエノールに恋慕し、トゥーリンに殺される。下 142

ブリシアハ　Brithiach
ブレシルの森の北のシリオン川の浅瀬。上 359

ブリソン　Brithon
ブリソンバールで大海に注ぐ川。下 91

ブリソンバール　Brithombar
ベレリアンドの沿岸地域ファラスの二つの港の北の方。上 181

ブリルソール　Brilthor
「きらめく奔流」の意。オッシリアンドにおけるゲリオン川の北から数えて4番目の支流。上 338

ブレゴラス　Bregolas
人間。バラグンドとベレグンドの父。ダゴール・ブラゴッラハで討ち死にする。上 401

ブレゴル　Bregor
人間。バラヒルとブレゴラスの父。上 401

ブレシル　Brethil
テイグリン、シリオン両川に挟まれた森。ハラディン（ハレスの族《やから》）の居住地。上 331

ブロッダ　Brodda
人間。ニルナエス・アルノエディアドのあと、ヒスルムに住んだ東夷《とうい》の一人。フーリンの身内のアエリンを妻にした。トゥーリンに殺される。下 96

アノールの息子たちをいう時に出てくる。上186

フェアノールの息子たち Sons of Fëanor
マエズロス、マグロール、ケレゴルム、カランシル、クルフィン、アムロド、アムラスの各項目を見よ。かれらの父の死後は特に一括して言及されることが多い。上187

フェアントゥリ Fëanturi
「霊の支配者たち」の意。ヴァラールのナーモ（マンドス）とイルモ（ローリエン）のこと。上111

フェラグンド Felagund
ナルゴスロンドの築城後、フィンロド王はこの名で知られた。語源的にはドワーフ語であるフェラク＝グンドゥ felak-gundu「洞窟を切り拓《ひら》く者」の意。しかし本文中では「洞窟宮の王」と訳されている。上188
→フィンロド

フオル Huor
人間。ドル＝ローミンのガルドールの息子。リーアンの夫であり、トゥオルの父である。兄のフーリンと共にゴンドリンに行ったことがある。ニルナエス・アルノエディアドで討ち死にする。上346

フォルメノス Formenos
「北の砦」の意。ヴァリノール北部にあったフェアノールとその息子たちの砦。フェアノールがティリオンを追放された後に築かれた。上211

フォルンオスト Fornost
「北の砦」の意。エリアドールの北連丘にあったヌーメノール人の都。下301

不死の地 Undying Lands, Deathless Lands
アマン及びエレッセアを指す。下218

二つの木 Two Trees
上132

ヒルに危急を救われ、バラヒルへの誓言を果たすべく、ベレンの旅に同伴した。トル＝イン＝ガウルホスの地下牢で、ベレンを守って殺される。上188
→フェラグンド

フーリン　Húrin
エルフ語でサリオン「不動なる者、強き者」と呼ばれる。人間。ドル＝ローミンのガルドールの息子。モルウェンの夫であり、トゥーリンとニエノールの父である。ドル＝ローミンの領主であり、フィンゴンに臣従した。弟のフオルと共にゴンドリンに行ったことがある。ニルナエス・アルノエディアドでモルゴスに捕えられ、長い年月の間、サンゴロドリムの頂に留めおかれる。釈放されて後、ナルゴスロンドでミームを殺し、ナウグラミールをシンゴル王の許《もと》に持参する。上346
フーリンの息子　下100

不運なる者たちの墓石
Stone of the Hapless
テイグリン川のカベド・ナエルアマルスの際《きわ》に建てられたトゥーリンとニエノールを追悼する石碑。下175

フェアノール　Fëanor
フィンウェの長男（フィンウェとミーリエルの一人子）。フィンゴルフィンとフィナルフィンの異母兄。ノルドール族のうち最もすぐれた者。かれらの反乱を指導した。フェアノール文字の考案者。シルマリルの製作者。ダゴール＝ヌイン＝ギリアスに際し、ミスリムで討ち死にする。かれの名は「クルフィンウェ（クルcuruは「技」)」であったが、かれはこの名を５番目の息子クルフィンに与えた。かれ自身は常に母親がかれに与えた「フェアナーロ Fëanáro」即《すなわ》ち、「火の精」の名で知られる。シンダリンの形は「フェアノール」である。第５～第９章及び第13章に頻出。ほかの箇所では主としてフェ

フイヌル Fuinur
第二紀の末にハラド人の間で勢力を得た変節のヌーメノール人。下306

フィンウェ Finwë
クイヴィエーネンから西に向かう大移動でノルドール族を統率した。アマンにおけるノルドール族の王。フェアノール、フィンゴルフィン、フィナルフィンの父。フォルメノスでモルゴスに殺される。フィンウェの息子たち、フィンウェ王家の名で言及多し。上168

フィンゴルフィン Fingolfin
フィンウェの次男。フェアノールの異母弟の兄の方。ベレリアンドのノルドールの上級王。ヒスルムに住まう。モルゴスと単身闘い、命を落とす。フィンゴルフィンの名前は、かれの息子たち、かれの民たちに関連して多く使われている。上186

フィンゴン Fingon
フィンゴルフィンの長男。勇敢なるフィンゴンと呼ばれる。サンゴロドリムからマエズロスを救出する。父の死後、ノルドールの上級王となる。ニルナエス・アルノエディアドでゴスモグに殺される。上187

フィンドゥイラス Finduilas
ノルドール・エルフ。オロドレスの娘。グウィンドールに愛される。ナルゴスロンドの劫掠《ごうりゃく》に際し捕われて、テイグリンの渡り瀬でオークに殺害される。下125

フィンロド Finrod
ノルドール・エルフ。フィナルフィンの長男。「信義篤《あつ》きフィンロド」と呼ばれ、「人間の友」と呼ばれた。ナルゴスロンドを創建し、王となる。「フェラグンド」の名はそこからくる。青の山脈を越えてきた最初の人間たちとオッシリアンドで偶然に出会う。ダゴール・ブラゴッラハでバラ

ファラサル　Falathar
アルヴェルニエンに住まうエルフ。エアレンディルの航海に付き従った3人の水夫たちの一人。下 215

ファラス　Falas
ネヴラストより南のベレリアンド西部の沿岸地域。上 181

ファラスリム　Falathrim
ファラスに住むテレリ・エルフ。キールダンが領主である。上 181

ファラゾーン　Pharazôn
下 258
→アル＝ファラゾーン

ファルマリ　Falmari
「海のエルフ」の意。中《なか》つ国《くに》を去って西方に渡っていったテレリ族につけられた名。上 170

ファロス高地　High Faroth
上 316
→タウル＝エン＝ファロス

フアン　Huan
「大きな犬」の意。オロメがケレゴルムに与えたヴァリノールの狼狩り用の大型猟犬。ベレンとルーシエンの友であり、助力者である。カルハロスを仕留めると同時に自分も殺される。下 34

フィーリマール　Fírimar
「有限の命の者」の意。人間を表わすエルフ語の一つ。上 290

フィナルフィン　Finarfin
フィンウェの三男。フェアノールの異母弟のうち弟の方。ノルドールの中《なか》つ国《くに》亡命の後もアマンに留まり、ティリオンに残った同族を統治した。ノルドールの公子たちの中でかれとかれの子孫のみが、ヴァンヤール・エルフであった母インディスから受けた金髪を持っていた。フィナルフィンの名前は、かれの息子たち、かれの民たちに関連して多く使われている。上 186
→ヴァンヤール

一つ　The One
下 320
→一つの指輪

一つの指輪　The One Ring
「大いなる指輪」「支配の指輪」ともいう。サウロン自身によって、オロドルインの火で鋳造された。かれの力の大部分がその中に吹き込まれており、ほかのすべての力の指輪を支配することができる。
下 253
→力の指輪

火の山　Mountain of Fire
下 294
→オロドルイン

火の指輪　The Ring of Fire
下 333
→ナルヤ

ヒムラド　Himlad
「冷涼なる平原」の意。アグロンの山道の南のケレゴルムとクルフィンが住まっていた地域。上 340

ヒムリング　Himring
本文では「常に寒き」と訳されている。マグロールの守る丘陵の切れ目の西にある大きな山。マエズロスの砦がある。
上 311

ヒャルメンティル
Hyarmentir
ヴァリノールの南の地域で最も高い山。上 219

ヒルドーリエン　Hildórien
最初の人類（ヒルドール）が目覚めた、中《なか》つ国《くに》東部の地。
上 289

ヒルドール　Hildor
「後《あと》に続く者」、「後《あと》に来る者」の意。イルーヴァタールの乙子《おとご》たる人間につけられたエルフ語。上 280

■フ

ファエリヴリン　Faelivrin
グウィンドールがフィンドゥイラスに与えた名。下 125

地に導く。上396
ハレス家　下154

ハレス　Hareth
人間。ブレシルのハルミルの娘。ドル＝ローミンのガルドールと結婚する。フーリンとフオルの母。上423

ハレスの族《やから》　People of Haleth
上397
→ハラディン及びハレス（Haleth）

半エルフ　Half-elven
シンダリンの「ペレゼル Peredhel」、複数形「ペレジル Peredhil」の訳語。エルロンドとエルロスについて用いられる。またエアレンディルについても使われている。下200

ハンディル　Handir
人間。ハルディルとグロールエゼルの息子。跛者《はしゃ》ブランディルの父。ハルディルの死後、ハラディンの族《やから》の長となる。ブレシルで、オークと戦って死ぬ。下90

■ヒ

ヒーシローメ　Hísilómë
「霧の国」の意。クウェンヤでヒスルムのこと。上325

ヒーリルオルン　Hírilorn
「姫の木」の意。ドリアスにある橅《ぶな》の巨木。樹幹が三つに分かれ、ルーシエンがここに閉じ込められた。下33

ヒサエグリル　Hithaeglir
「霧降り連峰」の意。「霧ふり山脈」あるいは「霧の山脈」のこと。（『指輪物語』所載の地図上のヒサエグリン Hithaeglin は語形に誤りがある）。上172

ヒスルム　Hithlum
「霧の国」の意。東と南をエレド・ウェスリンにより、西をエレド・ローミンによって区切られた地域。上166
→ヒーシローメ

ディワイン川である。下301

バル＝エン＝ダンウェズ Bar-en-Danwedh
「購《あがな》いの家」の意。ドワーフのミームがアモン・ルーズ山頂の住居《すまい》をトゥーリンに明け渡した時、自分でつけた名。下108

ハルダド Haldad
人間。ハラディンの族《やから》の指導者で、サルゲリオンでオークの攻撃を受け、防戦につとめ、ついに討ち死にする。ハレス姫の父。上396

ハルダル Haldar
人間。ハラディンの族《やから》のハルダドの息子。ハレス姫のきょうだい。サルゲリオンでオークの急襲に遭《あ》い父と共に討ち死にする。上396

ハルダン Haldan
人間。ハルダルの息子。ハレス姫の死後ハラディンの族《やから》の指導者となる。上397

ハルディル Haldir
人間。ブレシルのハルミルの息子。ドル＝ローミンのハドルの娘グロールエゼルと結婚し、ニルナエス・アルノエディアドで討ち死にする。上423

ハルミル Halmir
人間。ハラディンの族《やから》の長。ハルダンの息子。ドリアスのベレグと共にダゴール・ブラゴッラハの後、シリオンの山道から南下してきたオークを撃退する。上422

バルログ Balrog
「力強き悪鬼」の意。モルゴスに仕える火の悪鬼のシンダール名（クウェンヤではヴァララウコ Valarauko）。上120

ハレス Haleth
「ハレス姫」と呼ばれる。人間。ハラディンの族《やから》の指導者（ハラディンの族《やから》はかの女の名を取り、ハレスの族《やから》と呼ばれた）として、かれらをサルゲリオンからシリオンの西の

バラド・ニムラス
Barad Nimras
「白い角の塔」の意。エグラレストの西の岬に、フィンロド・フェラグンドによって建造された。上332

ハラドリム　**Haradrim**
ハラド（「南」の意）というモルドールの南の地域に住む人間。下307

バラヒル　**Barahir**
人間。ベレンの父。ダゴール・ブラゴッラハの戦いで、フィンロド・フェラグンドを救出し、かれから指輪を与えられた。ドルソニオンで殺される。イシルドゥル王家重代の宝物となったバラヒルの指輪のその後の歴史については、『指輪物語・追補篇』AⅠ（ハ）を見よ。上293

バラル　**Balar**
ベレリアンドの南にある大きな湾。シリオン川が注いでいる。湾内の島の名前でもある。この島はトル・エレッセアを西へ牽引する際に分断された東の突端と伝えられる。ニルナエス・アルノエディアドの後にキールダンとギル＝ガラドが住まった。上166

バラン　**Balan**
フィンロドに仕える以前の始祖ベオルの名。上387

バラン　**Baran**
人間。始祖ベオルの上の息子。上388

パランティーリ　**Palantíri**
「遠くから見張るもの」の意（単数はパランティール Palantír）。エレンディルとその息子たちによりヌーメノールからもたらされた七つの見る石。アマンでフェアノールによって作られた（『二つの塔』上2参照）。下305

バランドゥイン　**Baranduin**
「茶色の川」の意。エリアドールを流れ、青の山脈の南の海に注ぐ。『指輪物語』の中のホビット庄を流れるブラン

ハゾドロンド　**Hadhodrond**
カザド＝ドゥーム（モリア）のシンダリン名。上 262

ハソル　**Hathol**
人間。ハドル・ローリンドルの父。上 400

ハドル　**Hador**
ローリンドル（「金の頭髪」の意）と呼ばれる。「金髪のハドル」とも呼ばれる。人間。ドル＝ローミンの領主で、フィンゴルフィンに臣従する。フーリンの父ガルドールの父である。ダゴール・ブラゴッラハに際し、エイセル・シリオンで討ち死にする。ハドル家は「エダインの第三の家系」と呼ばれていた。上 400
ハドル家　上 400
ハドルの遺民　下 140
ハドルの族《やから》　上 402

ハドルの兜《かぶと》　**Helm of Hador**
下 114
→ドル＝ローミンの龍の兜

離れ島　**Lonely Isle**
上 183
→トル・エレッセア

バラグンド　**Baragund**
人間。フーリンの妻モルウェンの父。バラヒルの甥で、ドルソニオンにおけるかれの12人の仲間の一人。上 401

ハラディン　**Haladin**
ベレリアンドに2番目に入った人間たち。後に「ハレスの族《やから》」と呼ばれ、ブレシルの森に住まう。「ブレシルの人間たち」とも言われる。上 386

バラド・エイセル
Barad Eithel
「水源の塔」の意。エイセル・シリオンにあるノルドール族の砦。下 80

バラド＝ドゥール
Barad-dûr
「暗黒の塔」の意。モルドールにおけるサウロンの城砦《じょうさい》。下 252

灰色エルフ語
Grey-elven tongue
→シンダリン

灰色港　**Grey Havens**
下 290
→港、ミスロンド

灰色マント王　**Greymantle**
上 177
→シンゴッロ、シンゴル

バウグリル　**Bauglir**
「圧制者」の意。モルゴスにつけられた名。上 292

ハウズ＝エン＝アルウェン
Haudh-en-Arwen
「姫塚」の意。ブレシルの森のハレスが埋葬された塚。上 399

ハウズ＝エン＝エッレス
Haudh-en-Elleth
テイグリンの渡り瀬の近くで、フィンドゥイラスが埋葬された塚山。下 142

ハウズ＝エン＝ニルナエス
Haudh-en-Nirnaeth
「涙の塚」の意。ハウズ＝エン＝ヌデンギンにつけられたもう一つの名。下 94

ハウズ＝エン＝ヌデンギン
Haudh-en-Ndengin
「戦死者の塚」の意。アンファウグリスの灰土に築かれた。ニルナエス・アルノエディアドで命を落としたエルフや人間の亡骸《なきがら》が山をなしたところである。下 94

白鳥港　**Swanhaven**
上 189
→アルクウァロンデ

薄暮の湖沼
Meres of Twilight
上 315
→アエリン＝ウイアル

ハサルディル　**Hathaldir**
「年若きハサルディル」と呼ばれた。人間。ドルソニオンにおけるバラヒルの 12 人の仲間の一人。上 417

ネンヤ　Nenya
エルフの三つの指輪の一つ。ガラドリエルが所持していた「水の指輪」である。「金剛石の指輪」とも呼ばれた。下295
→三つの指輪

■ノ

ノエギュス・ニビン
Noegyth Nibin
「小ドワーフ」のこと。下110
→ドワーフ

ノーム、ノーミン
Nóm、Nómin
「智《ち》慧《え》」「智慧ある者たち」の意。ベオルに従った人間たちが、フィンロド及びかれの一族を自分たちの言葉で呼んだ名。上383

ノグロド　Nogrod
青の山脈中のドワーフの二つの都の一つ。ドワーフ語の「トゥムンザハール」をシンダリンに訳したもの。上262
→洞窟都市

ノルドール　Noldor
「知識深きエルフ」の意と思われる。クイヴィエーネンから西へ向かったエルフの第2陣。フィンウェに率いられた。名前（クウェンヤで「ノルドNoldo」、シンダリンで「ゴロズGolodh」）は「知者」を意味する（しかし博識の意味であり、「賢者」つまりしっかりした判断力の持ち主の意味ではない）。頻出。上109
ノルドール語→クウェンヤ

ノルドランテ　Noldolantë
「ノルドールの没落」の意。フェアノールの息子マグロールによって作られた哀歌。上252

■ハ

灰色エルフ　Grey-elves
上177
→シンダール

無法者の集団に入ったトゥーリンが自ら称した名。下 101

ネヴラスト　**Nevrast**
ドル＝ローミンの西の地域。エレド・ローミンを越えた先である。トゥルゴンがゴンドリンに出発する以前に、ここに住んでいた。「此岸《しがん》」を意味するこの地名は、もともと中《なか》つ国《くに》の北西部沿岸地方全域に使われていた（反対語はハエラスト Haerast「かなたの岸」「アマンの沿岸」である）。上 315

ネーナル　**Nénar**
星の名。上 158

ネッサ　**Nessa**
ヴァリエール（ヴァラールの妃）の一人。オロメの妹であり、トゥルカスの配偶者である。上 105

ネヌイアル　**Nenuial**
「黄昏《たそがれ》の湖」の意（西方語の「夕おぼろ湖《イヴンディム》」『旅の仲間』下 2 参照）。エリアドールにあって、バランドゥイン川の水源。この湖の傍《かたわ》らにアンヌーミナスの王都が建てられた。下 301

ネルダネル　**Nerdanel**
「心聡《さと》きネルダネル」と呼ばれる。ノルドール・エルフ。鍛冶《かじ》の名工マハタンの娘であり、フェアノールの妻である。上 196

ネルドレス　**Neldoreth**
ドリアスの北部をなす橅《ぶな》の大森林。木の鬚《ひげ》の歌の中で「タウル＝ナ＝ネルドール」の名で呼ばれている（『二つの塔』上 4 参照）。上 176

ネン・ギリス　**Nen Girith**
「瘧水《おこりみず》」の意。ブレシルの森のケレブロスの滝、ディムロストにつけられた名。下 151

ネンニング　**Nenning**
西ベレリアンドの川。エグラレストの港で海に達する。上 332

ニンクウェローテ
Ninquelótë
「白い花」の意。テルペリオンの名の一つ。上133
→ニムロス（1）

人間　Men
上91
→アタニ、イルーヴァタールの子ら、東夷《とうい》

ニンブレシル　Nimbrethil
ベレリアンド南部、アルヴェルニエンの樺《かば》の林。裂け谷におけるビルボの歌を参照のこと。「ニンブレシルの木を伐るや、旅出の船をつくりあげた……」（『旅の仲間』下1参照）。下211

■ヌ

ヌーメノール　Númenor
「西なる国」「西方国」の意（クウェンヤの完全な形はヌーメノーレ Númenórë）。第一紀の終わりに、ヴァラールによってエダインに住まわせるため用意された大きな島。「アナドゥーネー」「アンドール」「エレンナ」「星の国」とも呼ばれた。滅亡後は「アカルラベース」「アタランテ」そして「マル＝ヌ＝ファルマール」と呼ばれた。上185

ヌーメノール人
Númenóreans
ヌーメノールの人間。「ドゥーネダイン」とも呼ばれる。上117

ヌルタレ・ヴァリノーレヴァ
Nurtalë Valinóreva
「ヴァリノール隠し」の意。上288

ヌルッキズディーン
Nulukkizdîn
「ナルゴスロンド」のドワーフ語名。下176

■ネ

ネイサン　Neithan
「不当なる扱いを受けたる者」と訳される（字義通りには「奪われたる者」の意）。

でグラウルングの呪いにかかり、自分の過去を忘失し、ブレシルでニーニエルの名でトゥーリンと結婚し、テイグリンに身を投げる。下 97

ニエンナ　Nienna
ヴァリエールの一人。アラタールの中に数えられる。憐れみと悲しみの女神である。マンドスとローリエンの妹。上 105

ニフレディル　niphredil
ルーシエンが生まれた時、星明かりの中でドリアスに咲いていた白い花。この花はまた、ロスローリエンのケリン・アムロスにも咲いていた（『旅の仲間』上 6、8 参照）。上 262

ニムフェロス　Nimphelos
シンゴルからベレグオストのドワーフの領主に贈られた大粒の真珠。上 265

ニムロス　Nimloth（1）
「白い花」の意。ヌーメノールの白の木のこと。この木が伐られる前にイシルドゥルが果実を一つ奪い、これがミナス・イシルの白の木に育つ。「ニムロス」はクウェンヤ名の「ニンクウェローテ」のシンダール名である。ニンクウェローテはテルペリオンにつけられた名の一つである。上 185

ニムロス　Nimloth（2）
シンダール・エルフ。シンゴルの世継ぎディオルと結婚したドリアスのエルフ。エルウィングの母。フェアノールの息子たちの襲撃を受け、メネグロスで殺される。下 187

ニルナエス・アルノエディアド
Nirnaeth Arnoediad
「涙尽きざる」の意（単に「ニルナエス」ともいう）。ベレリアンドのたびたびの合戦の中で潰滅的な打撃を受けた第五の合戦に与えられた名。上 379

273

ナン・エルモス　Nan Elmoth
ケロン川の東にあり、かつてエルウェ（シンゴル）がメリアンに心を奪われ、行方を絶った森。後にエオルの住処《すみか》となる。上 176

ナン＝タスレン　Nan-tathren
「柳の谷」の意。「柳の国」と訳される。ナログ川がシリオン川に注ぎ込むところである。木の鬚《ひげ》の歌に、この名のクウェンヤ名が用いられている。「タサリナンの柳の原を、わたしは歩いた。ああ、ナン＝タサリオン……」（『二つの塔』上 4 参照）。上 332

ナン・ドゥンゴルセブ
Nan Dungortheb
本文中では、「恐ろしき死の谷」と訳されている。ただドゥンゴルセブともいう。エレド・ゴルゴロスの断崖とメリアンの魔法帯とに挟まれた谷。上 235

ナンドール　Nandor
「引き返したる者たち」を意味していると言われる。テレリ族のうち、クイヴィエーネンから西へ向かう途次、霧ふり山脈を越えることを拒んだエルフたちを言う。しかし、かれらのうち一部は、デネソールに率いられ、ずっと後に青の山脈を越え、オッシリアンドに住みついた（彼らを緑のエルフという）。上 173

■ニ

ニーニエル　Níniel
「涙乙女」の意。実の妹とも知らず、トゥーリンがニエノールに与えた名。下 150
→ニエノール

ニヴリム　Nivrim
シリオン川西岸に横たわるドリアスの国土。上 335

ニエノール　Nienor
「哀悼」の意。人間。フーリンとモルウェンの娘で、トゥーリンの妹。ナルゴスロンド

→力の指輪

ナハル　Nahar
ヴァラのオロメの愛馬。エルダールの言い伝えによると、この名の由来はその声にあると言われる。上114

ナルゴスロンド
Nargothrond
「ナログ川に沿った地下の大城砦《じょうさい》」の意。フィンロド・フェラグンドによって築かれ、グラウルングによって滅ぼされた。ナログ川の東西に延びるナルゴスロンドの王国のこともいう。第21章頻出。上316

ナルシリオン　Narsilion
「太陽と月の歌」の意。上279

ナルシル　Narsil
エレンディルの剣。ノグロドのテルハルによって作られた。エレンディルがサウロンと格闘して死んだ時、二つに折れた。折れた刀身はアラゴルンのために鋳直され、アンドゥーリルと命名された。下308

ナルヤ　Narya
「火の指輪」の意。エルフの三つの指輪の一つ。「赤の指輪」ともいう。キールダンが持っていたが、後にミスランディルに譲られた。下295
→三つの指輪

ナルン・イ・ヒーン・フーリン
Narn i Hîn Húrin
「フーリンの子らの物語」の意。本書第21章のもととなった長い歌物語。エアレンディルの時代にシリオンの港に住み、フェアノールの息子たちの奇襲に際して命を落とした詩人ディールハヴァルの作とされる。「ナルン」は語られるが、歌われない韻文の物語を意味する。下97

ナログ　Narog
西ベレリアンドの主要な川。エレド・ウェスリン山麓のイヴリンに源を発し、ナン＝タスレンでシリオンに注ぐ。上

■ナ

ナーモ　Nâmo
「運命予告者、審判者」の意。ヴァラ。アラタールの一人。その住居《すまい》の名前を取って、普通「マンドス」と呼ばれる。上111

ナウグラミール　Nauglamír
「ドワーフの頸《くび》飾り」の意。フィンロド・フェラグンドのためにドワーフによって作られた。ナルゴスロンドからフーリンが持ち出し、シンゴルに与え、シンゴルの死の原因となった。上316

ナウグリム　Naugrim
「発育を阻まれた者たち」の意。ドワーフを指すシンダリン。上262

中《なか》つ国《くに》　Middle-earth
大海の東に位置する陸地。「此岸《しがん》の地」「外なる陸地」「大陸」そして「エンドール」とも呼ばれる。頻出。上105

嘆きの年
Year of Lamentation
ニルナエス・アルノエディアドの年。上346

ナズグール　Nazgûl
下298
→指輪の幽鬼

夏の門　Gates of Summer
ゴンドリンの一大祝祭。この祝祭の前夜、都はモルゴスの軍勢に蹂躙《じゅうりん》された。下203

七つ　The Seven
下320
→七つの指輪

七つの石　Seven Stones
下274
→パランティーリ

七つの指輪　Seven Rings
サウロンがドワーフを支配しようとして、ドワーフの王たちに与えた七つの指輪のことを言う。三つはサウロンに奪い返され、四つは龍の火に焼かれた。下296

て退いた。跛者《はしゃ》ブランディルに斬られる。下 141
ドルラスの妻（名前は述べられていない） 下 162

ドル＝ローミン **Dor-lómin**
ヒスルム南部の地域。フィンゴンの領地であるが、封土としてハドル家に与えられた。フーリンとモルウェンの国。上 258
ドル＝ローミンの奥方（モルウェンのこと）下 96

ドル＝ローミンの龍の兜《かぶと》
Dragon-helm of Dor-lómin
ハドル家重代の宝物。トゥーリンが着用した。「ハドルの兜」とも呼ばれた。下 98

ドレンギスト **Drengist**
ヒスルムの西の防壁、エレド・ローミンを貫通する長い入江。上 173

ドワーフ **Dwarves**
上 144
「小ドワーフ」。下 110
「ドワーフの七つの指輪」については「力の指輪」を見よ。
→ナウグリム

ドワーフ道 **Dwarf-road**
ノグロドとベレグオストの両都から発し、サルン・アスラドの浅瀬でゲリオン川を横断し、ベレリアンドに入る道路。上 381

ドワーフの頸《くび》飾り
Necklace of the Dwarves
上 316
→ナウグラミール

ドワーフの七人の父祖たち
Seven Fathers of the Dwarves
上 144
→ドワーフ

ドワロウデルフ
Dwarrowdelf
「ドワーフの穿《うが》ちたるところ」の意。カザド＝ドゥーム（ハゾドロンド）の訳名。上 262

遁走《とんそう》の時代 **Days of Flight**
下 299

＝イン＝ガウルホス」と名づけられた。上315

ドルソニオン Dorthonion
「松の木の国」の意。ベレリアンド北辺にある森林に覆われた広大な高地。後にタウル＝ヌ＝フインと呼ばれる。「冬は、ドルソニオン山地の松林にわたしはのぼった……」(『二つの塔』上4の木の鬚《ひげ》の歌を参照)。上166

ドル・ダエデロス
Dor Daedeloth
「恐怖の影おおう国」の意。北方におけるモルゴスの国。上298

ドル・ディーネン
Dor Dínen
「沈黙の地」の意。エスガルドゥイン上流とアロス川上流の間の何も棲《す》まない土地。上335

ドル＝ヌ＝ファウグリス
Dor-nu-Fauglith
「息詰まる灰土の覆う国」の意。上412
→アンファウグリス

ドル・フィルン＝イ＝グイナール Dor Firn-i-Guinar
「生ける死者の国」の意。ベレンとルーシエンが中《なか》つ国《くに》帰還後に住んだオッシリアンドの土地の名前。下72

ドルメド Dolmed
「雨降る頂」の意。エレド・ルインの中の高山。ドワーフの都、ノグロドとベレグオストに近い。上262

トル・モルウェン
Tol Morwen
ベレリアンドが水中に没したあと海中に残っていた島。そこにはトゥーリンとニエノールとモルウェンの墓石が立っていた。下175

ドルラス Dorlas
人間。ブレシルのハラディンの族《やから》の一人。トゥーリン及びフンソルと共にグラウルング退治に出掛けたが、怖くなっ

取り巻く海　Encircling Sea
下 290
→エッカイア

トル＝イン＝ガウルホス
Tol-in-Gaurhoth
「巨狼《きょろう》の島」の意。サウロンに奪取されたあとの「トル・シリオン」の名。上 419

トル・エレッセア
Tol Eressëa
「離れ島」の意（ただ「エレッセア」とも言う）。ヴァンヤール族、ノルドール族、そして後にテレリ族がウルモに引かれて大洋を渡った島である。最後に、この島はアマンの岸近く、エルダマール湾に固定された。テレリ族は、アルクウァロンデに移るまで長くこの島に留まった。そして第一紀の終わったあと、多数のノルドール族、シンダール族がここに住んだ。上 183

ドル・カランシル
Dor Caranthir
「カランシルの国」の意。上 341
→サルゲリオン

トル・ガレン　Tol Galen
「緑の島」の意。オッシリアンドのアドゥラント川にあり、ベレンとルーシエンが中《なか》つ国《くに》に戻ったあと住まったところ。上 339

ドル＝クーアルソル
Dor-Cúarthol
「弓と兜《かぶと》の国」の意。アモン・ルーズの隠処《かくれが》に住むベレグとトゥーリンによって守られた土地の名。下 114

ドル・グルドゥル
Dol Guldur
「妖術師の丘」の意。第三紀に闇の森南部にあった死びと占い師（サウロン）の砦。下 322

トル・シリオン　Tol Sirion
シリオンの山道の川の中の島で、フィンロドがミナス・ティリスの塔を築いた。サウロンに奪われたあとは、「トル

トゥムンザハール
Tumunzahar
上262
→ノグロド

トゥランバール　Turambar
「運命の支配者」の意。ブレシルの森で暮らしている時、トゥーリンが名乗った名前。かれの最後の名。下143

ドゥリン　Durin
カザド＝ドゥーム（モリア）のドワーフの領主。上148

トゥルカス　Tulkas
「力と武勇において最もすぐれたる者」の意。アルダに来た最後のヴァラである。「アスタルド」とも呼ばれる。上105

トゥルゴン　Turgon
賢者トゥルゴンと呼ばれる。ノルドール・エルフ。フィンゴルフィンの次男。ネヴラストのヴィンヤマールに住んでいたが、密かにゴンドリンに引き移り、この都が攻略され討ち死にする日まで、統治する。エアレンディルの母イドリルの父。シンゴルのように「隠れ王」と呼ばれた。上187

ドゥンゴルセブ
Dungortheb
下13
→ナン・ドゥンゴルセブ

ドラウグルイン　Draugluin
トル＝イン＝ガウルホスでフアンに殺された巨狼《きょろう》。この姿を借りて、ベレンはアングバンドに入った。下39

ドリアス　Doriath
「囲われたる国」の意（ドル・ヤースDor Iâth）。メリアンの魔法帯を意味する。以前にはエグラドールと呼ばれた。ネルドレスとレギオンの森にあるシンゴルとメリアンの王国。エスガルドゥインに面したメネグロスに王宮があり、そこから支配していた。「隠れ王国」とも呼ばれた。頻出。上177

トゥーリン　Túrin
人間。フーリンとモルウェンの息子。第21章の元となる歌物語『ナルン・イ・ヒーン・フーリン』の主人公である。かれには次のような別名がある。「ネイサン」「ゴルソル」「アガルワエン」「モルメギル」「森野人《もりやじん》」「トゥランバール」。上401

トゥール・ハレサ
Tûr Haretha
ブレシルの森にあるハレス姫の墳墓。上399
→ハウズ＝エン＝アルウェン

トゥオル　Tuor
人間。フオルとリーアンの息子。ミスリムの灰色エルフに養育される。ウルモの警告を携えゴンドリンに入国する。トゥルゴンの娘イドリルと結婚し、かの女と息子のエアレンディルと共に滅亡する都から逃れる。自ら建造した船エアルラーメに乗って西に船出する。上401

洞窟都市　Hollowbold
ノグロド（「空洞に掘り抜かれた住居地」の意）の翻訳名（boldは動詞buildに関係のある名詞で古い英語）。上262

同族殺害　The Kinslaying
アルクウァロンデにおけるノルドール族によるテレリ族の殺害。上252

トゥムハラド　Tumhalad
ギングリスとナログに挟まれた土地にある谷間。ナルゴスロンドの軍勢が敗れたところである。下132

トゥムラデン　Tumladen
「広い谷間」の意。環状山脈に囲まれ人目につかぬ秘密の谷間。その真ん中にゴンドリンの都がある（トゥムラデンは後にゴンドールの谷の名前に使われた。『王の帰還』上1参照）。上318

テルペリオン　Telperion
ヴァリノールの二つの木のうち年長の木。白の木と呼ばれた。上133

テルメンディル　Telumendil
星座の名。上158

テレムナール　Telemnar
人間。ゴンドール第26代の王。下315

テレリ　Teleri
クイヴィエーネンから西に向かったエルダールの三つの集団の中で最後に出発した最大の集団。エルウェ（シンゴル）とオルウェが指揮を取った。かれら自身は自分たちを「リンダールLindar」即《すなわ》ち「歌い手」と呼んだ。最後に来る者、最後部を意味するテレリの名は、この大移動でかれらより先行した者たちによってつけられた。テレリ族の中には中《なか》つ国《くに》を離れなかった者も大勢いた。シンダール族とナンドール族はもともとはテレリ・エルフである。上138

■ト

東夷《とうい》　Easterlings
「浅黒肌」とも呼ばれた。人間。ダゴール・ブラゴッラハのあと、東方からベレリアンドに入り、ニルナエス・アルノエディアドに際しては双方に別れて戦った。モルゴスからヒスルムを与えられ、そこでハドルの族《やから》の遺民を迫害した。上421

ドゥイルウェン　Duilwen
オッシリアンドを流れるゲリオン川の北から数えて5本目の支流。上338

トゥーナ　Túna
カラキルヤの緑の丘。エルフの都ティリオンがある。上184

ドゥーネダイン　Dúnedain
「西方のエダイン」の意。下238
→ヌーメノール人

ティヌーヴィエル　Tinúviel
「薄暮の娘」の意。ベレンがルーシエンにつけた名前。小夜啼鳥《さよなきどり》の詩的表現。下 15
→ルーシエン

ディムロスト　Dimrost
本文中では「雨の階《きざはし》」と訳されている。ブレシルの森のケレブロスの滝のこと。後にネン・ギリスと呼ばれる。下 150

ティリオン　Tilion
マイア。月の船の舵を取る者。上 281

ティリオン　Tirion
「大いなる見張りの塔」の意。アマンにおけるトゥーナの丘のエルフの都。上 184

ティンタッレ　Tintallë
「灯をともす者」の意。星々の作り手としてのヴァルダの名。ローリエンでガラドリエルが歌った哀歌の中でこう呼ばれている（『旅の仲間』下 8 参照）。上 158
→エルベレス、エレンターリ

ディンバール　Dimbar
シリオン、ミンデブの二つの川に挟まれた土地。上 334

デネソール　Denethor
シンダール・エルフ。レンウェの息子。最後に青の山脈を越え、オッシリアンドに住みついたナンドール・エルフの統率者。ベレリアンドの最初の合戦の時、アモン・エレブで討ち死にする。上 173

デルドゥーワス　Deldúwath
「夜闇《よやみ》の恐怖」の意。ドルソニオン（タウル＝ヌ＝フイン）に後につけられた名の一つ。上 416

テルハル　Telchar
ドワーフ。ノグロドの工人の中で最も令名高い者。アングリストと（アラゴルンによれば——『二つの塔』上 6 参照）ナルシルの製作者。「テルカル」と発音する異説あり。上 268

ール一人の手で三つの指輪が作られ、最後にサウロンがオロドルインで「一つの指輪」を作った。「力の指輪」と呼ばれるものには、「一つの指輪」、「エルフの三つの指輪」、「ドワーフの七つの指輪」、「人間の九つの指輪」がある。下 294
→一つの指輪、大いなる指輪、支配の指輪
→三つの指輪、ナルヤ、ネンヤ、ヴィルヤ、火の指輪、金剛石の指輪、サファイアの指輪
→七つの指輪
→九つの指輪

長上王　Elder King
下 219
マンウェのこと。

■ツ

次に生まるる者
The Secondborn
イルーヴァタールの次子たち、即《すなわ》ち人間を言う。上 153

■テ

ディオル　Dior
アラネルともエルヒール「シンゴルの世継ぎ」とも呼ばれる。ベレンとルーシエンの息子であり、エルロンドの母エルウィングの父である。シンゴルの死後オッシリアンドからドリアスに移り、ベレンとルーシエンの死後、シルマリルを受け継いだ。メネグロスにおいて、フェアノールの息子たちの手にかかって死ぬ。下 73

テイグリン　Teiglin
シリオンの支流。エレド・ウェスリンに発し、ブレシルの森の南を画する。上 331
→テイグリンの渡り瀬

テイグリンの渡り瀬
Crossings of Teiglin
ブレシルの森の南西にある。シリオンの山道から南に下る古い道路がテイグリン川を横切っているところ。上 399

タル＝エレンディル
Tar-Elendil
人間。ヌーメノール第4代の王。エレンディルの祖シルマリエンの父。下255

タル＝カリオン　Tar-Calion
人間。アル＝ファラゾーンのクウェンヤ名。下258

タル＝キルヤタン
Tar-Ciryatan
「造船王」の意。人間。ヌーメノール第12代の王。下249

タル＝パランティル
Tar-Palantir
「遠くを見る者」の意。人間。ヌーメノール第24代の王。歴代の王のやり方を悔い、クウェンヤ名を用いた。下256
→インズィラドゥーン

タル＝ミーリエル
Tar-Míriel
下280
→ミーリエル（2）

タル＝ミナスティル
Tar-Minastir
人間。ヌーメノール第11代の王。ギル＝ガラドを助けてサウロンを討伐した。下252

タル＝ミンヤトゥル
Tar-Minyatur
ヌーメノール初代の王としての半エルフ、エルロスの名前。下263

タルン・アエルイン
Tarn Aeluin
バラヒルとその一党が隠れ住んだドルソニオンの湖。かれらはここで殺された。下7

■チ

小さい人たち　Halflings
ペリアンナス（ホビット）の訳語。下329

力の指輪　Rings of Power
エレギオンにおいて、サウロンの助言のもとエルフの金銀細工師たちが数々の指輪を鍛え上げた。後にケレブリンボ

てきたあとミスリムで戦われた。上 296

ダゴール・ブラゴッラハ
Dagor Bragollach
「俄《にわ》かに焔《ほのお》流るる合戦」の意（ただブラゴッラハとも言う）。ベレリアンド戦役の四つ目の大戦。上 407

ダゴルラド　Dagorlad
「合戦場」の意。第二紀の末に、エルフと人間の最後の同盟軍が、サウロンと戦った一大決戦場。モルドールの北にある。下 308

タニクウェティル
Taniquetil
「いと高き白き峰」の意。ペローリ山脈の最高峰で、アルダの最も高い山。その山頂にマンウェとヴァルダの宮殿イルマリンがある。「白い山」とも「聖なる山」とも、「マンウェの山」とも呼ばれる。上 107
→オイオロッセ

タラス　Taras
ネヴラストの岬にある山。その山麓に、トゥルゴンがゴンドリンに引き移る前に住んだヴィンヤマールがある。上 329

タラス・ディルネン
Talath Dirnen
ナルゴスロンドの北方にある見張られたる平原。上 398

タラス・リューネン
Talath Rhúnen
「東の谷」の意。サルゲリオンの昔の名前。上 341

タル＝アタナミル
Tar-Atanamir
人間。ヌーメノール第 13 代の王。かれのところにヴァラールの使者が訪れた。下 249

タル＝アンカリモン
Tar-Ancalimon
人間。ヌーメノール第 14 代の王。この王の治世に、ヌーメノール人は敵対する 2 派に分裂した。下 250

ダエロン　Daeron
シンダール・エルフ。シンゴル王の伶人で、伝承の大家。キルス（ルーン文字）の考案者。ルーシエンに思いをかけ、二度かの女を裏切る。上 270

タウル＝イム＝ドゥイナス
Taur-im-Duinath
「二つの川に挟まれた森林」の意。シリオン川とゲリオン川の間にあり、アンドラムの南にある未開の地域。上 338

タウル＝エン＝ファロス
Taur-en-Faroth
ナログ川の西方にある森林高地。その麓にナルゴスロンドがある。「ファロス高地」ともいう。上 336

タウル＝ヌ＝フイン
Taur-nu-Fuin
「夜《よ》闇《やみ》の森」の意。ドルソニオンが後に呼ばれた名。上 416
→デルドゥーワス

タウロン　Tauron
「森林を治める者」の意（『ヴァラクウェンタ』では「森の王」と訳されている）。シンダールの間でオロメに対し用いられた名。上 114
→アルダロン

ダグニル　Dagnir
人間。ドルソニオンにおけるバラヒルの 12 人の仲間の一人。上 417

ダグニル・グラウルンガ
Dagnir Glaurunga
「グラウルング殺し」の意。トゥーリンのこと。下 166

ダゴール・アグラレブ
Dagor Aglareb
「赫々《かくかく》たる勝利の合戦」の意。ベレリアンド戦役における三つ目の大戦。上 319

ダゴール＝ヌイン＝ギリアス
Dagor-nuin-Giliath
「星々の下の合戦」の意。ベレリアンド戦役の第二の合戦。フェアノールが中《なか》つ国《くに》に渡っ

ら発したリヴィル川が流れ込んでいる。上 297

千洞宮《せんとうきゅう》　Thousand Caves
上 177
→メネグロス

■ソ

外なる海　Outer Sea
上 126
→エッカイア

外なる陸地　Outer Lands
中《なか》つ国《くに》のこと（「此《し》岸《がん》の地」とも呼ばれる）。上 136

ソロヌーメ　Soronúmë
星座の名。上 158

ソロンドール　Thorondor
「大鷲《おおわし》の王」の意。「中《なか》つ国《くに》がまだ若い頃、環状山脈の近寄りがたい山頂にその巣を作ったソロンドール」（『王の帰還』下 4 参照）。上 307
→クリッサエグリム

■タ

大河　Great River
上 172
→アンドゥイン

大ゲリオン　Greater Gelion
北で 2 本に分かれたゲリオン川上流の川の一つ。レリル山に源を発する。上 338

太古　The Eldest Days
第一紀のこと。上《じょう》古《こ》とも言う。
上 290

第二の民　Second People
イルーヴァタールの次子たち。人間。上 290

大要塞都市　Mickleburg
上 262
→ベレグオスト

大陸　Great Lands
中《なか》つ国《くに》のこと。下 243

ダイルイン　Dairuin
人間。バラヒルの 12 人の仲間の一人。上 417

→マーハナクサル

■ス

スーリモ　Súlimo
マンウェの名。『ヴァラクウェンタ』の中で「アルダの風の王」（字義通りには「風を吹かす者」）として表現されている。上 106

スランドゥイル　Thranduil
シンダール・エルフで、緑《みどり》森《もり》大森林（闇の森）の北部に住むシルヴァン・エルフの王。指輪の仲間の一人であるレゴラスの父。下 321

スリングウェシル
Thuringwethil
「隠密なる影の女」の意。大蝙蝠《こうもり》の姿をとってトル＝イン＝ガウルホスを発するサウロンの使者。ルーシエンはかの女の姿をかりてアングバンドに入り込んだ。下 49

■セ

西方国　Westernesse
下 238
→アナドゥーネー、ヌーメノール

西方の諸王
Lords of the West
上 153
→ヴァラール

節士派　The Faithful
下 250
→エレンディリ

セリンデ　Serindë
「刺繡《ぬいとり》に秀《ひい》でたる者」の意。上 186
→ミーリエル（1）

セレゴン　seregon
「岩の血」の意。アモン・ルーズに見られる植物。真紅の花を咲かせる。下 107

セレヒ　Serech
シリオンの山道の北にある広大な沼沢地。ドルソニオンか

シンゴル　Thingol
「灰色マント」の意（クウェンヤでは、「シンダコッロ Sindacollo」または「シンゴッロ Singollo」）。テレリ・エルフ。弟のオルウェと共にクイヴィエーネンからテレリ族を率い、後にドリアスの王となったエルウェのベレリアンドにおける通称。「隠れ王」とも呼ばれた。上177
シンゴルの世継ぎ　下73
→エルウェ

シンダール　Sindar
「灰色エルフ」の意。中《なか》つ国《くに》に戻ったノルドールがベレリアンドで見出したテレリ族出身のエルフたちすべてに用いられたが、オッシリアンドの緑のエルフは除外された。ノルドール族がこの名を考えついたのは、かれらが初めて出会った時、この種族のエルフたちが、北方の灰色の空の下でミスリム湖の霧に包まれていたからかもしれない。または灰色エルフが光のエルフ（ヴァリノールの）でもなく、暗闇のエルフ（アヴァリ）でもなく、「薄暮のエルフ」であったからかもしれない。しかしこの名は、エルウェの名シンゴル（クウェンヤではシンダコッロ Sindacollo、シンゴッロ Singollo「灰色マント」）に関連している、と考えられた。かれは、ベレリアンド全土とその住民の王と認められていたからである。シンダール自身は「エジル Edhil」（複数形「エゼル Edhel」）と称した。上114

シンダリン　Sindarin
ベレリアンドのエルフ語。エルフの共通語に源を発しているが、長い間にヴァリノールのクウェンヤとは大きく異なった。ベレリアンドに流謫《るたく》の生活を送るノルドール族によって用いられるに至った。「灰色エルフ語」「ベレリアンドのエルフ語」とも呼ばれる。上137

審判の輪《リング》　Ring of Doom
上132

シリオンの谷　上173
シリオンの地　下48
シリオンの瀑布　下23
シリオンの港　下193
シリオンの門　上337

シルヴァン・エルフ
Silvan Elves
「森のエルフ」とも呼ばれる。もともとは、霧ふり山脈より西に進むことなく、アンドゥインの谷間と緑《みどり》森《もり》大森林に留まったナンドール・エルフであったのではないかと思われる。下290
→ナンドール

シルピオン　Silpion
テルペリオンにつけられた名の一つ。上133

シルマリエン　Silmarien
人間。ヌーメノール国第4代の王タル＝エレンディルの娘。アンドゥーニエ初代の領主の母。エレンディルとその二人の息子イシルドゥル及びアナーリオンの先祖。下255

シルマリル　Silmarils
ヴァリノールの二つの木が枯死させられる前に、フェアノールによって作られ、二つの木の光を中に込めた三つの宝玉。上136

白い山　White Mountain
下286
→タニクウェティル

白の会議　White Council
サウロンに対処するために第三紀に結成された賢者たちの会議。下324

白の木　White Tree
ミナス・イシルとミナス・アノルの白の木を言う。上185
→テルペリオン、ガラシリオン、ニムロス（1）

シンゴッロ　Singollo
「灰色マント王」の意。上170
→シンダール、シンゴル、エルウェ

オン川の北から数えて2番目の支流。上338

サンゴロドリム
Thangorodrim
「暴虐なる圧制者の築ける山並」の意。アングバンドの上にモルゴスによって築かれた。第一紀の末の大合戦で崩壊した。上236

山脈　Mountains
アマンの山脈、守りの山脈→ペローリ
影の山脈→エレド・ウェスリン、エフェル・ドゥーアス
恐怖の山脈→エレド・ゴルゴロス
霧ふり山脈→ヒサエグリル
鉄《くろがね》　山脈→エレド・エングリン
東の山脈→オロカルニ
ミスリム山脈→ミスリム

■シ

此岸《しがん》　Hither Lands
中《なか》つ国《くに》のこと（外なる陸地ともいう）。上175

支配の指輪　The Ruling Ring
下311
→一つの指輪

至福の国　Blessed Realm
上135
→アマン

小ゲリオン　Little Gelion
北で2本に分かれたゲリオン川上流の川の一つ。ヒムリング山に源を発する。上338

上古《じょうこ》　Elder Days
第一紀のこと。太古とも言う。上116

小ドワーフ　Petty-dwarves
「ノエギュス・ニビン」の訳。下110
→ドワーフ

シリオン　Sirion
「大河」の意。北から南へ流れ、東西ベレリアンドを分かつ。上166
シリオンの河口　上180
シリオンの山道　上318
シリオンの沼沢地　下23

サウロン　Sauron
「身の毛のよだつ者」の意(シンダリンでゴルサウル)。メルコールの召使い中最も力を持つ者。もともとはアウレのマイアールの一人であった。上120

サエロス　Saeros
ナンドール・エルフ。ドリアスのシンゴル王の主な相談役の一人。メネグロスでトゥーリンに無礼な言辞を吐き、かれに追跡されて死ぬ。下99

裂け谷　Rivendell
イムラドリスの訳名。下296

サファイアの指輪
The Ring of Sapphire
下319
→ヴィルヤ

サリオン　Thalion
「不動なる者、強き者」の意。下123
→フーリン

サルゲリオン　Thargelion
「ゲリオンの川向うの国」の意。レリル山とアスカル川の間にあり、カランシルが住んでいた。「ドル・カランシル」とも、「タラス・リューネン」とも呼ばれる。上341

サルマール　Salmar
ウルモと共にアルダに来たマイア。ウルモの法螺貝《ほらがい》ウルムーリの作者。上138

サルマン　Saruman
「老練なる者」の意。人間の間でクルニールにつけられた名。クルニールの訳名である。イスタリ（魔法使い）の一人。下323

サルン・アスラド
Sarn Athrad
「石の浅瀬」の意。ノグロドとベレグオストからのドワーフ道がゲリオン川を横切る場所。上263

サロス　Thalos
オッシリアンドにおけるゲリ

ゴロズリム　Golodhrim
ノルドール族のこと。「ゴロズGolodh」はクウェンヤの「ノルドNoldo」のシンダリン形。「リム-rim」は集合的複数形の語尾。上367

コロッライレ　Corollairë
「緑の築山《つきやま》」の意。ヴァリノールで二つの木が植えられていたところ。「エゼッロハル」とも呼ばれた。上132

金剛石の指輪
The Ring of Adamant
下319
→ネンヤ

ゴンドール　Gondor
「石の国」の意。イシルドゥルとアナーリオンが創建した中《なか》つ国《くに》におけるヌーメノール人の南方王国。下302

ゴンドリン　Gondolin
「隠れ岩山」の意。環状山脈（エホリアス）に取り囲まれたトゥルゴン王の秘密の都。上187
→オンドリンデ

ゴンドリンドリム
Gondolindrim
「ゴンドリンの民」の意。

ゴンドリンの民
The people of Gondolin
上428

ゴンヒルリム　Gonnhirrim
「石の名工たち」の意。ドワーフにつけられたシンダリン名。上262

■サ

最後の同盟　Last Alliance
第二紀の末に、サウロンを倒すためエレンディルとギル＝ガラドの間に結ばれた同盟。下307

最初に生まれた者
The Firstborn
イルーヴァタールの長子、エルフのこと。上91

ベレグ・クーサリオン即《すなわ》ち「強弓のベレグ」である。下65

九つ　Nine
下320
→九つの指輪

九つの指輪　Nine Rings
サウロンが人間を支配するために、人間の王たちに与えた九つの指輪。その指輪の持ち主は指輪の幽鬼（ナズグール）になり果て、サウロンに仕えた。下253
→力の指輪

ゴスモグ　Gothmog
バルログの長、アングバンドの総大将。フェアノール、フィンゴン、エクセリオンを殺す（第三紀に、ミナス・モルグルの副官に同じ名を持つ者がいた。『王の帰還』上6参照）。上298

谺《こだま》山脈　Echoing Mountains
上328
→エレド・ローミン

ゴルゴロス　Gorgoroth（1）
下12
→エレド・ゴルゴロス

ゴルゴロス　Gorgoroth（2）
影の山脈と灰の山脈に三角形に挟まれたモルドールの台地。下305

ゴルサウル　Gorthaur
シンダリンでサウロンのこと。上120

ゴルソル　Gorthol
「恐るべき兜《かぶと》」の意。トゥーリンがドル＝クーアルソルの地の二人の大将の一人として得た名。下114

ゴルリム　Gorlim
「不幸をもたらしたる」と呼ばれる。人間。ドルソニオンにおけるバラヒルの12人の仲間の一人。妻のエイリネルの幻影に誘《おび》き寄せられ、サウロンにバラヒルの隠《かくれ》処《が》を明かしてしまう。上417

の領主であった。ナルゴスロンドに住み、ルーシエンを監禁する。狼用猟犬フアンの主人。メネグロスでディオルに殺される。上 187

ケレブラント　Celebrant
「銀筋」の意。鏡の湖《うみ》から流れ出て、ロスローリエンを抜け、アンドゥインに合流する川。下 320

ケレブリンダル　Celebrindal
「銀の足」の意。イドリルを見よ。上 347

ケレブリンボール　Celebrimbor
「銀の手」の意。ノルドール・エルフ。クルフィンの息子。父が追い出されたあともナルゴスロンドに残る。第二紀の世にあって、エレギオンで最もすぐれた金銀細工師であった。エルフの三つの指輪の作り手。サウロンに殺される。下 44

ケレブロス　Celebros
「銀の水泡」、あるいは「銀の雨」の意。テイグリンの渡り瀬の近くでテイグリンに注ぐブレシルの川。下 150

ケレボルン　Celeborn（1）
「銀の木」の意。トル・エレッセアの木の名前。ガラシリオンの実生《みしょう》。上 185

ケレボルン　Celeborn（2）
シンダール・エルフ。ドリアスのエルフ、シンゴルの身内。ガラドリエルと結婚し、第一紀の終わったあとも、彼女と共に中《なか》つ国《くに》に留まる。上 317

ケロン　Celon
「高地から流れ落ちる川」の意。ヒムリング山から南西に流れる川。アロス川に注ぐ。上 273

■コ

強弓《ごうきゅう》　Strongbow
クーサリオンの訳。ベレグはクーサリオンと呼ばれていた。

グワイス＝イ＝ミールダイン Gwaith-i-Mírdain
「宝石細工に携わる者たち」の意。エレギオンの工人集団の名前。かれらの中で最もすぐれていたのがクルフィンの息子ケレブリンボールである。下291

グンドール Gundor
人間。ドル＝ローミンの領主、ハドル・ローリンドルの次男。ダゴール・ブラゴッラハに際し、エイセル・シリオンで父と共に討ち死にする。上401

■ケ

ケメンターリ Kementári
「大地の女王」の意。ヤヴァンナの称号。上111

ゲリオン Gelion
東ベレリアンドの大河。ヒムリング山とレリル山に源を発し、青の山脈から流れ出るオッシリアンドの六つの川が支流として注ぎ込んでいる。上174

ケルヴァール kelvar
「動物、生命あるもので動くもの」の意。第2章のヤヴァンナとマンウェの会話の中で用いられたエルフ語。上151

ゲルミル Gelmir（1）
ナルゴスロンドのエルフ。グウィンドールの兄。ダゴール・ブラゴッラハで捕えられ、ニルナエス・アルノエディアドの前に、エイセル・シリオンを守るエルフたちを挑発するため、かれらの眼前で無残に殺された。下74

ゲルミル Gelmir（2）
ノルドール・エルフ。アングロドの民の一人。オロドレスに警告するため、アルミナスと共にナルゴスロンドに来た。下130

ケレゴルム Celegorm
「金髪のケレゴルム」と呼ばれる。ノルドール・エルフ。フェアノールの三男。ダゴール・ブラゴッラハまで弟のクルフィンと共にヒムラド地方

リンはこの剣を帯びたことによりモルメギルと呼ばれた。下 126

クルニール　Curunír
「老練なる智《ち》慧《え》者」の意。イスタリ（魔法使い）の一人サルマンのエルフ語名。下 323

クルフィン　Curufin
「技に長《た》けたる」と呼ばれる。ノルドール・エルフ。フェアノールの五男。ケレブリンボールの父である。かれの名の由来についてはフェアノールを見よ。かれの経歴についてはケレゴルムを見よ。上 187

クルフィンウェ　Curufinwë
上 192
→フェアノール

グロールエゼル　Glóredhel
人間。ドル＝ローミンのハドル・ローリンドルの娘で、ガルドールの姉。ブレシルのハルディルと結婚する。上 423

鉄《くろがね》山脈　Iron Mountains
上 304
→エレド・エングリン

黒の国　Black Land
下 300
→モルドール

黒の剣　Black Sword
下 126
→モルメギル

グロルフィンデル　Glorfindel
「金髪」の意。ゴンドリンのエルフ。都の劫《ごう》掠《りゃく》を逃れたあと、キリス・ソロナスで、バルログと戦い、転落死する。下 87

グロンド　Grond
モルゴスの大鉄杖。フィンゴルフィンと戦うのに用いられた。地獄の鉄槌と呼ばれた。ミナス・ティリスの城門に用いられた破城槌はこの名を取って呼ばれた（『王の帰還』上 4 参照）。上 413

虫」とも呼ばれる。上321

暗闇のエルフ　Dark Elves
アマンの言葉で、大海を渡らなかったエルフをひっくるめて「暗闇のエルフ（モリクウェンディ）」という。この言葉は上記の意味で用いられることがしばしばあるが、カランシルがシンゴルのことを「暗闇エルフ」と呼ぶのは、侮辱するためである。シンゴルはアマンに行ったことがあり、モリクウェンディの中に数えられてはいないのであるから、特にそのような意図で言われたとしか考えられない。しかし、ノルドール族が中《なか》つ国《くに》に流謫《るたく》の生活を送った時期には、この言葉は、ノルドール、シンダール以外の中つ国に住むエルフについて用いられることが多かった。実質的にはアヴァリと同義である。シンダール・エルフのエオルにつけられた「暗闇エルフ」の呼び名はまた別の意見が込められている。しかしトゥルゴンがこの言葉を用いているのは、エオルがモリクウェンディであるという意味で言ったに違いない。上171

クリッサエグリム
Crissaegrim
ゴンドリンの南の高い連峰。ソロンドールの高巣があった。上334

グリルフイン　Glirhuin
人間。ブレシルの伶人。下175

グリンガル　Glingal
「懸垂の炎」の意。ゴンドリンでトゥルゴンがラウレリンを模して作った黄金の木。上347

クルーリエン　Culúrien
ラウレリンの名。上133

グルサング　Gurthang
「死の鉄剣」の意。ナルゴスロンドでトゥーリンのために鍛え直されたあと、このように名づけられたベレグの刀アングラヒェルのこと。トゥー

下74

グウィンドール　Gwindor
ナルゴスロンドのエルフ。ゲルミルの弟。アングバンドに捕われの身となったが、逃亡に成功し、ベレグを助けてトゥーリンを救出する。トゥーリンをナルゴスロンドに伴う。オロドレスの娘フィンドゥイラスを愛していた。トゥムハラドの合戦で討ち死にする。
下74

クウェンタ・シルマリッリオン Quenta Silmarillion
「シルマリルの物語」の意。
上118

クウェンディ　Quendi
クウェンヤで「声を出して話す者たち」の意。もともとは、エルフ（アヴァリを含んだ全エルフ族）を指す語。上140

クウェンヤ　Quenya
ヴァリノールで形をなした、全エルフ族に共通の古代エルフ語。流謫《るたく》のノルドール族によって中《なか》つ国《くに》にもたらされたが、やがて、特にシンゴル王がこの使用を禁じた後は日常語としては用いられなくなった。本書中ではクウェンヤとは言わず、「エルダール語」下238,「上《かみ》のエルフの言葉」下143,「ヴァリノールの言葉」上314,「ヴァリノールのエルフの言葉」上344,「ノルドールの言葉」上325,「西方の正統語」上356などと呼ばれる。

クーサリオン　Cúthalion
「強弓《ごうきゅう》」の意。下100
→ベレグ

グラウルング　Glaurung
モルゴスの火龍《かりゅう》の始祖。「龍の祖」と呼ばれる。ダゴール・ブラゴッラハ、ニルナエス・アルノエディアド、ナルゴスロンドの劫掠《ごうりゃく》において、邪悪な力を揮《ふる》う。トゥーリンとニエノールに呪文をかける。カベド＝エン＝アラスでトゥーリンに殺される。「巨大なる長虫」とも「モルゴスの長

霧ふり山脈　Misty Mountains
上173
→ヒサエグリル

ギル＝エステル　Gil-Estel
「望みの星」の意。シルマリルを身に帯び、ヴィンギロトに乗り込んだエアレンディルにつけられたシンダリンの名前。下221

ギル＝ガラド　Gil-galad
「燦然《さんぜん》たる輝きの星」の意。ノルドール・エルフ。フィンゴンの息子エレイニオンの名。後にこの名で知られる。トゥルゴンの死後、かれは中《なか》つ国《くに》におけるノルドール族の最後の上級王となる。第一紀の終わったあともリンドンに留まり、エレンディルと共に、人間とエルフの最後の同盟の指導者となり、サウロンと闘って、エレンディル共々討ち死にする。上415

キルス　Cirth
ルーン文字。ドリアスのダエロンが最初に考案した。上270

ギルドール　Gildor
人間。ドルソニオンにおけるバラヒルの12人の仲間の一人。上417

キルヨン　Ciryon
人間。イシルドゥルの三男で、あやめ野でかれと共に殺される。下312

ギングリス　Ginglith
ナルゴスロンドより上流でナログ川に流れ込んでいる西ベレリアンドの川。下24

■ク

クイヴィエーネン
Cuiviénen
「目覚めの湖」の意。最初のエルフたちが目覚めた中《なか》つ国《くに》の湖。オロメがかれらを見出したところである。上159

グイリン　Guilin
ナルゴスロンドのエルフ、ゲルミルとグウィンドールの父。

■キ

キーム　**Khîm**
小ドワーフのミームの息子。トゥーリンの率いる無法者たちの一人に殺される。下108

キールダン　**Círdan**
「船造り」の意。テレリ・エルフ。ファラス（西ベレリアンドの沿岸地方）の領主である。ニルナエス・アルノエディアドのあと、二つの港は廃墟と化しギル＝ガラドと共にバラル島に逃れる。第二紀、第三紀を通して、リューン湾の灰色港を守り続けた。ミスランディルが中《なか》つ国《くに》に渡ってきた時、かれに、火の指輪ナルヤを委《ゆだ》ねた。上182

軋《きし》む氷の海峡　**Grinding Ice**
上302
→ヘルカラクセ

北連丘　**North Downs**
ヌーメノールの都フォルンオストが築かれたエリアドールの地。下301

木の牧者たち
Shepherds of the Trees
エントのこと。上153

ギミルゾール　**Gimilzôr**
下256
→アル＝ギミルゾール

ギミルハード　**Gimilkhâd**
人間。アル＝ギミルゾールとインズィルベースの次男で、ヌーメノール最後の王アル＝ファラゾーンの父。下256

キリス・ソロナス
Cirith Thoronath
「大鷲《おおわし》たちの峡谷」の意。ゴンドリンの北の山中にある高い山道。グロルフィンデルがバルログと戦って底知れぬ谷底に落ちていったところ。下205

キリス・ニンニアハ
Cirith Ninniach
「虹立つ峡谷」の意。これを抜けて、トゥオルは西の海へ出た。下194
→アンノン＝イン＝ゲリュズ

死にする。上187

ガルヴォルン　galvorn
エオルの発明になる金属。上363

ガルドール　Galdor
丈高きガルドールと呼ばれる。人間。ハドル・ローリンドルの息子で、父のあとを継いでドル＝ローミンの領主となる。フーリンとフオルの父。エイセル・シリオンで討ち死にする。上401

カルドラン　Cardolan
エリアドールの南の地方。アルノール王国の一部。下301

カルニル　Carnil
（赤い）星の名前。上158

カルハロス　Carcharoth
本文中で「赤腭《あご》」と訳されている。「アンファウグリル」とも呼ばれる。シルマリルを持ったベレンの手を喰いちぎったアングバンドの巨狼《きょろう》。ドリアスでフアンに殺される。下53

枯れ川　Dry River
後に乾いてトゥムラデン、即《すなわ》ちゴンドリンの平野となった太古の湖から、かつて環状山脈の下をくぐって流れていた川。上373

カレナルゾン　Calenardhon
「緑の地方」の意。ローハンがゴンドールの北部の地方であった時の名。下317
→アルド＝ガレン、ローハン

環状山脈
Encircling Mountains
上318
→エホリアス

ガンダルフ　Gandalf
人間たちの間で、ミスランディルにつけられた名。イスタリ（魔法使い）の一人。下323
→オローリン

上のエルフの言葉
High-elven
下 143
→クウェンヤ

カムロスト　Camlost
「空手」の意。シルマリルを持たずにシンゴル王の許に戻ったベレンが名乗った名。下64

カラキルヤ　Calacirya
「光の谷間」の意。ペローリ山脈に作られた山道。そこにトゥーナの緑の丘が築かれた。上184

カラクウェンディ　Calaquendi
「光のエルフ」の意。アマンに住んでいた、あるいはいたことのあるエルフ（上のエルフ）。上170
→モリクウェンディ、暗闇のエルフ

カラグドゥール　Caragdûr
アモン・グワレス（ゴンドリンの丘）の北側の断崖、エオルがここから投げ落とされて死んだ。上377

ガラシリオン　Galathilion
ティリオンの白の木。ヴァンヤールとノルドールのためにヤヴァンナがテルペリオンを模して作った木。上185

ガラドリエル　Galadriel
ノルドール・エルフ。フィナルフィンの娘で、フィンロド・フェラグンドの妹。ヴァラールに叛旗を翻したノルドールの指導者の一人。ドリアスのケレボルンと結婚し、第一紀の終わった後も、かれと共に中つ国に留まった。ロスローリエンにあって、水の指輪ネンヤを所持していた。上188

カランシル　Caranthir
ノルドール・エルフ。フェアノールの四男、黒髪のカランシルと呼ばれる。「兄弟の中で最も気が荒く、怒りっぽい」。サルゲリオンを統治した。ドリアスを攻撃して討ち

344

■カ

隠れ王国　Hidden Kingdom
ドリアスとゴンドリンの二つの王国につけられた名。上317（ドリアス）、上358（ゴンドリン）

影の国　Land of Shadow
下294
→モルドール

影の山脈
Shadowy Mountains
上296
→エレド・ウェスリン

カザード　Khazâd
ドワーフ語（クズドゥル Khuzdul）でドワーフのこと。上262

カザド＝ドゥーム
Khazad-dûm
ドゥームは恐らくは複数か、または集合名詞で、「掘り抜かれたところ、館」の意。ドゥリンの族《やから》のドワーフの霧ふり山脈における広大な城館（「ハゾドロンド」「モリア」）。上148
→カザード

ガビルガソル　Gabilgathol
上262
→ベレグオスト

カベド＝エン＝アラス
Cabed-en-Aras
テイグリン川の深い峡谷。トゥーリンがグラウルングを殺し、ニエノールが身を投じたところ。下155
→カベド・ナエルアマルス

カベド・ナエルアマルス
Cabed Naeramarth
「凶運に魅入られたる投身」の意。ニエノールが断崖から身を投じた後に、カベド＝エン＝アラスにつけられた名。下160

上《かみ》のエルフ　High Elves
下318
→エルダール

オルマル　Ormal
アウレによって作られたヴァラールの灯火の一つ。オルマルは中《なか》つ国《くに》の南に立っていた。上126

オローリン　Olórin
マイア。イスタリ（魔法使い）の一人。「今は忘れられた西方での青年時代にはわしはオローリンだった」（『二つの塔』下5参照）。上118
→ミスランディル、ガンダルフ

オロカルニ　Orocarni
「赤の山脈」の意。中《なか》つ国《くに》の東部にある山脈。上160

オロドルイン　Orodruin
「燃えさかる火の山」の意。モルドールにある。ここでサウロンが、支配する指輪を鋳造した。アモン・アマルス「滅びの山」とも呼ばれる。下305

オロドレス　Orodreth
ノルドール・エルフ。フィナルフィンの次男。トル・シリオンのミナス・ティリスの塔の守護。兄のフィンロドの死後、ナルゴスロンドの王となる。フィンドゥイラスの父。トゥムハラドの合戦で討ち死にする。上188

オロメ　Oromë
「角笛吹き」または「角笛の音」の意。ヴァラ。アラタールの一人。偉大なる狩人。クイヴィエーネンからエルフたちを西方に導いた。ヴァーナの配偶者。『指輪物語』ではシンダリン名のアラウとして言及されている。上105
→ヴァラローマ

オロメト　Oromet
ヌーメノールの西部に位置するアンドゥーニエの港に近い丘。この山頂にタル＝ミナスティルの塔が建てられた。下257

オンドリンデ　Ondolindë
「石の歌」の意。ゴンドリンを指すクウェンヤの原名。上

オスト＝イン＝エジル
Ost-in-Edhil
「エルダールの砦」の意。エレギオンにあったエルフの都。下 290

オッシリアンド　Ossiriand
「七つの川の国」の意（七つの川はゲリオン川と青の山脈から流れ出るその支流をいう）。緑のエルフの住まう国である。「夏はオッシリアンドの楡《にれ》の森をわたしはさまよった。ああ、オシルの七河一帯の、夏の光よ！　夏のしらべよ！」（『二つの塔』上４の木の鬚《ひげ》の歌を参照）。上 270
→リンドン

オッセ　Ossë
マイア。ウルモの従者。ウルモと共にアルダの河川・湖沼に入る。テレリ族を愛し教える。上 116

オホタール　Ohtar
「戦士」の意。人間。イシルドゥルの従者。エレンディルの折れた剣をイムラドリスに持ち帰った。下 313

オルヴァール　olvar
「地中に根を張って育つもの」の意。第２章のヤヴァンナとマンウェの対話の中に用いられているエルフ語。上 151

オルウェ　Olwë
テレリ・エルフ。兄エルウェ（シンゴル）と共にクイヴィエーネンから西方への旅にテレリ・エルフたちを率い、アマンのアルクウァロンデでテレリ族の王となった。上 170

オルサンク　Orthanc
「分岐せる塔」の意。アイゼンガルドの環状岩壁の中にヌーメノール人の建てた塔。下 303

オルファルヒ・エホル
Orfalch Echor
環状山脈を抜ける大峡谷。ここを通ってゴンドリンに行くことができた。下 196

エレンディリ　Elendili
「エルフの友」の意。タル＝アンカリモン以降の王たちの時代にもエルダールと疎遠にならなかったヌーメノール人に与えられた名。「節士派」とも呼ばれる。下 250

エレンディル　Elendil
エレンディルという名は、「エルフの友」（エレンディリを参照）とも、あるいは「星を愛する者」とも訳される。人間。「丈高きエレンディル」と呼ばれる。ヌーメノールにおけるアンドゥーニエの最後の領主アマンディルの息子。エアレンディルとエルウィングの子孫ではあるが、王家の直系ではない。二人の息子イシルドゥル、アナーリオンと共にヌーメノールの水没から逃れ、中《なか》つ国《くに》にヌーメノール人の王国を建立する。第二紀の末に、サウロンを倒し、自分もギル＝ガラドと共に討ち死にする。下 263
エレンディルの剣　下 309
エレンディルの世継ぎ　下 282

エレンドゥル　Elendur
人間。イシルドゥルの長男。あやめ野で父と共に殺される。下 312

エレンナ　Elenna
「星に向かう国」の意。ヌーメノールをさす（クウェンヤの）名前。第二紀の初めに、エダインがエアレンディルに導かれて、ヌーメノールに旅をしたことからつけられた名。下 238

エレンミーレ　Elemmírë（1）
星の名前。上 158

エレンミーレ　Elemmírë（2）
ヴァンヤール・エルフ。二つの木のための哀悼歌「アルドゥデーニエ」の作者。上 224

エロスティリオン
Elostirion
エミュン・ベライド山頂にある塔の中で最も高い塔。パランティールが置かれていた。

ドゥンゴルセブの北側にある。ただ「ゴルゴロス」とも呼ばれる。上 235

エレド・ニムライス
Ered Nimrais
「白の山脈」の意。ニムライスは「白い角」の意。霧ふり山脈の南を東西に伸びる大山脈。上 269

エレド・リンドン
Ered Lindon
「リンドン山脈」の意。エレド・ルイン、青の山脈の別名。上 339

エレド・ルイン　**Ered Luin**
「青の山脈」の意。エレド・リンドンとも呼ばれる。第一紀末の大破壊のあと、エレド・ルインは中《なか》つ国《くに》の北西の沿岸に連なる山脈となった。上 173

エレド・ローミン
Ered Lómin
「谺《こだま》山脈」の意。ヒスルムの西の防壁をなしている。上 296

エレヒ　**Erech**
ゴンドール西部にある丘。イシルドゥルの石がある（『王の帰還』上 2 参照）。下 303

エレルリーナ　**Elerrína**
「星々を戴《いただ》いた」の意。タニ・クウェティルにつけられた名前。上 131

エレンウェ　**Elenwë**
ノルドール・エルフ。トゥルゴンの妻。ヘルカラクセを渡る際に命を落とした。上 260

エレンターリ　**Elentári**
「星々の女王」の意。星々の作り手であるヴァルダの名。ローリエンでガラドリエルが歌った哀歌の中でヴァルダはそう呼ばれている（『旅の仲間』下 8 参照）。上 158
→エルベレス、ティンタッレ

エレンデ　**Elendë**
エルダマールの呼び名の一つ。上 189

エルロンド　Elrond
「星の穹窿《ドーム》」の意。エアレンディルとエルウィングの息子。第一紀の終わりに、エルフ族に属することを選び、第三紀の終わりまで中《なか》つ国《くに》に留まる。イムラドリス（裂け谷）の館主で、ギル＝ガラドから与えられた気の指輪ヴィルヤの所有者。「エルロンド殿」「半エルフのエルロンド」と呼ばれる。上294

エレイニオン　Ereinion
「王家の子」の意。ノルドール・エルフ。フィンゴンの息子、常にその異名ギル＝ガラドで知られる。上415

エレギオン　Eregion
「柊《ひいらぎ》の国」の意（人間はホリン「柊郷《ひいらぎごう》」と呼ぶ）。第二紀に霧ふり山脈の西麓にあったノルドールの王国。ここでエルフの指輪が作られた。下290

エレズウェン　Eledhwen
上417
→モルウェン

エレッセア　Eressëa
上163
→トル・エレッセア

エレッロント　Erellont
アルヴェルニエンに住まうエルフ。エアレンディルの航海に付き従った3人の水夫たちの一人。下215

エレド・ウェスリン
Ered Wethrin
「影の山脈」の意。ドル＝ヌ＝ファウグリス（アルド＝ガレン）を西で区切り、ヒスルムと西ベレリアンドの間の障壁をなす、湾曲せる大山脈。上296

エレド・エングリン
Ered Engrin
「鉄《くろがね》山脈」の意。極北にある。上324

エレド・ゴルゴロス
Ered Gorgoroth
「恐怖の山脈」の意。ナン・

ぎ」の意。ベレンとルーシエンの息子ディオルの名前。下73
→ディオル

エルフ　**Elves**
上91
→イルーヴァタールの子ら、エルダール、暗闇のエルフ、カラクウェンディ

エルフの友　**Elf-friends**
ベオル、ハレス、ハドルの三家の人間。エダインのこと。『アカルラベース』と『力の指輪と第三紀のこと』の中では、エルダールと疎遠にならなかったヌーメノール人について用いられている。上385
→エレンディリ

エルフ本国　**Elvenhome**
上183
→エルダマール

エルベレス　**Elbereth**
「星々の女王」の意。シンダリンでは普通ヴァルダをエルベレスと呼ぶ。上107
→エレンターリ

エルリーン　**Elurín**
「エル（シンゴル）のかたみ」の意。シンダール・エルフ。ディオルの次男。兄エルレードと共に命を落とす。下187

エルレード　**Eluréd**
名前の意味はエルヒールと同じ。シンダール・エルフ。ディオルの長男。ドリアスがフェアノールの息子たちによって攻撃された時、命を落とす。下187

エルロス　**Elros**
「星の水沫《みなわ》」の意。エアレンディルとエルウィングの息子。第一紀の終わりに人間の中に数えられることを選び、ヌーメノールの最初の王となり（タル＝ミンヤトゥルと呼ばれた）、非常な高齢まで生きた。下210
エルロス王家（の家系、の子孫）下254

呼ばれる。上168
→暗闇のエルフ、シンゴル

エルダール　Eldar
「星の民」の意。エルフの言い伝えによると、エルダールの名は、ヴァラのオロメによってエルフ全体に与えられたものだという。しかし後には、クイヴィエーネンから西方への大移動の旅に出た（中つ国《なかつくに》に留まることになったか否かを問わず）三つの種族（ヴァンヤール、ノルドール、テレリ）のエルフについてのみ用いられるようになり、アヴァリを除外するようになった。アマンのエルフ、そしてアマンに住んだことのあるすべてのエルフは「上《かみ》のエルフ（タレルダール）」あるいは「光のエルフ（カラクウェンディ）」と呼ばれた。頻出。上93
→エルフ

エルダマール　Eldamar
「エルフ本国」の意。アマンの地でエルフに与えられた地域を言う。上183

エルダマール湾
The Bay of Eldamar
アマンの東にある大きな湾。トル・エレッセアがある。上183

エルダリエ　Eldalië
「エルフ族」の意。エルダールと同義に用いられる。上100

エルダリン　Eldarin
「エルダールの」の意。エルダールの言語を指すのに用いられる。実際にはクウェンヤを指して使われることが多い。上《かみ》のエルダール語、上のエルフ語とも呼ばれる。
→クウェンヤ

エルハミオン　Erchamion
「隻手《せきしゅ》」の意。アングバンドから逃れたあと、ベレンにつけられた名。下60

エルヒール　Eluchíl
「エル（シンゴル）の世継

エミュン・ベライド
Emyn Beraid
「塔の丘陵」の意。エリアドール西部にある。下 301
→エロスティリオン

エメルディル　Emeldir
「男勝《まさ》りの」と呼ばれた。人間。バラヒルの妻で、ベレンの母である。ダゴール・ブラゴッラハの後、ベオル家の女子供たちを率いてドルソニオンを脱出した（かの女自身、始祖ベオルの子孫であり、父の名をベレンと言ったが、本文中にはこのことは記されていない）。上 416

エリアドール　Eriador
霧ふり山脈と青の山脈の間の土地。アルノールの王国があった（ホビット庄もある）。上 172

エル　Elu
エルウェのシンダリン名。上 177

エル　Eru
「神」「唯一なる御方」の意。「イルーヴァタール」。上 83

エルウィング　Elwing
「星しぶき」の意。シンダール・エルフ。ディオルの娘。シルマリルを持ってドリアスから逃れ、シリオンの河口でエアレンディルと結婚し、かれと共にヴァリノールに赴く。エルロンドとエルロスの母。上 294
→ランシル・ラマス

エルウェ　Elwë
シンゴッロ（「灰色マント」の意）の異名がある。クイヴィエーネンから西方への旅にあたって、弟オルウェと共にテレリ族を率いたが、ナン・エルモスで行方を絶った。後にシンダールの王として、ドリアスでメリアンと共に統治する。ベレンからシルマリルを入手する。メネグロスでドワーフたちの手にかかって死ぬ。シンダリンでは、「（エル・）シンゴル（Elu）Thingol」と

の一人。イルモ（ローリエン）の配偶者。上 105

エストラド　Estolad
本文中では「野営地」と訳されている。ナン・エルモスの南の地。ベオルとマラハに従った人間たちが、青の山脈を越えてベレリアンドに入ったあと住んでいたところ。上 387

エゼッロハル　Ezellohar
ヴァリノールの二つの木の植えられた緑の築山《つきやま》。「コロッライレ」とも呼ばれる。上 132

エダイン　Edain
上 389
→アタニ

エッカイア　Ekkaia
アルダを囲む外なる海のエルフ語名。「外なる大洋」とも「取り巻く海」とも呼ばれる。上 130

エドラヒル　Edrahil
ノルドール・エルフ。モルゴスからシルマリルを奪う旅に出たフィンロドとベレンに随伴し、トル＝イン＝ガウルホスの地下牢で果てたナルゴスロンドのエルフたちの長。下 28

エフェル・ドゥーアス
Ephel Dúath
「影の防壁」の意。ゴンドールとモルドールの間にある山脈。「影の山脈」とも呼ばれる。下 305

エフェル・ブランディル
Ephel Brandir
「ブランディルの囲繞《いにょう》防御柵」の意。アモン・オベル山頂のブレシルの人間たちの住《すみ》処《か》。「エフェル」とも呼ばれる。下 142

エホリアス　Echoriath
「環状山脈」の意。ゴンドリンの平野を囲む山脈。上 378

エオル　**Eöl**
「暗闇エルフ」と呼ばれる。テレリ・エルフ。ナン・エルモスに住むすぐれた鍛冶《かじ》。トゥルゴンの妹アルエゼルを妻にする。ドワーフと親しく、アングラヒェル（グルサング）の剣を鍛えた。マエグリンの父。ゴンドリンで死刑に処せられる。上263

エオンウェ　**Eönwë**
最も力あるマイアールの一人。マンウェの伝令使と呼ばれる。第一紀の末にモルゴス討伐のヴァラール軍を指揮する。上116

エクセリオン　**Ecthelion**
ノルドール・エルフ。ゴンドリンの貴族。この都の劫掠《ごうりゃく》に際し、バルログの王ゴスモグを討ったが、自分も相討ちとなる。上298

エグラス　**Eglath**
「置き去られた者たち」の意。テレリ族の本隊がアマンに向け出発した時、エルウェ（シンゴル）を探し求めてベレリアンドに残ったテレリ族が自ら称した名。上182

エグラドール　**Eglador**
メリアンの魔法帯で取り囲まれる以前のドリアスの地名。「エグラス」と関連があると思われる。上275

エグラレスト　**Eglarest**
ベレリアンド沿岸のファラスの二つの港のうち南の方の港。上181

エスガルドゥイン
Esgalduin
「帳《とばり》に隠された川」の意。ドリアスの川。ネルドレスとレギオンの森を分かち、シリオンに注ぐ。上265

エスガルドゥインの橋
Bridge of Esgalduin
上360
→ヤント・ヤウル

エステ　**Estë**
「休息」の意。ヴァリエール

エアルヌル　Eärnur
人間。エアルニルの息子、ゴンドール最後の王。アナーリオンの血筋はかれで絶える。下316

エアルラーメ　Eärrámë
「海の翼」の意。トゥオルの船の名。下209

エアレンディル　Eärendil
「わたつみを愛する者」の意。「半エルフ」「称《たた》うべき」「輝かしき」「航海者」の呼び名がある。トゥルゴンの娘イドリルとトゥオルとの息子である。ゴンドリンの劫掠《ごうりゃく》を逃れ、シリオンの河口の地でディオルの娘エルウィングと結婚する。かの女と共にアマンに辿り着き、モルゴスと戦うための助力を乞う。ヴィンギロトに乗り、ベレンとルーシエンがアングバンドから持ち出したシルマリルを身に帯び、大空を航行することを命ぜられた。上294
エアレンディルの歌　下211

エアレンドゥル Eärendur（1）
人間。ヌーメノールにおけるアンドゥーニエの領主。下256

エアレンドゥル Eärendur（2）
人間。アルノール第10代の王。下313

エイセル・イヴリン Eithel Ivrin
「イヴリンの泉」の意。エレド・ウェスリンの山麓にあるナログ川の水源。下122

エイセル・シリオン Eithel Sirion
「シリオンの泉」の意。エレド・ウェスリンの東の山腹にある。フィンゴルフィンとフィンゴンの大城砦《じょうさい》があった。上297
→バラド・エイセル

エイリネル　Eilinel
人間。不幸をもたらしたるゴルリムの妻。下8

ウルモ　Ulmo
「水の王」「海の王」と呼ばれる。この名はエルダールによって、「雨を降らせる者」の意味に解釈された。ヴァラ。アラタールの一人。上93

ウルローキ　Urulóki
「火の蛇」を意味するクウェンヤ。龍。上321

ウルワルス　Ulwarth
人間。腹黒きウルファングの息子。ニルナエス・アルノエディアドで、ボールの息子たちに討たれる。上422

ウンゴリアント　Ungoliant
巨大な蜘蛛《くも》。メルコールと共に、ヴァリノールの二つの木を枯死させる。『指輪物語』に出てくるシーロブは「不幸なこの世を騒がすウンゴリアントの最後の産物」（『二つの塔』下9参照）である。上217

ウンバール　Umbar
ベルファラス湾の南にある天然の良港で、ヌーメノール人の城砦《じょうさい》が築かれた。下260

■エ

エア　Eä
エアはエルフ語で、「存在する」あるいは「在《あ》らしめよ」という意味であり、世界が存在し始めた時、イルーヴァタールが言われた言葉である。世界、物質界のこと。上96

エアルウェン　Eärwen
テレリ・エルフ。シンゴルの弟アルクウァロンデのオルウェの娘。ノルドール族のフィナルフィンと結婚する。フィンロド、オロドレス、アングロド、アエグノール、そしてガラドリエルのきょうだいは、エアルウェンを通してテレリ族の血を享《う》けていたから、ドリアスに入ることを許された。上187

エアルニル　Eärnil
人間。ゴンドール第32代の王。下315

である。上171

ウーライリ　Úlairi
下253
→指輪の幽鬼、ナズグール

ヴォロンウェ　Voronwë
「不動の者」の意。ゴンドリンのエルフ。ニルナエス・アルノエディアドの後、西方に遣わされた7隻の船の中で生き残った、ただ一人の航海者。ヴィンヤマールでトゥオルに出会い、かれをゴンドリンに案内する。下92

ウトゥムノ　Utumno
中《なか》つ国《くに》の北部にあったメルコールの最初の大城砦《じょうさい》。ヴァラールによって破壊される。上128

奪われたる者
The Dispossessed
フェアノール一族のこと。上254

ウルセル　Urthel
人間。ドルソニオンにおけるバラヒルの12名の仲間の一人。上417

ウルドール　Uldor
「呪われたる」と呼ばれる。人間。腹黒きウルファングの息子。ニルナエス・アルノエディアドでマグロールに討たれる。上422

ウルファスト　Ulfast
人間。腹黒きウルファングの息子。ニルナエス・アルノエディアドで、ボールの息子たちに討たれる。上422

ウルファング　Ulfang
「腹黒きウルファング」と呼ばれる。人間。東夷《とうい》の族長。3人の息子と共にカランシルに従ったが、ニルナエス・アルノエディアドで寝返った。上421

ウルムーリ　Ulumúri
マイアのサルマールによって作られたウルモの法螺貝《ほらがい》。上108

と同義に用いられている。上112

ヴァンヤール　**Vanyar**
クイヴィエーネンから西方へ旅立ったエルダールの第一陣。イングウェが指揮者である。名前（単数はヴァンヤ Vanya）は「金髪」を意味する。ヴァンヤール族の髪が金髪だったからである。上137
→フィナルフィン

ウイネン　**Uinen**
マイア。海の妃。オッセの配偶者。上116

ヴィルヤ　**Vilya**
エルフの三つの指輪の一つ。「気の指輪」。ギル＝ガラドが所持していたが、後にエルロンドが受け継いだ。「サファイアの指輪」とも呼ばれる。下295
→三つの指輪

ウィルワリン　**Wilwarin**
クウェンヤで「蝶」を意味する。星座の名。恐らくカシオペアではないかと思われる。上158

ヴィンギロト　**Vingilot**
「水沫《みなわ》の花」の意（クウェンヤで完全な形はヴィンギローテ Vingilótë）。エアレンディルの船の名。下211
→ロシンズィル

ヴィンヤマール　**Vinyamar**
恐らく「新しい住処《すみか》」の意味であろう。タラス山の麓のネヴラストにあるトゥルゴンの館。上317

ウーマルス　**Úmarth**
「凶運の者」の意。ナルゴスロンドでトゥーリンが父の名を名乗る際につけた偽名。下125

ウーマンヤール　**Úmanyar**
「アマンに属さぬ者たち」の意。クイヴィエーネンから西方へ旅立ったが、ついにアマンに到り着かなかったエルフにつけられた名。アマンヤールが「アマンの者たち」の意

ヴァララウカール

Valaraukar

「力強き悪鬼たち」の意（単数はヴァララウコ Valarauko）。シンダリンの「バルログ」に相当するクウェンヤ名。上120

ヴァラローマ　**Valaróma**

ヴァラのオロメの角笛。上114

ヴァランディル　**Valandil**

人間。イシルドゥルの末子。アルノール第3代の王。下312

ヴァリエール　**Valier**

「ヴァラールの妃たち」（単数はヴァリエ Valië）の意。『ヴァラクウェンタ』の中に用いれらた言葉。上105

ヴァリノール　**Valinor**

アマンにおけるヴァラールの国。ペローリ山脈の先にある。「守り固き王国」とも呼ばれる。頻出。上100

ヴァリノールの二つの木

Two Trees of Valinor

上132

→二つの木、テルペリオン、ラウレリン

ヴァリマール　**Valimar**

上113

→ヴァルマール

ヴァルダ　**Varda**

「崇《あが》むべき者」「いと高き者」の意。「星々の女王」とも呼ばれる。ヴァリエールの中で最も偉大な存在。マンウェの配偶者で、かれと共にタニクウェティルに住む。ヴァルダの異名には、星々の作り手として、「エルベレス」「エレンターリ」「ティンタッレ」がある。上105

ヴァルマール　**Valmar**

ヴァリノールにおけるヴァラールの都。「ヴァリマール」とも書く。ローリエンでガラドリエルが歌った哀歌の中では（『旅の仲間』下8参照）ヴァリマールはヴァリノール

インズィルベース　Inzilbêth
人間。アル＝ギミルゾールの妃。アンドゥーニエの領主の姫。下 256

インディス　Indis
ヴァンヤール・エルフ。イングウェの近親者。フィンウェの二度目の妻。フィンゴルフィンとフィナルフィンの母。上 186

■ウ

ヴァーサ　Vása
「焼き尽くすもの」の意。ノルドール族の間で太陽につけられた名。上 281

ヴァーナ　Vána
「常若《とこわか》の者」と呼ばれる。ヴァリエールの一人。ヤヴァンナの妹で、オロメの配偶者。上 105

ヴァイレ　Vairë
「織姫」の意。ヴァリエールの一人。ナーモ・マンドスの配偶者。上 105

ヴァラール　Valar
「力あるものたち」「諸力」の意（単数はヴァラ Vala）。時の始まりに、エアに入り、アルダを守り、治める役目を引き受けた偉大なアイヌールに与えられた名。「偉大なる者たち」「アルダの統治者」「西方の諸王」「ヴァリノールの諸王」などとも呼ばれる。頻出。上 95
→アイヌール、アラタール

ヴァラールの鎌
Sickle of the Valar
上 158
→ヴァラキルカ

ヴァラキルカ　Valacirca
「ヴァラールの鎌」の意。星座大熊座の名。上 158

ヴァラクウェンタ
Valaquenta
「ヴァラールについての話」の意。『クウェンタ・シルマリッリオン』とは一応別な作品として扱われている短篇。上 121

イブン　**Ibun**
小ドワーフのミームの息子の一人。下108

イムラドリス　**Imladris**
「裂け谷」と訳す（字義通りには、「裂け目ある深き谷間」）。霧ふり山脈のエルロンドの住む谷間。下296

イムラハ　**Imlach**
人間。アムラハの父。上393

イルーヴァタール　**Ilúvatar**
「万物の父」の意。エル。上83

イルーヴァタールの子ら
Children of Ilúvatar
「エルの子ら」とも言う。「ヒーニ・イルーヴァタロ Híni Ilúvataro」あるいは「エルヒーニ Eruhíni」の訳である。最初に生まれた者たちと、後《あと》に続く者たち。エルフと人間である。ただ「子ら」とも言う。「地上の子ら」「この世の子ら」とも言う。頻出。上85

イルマレ　**Ilmarë**
マイア。ヴァルダの侍女である。上116

イルメン　**Ilmen**
空の上の星々の領域。上279

イルモ　**Irmo**
「願う者」「願望を司《つかさど》る者」の意。普通その住処《すみか》であるローリエンの名で呼ばれるヴァラ。上111

イングウェ　**Ingwë**
クイヴィエーネンから西方へ向かったエルダールの三部族の中で、先頭に立ったヴァンヤール族の統率者。アマンでは、タニクウェティル山頂に住まって、全エルフの上級王と見なされた。上168

インズィラドゥーン
Inziladûn
人間。アル＝ギミルゾールとインズィルベースの長男。後にタル＝パランティルと称す。下256

ノールのこと。下 237

アンドラム　Andram
「長城」の意。ベレリアンドを横断して上下に分かつ落差、即《すなわ》ち断層。上 274

アンドロス　Androth
トゥオルが灰色エルフに育てられたミスリム丘陵中の洞窟。下 193

アンナエル　Annael
ミスリムの灰色エルフ。トゥオルの養父。下 193

アンナタル　Annatar
「物贈る君」の意。サウロンが自分につけた名前。時は第二紀、中《なか》つ国《くに》に留まったエルダールの許《もと》に、美しさも品もまだ失わぬサウロンが姿を見せた頃のことである。下 293

アンヌーミナス　Annúminas
「西の塔」の意（西、即《すなわ》ち西方、ヌーメノールの意）。ネヌイアル湖の傍《かたわ》らにあるアルノールの王都。下 301

アンノン＝イン＝ゲリュズ　Annon-in-Gelydh
「ノルドールの門」の意。ドル＝ローミンの西側の丘陵にある地下水路の入り口で、キリス・ニンニアハに通じている。下 194

アンファウグリス　Anfauglith
本文中では「息の根を止める灰土の地」と訳されている。俄《にわ》かに焔《ほのお》流るる合戦で、モルゴスにより荒廃せしめられたアルド＝ガレンの平原につけられた名前。上 406
→ドル＝ヌ＝ファウグリス

アンファウグリル　Anfauglir
本文中では「渇く顎《あぎと》」と訳されている。狼カルハロスにつけられた名前。下 53

■イ

イヴリン　Ivrin
エレド・ウェスリンの麓にある湖と滝。ナログ川の源。上 329

る鉱床。上 378

アングバンド　Angband
「鉄の牢獄、鉄の地獄」の意。中《なか》つ国《くに》北西部にあるモルゴスの地下大城塞。頻出。上 156

アングラヒェル　Anglachel
隕鉄《いんてつ》でできた剣。シンゴルがエオルから貰い、後にベレグに与えた。トゥーリンのために鍛え直されたあと、「グルサング」と名づけられた。下 104

アングリスト　Angrist
「鉄を切り裂くもの」の意。ノグロドのテルハルによって鍛えられた短剣。ベレンがクルフィンから取り上げ、モルゴスの王冠からシルマリルを抉《こじ》り取るのに用いた。下 46

アングリム　Angrim
人間。不幸をもたらしたるゴルリムの父。下 8

アングレンオスト　Angrenost
「鉄の砦」の意。ゴンドールの西の国境にあるヌーメノール人の砦。後に魔法使いのクルニール（サルマン）が居を構えた。下 303
→アイゼンガルド

アングロド　Angrod
ノルドール・エルフ。フィナルフィンの三男。弟のアエグノールと共にドルソニオンの北の斜面を守り、ダゴール・ブラゴッラハで討ち死にする。上 188

アンドゥイン　Anduin
「長い川」の意。霧ふり山脈の東を流れる。「大河」、あるいは単に「河」と呼ばれる。上 172

アンドゥーニエ　Andúnië
ヌーメノール西岸の都市であり港。下 239

アンドール　Andor
「贈り物の地」の意。ヌーメ

アル＝ファラゾーン
Ar-Pharazôn
「黄金王」の意。人間。ヌーメノール第25代、そして最後の王である。クウェンヤの名前を「タル＝カリオン」と言う。サウロンを捕虜にし、逆にかれに誘惑される。大艦隊を指揮してアマンを攻める。下258

アル＝フェイニエル
Ar-Feiniel
上187
→アルエゼル

アルマレン **Almaren**
メルコールの二度目の襲撃前に、ヴァラールがアルダで初めて住んだ場所。中《なか》つ国《くに》の真ん中の大きな湖にある島。上127

アルミナス **Arminas**
下130
→ゲルミル（2）

アルメネロス **Armenelos**
ヌーメノールの王都。下239

アロス **Aros**
ドリアスの南側の川。上274

アロスの浅瀬 **Fords of Aros**
上335
→アロッシアハ

アロッシアハ **Arossiach**
ドリアスの北東の外れにあるアロス川の浅瀬。上335

アンガイノール **Angainor**
メルコールが2回縛られた鎖。アウレによって作られた。上166

アンカラゴン **Ancalagon**
モルゴスの翼を持った龍の中で最大のもの。エアレンディルに滅ぼされる。下225

アングイレル **Anguirel**
エオルの剣。アングラヒェルと同じ金属で作られた。下105

アングハバール **Anghabar**
「鉄採掘場」の意。ゴンドリンの野を囲む環状山脈中にあ

辺にあるテレリ族第一の都であり港である。上187

アルゴナス　Argonath
「王の岩」の意。イシルドゥル、アナーリオンの二王の姿を刻んだ巨大な石柱。大河アンドゥインのゴンドール北辺の入り口に立つ（『旅の仲間』下9参照）。下303

アル＝サカルソール
Ar-Sakalthôr
人間。アル＝ギミルゾールの父。下256

アルサド　Arthad
人間。ドルソニオンにおけるバラヒルの12人の仲間の一人。上417

アル＝ズィムラフェル
Ar-Zimraphel
下258
→ミーリエル（2）

アルダ　Arda
「王国」の意。マンウェが王として統《す》べる国という意味の地球の呼び名。頻出。上83

アルダロン　Aldaron
「森の王」の意。ヴァラのオロメのクウェンヤ名。上114
→タウロン

アルドゥデーニエ
Aldudénië
「二つの木のための哀悼歌」の意。エレンミーレという名のヴァンヤール・エルフの作。上224

アルド＝ガレン　Ard-galen
「緑地」の意。ドルソニオンの北方にある大草原。モルゴスによって焼かれたあとは「アンファウグリス」、または「ドル＝ヌ＝ファウグリス」と呼ばれた。上297
→カレナルゾン、ローハン

アルノール　Arnor
「王の国」の意。中《なか》つ国《くに》におけるヌーメノール人の北方王国。ヌーメノールの水没から逃れ得たエレンディルによって創建された。下302

峡に達する。上 214

アランウェ **Aranwë**
ゴンドリンのエルフ。ヴォロンウェの父。下 195

アランルース **Aranrúth**
「王の怒り」の意。シンゴルの佩刀《はいとう》の名。アランルースはドリアスの滅亡後も失われず、ヌーメノール王家の所有となった。下 104

アリエン **Arien**
マイア。ヴァラールに選ばれ、太陽の船を航行させる。上 281

アルヴェルニエン
Arvernien
シリオンの河口より西の沿岸地方。裂け谷におけるビルボの歌を参照のこと。「エアレンディルは海ゆく人よ、アルヴェルニエンにとどまって……」(『旅の仲間』下 1 参照)。下 208

アルエゼル **Aredhel**
「高貴なるエルフ」の意。ゴンドリンのトゥルゴンの妹。ナン・エルモスでエオルの罠にかかり、かれの息子マエグリンを生む。かの女はまた「アル＝フェイニエル」、即《すなわ》ち「ノルドールの白い姫君」、または「ゴンドリンの白い姫君」とも呼ばれる。上 187

アルカリンクウェ
Alcarinquë
「輝かしきもの」の意。星の名前。上 158

アルカロンダス **Alcarondas**
アル＝ファラゾーンがアマンに進めた巨船。下 277

アル＝ギミルゾール
Ar-Gimilzôr
人間。ヌーメノール王国第 23 代の王。エレンディリ（エルフの友）の迫害者。下 254

アルクウァロンデ
Alqualondë
「白鳥港」の意。アマンの岸

アモン・スール　Amon Sûl
「風の丘」の意。アルノール王国にある（『指輪物語』の中の「風見が丘」）。下 301

アモン・ルーズ　Amon Rûdh
「はげ山」の意。ブレシルの南の地にただ一つだけ立つ丘。ミームの住居《すまい》で、トゥーリンが無法者の仲間と共に根拠地にしたところ。下 103

あやめ野　Gladden Fields
「ロエグ・ニングロロン」の部分的訳名。大河アンドゥインの水中及び周辺に広がる葦《あし》とあやめ（gladden）の広大な野。ここでイシルドゥルは殺され、一つの指輪が失われた。下 312

アラゴルン　Aragorn
人間。イシルドゥルの第39代直系の世継ぎ。指輪戦争の後、再び統一されたアルノール、ゴンドール両王国の王となる。エルロンドの娘アルウェンと結婚する。「イシルドゥルの世継ぎ」と呼ばれる。下 331

アラソルン　Arathorn
人間。アラゴルンの父。下 331

アラタール　Aratar
「いと高き者たち」の意。最大の力を持つ8人のヴァラール。上 115

アラタン　Aratan
人間。イシルドゥルの二男。あやめ野で父と共に殺される。下 312

アラダン　Aradan
マラハ（Marach）の息子マラハ（Malach）のシンダール語名。上 389

アラネル　Aranel
シンゴルの世継ぎディオルの名。下 73

アラマン　Araman
ペローリ山脈と大海に挟まれたアマン沿岸の不毛の荒地。北に伸び、ヘルカラクセの海

ールに向けて船出し、戻らなかった。下 262

アムラス　**Amras**
ノルドール・エルフ。アムロドの双子の弟。フェアノールの末男。アムロドと共にシリオンの河口でエアレンディルの族《やから》を襲って、討ち死にする。上 187

アムラハ　**Amlach**
マラハの息子であるイムラハの息子。エストラドの人間の中の反対派の指導者の一人であったが、悔い改めてマエズロスに仕えた。上 392

アムロド　**Amrod**
上 187
→アムラス

アモン・アマルス
Amon Amarth
「滅びの山」の意。サウロンがヌーメノールから戻ったあと、再び火を噴き出したオロドルインにつけられた名。下 306

アモン・ウイロス
Amon Uilos
オイオロッセのシンダリン名。上 131

アモン・エシル　**Amon Ethir**
「間者山」の意。ナルゴスロンドの城門の東に、フィンロド・フェラグンドが築いた丘。下 145

アモン・エレブ　**Amon Ereb**
「離れ山」の意（ただエレブとのみ呼ばれることもある）。ラムダルと東ベレリアンドのゲリオン川との間にある。上 274

アモン・オベル　**Amon Obel**
ブレシルの森の真ん中にある丘。その頂にエフェル・ブランディルが築かれた。下 109

アモン・グワレス
Amon Gwareth
トゥムラデンの野の真ん中にあり、ゴンドリンの都が築かれた丘。上 346

間を言う。上 91

アナーリオン　Anárion
人間。エレンディルの下の息子。父と兄のイシルドゥルと共にヌーメノールの水没から逃れ、中《なか》つ国《くに》に、故国を失ったヌーメノール人の王国を建てた。ミナス・アノルの城主であったが、バラド＝ドゥールの包囲戦で討ち死にする。下 263

アナール　Anar
クウェンヤ名で「太陽」のこと。上 281

アナドゥーネー　Anadûnê
「西方国」の意。ヌーメノールを指すアドゥーナイク(即《すなわ》ちヌーメノール語）の名。下 238
→ヌーメノール

アナハ　Anach
タウル＝ヌ＝フイン（ドルソニオン）から下っている山道で、エレド・ゴルゴロスの西端を通る。下 101

アナルリーマ　Anarríma
星座の名。上 158

アパノーナール　Apanónar
「後《あと》に生まれた者」の意。人間につけられたエルフ語名の一つ。上 290

アマリエ　Amarië
フィンロド・フェラグンドに愛されたヴァンヤール・エルフ。ヴァリノールに留まった。上 357

アマン　Aman
「至福の、悪のない」の意。大海のかなた、西方にある国の名前。アルマレンの島を去った後に、ヴァラールが住んだところである。「至福の国」と呼ばれることも多い。上 115

アマンディル　Amandil
「アマンを慕う者」の意。人間。ヌーメノールにおけるアンドゥーニエ最後の領主。エルロスの子孫であり、エレンディルの父である。ヴァリノ

→タル＝アタナミル

アタニ　Atani
「第二の民」の意。人間のこと（単数は「アタン」Atan)。ベレリアンドでは、ノルドール族とシンダール族の知る人間は長い間エルフの友たる三家の人間のみであったので、この名は（シンダリンでは「アダン」、複数は「エダイン」）特にかれらに結びつけて使われるようになった。それ故、かれらより遅くベレリアンドに来た人間、あるいは霧ふり山脈のかなたに住むと伝えられる人間には滅多に用いられなかった。しかしイルーヴァタールの言葉の中では人間（一般）を意味している。上140

アタランテ　Atalantë
「滅亡せる国」の意。「アカルラベース」に意味の等しいクウェンヤ。下284

アダンエゼル　Adanedhel
「エルフ人間」の意。ナルゴスロンドでトゥーリンに与えられた名。下126

アドゥーナホール
Adûnakhôr
「西方の王」の意。人間。ヌーメノール第20代の王が自ら称した名。アドゥーナイク（即《すなわ》ちヌーメノール語）の名前を初めて使用した王である。クウェンヤでのかれの名はヘルヌーメンという。下254

アドゥラント　Adurant
「二重の川」の意。トル・ガレンを挟んで川が二股に分かれるからである。オッシリアンドのゲリオン川の支流のうち、最も南にある6番目の支流である。上338

後《あと》に来る者　Aftercomers
「ヒルドール」の訳語。イルーヴァタールの乙子《おとご》たち、即《すなわ》ち人間を言う。上240

後《あと》に続く者　The Followers
「ヒルドール」の訳語。イルーヴァタールの乙子《おとご》、即《すなわ》ち人

赤の指輪　The Red Ring
下 319
→ナルヤ

アカルラベース　Akallabêth
「滅亡せる国」の意。クウェンヤの「アタランテ」と同じ意味のアドゥーナイク（ヌーメノール語）。ヌーメノールの滅亡物語の題名でもある。下 284

アガルワエン　Agarwaen
「血に汚れたる者」の意。ナルゴスロンドに来たトゥーリンが自ら称した名。下 125

アグラロンド　Aglarond
「燦光洞《さんこうどう》」の意。エレド・ニムライス山中、ヘルム峡谷にある（『二つの塔』上 8 参照）。下 303

アグロン　Aglon
「狭隘《きょうあい》なる山道」の意。ドルソニオンとヒムリング西方の丘陵に挟まれた土地。上 340

アザグハール　Azaghâl
ベレグオストのドワーフの王。ニルナエス・アルノエディアドの戦いでグラウルングに傷を負わせるが、かれに殺される。下 85

浅黒肌　Swarthy Men
上 421
→東夷《とうい》

アスカル　Ascar
「急湍《きゅうたん》、激流」の意。オッシリアンドにおけるゲリオン川の最も北の支流（後に「ラスローリエル」と呼ばれる）。上 263

アスタルド　Astaldo
「剛勇なる者」の意。ヴァラのトゥルカスの名。上 113

アタナターリ　Atanatári
「人間の父祖たち」の意。上 290
→アタニ

アタナミル　Atanamir
下 249

る。『アカルラベース』によると、「すべての都市の中で最もヴァリノールに近いために」このように名づけられたという。下236

アヴァリ　Avari
「応ぜざる者たち、辞退者たち」の意。クイヴィエーネンから西に向かう旅に加わることを拒んだエルフたち全員に与えられた名称。上169
→エルダール、暗闇のエルフ

アウレ　Aulë
ヴァラ。アラタールの一人。鍛冶《かじ》を司《つかさど》り、手の技に熟達している。ヤヴァンナの配偶者。上93

アエグノール　Aegnor
「恐るべき火」の意。ノルドール・エルフ。フィナルフィンの四男。兄のアングロドと共にドルソニオンの北斜面を守備していたが、ダゴール・ブラゴッラハの戦いで討ち死にする。上188

アエグロス　Aeglos
「雪の切っ先」の意。ギル＝ガラドの槍。下308

アエランディル　Aerandir
「海の放浪者」の意。アルヴェルニエンに住まうエルフ。エアレンディルの航海に付き従った3人の水夫たちの一人。下215

アエリン　Aerin
人間。ドル＝ローミンに住むフーリンの親戚。東夷《とうい》のブロッダの妻となる。ニルナエス・アルノエディアドの後にモルウェンを援助する。下96

アエリン＝ウイアル
Aelin-uial
「薄暮の湖沼」の意。アロス川がシリオン川に注ぐところである。上336

青の山脈　Blue Mountains
上173
→エレド・ルイン、エレド・リンドン

大部分を取り上げた。

＊「序文」や「トールキンの手紙」などを除く、本文の初出頁を記載した。上巻の頁については頁数の前に「上」を、下巻の頁数については「下」と記した。

＊『指輪物語』については、『旅の仲間』下2のように、題名、巻名、章の数字を記した。

＊→は、この「語句解説及び索引」中の参照項目を示す。

■ア

アイゼンガルド　Isengard
エルフ語の地名アングレンオストを（ローハン語で示すために）訳した名前。下303

アイヌール　Ainur
「聖なる者たち」の意（単数はアイヌ Ainu）。イルーヴァタールによって最初に創られた者たち。ヴァラール及びマイアールの「位」。エア以前に創られた。上83

アイヌールの音楽
Music of the Ainur
上93
→アイヌリンダレ

アイヌリンダレ　Ainulindalë
「アイヌールの音楽」の意。「大いなる音楽」上84、「大いなる歌」下113とも呼ばれる。これはまた、上古の代にティリオンのルーミルによって作られたと言われる創世記の題名でもある。上163

アヴァサール　Avathar
「暗がり」の意。エルダマール湾の南、ペローリ山脈と大海に挟まれたアマン沿岸の無人の地。ここでメルコールがウンゴリアントに会った。上216

アヴァッローネ　Avallónë
トル・エレッセアにおけるエルダールの港であり、都であ

語句解説及び索引

〔訳者・編集部による付記〕

この「語句解説及び索引」は、原書のINDEX OF NAMESを忠実に翻訳したものではない。それに基づいてはいるものの、記述の不統一や理解しにくさをできるだけ改めて整理し、再構成したものである。

* 各項目に付されている説明は、ほぼ原書の説明に則《のっと》っている。
* たとえば「シンゴル王の住居《すまい》」のようにエルフ語名で「メネグロス」、翻訳名で「千洞宮《せんとうきゅう》」と呼ばれるような場合は、たいていはエルフ語名の項目に説明をまとめ、翻訳名の項目には単独で使われる場合の記載頁のみを記した。
* 上記の原則は、たとえば「ベレグ・クーサリオン」のように本名と別名がある場合にも適用した。つまり、本名の項目に説明をまとめ、別名の項目にはその語の訳と、別名が単独で使われる場合のみの記載頁を記した。
* エルフ語からの翻訳名は、その多くが「トル・エレッセア、即《すなわ》ち〈離れ島〉」のように本文中に見えているものであるが、本文中に使われていない場合でも、多くの語について訳語を記した。翻訳されていない名前については、「クウェンヤ及びシンダリンの固有名詞を構成する主要部分」の記載事項を参照されたい。
* 原作本文中の英語名と原作索引の英語名の表現が、時に異なることがあった。和訳名もそれに準じたので、本文と索引とで和訳名が一致しない箇所がある。
* たとえば「長上王」とか「二つの種族」とかのように、翻訳名で示された称号や固有名詞的に定まった言い方で、エルフ語の原名が示されていない場合には、取捨選択を行ったが、

本作品には、現在の視点からは差別的とみなされる表現が含まれておりますが、訳者の作品が「国際アンデルセン賞優秀翻訳者賞」を始めとする数々の名誉ある賞を受賞し、その芸術性が高く評価されていること、また訳者がすでに逝去されていることに鑑みまして、訳語を変更せずに刊行いたしました。(評論社編集部)

最新版
シルマリルの物語 下

2023年11月20日 初版発行 評論社文庫
2024年12月10日 2刷発行

著　者 J.R.R.トールキン
編　者 クリストファー・トールキン
訳　者 田中 明子
編集協力 伊藤 尽／沼田 香穂里
発行者 竹下 晴信
発行所 株式会社評論社
〒162-0815 東京都新宿区筑土八幡町2-21
電話 営業 03-3260-9409
編集 03-3260-9403
https://www.hyoronsha.co.jp
印刷所 中央精版印刷株式会社
製本所 中央精版印刷株式会社

ISBN978-4-566-02397-0 NDC933 472 p 148 mm × 105 mm

J.R.R. トールキンの世界

ベレンとルーシエン

J・R・R・トールキン 著／C・トールキン 編
沼田 香穂里 訳

トールキンが、自分たち夫婦になぞらえたというベレンとルーシエンの物語。この世で最も美しいとされるエルフの乙女ルーシエンと、人間の勇者ベレンとの恋を描く。トールキンの息子クリストファーによって編纂された『シルマリルの物語』の核心部分をなす。本書でクリストファーがめざしたのは、ベレンとルーシエン伝説の進化の過程を提示することにあった。

A五判・ハードカバー・定価三三〇〇円（税込）